Rapt

ERICA SPINDLER

Rapt

Roman

MIRA

Titre original :
BONE COLD
publié par MIRA®

Traduction de l'américain par LOUISE ACHARD.

Photo de couverture
© JERRY DRIENDE / GETTY IMAGES

83/85 boulevard Vincent Auriol 75646 PARIS CEDEX 13.
ISBN 2-280-85497-X

Pour mes lecteurs.
Merci.

REMERCIEMENTS

Il me faut remercier les personnes suivantes pour leur temps si généreusement offert, pour leur expertise et leur soutien tout au long de l'écriture de ce roman. Sans leur générosité, *Rapt (Bone Cold)* ne serait pas devenu le livre qu'il est.

Lieutenant Marlon A. Defillo, Commandant,
Division des Affaires publiques
Département de police de La Nouvelle-Orléans

Evan Marshall, l'agence littéraire Evan Marshall

Dianne Moggy et toute la formidable équipe de Mira

Et enfin, un merci tout spécial à Rebekah Bevins, ma plus jeune fan, dont les lettres (parfaitement innocentes) ont fait jaillir l'idée originale de cette histoire. Merci, Bekah !

Prologue

Juin 1978 — Californie du Sud

La peur tenaillait sans relâche Harlow Anastasia Grail, treize ans. Elle s'était réfugiée dans un coin de la pièce aveugle, mal éclairée, et Timmy, en larmes, se tenait recroquevillé auprès d'elle.

La moquette miteuse exhalait des relents d'urine, comme le matelas sur lequel Harlow et Timmy s'étaient réveillés quelques heures auparavant. A moins que ça ne soit quelques jours plus tôt ? Harlow l'ignorait. Elle ne savait plus s'il faisait jour ou nuit et avait perdu toute notion du temps ; il s'était arrêté depuis que Monica, « femme de confiance » et infirmière de son père, l'avait incitée à monter avec Timmy dans la voiture d'un inconnu.

Il attendait à l'intérieur. L'homme que Monica appelait Kurt.

Harlow frissonna en se rappelant le sourire glacé que lui avait adressé l'individu. Elle avait immédiatement su qu'il leur voulait du mal. Elle s'était jetée en hurlant sur la poignée de la portière, mais il l'avait retenue, saisissant vivement son bras tandis que Monica lui injectait quelque chose qui l'avait fait basculer dans le néant.

— Je veux rentrer à la maison, pleurnicha Timmy. Je veux voir maman.

Harlow l'attira contre elle d'un geste protecteur. C'était à cause d'elle qu'il se trouvait là. Elle devait prendre soin de lui ; elle en était responsable.

— Tout va s'arranger, murmura-t-elle. Je ne les laisserai pas te faire de mal.

Dans la pièce contiguë, la télévision diffusait les dernières informations :

— Quant à l'enquête sur le kidnapping de la petite Harlow Grail et de son ami Timmy Price, elle se poursuit. Harlow, fille de l'actrice Savannah North et du chirurgien plastique Cornelius Grail, a été enlevée près des écuries de la propriété familiale. Le fils des gardiens, âgé de six ans, qui l'accompagnait, aurait été kidnappé avec elle. La police ne croit pas que cet enlèvement faisait partie du projet initial, et les spécialistes du FBI…

Un brusque fracas couvrit la voix du speaker, comme si une chaise venait de voler en éclats.

— Bordel de merde !

— Kurt, calme-t..

— Je leur ai dit ce qui arriverait s'ils prévenaient les flics ! Ces connards de Hollywood ! Je les ai avertis…

— Kurt, pour l'amour du ciel, ne…

La porte s'ouvrit si violemment que le battant rebondit contre le mur. Kurt apparut dans l'encadrement, blanc de rage, haletant. Monica et l'autre femme, qu'ils appelaient Sis, se tenaient légèrement en retrait. Elles paraissaient terrifiées.

— Vos parents ne m'ont pas écouté ! vociféra Kurt d'un ton vibrant de haine. Tant pis pour vous !

— Laissez-nous partir ! s'écria Harlow en serrant Timmy dans ses bras.

Sanglotant éperdument, l'enfant s'accrocha à elle.

Kurt ricana, impitoyable.

— Tu n'es qu'une sale petite gamine pourrie ! Si je vous laissais partir, comment est-ce que j'obtiendrais ce que je veux, hein ?

Il traversa la pièce et s'empara de Timmy, le lui arrachant des bras.

— Ha'low ! hurla le gamin, terrorisé.

— Laissez-le tranquille !

Comme Harlow se relevait tant bien que mal pour voler à son secours, Monica et Sis fondirent sur elle et la retinrent. Elle voulut se dégager, mais elles étaient évidemment plus fortes. Des mains lui encerclèrent les bras, des ongles s'enfoncèrent dans sa chair, la maintenant solidement.

Kurt jeta Timmy sur le matelas crasseux et immobilisa l'enfant qui se débattait.

— Regarde bien, petite princesse, dit-il d'une voix sourde. Regarde bien ce que tes parents ont provoqué. Ils ne m'ont pas écouté. Je les avais pourtant prévenus qu'il ne fallait pas alerter les flics. Ils savaient quelles seraient les conséquences. Tout ça est leur faute. Ces enfoirés de Hollywood.

Ricanant, Kurt prit un oreiller et l'appliqua sur le visage de Timmy.

— Non !

Le cri, qui avait jailli de la gorge de Harlow, se répercuta à travers la pièce.

— Non ! répéta-t-elle.

Timmy se trémoussait comme un diable. Il griffa les mains de Kurt et ses jambes battirent l'air avec frénésie, puis avec moins de force. Horrifiée, les joues inondées de larmes, Harlow regarda en égrenant un chapelet de supplications.

Jusqu'à ce que Timmy s'immobilise.

— Non ! hurla Harlow. Timmy !

Kurt se redressa. Il se tourna vers elle, et un affreux rictus étira ses lèvres minces.

— A ton tour, petite princesse.

Aidé par Monica, il la traîna dans la cuisine. Harlow voulut se défendre, mais la terreur la paralysait. Elle était incapable de réagir autrement que par des gémissements et des prières implorantes. Monica lui maintint la main droite au-dessus de l'évier ébréché

— Que tu sois prête ou non, me voici ! lança Kurt.

Harlow vit briller un objet métallique. Une sorte de pince coupante, ou un sécateur, songea-t-elle, la gorge obstruée par une boule de terreur.

Kurt approcha la pince de ses doigts et la referma sur son auriculaire. Une douleur atroce la fit vaciller, et elle entendit le bruit sec de l'os qui se brisait. L'évier blanc fut éclaboussé de sang.

Tout se brouilla devant ses yeux et elle sombra dans le noir.

Une douleur fulgurante partait de sa main bandée et remontait par vagues de feu le long de son bras. A chaque élancement, un goût amer, métallique, lui emplissait la bouche. Elle se mordit farouchement la lèvre pour ne pas crier. Elle devait garder le silence. Rester immobile. Kurt et les autres la croyaient endormie, assommée par le calmant que Monica lui avait donné. Un comprimé que Harlow avait seulement feint d'avaler.

L'élancement passa, et Harlow profita d'un instant de répit. Ses yeux s'emplirent de larmes — de larmes d'horreur et de désespoir. L'émotion ranima la douleur et provoqua un nouvel accès ; prise de vertige, au bord de la syncope, elle s'obligea à respirer profondément. Il ne fallait pas perdre connaissance. Pas maintenant. Elle ne devait pas se laisser dominer par la douleur. Ni par la peur. Elle voulait vivre. Ses parents allaient remettre sa rançon cette nuit. Elle avait entendu Kurt en parler. Il avait dit aux deux autres qu'il libérerait Harlow dès qu'il aurait l'argent.

Mais c'était un menteur. Une saloperie de menteur. Il avait tué Timmy, alors que celui-ci ne faisait rien de mal. Pauvre petit Timmy... Rentrer chez lui, voilà tout ce qu'il demandait.

Ce salaud la tuerait elle aussi, en dépit de ses promesses. Elle n'avait peut-être que treize ans, mais elle n'était pas stupide ; elle les avait vus tous les trois à visage découvert, alors...

Harlow descendit doucement du matelas, rampa sur la moquette jusqu'à la porte et colla son oreille au battant. Kurt parlait dans l'autre pièce, mais elle ne distinguait pas très bien ses paroles. Il était question d'elle. Et de la rançon.

C'était bien pour cette nuit.

Harlow regagna précipitamment sa couche, s'allongea et ferma les yeux. Elle entendit la poignée tourner et la porte grincer légèrement sur ses gonds. Quelqu'un entra et s'approcha d'elle.

Une fois de plus, ils ne l'avaient pas enfermée à clé. Pourquoi se donner cette peine ? Ils la croyaient toujours sous l'effet du somnifère — et pour un bon moment, sans doute.

La personne qui se penchait au-dessus d'elle sentait vaguement le talc et l'eau de rose, parfums douceâtres qui masquaient seulement en partie une âcre senteur de tabac brun. L'odeur de Sis, la plus âgée des deux femmes.

Elle se pencha davantage. Son haleine effleura la joue de Harlow, qui s'efforça de ne pas bouger.

— Petit ange, chuchota la femme. C'est bientôt terminé, à présent. Dès que Kurt aura la rançon, tout rentrera dans l'ordre.

« Il est parti chercher l'argent, se dit Harlow. Il ne reste plus beaucoup de temps... »

— Je n'ai rien pu faire pour l'arrêter. Il était furieux... il... tes parents n'auraient pas dû le contrarier. C'est leur faute. C'est à cause d'eux que...

La voix de la femme se fêla.

— J'ai fait tout ce que j'ai pu. Il faut me comprendre, c'est un homme dangereux...

« Tu n'as pas tout fait, pensa encore Harlow. Tu aurais pu sauver Timmy, espèce de vieille sorcière. Tous ces câlins que tu lui as faits... et pas un geste pour le sauver ! Je te hais ! »

— Je vais revenir.

La femme lui déposa un baiser sur le front, et Harlow dut serrer les dents pour ne pas hurler.

— Dors bien, petite princesse. C'est bientôt fini. Je te le promets.

La femme quitta la pièce, refermant la porte derrière elle. Harlow prêta l'oreille, attentive au bruit d'une clé tournant dans la serrure.

Rien ne vint.

Elle entrouvrit les yeux. Elle était seule. Le cœur battant à se rompre, redoutant de faire un bruit susceptible d'alerter ses ravisseurs, elle se redressa avec précaution. Mais c'était encore trop rapide, sans doute, car elle fut prise de vertige et dut s'agripper au bord du matelas. Se gardant du moindre mouvement, elle respira lentement par le nez, luttant contre l'étourdissement.

Le vertige passa, mais sans sortir de son immobilité, elle s'efforça de rassembler ses idées. Aux signes divers recensés durant ces derniers jours, elle avait pu déterminer qu'elle était séquestrée dans une petite maison, relativement isolée. Elle n'avait entendu aucun bruit de circulation, aucun passage de piétons ; personne n'avait sonné à la porte. Le matin, des oiseaux pépiaient au-dehors, et à deux reprises, lui était parvenu le hurlement nocturne d'un coyote.

Et s'il n'y avait personne pour la secourir ? Si elle se perdait dans les bois ? Si le coyote qu'elle avait entendu s'attaquait à elle ?

Elle devait pourtant fuir coûte que coûte pour sauver sa vie, se rappela-t-elle. Kurt avait l'intention de la tuer. En tentant de s'échapper, elle aurait au moins une chance de salut.

Une chance. Son unique chance.

Harlow sortit du lit et tituba légèrement lorsqu'elle se trouva debout. Elle avança néanmoins sans bruit vers la porte et l'entrouvrit légèrement. L'autre pièce était apparemment déserte. La télévision était allumée, le son coupé. Dans le cendrier posé sur le bras d'un fauteuil, une cigarette se consumait ; une fine volute de fumée montait vers le plafond.

C'était le moment ou jamais de partir. Elle devait filer de là sans attendre.

Galvanisée par cette perspective, Harlow s'élança vers la porte d'entrée. Elle l'atteignit en moins d'une seconde, se battit un instant avec le verrou de sécurité, puis tourna la poignée et ouvrit d'un coup sec. Avec un petit cri involontaire, elle sortit en trébuchant dans la nuit noire, sous un ciel sans étoiles, et se mit à courir à toutes jambes, à l'aveugle, secouée de sanglots incontrôlables. Elle traversa un terrain au sol inégal, puis un épais taillis. Elle tomba ensuite de tout son long dans un fossé, se releva tant bien que mal et remonta de l'autre côté en s'aidant des mains... pour se retrouver sur une route déserte. Un fol espoir s'empara d'elle.

Quelqu'un allait bien passer par là...

Un bruit rompit soudain le silence. Un bruit de moteur. Une voiture arrivait d'en face. Elle apparut au sommet de la côte, le faisceau de ses phares trouant l'obscurité, enveloppant la silhouette de Harlow. Figée, celle-ci demeura immobile, tremblante, trop exténuée pour agiter seulement la main. Les phares approchaient. Le conducteur klaxonna.

— Au secours ! supplia-t-elle à mi-voix en tombant à genoux. S'il vous plaît, aidez-moi.

Le véhicule freina et s'arrêta dans un crissement de pneus. Une portière s'ouvrit. Des pas claquèrent sur la chaussée.

— Non, Frank, dit une femme. N'y va pas. On ne sait jamais...

— Enfin, Donna, je ne peux quand même pas... Oh ! mon Dieu, c'est une gamine.

— Une gamine ?

La femme descendit à son tour. Harlow leva la tête, et la femme émit une exclamation étouffée.

— Seigneur, regarde ces cheveux roux ! C'est elle, c'est la petite qu'ils cherchent depuis plusieurs jours. Harlow Grail !

Visiblement incrédule, l'homme jeta ensuite un coup d'œil à la ronde, comme s'il prenait soudain conscience du danger qui pouvait les guetter.

— Je... j'ai peur, lui dit sa compagne d'une voix sourde. Ne nous attardons pas.

L'homme approuva d'un hochement de tête. Il prit Harlow dans ses bras et la porta jusqu'à la voiture.

— Tout va bien, tout va s'arranger, murmura-t-il en chemin. Tu vas rentrer chez toi. Tu es en sécurité, maintenant.

Harlow frissonna et s'affaissa contre lui, tout en ayant conscience que jamais plus elle ne se sentirait en sécurité.

1.

Mercredi 10 janvier 2001
La Nouvelle-Orléans, Louisiane

— Timmy ! Non !

Anna se redressa dans son lit, le corps inondé de sueur glacée, ses cris et le nom de Timmy résonnant encore à travers la chambre.

Frissonnante, elle remonta ses couvertures jusqu'au menton et promena un regard éperdu autour d'elle. Quand elle s'était assoupie, sa lampe de chevet était allumée ; elle ne dormait jamais sans lumière. Pourtant, la pièce était à présent plongée dans l'obscurité. Denses et inquiétantes, les ombres semblaient la narguer. Quelle menace dissimulaient-elles ? Quelqu'un était-il tapi dans le noir ? Et si oui, qui ?

Kurt, bien sûr !

Il venait la chercher. Pour achever ce qu'il avait entrepris vingt-trois ans plus tôt. Pour la punir de s'être enfuie, d'avoir anéanti tous ses plans.

Prête ou pas, me voilà.

Avec un cri étranglé, elle sortit péniblement de son lit, puis courut de la chambre à la salle de bains qui se trouvait au fond du couloir. Elle se précipita vers la cuvette des toilettes, souleva la lunette et se pencha pour vomir. Elle se vida ainsi complètement, jusqu'à ce qu'il ne lui restât rien d'autre à évacuer que les souvenirs.

Découpant un morceau de papier toilette, elle s'essuya la bouche avec, le jeta dans la cuvette et tira la chasse d'eau. Sa main droite était douloureuse, des élancements atroces lui remontaient dans le bras, comme si Kurt venait tout juste de lui couper le petit doigt pour l'envoyer à ses parents en guise d'avertissement...

Sauf qu'il ne venait pas de le faire ! se rappela Anna. Cela s'était passé une éternité plus tôt. Alors qu'elle était encore Harlow Anastasia Grail, petite princesse des beaux quartiers de Hollywood.

Cela lui était arrivé à une autre époque. Et sous une autre identité.

Anna se retourna, ouvrit le robinet du lavabo et s'aspergea le visage d'eau fraîche, s'efforçant de chasser tout vestige de son cauchemar.

Elle était en sécurité dans son appartement. A l'exception de ses parents, elle avait rompu tout lien avec son passé. Aucun de ses amis ou relations de travail — pas même son éditeur ou son agent littéraire — ne savait qui elle était réellement. A présent, elle s'appelait Anna North. Elle était Anna North depuis plus de douze ans. Même si Kurt se lançait aujourd'hui à sa recherche, il ne pourrait pas la retrouver.

Jurant entre ses dents, Anna ferma le robinet puis, d'un geste brusque, elle arracha la serviette de son support et s'essuya le front, les joues, le menton. Kurt n'allait pas se mettre à la chercher maintenant, alors que vingt-trois ans s'étaient écoulés. Le FBI l'avait assurée que son ancien ravisseur ne représentait plus le moindre danger pour elle. Apparemment, il avait réussi à franchir la frontière du Mexique. La découverte du cadavre de Monica dans la ville frontalière de Baja, en Californie, six jours après l'évasion de Harlow, était venue étayer cette hypothèse.

Tout en se reprochant sa faiblesse, Anna jeta la serviette sur un meuble. Quand parviendrait-elle à surmonter ces angoisses ? Combien d'années lui faudrait-il pour pouvoir dormir sans lumière ? Pour que les cauchemars cessent de la réveiller régulièrement au milieu de la nuit ?

Si seulement la police avait mis la main sur Kurt... Elle aurait pu l'oublier, alors. Elle aurait pu reprendre une existence normale, libérée de ses angoisses. Son évasion avait empêché Kurt de récupérer la rançon. Continuait-il à lui en vouloir, depuis ? Attendait-il le jour où il pourrait se venger d'elle, lui faire payer cette fortune qui, à cause d'elle, lui avait filé entre les doigts ?

Elle s'observa dans la glace, une expression féroce sur le visage. Elle n'avait peut-être aucun pouvoir sur ses cauchemars, mais elle était en mesure de contrôler le reste ; et elle ne passerait pas ses jours et ses nuits à se terrer comme une proie sans défense.

Anna regagna sa chambre d'un pas décidé, prit un short dans le tiroir de sa commode et l'enfila sous sa chemise de nuit. Si le sommeil la fuyait, du moins pouvait-elle en profiter pour travailler. L'idée d'un nouveau roman lui trottait dans la tête depuis quelque temps. Pourquoi ne s'y mettrait-elle pas tout de suite ? Au préalable, toutefois, un petit café était indispensable.

Sur le chemin de la cuisine, elle passa devant son bureau installé dans un angle du séjour et alluma son ordinateur. En traversant ensuite le vestibule, elle s'arrêta comme toujours pour contrôler que le verrou était bien fermé.

Comme elle posait la main dessus, des coups frappés à la porte la firent sursauter.

— Anna ? appela une voix. C'est Bill...

— Et Dalton, ajouta une autre voix.

— Est-ce que tout va bien ?

Bill Friends et Dalton Ramsey, ses voisins et meilleurs amis. Dieu soit loué !

D'une main tremblante, elle tourna le verrou et leur ouvrit. Côte à côte devant la porte de son appartement, les deux hommes arboraient des mines inquiètes. Au fond du couloir, elle entendit aboyer Judy et Boo, les affreux bassets nains du couple.

— Mais qu'est-ce que vous fab... vous m'avez fait une peur bleue !

— Nous t'avons entendue hurler.

— Je t'ai entendue hurler, corrigea Bill. Je rentrais de...

— Il est passé me chercher.

Dalton brandit un serre-livres en marbre, réplique miniature du David de Michel-Ange.

— J'ai pris ça, au cas où.

Amusée, Anna esquissa un sourire. Difficile d'imaginer ce quinquagénaire aux manières raffinées en train d'assommer un intrus à l'aide de cette statuette...

— Au cas où... quoi ? interrogea-t-elle. Où ma bibliothèque aurait besoin de rangement ?

Bill s'esclaffa. Dalton prit la mouche et secoua brièvement la tête.

— Elle m'aurait servi d'arme, bien entendu.

Une arme contre un intrus qui aurait eu tout le temps de prendre le large avant leur arrivée, songea Anna. Heureusement qu'elle n'avait pas eu réellement besoin de secours !

— Ta sollicitude me touche, dit-elle en réprimant un rire nerveux. Entrez donc, je vais préparer du café pour accompagner les beignets.

— Les beignets ? répéta Dalton, la mine étonnée. De quoi parles-tu ?

Anna le menaça du doigt.

— Inutile de faire l'innocent, j'ai senti leur fumet dans le couloir. Tant pis pour vous : maintenant que vous êtes là, il va falloir partager.

Les beignets à la française étaient l'une des spécialités de La Nouvelle-Orléans, une gourmandise dont on devenait très facilement dépendant. Ceux qui comme Dalton se préoccupaient de leur ligne avaient toutefois intérêt à les bannir de leur alimentation.

— C'est lui qui m'en a réclamé, expliqua-t-il en franchissant le seuil.

Il darda un regard accusateur sur son compagnon.

— Tu sais parfaitement que je n'aurais jamais envisagé un tel péché de gourmandise à 2 heures du matin !

Bill leva les yeux au ciel.

— Tiens, tiens. Et laquelle de nos deux silhouettes trahit un certain penchant pour la gourmandise ?

— Ce n'est pas juste ! se plaignit Dalton en prenant Anna à témoin. Il mange n'importe quoi sans jamais prendre un gramme tandis que moi, un tout petit rien suffit à me...

— Un tout petit rien ? releva Bill. Et si on parlait des biscuits fourrés à la figue et des paquets de chips qui ont disparu du placard ?

— La journée a été pénible. J'avais besoin d'un petit réconfort.

Anna prit ses amis par le bras et les entraîna vers la cuisine, alors que les séquelles de son cauchemar commençaient déjà à s'estomper. Les deux hommes ne manquaient jamais de la faire rire ; le couple qu'ils formaient évoquait la surprenante alliance d'un paon et d'un pingouin. Bill était un garçon extraverti et volontiers hâbleur ; Dalton, l'archétype du cadre guindé, méticuleux jusqu'à la maniaquerie. En dépit de leurs différences, ils vivaient ensemble depuis une dizaine d'années.

— Peu m'importe de savoir à qui incombe cette initiative, affirma-t-elle. Je la trouve excellente. Une orgie de beignets en pleine nuit, c'est exactement ce dont j'avais besoin.

En vérité, c'était surtout leur amitié qui la réconfortait. Elle avait rencontré les deux hommes une quinzaine de jours après son arrivée à La Nouvelle-Orléans, en répondant à une offre d'emploi chez un fleuriste du Quartier Français ; sans avoir la moindre expérience en ce domaine, elle ne manquait pas de goût et souhaitait trouver une occupation rémunérée qui lui laisserait assez de temps — et d'énergie — pour réaliser son rêve, écrire des romans.

Elle avait immédiatement sympathisé avec Dalton, le propriétaire du magasin. Il comprenait qu'elle poursuivît un idéal, admirait sa détermination ; et, contrairement aux autres employeurs qui lui avaient accordé un entretien, il ne s'était pas formalisé qu'elle considérât sa situation à La Rose Unique comme un emploi provisoire.

Dalton l'avait présentée à Bill, et les deux hommes avaient aussitôt adopté Anna. Ils lui avaient signalé le départ d'un locataire dans leur immeuble — lequel appartenait du reste à Dalton — et indiqué les meilleures adresses de la ville, depuis les restaurants jusqu'aux pressings ou salons de coiffure. Les connaissant de mieux en mieux, Anna avait apprécié l'intérêt sincère qu'ils portaient à son travail d'écriture : c'était Bill et Dalton qui l'avaient réconfortée après chaque refus, encouragée et félicitée à chacun de ses succès.

Elle les aimait tous deux comme des frères et aurait affronté le démon en personne pour les secourir. Et elle ne doutait pas qu'ils en feraient autant pour elle, le cas échéant.

Le démon en personne. Kurt.

Comme s'il déchiffrait ses pensées, Dalton se tourna soudain vers elle, consterné.

— Bonté divine, Anna, nous ne t'avons même pas demandé si ça allait ?

— Bien mieux, merci.

Anna versa du lait dans une petite casserole, la posa sur la plaque électrique et sortit des cubes de café du congélateur.

— Ce n'était qu'un mauvais rêve.

— Encore ? dit Bill en l'étreignant brièvement. Ma pauvre chérie.

— Ce sont ces histoires malsaines que tu écris, avança Dalton, tout en disposant avec art les beignets sur un plat. Elles te donnent des cauchemars.

— Des histoires malsaines ? releva Anna. Merci, Dalton !

— Bon, des histoires sombres, si tu préfères. Des histoires tourmentées. Angoissantes.

— C'est nettement mieux, merci.

Anna versa le lait fumant dans les trois mugs qu'elle avait préparés, puis tendit aux deux hommes leurs cafés au lait. Ils s'installèrent autour de sa petite table de style bistrot. Dalton avait raison. Ces adjectifs étaient ceux qu'employaient les critiques pour qualifier ses livres, des thrillers. Certains les jugeaient palpitants, voire fascinants. Elle rêvait d'en vendre un jour assez d'exemplaires pour vivre de sa plume.

Rien ni personne ne l'en empêchait, affirmait son agent. Personne sauf elle-même.

— Une jeune femme si tranquille, si charmante, reprit Bill d'un ton théâtral. Où puise-t-elle donc son inspiration ? Dans quelque existence parallèle ? Quelque expérience inavouée ? Quelles horreurs effroyables rôdent sous l'eau limpide de ces prunelles vertes ?

Anna esquissa un sourire contraint. Bill était sans doute loin de se douter à quel point sa plaisanterie s'approchait de la vérité. Les plus sombres aspects de la nature humaine ne lui étaient pas étrangers ; d'expérience, elle savait combien l'homme pouvait faire le mal. Si cette connaissance troublait la paix de son âme et aussi, parfois, son sommeil, elle nourrissait en outre une imagination débordante, peuplée d'histoires obscures et tortueuses où s'affrontaient les forces du bien et du mal.

— Vous ne saviez donc pas ? répondit-elle avec une légèreté feinte. La pratique est ma première source de documentation. Alors, de grâce, évitez de fouiller dans le coffre de ma voiture et fermez votre porte à double tour avant de vous coucher... cela, bien sûr, dans votre intérêt, ajouta-t-elle à mi-voix.

Une fraction de seconde, ils la dévisagèrent sans un mot, avant de se mettre à rire tous les deux.

— Très amusant, Anna, dit Dalton. Surtout si l'on pense au sort que tu réserves à ce couple d'homosexuels dans ton prochain roman.

— A propos, murmura Bill en époussetant distraitement un peu de sucre en poudre sur la table, devant lui, as-tu reçu une réponse concernant ton nouveau projet ?

— Pas encore, mais il y a à peine deux semaines que j'ai expédié le manuscrit. Tu sais combien les choses vont lentement, dans l'édition.

Bill, qui travaillait dans la publicité et les relations publiques, secoua la tête d'un air écœuré, puis jeta un coup d'œil à sa montre.

— Oh ! là ! là ! Vous avez vu l'heure ?

Dalton consulta sa propre montre et s'exclama :

— Seigneur ! Je ne pensais pas qu'il était si...

S'interrompant brusquement, il se tourna vers Anna.

— Mon Dieu, Anna, j'allais oublier : tu as reçu une autre lettre de ta jeune admiratrice de Mandeville. Elle est arrivée aujourd'hui à La Rose Unique.

Un bref instant, Anna se demanda de quoi il lui parlait, puis la mémoire lui revint. Quelques semaines plus tôt, elle avait reçu un courrier d'une fillette de onze ans, qui signait Minnie. La lettre lui était parvenue parmi d'autres, par l'intermédiaire de son agent littéraire.

Quoique contrariée de savoir qu'une enfant lisait ses romans, Anna avait été charmée par cet envoi ; cette lettre évoquait pour elle l'univers de l'enfance, ce monde enchanté dont elle avait été privée à la suite du kidnapping.

Elle avait tenu à répondre elle-même au message touchant dont l'enveloppe portait, au dos, les lettres majuscules : C.P.U.B.

Cachetée par un baiser.

Dalton sortit l'enveloppe de sa poche et la lui tendit. Anna fronça les sourcils.

— Tu la gardais sur toi ?

Bill leva les yeux au ciel.

— Il l'a prise après avoir choisi le serre-livres au sein de sa collection d'armes.

Vexé, Dalton haussa le menton.

— Je voulais simplement rendre service. La prochaine fois, je m'abstiendrai.

— Ne fais pas attention à Bill, murmura Anna. Tu sais comme moi que c'est un incorrigible taquin. Merci d'avoir pensé à moi.

Bill pointa le doigt vers l'enveloppe. Comme la dernière fois, la fillette avait dessiné des petites fleurs, des cœurs, et ajouté l'inscription : C.P.U.B.

— Elle est arrivée directement au magasin — sans passer par ton agent.

— Directement au mag...

Prenant conscience de l'erreur qu'elle avait commise, Anna resta un instant sans voix. Dans son empressement à répondre, elle avait omis les précautions habituelles et rédigé son courrier sur du papier à lettres à en-tête de La Rose Unique.

Comment avait-elle pu être aussi stupide ? Aussi imprudente ?

— Ouvre-la donc, suggéra Bill. Tu as hâte de la lire, non ?

Elle était impatiente, en effet. Il lui était toujours agréable d'apprendre qu'un lecteur avait aimé l'un de ses romans. Rien ne pouvait la combler davantage. Mais à certains égards, cette relation personnelle avec des inconnus la gênait : des inconnus, par l'intermédiaire de son travail, avaient accès à ses pensées, à son intimité.

Elle décacheta l'enveloppe, déplia la feuille et parcourut son contenu. Bill et Dalton se penchèrent pour lire par-dessus son épaule.

« Chère Mademoiselle North,

« J'ai sauté de joie en recevant votre lettre ! Vous êtes vraiment mon auteur préféré, vous savez. Ma petite chatte Betsy trouve aussi que vous êtes la meilleure ; elle est rousse et blanche avec des yeux bleus. C'est ma meilleure amie.

« Nos plats favoris sont les pizzas et les chips de maïs Chee-tos, mais il ne nous en donne pas très souvent. Un jour, j'en ai chipé un paquet et nous avons tout mangé, Betsy et moi. Le groupe que je préfère, c'est les Backstreet Boys, et quand il me laisse sortir de ma chambre, je regarde la série Dawson.

« C'est drôlement chouette de vous avoir comme amie. On est plutôt seuls ici, quelquefois. Ça m'embête, quand même, que vous me trouviez trop jeune pour lire vos livres. Vous avez peut-être raison, et si vous ne voulez plus que j'en lise, j'arrêterai. C'est promis. De toute façon, il ne sait pas que je les lis. S'il s'en apercevait, il se mettrait en colère.

« Quelquefois, il me fait peur.

« Votre amie et correspondante,

Minnie. »

Anna relut trois fois les dernières lignes, le corps parcouru d'un frisson. *Il* lui faisait peur. *Il* ne la laissait pas souvent manger de la pizza ou des cônes glacés.

— A ton avis, qui ça peut être ce « il » ? demanda Dalton. Son père ?

— Je ne sais pas, murmura Anna en fronçant les sourcils. Il pourrait s'agir d'un oncle ou d'un grand-père. Manifestement, elle habite chez lui.

— Moi, je trouve ça plutôt inquiétant, avoua Bill. Et cette réflexion, comme quoi elle regarde Dawson « quand il la laisse sortir de sa chambre. » Qu'est-ce que ça signifie ? On dirait qu'elle est séquestrée, ma parole !

Ils se regardèrent un moment en silence. Un silence qui se prolongea jusqu'à ce qu'Anna s'éclaircisse enfin la gorge et essaye de rire.

— Allons, les gars, c'est moi qui invente des histoires. Vous deux, vous êtes censés me remettre les pieds sur terre.

— Exact ! approuva Dalton en souriant sans conviction. Après tout, les gamins ont toujours l'impression de ne pas pouvoir manger assez de cochonneries. Moi, à treize ans, je considérais mes parents comme de véritables bourreaux. J'étais persuadé d'endurer les pires sévices.

— Il a raison, approuva Bill. Du reste, si ce type était aussi méchant que nous nous le figurons, il n'autoriserait pas Minnie à correspondre avec toi, Anna.

— Très juste.

Anna soupira, plia la lettre et la replaça dans l'enveloppe.

— Il est 2 heures du matin, et nos réactions sont un peu disproportionnées. Je crois que nous avons tous besoin de sommeil.

— Tu as raison.

Bill se leva.

— Mais tout de même, Anna, j'aurais préféré que tu évites de répondre sur le papier à en-tête du magasin. Considérant le genre de littérature que tu écris, n'importe quel désaxé pourrait décider de s'en prendre à toi.

— Ne t'inquiète pas, lui dit-elle en se frictionnant les bras. Quel danger y a-t-il à ce qu'une enfant de onze ans sache où je travaille ?

2.

Jeudi 11 janvier — Quartier Français

— Qu'est-ce que tu veux dire, Anna ? demanda Jaye Arcenaux en aspirant avec sa paille les dernières gouttes de son milk-shake. Tu crois que cette gamine est une espèce de cinglée qui harcèle les gens ? Ce serait trop cool, ça.

Jaye, la « petite sœur » d'Anna, venait tout juste d'avoir quinze ans et pour le moment, tout était à ses yeux soit « trop cool », soit « complètement dingue ».

Amusée, Anna haussa un sourcil.

— Cool ? Je ne pense pas.

— Oh ! tu sais bien ce que je veux dire.

L'adolescente se pencha vers Anna.

— Alors, c'est ça que tu crois ?

— Bien sûr que non. Mais il y a quelque chose de bizarre, dans sa lettre, et je me demande si je dois lui répondre.

— Bizarre comment ? interrogea Jaye en chipant un morceau du cookie d'Anna. Dalton a dit que vous avez eu la trouille, tous les trois.

— Il exagère. Il était tard et nous étions tous crevés. Il n'empêche : j'ai quand même l'impression que quelque chose ne tourne pas rond dans la vie de famille de cette gamine. Ça m'inquiète un peu.

— Là-dessus, j'en connais un rayon : les familles qui ne tournent pas rond, c'est ma spécialité.

C'était vrai, et Anna en avait le cœur brisé. Toutefois, elle évitait avec soin de le laisser paraître. Jaye ne voulait pas de sa pitié — ni de celle de quiconque, au demeurant. Jaye acceptait son passé tel qu'il était ; elle n'en attendait pas moins de son entourage.

— En fait, avoua Anna, je voulais te demander ton avis.

Ouvrant son sac, elle en sortit la lettre et la tendit à Jaye.

— Il se peut que je me fasse des idées et qu'il n'y ait rien. Après tout, mon métier consiste à inventer des situations dramatiques.

Pendant que Jaye lisait la lettre, Anna détailla la jeune fille. Avec ses traits fins et ses grands yeux noirs, Jaye était remarquablement séduisante pour quelqu'un d'aussi jeune. Jusqu'à la semaine précédente, où sa nouvelle couleur de cheveux — un roux flamboyant — avait fait bondir Anna, elle était brune, avec de jolis reflets auburn.

Seule la profonde cicatrice qui barrait sa bouche en diagonale — ultime cadeau d'un père violent — altérait la beauté de l'adolescente. Dans une crise de délire éthylique, ce monstre lui avait jeté au visage une bouteille de bière qui s'était brisée sur ses lèvres. Il n'avait pas même tenté de la faire soigner. Quand l'infirmière de l'école avait examiné Jaye, le lundi matin, il était trop tard pour lui faire des points de suture ; en revanche, les services sociaux avaient été aussitôt alertés. On avait orienté l'adolescente vers une vie meilleure, et son père vers la prison.

La gorge nouée, Anna regarda ailleurs. Elle s'était engagée dans l'association Grands Frères et Grandes Sœurs d'Amérique à la suite d'une étude sur leurs activités dans le cadre de son second roman. Elle avait interrogé plusieurs bénéficiaires du programme et leurs témoignages l'avaient profondément émue.

Tous ces récits lui rappelaient sa propre adolescence, aussi perturbée et solitaire que la leur : une épaule amie lui avait désespérément manqué à l'époque — une époque de chaos émotionnel indescriptible.

Tentée par l'aventure, Anna avait décidé de devenir elle-même Grande Sœur, et cela faisait maintenant deux ans qu'elle était celle de Jaye. Si elles étaient aujourd'hui très proches, cela s'était fait progressivement, et non sans peine. Cynique pour son âge, écorchée vive et rendue méfiante par les mensonges et les coups qui avaient empli jusque-là son existence, Jaye avait d'abord repoussé Anna, refusant catégoriquement cette main tendue.

Anna avait persévéré. Pendant deux ans, elle avait mis un point d'honneur à ne jamais manquer à sa parole ; elle avait écouté au lieu de sermonner, prodigué uniquement les conseils qui lui étaient demandés. Fidèle à ses propres convictions, elle avait surmonté toutes les mises à l'épreuve de la jeune fille.

Finalement, Jaye s'était laissé apprivoiser. A la confiance avait succédé l'affection ; une affection entièrement réciproque, du reste. Lorsqu'elle s'était inscrite au programme, Anna ne s'y attendait pas. Alors qu'elle ne cherchait qu'à apporter un peu d'aide à quelqu'un, elle s'était trouvée gratifiée en retour d'une amitié qui comblait un vide dont elle n'avait encore jamais pris conscience.

Jaye leva la tête.

— Tu ne délires pas, dit-elle. Ce type n'est pas normal.

Anna sentit son estomac se serrer.

— Tu en es sûre ?

— Tu voulais mon opinion, non ?

— Mais qu'entends-tu au juste par là ? Tu veux dire qu'il s'agit...

— Ça peut aller de l'enfoiré de base jusqu'au pervers qui mériterait de finir sa vie en taule.

L'amertume qui perçait dans sa voix fit grimacer Anna.

— L'éventail est assez large, murmura-t-elle.

— Je ne suis pas extralucide.

Haussant les épaules, Jaye lui rendit la lettre.

— A mon avis, tu devrais lui répondre.

Anna fit la moue, moins convaincue que sa jeune amie de la nécessité de poursuivre cette correspondance.

— Je suis adulte et elle n'est qu'une enfant, rappela-t-elle. Cela fausse un peu la communication entre nous. Je ne voudrais pas que ses parents puissent me reprocher une quelconque ingérence dans leur famille. Et il m'est assez difficile de l'interroger sur son père.

— Tu trouveras bien quelque chose à dire, affirma Jaye en s'essuya la bouche avec sa serviette en papier. Cette gamine a besoin d'une amie, crois-moi.

Anna fronça les sourcils, perplexe et partagée entre deux attitudes contradictoires : celle que lui dictait la prudence consistait à jeter cette lettre et à oublier complètement Minnie et ses problèmes. Et puis, d'un autre côté, elle était d'accord avec Jaye : Minnie avait en effet besoin d'aide. Comment la lui refuser ?

— Tu vas manger le reste de ton cookie ? demanda Jaye en interrompant le cours de ses pensées.

— Prends-le.

Anna poussa l'assiette vers Jaye.

— Tu es souvent affamée, depuis quelque temps, remarqua-t-elle. Fran n'est donc pas bonne cuisinière ?

Fran était la mère de famille chez qui Jaye était placée.

— Bonne cuisinière ? répéta Jaye avec une grimace comique. C'est la pire que je connaisse : tout le contraire d'un cordon-bleu. Il faudrait inventer pour elle l'ordre du cordon rouge !

Anna rit de bon cœur, avant de reprendre son sérieux.

— Mais elle est gentille, n'est-ce pas ?

— Ça peut aller... du moins quand elle ne chevauche pas son manche à balai à la recherche de petits enfants et de chiens errants à sacrifier les nuits de pleine lune.

— Très drôle, mademoiselle Chipie !

En vérité, Jaye semblait apprécier sa nouvelle mère adoptive. Anna, pour sa part, demeurait encore sur la réserve. Fran semblait toujours vouloir trop bien faire, comme si elle essayait de donner le change parce que ce rôle ne lui convenait pas tout à fait. Dès leur première rencontre, Anna ne s'était pas sentie à l'aise avec elle. Néanmoins, elle espérait de tout cœur que Jaye se prît d'affection pour sa famille d'accueil.

Quelques minutes plus tard, en sortant du café, elles partirent flâner dans les rues du Quartier Français.

— Dans l'ensemble, comment ça va ? demanda Anna.

— A l'école ou à la maison ?

— L'une ou l'autre. Les deux.

— Ça se passe bien à l'école. A la maison aussi.

— Hmm... la prochaine fois, évite de m'assommer de détails ; tu me soûles littéralement.

La jeune fille sourit.

— Oui ! Ça, c'est de l'ironie, Anna. Trop cool.

Elles rirent et continuèrent de se frayer un chemin sur le trottoir grouillant d'activité, s'arrêtant de temps à autre devant les vitrines. Anna aimait les odeurs, les bruits et le spectacle qu'offrait le Quartier Français : un mélange d'ancien et de moderne, de bon et de mauvais goût, de beauté et de laideur. Peuplé de touristes mais aussi d'autochtones, d'artistes de rue et de simples badauds, le quartier l'avait séduite d'emblée.

— Oh ! regarde, murmura Jaye en tombant en arrêt devant un étalage de vestes en fausse fourrure. C'est pas cool, ça ?

La tête penchée de côté, Anna admira le blouson imprimé de rayures façon zèbre que l'adolescente désignait.

— Si, admit-elle. Tu veux l'essayer ?

Jaye secoua la tête.

— Uniquement s'ils me l'offrent. D'ailleurs, il n'irait pas avec ma nouvelle teinte.

Anna jeta un coup d'œil sur ses cheveux.

— Je finis par m'habituer à te voir rousse, tu sais. Ce qui me plaît le plus, c'est qu'on se ressemble comme de vraies sœurs, maintenant.

Jaye rougit, visiblement émue, et elles poursuivirent leur flânerie. Quelques instants plus tard, Jaye se tourna vers Anna.

— Je t'ai parlé du type qui m'a suivie ?

Anna s'arrêta et la dévisagea, inquiète.

— Quelqu'un t'a suivie ?

— Oui. Mais je l'ai semé.

— Quand cela ? Et où ?

— L'autre jour. A la sortie du lycée.

— A quoi ressemblait-il ? Etait-ce la première fois ou bien l'avais-tu déjà remarqué avant ?

— Je ne l'ai pas très bien vu. Mais en gros, il avait l'air d'un de ces vieux pervers qui embêtent les gamines.

Jaye haussa encore une fois les épaules.

— Ce n'est pas bien grave.

— Si, c'est grave. Tu en as parlé à ta famille d'accueil ? Ont-ils alerté...

— Oh ! là ! là ! Calme-toi, Anna. Si j'avais su que tu allais piquer une crise, je ne t'aurais rien dit.

Anna respira lentement par le nez. Elle ne devait pas réagir trop vivement, sous peine de voir Jaye se replier sur elle-même. De toute façon, Jaye n'était pas une ingénue prête à se laisser abuser par un inconnu. Elle connaissait bien la rue ; elle y avait même vécu, durant un temps. Cette seule idée faisait d'ailleurs frémir Anna, rétrospectivement.

— Excuse-moi de m'être affolée, murmura-t-elle. Avec l'âge, on se fait plus de souci, tu comprends ?

— Mais toi, tu n'es pas âgée, riposta Jaye.

— Suffisamment pour te supplier de m'avertir si tu revois ce type. Dans ce cas, nous irons à la police. D'accord ?

Jaye hésita un instant, puis acquiesça d'un hochement de tête.

— Entendu.

3.

Jeudi 11 janvier — Irish Channel

L'inspecteur Quentin Malone entra chez Shannon et salua quelques collègues. Pour beaucoup d'habitants de La Nouvelle-Orléans, le jeudi soir marquait le début officiel des festivités du week-end. Bars, restaurants et cabarets de la Ville Croissant profitaient du « bon vivre » ambiant, et le pub de Shannon ne faisait pas exception à la règle.

Situé dans Irish Channel, un quartier sud ainsi baptisé à cause des immigrés irlandais qui s'y étaient installés, le pub était le rendez-vous des cols bleus et des flics du coin. Les policiers du poste de police du Septième District en avaient fait leur second quartier général.

Le propriétaire des lieux, Shannon Mac Dougall, un ancien maçon aux mains calleuses, épaisses comme des battoirs, ne voyait pas le moindre inconvénient à la chose. La présence des policiers le préservait des dealers, prostituées et autres souteneurs, qui restaient dans la rue — de même que les bagarres. Conscient de ce qu'il leur devait, Shannon ne laissait jamais les anciens payer leurs consommations. Il n'en allait pas de même pour les petits « bleus ». Comme à l'armée, les nouveaux arrivés devaient faire leurs preuves. En revanche, les pourboires étaient les bienvenus quelle que soit leur provenance, et les premiers jours du mois, on pouvait voir des billets de banque passer de la main d'un inspecteur ou autre gradé à la poche du tablier de Mac Dougall.

Même s'il n'avait que trente-sept ans, Quentin faisait indiscutablement partie des anciens : il comptait seize années d'ancienneté et arborait les galons d'inspecteur première classe. Il appartenait du reste à une famille de la ville où le métier de flic se transmettait d'une génération à l'autre : son grand-père, son père, trois de ses oncles et une tante étaient ou avaient été policiers. Seuls, deux de ses frères et sœurs dérogeaient à cette règle. Patrick était comptable et Shauna, la petite dernière, étudiait les beaux-arts à l'université.

Quentin s'approcha du comptoir. Sur le trajet, l'une des serveuses, une fille de vingt-trois ans pleine d'entrain aux cheveux ultracourts, hérissés à la dernière mode, se précipita aussitôt vers lui. Elle ne faisait pas mystère de l'attirance qu'il lui inspirait, mais Quentin n'avait aucune envie de sortir avec une fille de l'âge de sa petite sœur Il se serait senti ridicule.

— Salut, Malone, lança-t-elle avec un sourire. Ça fait un moment qu'on ne t'a pas vu.

— J'étais ici et là.

Il se pencha et l'embrassa sur la joue.

— Ça va comme tu veux, Suki ?

— Il ne faut pas se plaindre. Les pourboires sont corrects.

Elle jeta un coup d'œil vers un groupe qui venait d'entrer.

— Bon, il faut que j'y aille. On se voit tout à l'heure ?

— Bien sûr.

Tout en s'éloignant, elle se retourna.

— John Junior est venu. Il m'a chargée de te dire d'appeler ta mère.

Quentin se mit à rire. John Junior, l'aîné de la tribu Malone, tenait l'ensemble de la famille sous son aile protectrice. En cas de difficulté ou de conflit avec un autre membre de la famille, chacun s'adressait systématiquement à lui. Et si John Junior constatait quelque anomalie dans le fonctionnement de la tribu, il en faisait son affaire. Quentin se dit qu'il avait dû manquer un peu trop souvent le sacro-saint repas dominical chez leur mère.

— Compris, Suki. Merci.

Quentin rejoignit le comptoir. Shannon lui avait déjà servi une bière pression, qu'il fit glisser vers lui.

— Aux frais de la maison.

— Merci, Shannon. Tu as vu Terry ce soir ? interrogea Quentin, se référant à son coéquipier, Terry Landry.

— Il est là.

D'un geste, Shannon indiqua la salle du fond.

— Aux dernières nouvelles, il entamait une énième partie de billard. Il ne m'a pas semblé très en forme, si tu vois ce que je veux dire.

Quentin hocha la tête. Il voyait ce que Shannon voulait dire. Son partenaire traversait une mauvaise passe. Après douze ans de mariage, son épouse venait de le flanquer à la porte, le jugeant impossible à vivre.

Quentin ne doutait pas que ce fût vrai. Leur métier était ainsi fait qu'aucun flic n'était facile à vivre. Fêtard invétéré au tempérament coléreux, Terry était sans doute plus difficile encore que la plupart de ses collègues. Toutefois, en dépit de ces défauts, on ne pouvait nier qu'il fût un bon père de famille et un mari dévoué. Il aimait tendrement sa famille — ce qui, aux yeux de Quentin, comptait tout de même beaucoup.

Terry avait mal vécu cette séparation. Il était en colère, blessé ; ses deux enfants lui manquaient. En ce moment, il buvait trop, dormait peu et se comportait de manière imprévisible. Avec lui, le travail en binôme exigeait un véritable talent d'équilibriste.

Mais Quentin n'oubliait pas qu'en cas de besoin, il avait toujours pu compter sur Terry. Aujourd'hui, il devait lui rendre la pareille.

— Si j'allais lui donner un petit coup de main ? suggéra-t-il en pointant le menton vers la salle de billard. Il ne faudrait pas qu'il perde sa culotte !

Shannon approuva en riant, avant d'aller servir un client à l'autre bout du bar.

Quentin traversa la salle, encore relativement déserte. Dans une heure, il n'y aurait plus une place assise, le juke-box déverserait sa musique à plein volume, un nuage de fumée âcre flotterait au-dessus de la foule et une douzaine de couples s'agiteraient sur la petite piste de danse. Mais pour l'instant, l'accès à la salle du fond était encore dégagé.

Du moins jusqu'à ce que Louanne Price vînt lui barrer la route. Cette femme avait un visage d'ange et le corps d'une pin-up. Plus d'un homme s'était jeté à ses pieds — position pourtant périlleuse, car la dame ne se privait pas de lâcher des coups bas, notamment au-dessous de la ceinture.

Une ravissante garce, en somme. Pour Quentin, cependant, la vie était trop courte pour s'exposer de son plein gré au danger qu'elle représentait, fût-ce après un inoubliable voyage au septième ciel.

Elle s'approcha de lui, au point que leurs corps se frôlèrent. Se haussant ensuite sur la pointe des pieds, elle posa les mains sur ses épaules et se laissa aller contre lui.

— Malone, chéri, que dois-je faire pour te convaincre de partager avec moi un peu de ta douceur irlandaise ?

Il esquissa un sourire.

— Ma p'tite Louanne, dit-il en exagérant son accent, tu sais bien que Dickey y m'botterait l'cul si je posais ne serait-ce qu'un œil sur sa p'tite dernière.

Dickey, le père de la belle, était sergent dans la police municipale.

— Je devrai me contenter de te convoiter à distance.

— Ce serait un vrai crime ! affirma-t-elle. Et toi, tu es un flic, tu es censé combattre l'illégalité !

Elle lui passa les doigts dans les cheveux.

— Il n'a pas besoin de savoir. Ça pourrait être un petit secret entre nous...

Quentin la repoussa en feignant le regret. Certes, il n'avait rien contre les femmes provocantes ; il en avait même fréquenté un certain nombre. Mais il y avait chez Louanne quelque chose de fourbe, de retors, qui lui déplaisait souverainement.

— Désolé, ma belle. Tu sais bien qu'il n'y a pas de secret dans la police de cette ville — excepté ceux que tout le monde connaît. Allez, à plus.

Quentin la quitta sans se retourner. Il trouva Terry à l'endroit indiqué par Shannon, une queue de billard à la main, le mégot au bord des lèvres. Il regarda Quentin avec les yeux vitreux d'un homme qui a trop bu. Cela faisait un moment qu'il était là.

— C'est pas trop tôt, maugréa-t-il. La soirée est déjà presque finie.

— Uniquement si tu es sur le point de tomber ivre mort.

Quentin s'approcha d'un pas nonchalant. Il prit une chaise, la retourna et s'assit à califourchon.

— Je t'ai couvert quand le commissaire t'a demandé, reprit-il.

Terry ajusta son coup avec soin et frappa la bille d'un mouvement sec. Elle fila tout droit dans la blouse.

— Ah bon ? Et j'étais où ? Aux chiottes ?

— Tu étais allé voir Penny. Pour parler.

— Cette salope ? Non, merci.

Quentin se rembrunit. Il connaissait Penny Landry depuis dix ans, et elle était tout sauf une salope. Terry avait beau souffrir, être aigri, en colère, Quentin ne pouvait pas laisser passer cela. Quelque chose ne tournait pas rond.

Il prit une gorgée de bière et s'efforça de paraître décontracté.

— A mon avis, elle fait ce qu'elle croit devoir faire. Pour elle-même et pour les gosses.

Terry manqua son coup suivant et jura. Son adversaire, un homme que Quentin avait vu jouer plus d'une fois, sourit et se pencha à son tour sur la table.

Avalant d'un trait le reste de sa bière, Terry jeta un regard furieux à Quentin.

— Tu es de quel côté, toi ?

— Je ne savais pas que je devais prendre parti.

— Eh bien, si. Tu ne te défileras pas comme ça, mon vieux.

— Penny est une amie, déclara Quentin en regardant Terry droit dans les yeux. Je ne m'en sens pas capable.

Terry s'empourpra.

— Ben merde, alors ! C'est pas formidable, ça ? Mon meilleur ami qui vient me dire...

— La huit dans le coin.

Ils se retournèrent pour regarder l'adversaire de Terry réussir son coup et emporter la manche.

— On remet ça ? proposa-t-il.

— Va te faire voir. T'as qu'à jouer seul.

Terry regarda Quentin.

— Il me faut un petit verre.

C'était bien la dernière chose qu'il lui fallait. Mais le lui faire remarquer ne servirait qu'à le mettre en colère. Ils quittèrent la salle de billard et regagnèrent le bar.

Durant la vingtaine de minutes que Quentin avait passée dans le fond, la clientèle avait déjà doublé. Il reconnut plusieurs collègues, et parmi eux, ses frères Percy et Spencer. L'apercevant, ils se dirigèrent vers lui.

— Et si on allait grignoter quelque chose ailleurs ? proposa-t-il à Terry. Je vais demander à Percy et Spencer de venir avec nous.

— Tu rigoles ? lança Terry en articulant péniblement. La nuit ne fait que commencer. Pleine de possibi... Tiens ! vise un peu ça.

Quentin suivit le regard de Terry. Une jeune femme vêtue d'une robe moulante très courte se déhanchait sur la piste de danse. Ses longs cheveux teints en roux formaient une masse ondulée, savamment ébouriffée. Tout en s'agitant, elle passait les doigts dans sa tignasse flamboyante en faisant tinter ses bracelets. Il était impossible de dire si elle dansait avec un homme, avec plusieurs ou si elle se donnait simplement en spectacle.

Et quel spectacle ! Quelques clients du bar s'étaient approchés pour l'admirer. Quentin et Terry se joignirent à eux.

Au bout d'un moment, Quentin jeta un coup d'œil sur son équipier.

— Je ne sais pas pour toi, Terry, mais moi elle me paraît...

— Elle est canon. Foutrement canon.

Pour sa part, Quentin s'apprêtait à dire que cette femme lui semblait du genre qu'il valait mieux laisser tranquille — une de ces femmes qui ne fréquentaient pas les flics, sauf en cachette. Elle ne donnait pas l'impression d'être riche à millions ; ce devait plutôt être une arriviste. Une de ces femmes qui attachaient de l'importance au prestige, à la situation sociale et aux costumes Armani.

Elle se choisissait des hommes qui pouvaient satisfaire ces ambitions. Un flic en serait incapable. Mais ce soir, apparemment, elle avait décidé de s'encanailler.

Les frères de Quentin réussirent à traverser la salle. Percy parla le premier.

— Quoi de neuf, grand frère ? Salut, Terry.

Quentin sourit à ses frères. Entre ces deux-là, l'air de famille était frappant : mêmes yeux bleus, mêmes cheveux bruns et bouclés, signes distinctifs de la famille Malone. Toutefois, Percy mesurait un mètre quatre-vingt-douze, sans un gramme de graisse tandis que Spencer, le bagarreur, avait plutôt un profil de boxeur, avec un nez aplati par les coups.

— Dans l'immédiat, expliqua Quentin, j'essaie d'empêcher mon équipier de se conduire comme un imbécile.

Ses jeunes frères suivirent son regard, et Percy esquissa un sourire en coin.

— Elle est chaude, c'est sûr. Tu as envie de te brûler les ailes, Terreur ? demanda-t-il, utilisant le surnom dont ses collègues gratifiaient Terry. Spencer y a laissé des plumes il y a dix minutes.

— Pas de commentaire ! grommela Spencer d'un ton bourru.

Terry se lissa les cheveux en arrière.

— Regardez faire un expert, les gars.

Les trois frères Malone le huèrent.

— Ça fait un bout de temps que tu es sorti du circuit, remarqua Quentin.

Terry les regarda par-dessus son épaule, esquissant un sourire arrogant.

— Un don Juan ne perd jamais la main.

Même soûl, Terry était effectivement séduisant. Grand, mince avec les cheveux bruns, les yeux noirs et à l'occasion la faconde de ses ancêtres cajuns, il ne manquait certes pas d'allure. Quentin lui donnait plus d'une chance sur deux de réussir.

D'un pas nonchalant, son ami se dirigea vers la femme, oscillant au même rythme qu'elle et se rapprochant insensiblement. Elle lui tourna carrément le dos sans perdre la cadence.

Terry jeta un coup d'œil derrière lui. S'esclaffant, Quentin imita de la main la chute d'un avion qui descend à pic tandis que Percy et Spencer gloussaient.

Loin de renoncer, Terry repartit à l'assaut. La jeune femme lui fit de nouveau comprendre, mais plus clairement, qu'elle ne voulait pas de lui.

La troisième fois, excédée, elle s'arrêta de danser, le regarda droit dans les yeux et lui dit de décamper. Puis elle pivota et s'éloigna d'un pas chaloupé, ondulant des hanches sous sa robe moulante comme pour l'émoustiller en même temps qu'elle se dérobait.

Loin de se laisser abattre, Terry rejoignit ses amis avec un air fanfaron.

— Elle me veut. Il n'y a pas de doute.

Quentin et ses frères s'esclaffèrent. Spencer se pencha vers Terry.

— Fin du premier round : la p'tite dame, un ; Terreur, zéro.

— N'insiste pas, vieux, déclara Quentin en secouant la tête. Tu ne l'intéresses pas.

Terry ricana.

— Elle se fait désirer. Vous verrez, elle changera d'avis.

— Elle finira plutôt par te flanquer une gifle.

Percy regarda Quentin.

— Et toi, frangin, si tu faisais une tentative ? Charme-la avec ton beau sourire.

— Merci, sans façon.

Quentin but une gorgée de bière.

— Je préfère garder mon ego intact.

— Ben voyons.

Spencer se tourna vers Terry.

— Tu connais l'histoire de la ravissante Mlle Davis ? C'était la prof d'anglais de Quentin en terminale.

— Oh ! non, je t'en prie, gémit Quentin. Tu ne vas pas remettre ça.

Se hissant sur un tabouret du bar, Terry fit signe à Shannon de lui servir une autre bière.

— Je ne pense pas la connaître. Raconte.

— Eh bien, reprit Spencer, cette année-là, notre grand frère n'avait pas souvent ouvert ses bouquins et sa moyenne générale était dangereusement proche de zéro.

— Les choses s'annonçaient mal, renchérit Percy. Il allait devoir redoubler, se taper un cours de rattrapage l'été et se faire botter les fesses par papa... bref, tu vois le tableau.

Terry étouffa un bâillement.

— Oui, bon, quel intérêt ?

Les deux cadets échangèrent un regard malicieux.

— A ce qu'il paraît, dit Spencer, son zéro se serait transformé en dix sur vingt après quelques réunions privés avec la jolie Mlle Davis — comme par miracle...

— Miracle, mon œil ! Il a dû jouer de son sourire ravageur, ce fameux...

— Mon sourire ravageur ? Et puis quoi, encore !

Quentin leva les yeux au ciel.

Ignorant ses protestations, Spencer reprit le récit au point où Percy l'avait interrompu.

— Il n'avouera rien, les gars, mais il n'a sûrement pas joué que de son sourire, vous pouvez me croire.

— C'est vrai, vieux ? demanda Terry. Tu as séduit une femme pour obtenir un diplôme ?

Quentin les fustigea tous les trois du regard, fâché contre ses frères qui avaient évoqué cette histoire et contre lui-même pour ce qu'il avait fait. Il y avait quelque chose d'embarrassant pour un adulte d'être surtout renommé pour ses conquêtes au lycée.

— Arrêtez vos enfantillages. Vous ne pourriez pas parler d'autre chose ?

Les autres éclatèrent de rire.

La soirée se poursuivit. Et à mesure que l'heure avançait, Terry semblait de plus en plus déterminé à gagner du terrain avec la belle rousse — dont la résistance ne désarmait pas.

De toute évidence, elle se moquait de lui, s'amusait à le faire enrager. Elle dansait avec deux ou trois hommes à la fois — avec n'importe qui, sauf avec lui. Comme pour voir jusqu'où elle pouvait le mener.

Et elle l'avait poussé à bout, comprit Quentin lorsqu'il se rendit compte que son ami, furieux, se montrait agressif. Cela commençait à sentir le roussi.

Effectivement, les ennuis ne tardèrent pas à arriver.

— Pardon ? lança soudain la rousse en faisant volte-face pour regarder Terry dans les yeux. Vous avez un problème ?

— Oui, ma belle, répondit-il d'une voix pâteuse, j'ai un problème. Le mec avec qui tu danses est un balourd. Approche donc, si tu veux avoir une idée de ce que c'est qu'un homme, un vrai.

Quentin grimaça en voyant l'autre type serrer les poings avec rage. La femme lui posa une main sur le bras et toisa Terry d'un air méprisant.

— Ça, c'est dans tes rêves, minable. Compris ? Tu ne m'auras ni ce soir ni jamais. Laisse tomber, maintenant.

Un rictus déforma la bouche de Terry, et Quentin jura entre ses dents. Il donna un coup de coude à son frère Spencer qui discutait avec Shannon.

— Il se pourrait qu'on ait des ennuis. Va chercher Percy.

Et il se dirigea vers la piste de danse.

— Tu as entendu la dame ? dit le cavalier de la rousse en s'approchant de Terry. Elle ne veut pas de toi. Casse-toi.

Terry l'ignora.

— De quoi tu m'as traité ? demanda-t-il à la belle, suffisamment fort pour que tout le monde l'entendît.

Un frémissement parcourut l'assistance.

— Tu m'as très bien entendue, poulet, répliqua-t-elle du tac au tac. Tu veux que je te l'épelle ? M-i-n-a-b-l-e. Minable. Avec un grand M.

Soudain, comme un fou, Terry se jeta sur son rival. Ayant anticipé son geste, Quentin se précipita pour s'interposer entre les deux hommes.

Aveuglé par la rage, Terry continua sur sa lancée et lui décocha un coup de poing qui l'atteignit à l'épaule. Percy et Spencer l'immobilisèrent. Il se débattit comme un diable en les traitant de tous les noms et balança un crochet à Percy dès qu'il put dégager l'un de ses bras.

A la fin, les trois Malone ne furent pas de trop pour maîtriser Terry et le traîner dehors, dans la ruelle qui se trouvait derrière le pub.

L'air glacé de la nuit lui remit rapidement les idées en place et refroidit son ardeur bagarreuse. Quand il s'affaissa mollement contre un mur, Quentin fit signe à ses frères de les laisser seuls.

Il secoua alors son coéquipier.

— Allons, Terry, ressaisis-toi. On est chez Shannon, nom de Dieu. Tu es un flic. Qu'est-ce qui t'a pris ?

— Je ne sais pas.

Terry se passa une main sur le visage.

— C'est cette nana. Elle m'a rendu dingue.

— C'est pas une raison, mon gars. Oublie-la. Elle n'en vaut pas la peine.

Le regard de Terry se troubla et il baissa les yeux.

— Ce soir, avec cette fille... j'ai pensé à Penny. A la façon dont elle m'a foutu à la porte. Elle m'a traité de min...

Il laissa sa phrase en suspens et grommela un juron.

— Je sais, Terry, c'est dur, dit Quentin en posant une main sur l'épaule de son coéquipier. Bon, on ne va pas rester là toute la nuit. Si on y allait ?

— Si on allait où ? Et quoi faire ? répliqua Terry. Tu veux que je rentre à la maison ? J'ai plus de maison, tu te rappelles ? Penny m'a pris ma maison, elle m'a pris mes gosses.

— Allons, Terry, Penny n'est pas ton ennemie ; et ce n'est pas en te comportant comme si elle l'était que tu vas la récupérer. Parce que tu veux la récupérer, n'est-ce pas ?

Terry leva les yeux vers lui.

— Qu'est-ce que tu crois ? Evidemment ! Je l'aime.

— Alors, montre-le. Essaie le romantisme, fais-lui la cour. Offre-lui des fleurs, des chocolats. Invite-la au restaurant ; emmène-la voir un de ces films qui plaisent aux nanas et fais semblant de l'apprécier. Pour elle.

— C'est vrai ! murmura Terry avec un petit ricanement cynique. Le grand Malone a toujours su s'y prendre avec les femmes. Et maintenant, il semble qu'il sache s'y prendre aussi avec *ma* femme.

Quentin préféra ignorer cette dernière allusion, la mettant sur le compte de l'alcool et des difficultés conjugales de Terry.

— N'exagère pas, dit-il. Il ne s'agit tout de même pas de résoudre une équation à trois inconnues. On n'a jamais adouci le cœur d'une femme en beuglant comme un âne et en la bombardant d'injures. Comme dit la chanson : « Un peu de tendresse et tout peut s'arranger. »

Un rictus haineux déforma les traits de Terry.

— Qu'est-ce que ça cache, tout ça, hein, partenaire ? Qu'est-ce qu'il faut que je pense de toutes ces fois où ma femme t'a invité à dîner ?

Il se pencha vers Quentin, le regard étincelant de rage.

— Pendant que je me tapais les restes de hachis parmentier, qu'est-ce que vous dégustiez, tous les deux ?

Quentin fit un effort pour se maîtriser.

— Demain, tu vas regretter ce que tu viens de dire, dit-il posément, sans élever la voix. Compte tenu des difficultés que tu traverses en ce moment, je vais laisser passer ça. Pour cette fois. Recommence et je serai moins sympa. Compris ?

Terry s'effondra brusquement.

— Je suis nul, vieux, complètement nul. Un minable, comme l'a dit cette rousse... et comme ma Penny le répétait tout le temps. Un bon à rien.

— C’est des conneries, tout ça, et tu le sais, maugréa Quentin. Tu es soûl et tu t’apitoies sur ton sort. Mais évite de t’en prendre à moi, Terry. On est dans le même camp.

Son ami redressa la tête.

— J’y retourne. Il faut pas que cette allumeuse ou n’importe qui d’autre puisse s’imaginer qu’elle a gagné.

Le reste de la soirée passa dans une sorte de brouillard. L’endroit était plein à craquer et le vacarme indescriptible. La rousse finit apparemment par se lasser et décida d’aller exhiber ses charmes ailleurs ; tout le monde oublia la scène entre elle et Terry. Au milieu de la soirée, Quentin perdit Terry de vue et ne le retrouva que vers 2 heures du matin, au moment de la fermeture.

— Shannon, je suis désolé, dit Terry en gratifiant le patron d’une petite accolade. J’aurais dû...

Sur ces mots, il chancela dangereusement. Quentin lui attrapa le bras pour le maintenir debout.

— ... faire gaffe, chez toi.

— Ce n’est pas grave, Terry.

D’un geste évasif, le solide gaillard écarta ses excuses.

— Avec tous tes emmerdements en ce moment, ajouta-t-il, tu avais besoin de décompresser.

— C’est pas une raison.

Terry dégagea son bras et avança en titubant. Il plongea la main dans sa poche et en retira un billet qu’il glissa avec insistance dans la main de Shannon.

— Prends ça. Pour me faire pardonner.

Quentin regarda le billet dans la main de Shannon et jeta un coup d’œil surpris à son ami.

Un billet de cinquante dollars ? D’où Terry le sortait-il, lui qui disait être fauché ?

A en juger par sa mine perplexe, Shannon dut se poser la même question avant de fourrer le billet dans la poche de son tablier.

Quentin se tourna vers ses frères, qui attendaient pour l’aider à raccompagner son ami.

— Si nous ramenions le prince charmant au bois dormant ?

Terry pouvait à peine marcher. Assisté par ses frères, Quentin réussit à le sortir du bar et à l'allonger dans sa voiture. Puis il confia les clés de son ami à Percy.

— A tout de suite.

— D'accord. Hé, Quent ?

Quentin vit le regard clair et vif de son cadet chercher le sien.

— C'était un billet de cinquante dollars que Terry a donné à Shannon.

Quentin fronça les sourcils.

— J'ai vu.

— Ça fait pas mal d'argent.

— Mouais. Surtout pour un poulet qui doit subvenir aux besoins de sa famille, avec deux résidences séparées... A moins que le poulet en question ne touche des pots-de-vin.

Mais Terry n'était pas de ces flics. Quentin en aurait mis sa tête à couper.

— Oublie ça, Percy, dit-il.

Discernant l'ombre d'un doute dans l'expression de son frère, il détourna les yeux.

— Allons-y, je suis crevé.

La sonnerie insistante du téléphone tira Quentin d'un sommeil profond. Maugréant un juron, il décrocha le combiné.

— Malone.

— Lève-toi, chéri, dit le policier de faction d'une voix traînante. C'est l'heure d'aller bosser.

Quentin jura de nouveau. Un appel du poste à cette heure de la nuit ne pouvait signifier qu'une chose.

— Où ça ? demanda-t-il d'une voix encore lourde de sommeil.

— Derrière le pub de Shannon, dans la ruelle.

Cette phrase fit à Quentin l'effet d'une douche froide. Il se redressa brusquement dans son lit.

— Le pub de Shannon ?

— Affirmatif. Sexe féminin. Blanche. Raide morte.

— Merde. Pourquoi ce ton enjoué ? T'es un vautour, ou quoi ?

— Que veux-tu ? J'aime mon boulot.

Quentin jeta un coup d'œil à sa montre et calcula le temps qu'il lui faudrait pour se rendre sur les lieux.

— Tu as déjà appelé Landry ?

— J'allais le faire.

— Je m'en occupe.

— Bonne chance.

Il lui en faudrait, en effet, songea Quentin. Raccrochant, il composa le numéro de son coéquipier.

4.

Vendredi 12 janvier — 5 h 45

La scène ressemblait à des dizaines d'autres. La saison, le décor, le nombre de victimes, la quantité de sang, tout cela pouvait différer. Mais la tragédie était invariablement là ; tout comme l'odeur de la mort. La destruction d'une vie l'atteignait toujours de plein fouet, dans son horreur, tel un hurlement assourdissant qui dominait tout : les échanges de banalités comme les commentaires de mauvais goût.

Pour Quentin, toutefois, cette scène se distinguait des autres par la familiarité du décor. Pour un patron de bar, un meurtre juste derrière chez lui n'était pas exactement la publicité rêvée. En matière de faits divers, la ville avait été plutôt calme, cette nuit ; il y avait donc de fortes chances pour que ce cadavre fît la une des journaux du lendemain. Dommage pour Shannon.

Quentin descendit de sa Bronco. La chaussée était mouillée, la nuit humide et froide — de ce froid pénétrant qui vous glaçait les os. Levant les yeux vers le ciel sans étoiles, Quentin s'emmitoufla frileusement dans son blouson. Les habitants de La Nouvelle-Orléans se plaignaient généralement du mois d'août ; pour sa part, il préférait mille fois sa chaleur torride aux rigueurs des hivers humides.

Il montra son badge à l'agent qui surveillait le périmètre du crime et passa sous les rubans de plastique jaune.

— Elle a choisi une nuit sacrément froide pour mourir, dit le flic en resserrant les pans de son manteau pour mieux se couvrir.

Quentin approuva d'un hochement de tête. Il se dirigea vers le sergent, l'un des jeunes collègues de son frère Percy.

— Salut, Mitch.

— 'Soir, inspecteur.

Le sergent se dandina d'un pied sur l'autre.

— Quel froid, hein ?

— Ouais, un vrai froid de canard.

Quentin balaya l'endroit du regard.

— Je suis le premier arrivé ?

— Eh oui. Toujours prêt, comme un bon scout.

— Vous y avez touché ?

— Non. On a vérifié son pouls et son identité. On a établi le rapport.

— Bien. Alors ?

— Femme. Blanche. D'après son permis de conduire, elle s'appelait Nancy Kent. Il semble qu'elle ait d'abord été violée.

Quentin fronça les sourcils.

— Le légiste va arriver ?

Mitch hocha la tête.

— Qui l'a trouvée ?

— Un éboueur.

Du pouce, Mitch fit un geste vers la benne. Deux jambes étendues dépassaient sur la chaussée, le reste du corps étant caché par la grosse poubelle. Elles étaient blanches comme le ventre d'un poisson. Un pied était nu, l'autre chaussé d'une sandale à talon haut.

Quentin sentit les cheveux se hérisser sur sa nuque.

— J'ai relevé le nom et l'adresse de l'éboueur, poursuivit le sergent. Il devait terminer sa tournée. Il a dit qu'il connaissait la procédure. Il a déjà trouvé un cadavre, une fois — il y a dix ans.

— Je vais jeter un coup d'œil. Si mon coéquipier arrive, tu me l'envoies aussitôt.

Quentin s'approcha lentement, examinant minutieusement le sol devant lui. Enfin, il s'obligea à regarder la victime. Elle gisait sur la chaussée, les yeux grands ouverts et les jambes écartées. Sa robe, très courte, avait été remontée jusqu'aux hanches et son string noir restait accroché à une jambe. Ses cheveux roux ébouriffés étaient plaqués sur son visage, couvrant à demi sa bouche ouverte sur un cri à jamais étouffé.

La femme du bar. Celle qui avait repoussé Terry.

— Merde, jura Quentin.

Son haleine se condensa en un petit nuage devant sa bouche.

Il se retourna en entendant un bruit de pas. Terry le rejoignit, le visage aussi blanc que celui du cadavre.

— Equipe de nuit au complet.

Il se réchauffa les mains en les frottant l'une contre l'autre.

— Elle n'aurait pas pu choisir une nuit plus merdique pour...

— Faut qu'on se parle, coupa Quentin. Et vite.

Le regard de Terry alla se poser sur la victime. Il émit une sorte de couinement qui évoquait celui d'un animal pris au piège, puis releva les yeux sur Quentin.

— Merde.

— Tu l'as dit, vieux, murmura Quentin d'un ton sinistre. Et pour des emmerdes, c'est des sacrées emmerdes.

5.

Vendredi 12 janvier
Poste de police du Septième District

Deux heures plus tard, Quentin frappait à la porte entrouverte du bureau de son chef. Le capitaine O'Shay, une femme brune et mince aux yeux vifs, leva la tête. Elle n'avait pas l'air enchanté de les voir, Terry et lui, à une heure aussi matinale. Terry était très nerveux. L'entretien ne pouvait se passer que mal ou très mal. O'Shay ne verrait pas d'un bon œil le fait qu'un inspecteur se soûle et cherche la bagarre dans un bar — encore moins qu'il se soit querellé avec une femme retrouvée morte au petit matin.

— On peut vous parler deux minutes ? demanda Quentin.

Il avait accompagné sa requête de son plus beau sourire, mais il comprit aussitôt qu'il gaspillait son énergie à essayer d'amadouer sa chef. Patti O'Shay s'était battue pour gravir les échelons de la profession — une profession en grande majorité masculine, parfois misogyne et souvent phallocrate — et pour enfin gagner le grade de capitaine grâce à son travail remarquable, à sa détermination sans faille et sa capacité à tenir tête aux plus grandes gueules. Il n'y avait sans doute pas plus coriace que Patti O'Shay.

— Il se pourrait qu'on ait un petit problème, ajouta Quentin.

Elle fronça les sourcils, leur fit signe d'entrer et les dévisagea brièvement tour à tour.

— Vous avez de sales mines.

Ce n'était pas l'entrée en matière idéale.

— On était chez Shannon, hier soir.
— Quelle coïncidence !
Patti joignit les mains devant elle sur le bureau.
— C'est bien là qu'on a découvert la fille ?
— Oui. Dans la ruelle, derrière le pub.
— Continuez.
— Elle s'appelait Nancy Kent.
Terry s'éclaircit la gorge et poursuivit :
— Vingt-six ans. Récemment divorcée. Une fêtarde. Son divorce lui avait rapporté pas mal d'argent. Elle avait visiblement décidé de flamber, hier soir.
Quentin prit le relais.
— Le médecin légiste affirme qu'elle serait morte entre 1 h 30 et 3 heures du matin.
Le capitaine parut digérer cette information.
— Ce qui signifie que le crime a été commis alors que le pub était encore ouvert ou au plus tard dans l'heure qui a suivi sa fermeture, souligna-t-elle. A des heures aussi tardives, il devait y avoir moins de monde.
— Pas hier soir, capitaine, dit Terry. A 1 h 30, la soirée battait encore son plein. Shannon a été obligé de vider des clients vers 2 heures. Il a même menacé d'appeler les flics.
Sans relever la plaisanterie — un tiers de la clientèle étant justement composée de flics —, O'Shay se tourna vers Quentin.
— Et Shannon ?
— Je l'ai interrogé, répondit-il. Il était secoué. Il n'a rien vu, rien entendu. Idem pour les deux serveuses, Suki et Paula, qui ont fait la fermeture avec lui.
— Et Shannon ? Ce ne serait pas lui l'assassin ?
— Sûrement pas ! D'ailleurs, il a un alibi. Il est resté planté derrière son comptoir toute la soirée. Après la fermeture, il était avec Suki et Paula. Ils ont quitté le pub ensemble.
— D'habitude, Shannon apporte les sacs poubelle jusqu'à la benne pendant que les filles finissent de ranger, ajouta Terry. Mais,

hier soir, Suki et Paula ont pris chacune un sac et ils sont tous sortis ensemble.

— Quelle heure était-il ?

— Entre 3 heures et 3 h 10.

— Et personne n'a rien vu ? s'exclama O'Shay avec incrédulité.

— L'allée est mal éclairée, précisa Quentin. Ils étaient crevés et impatients de rentrer chez eux. Et puis, Suki et Paula se chamaillaient pour des histoires de pourboires. Le cadavre, lui, se trouvait derrière la benne, dans l'obscurité.

O'Shay hésita, puis hocha la tête.

— Et la cause de la mort ?

— Dans l'attente d'une autopsie, le médecin légiste a parlé de mort par étouffement.

Le capitaine haussa les sourcils.

— Etouffée ? En pleine rue ?

— Oui, c'est étonnant. Elle a certainement été violée au préalable. Il y avait des écorchures et des déchirures au niveau des lèvres. Et des contusions à l'intérieur des cuisses.

— Est-ce que l'équipe a trouvé des indices ?

— Quelques cheveux, des fibres textiles. Ils ont fait des prélèvements sous ses ongles.

Terry changea de position sur sa chaise. Il avait l'air malade.

— Et son ex ? interrogea le capitaine, s'adressant à Terry.

— Un homme âgé, répondit-il d'une voix mal assurée. Il s'est effondré en apprenant la nouvelle. Il l'aimait encore, a-t-il dit. Il espérait la voir revenir un jour ou l'autre.

— Il semble donc qu'il avait un mobile.

Quentin secoua la tête.

— Mais pas les moyens, expliqua-t-il. Plutôt qu'un homme âgé, Terry aurait dû dire un vieillard : bouteille d'oxygène, chaise roulante, infirmière vingt-quatre heures sur vingt-quatre — bref, tout le bataclan.

— Un vieillard plein aux as, précisa Terry. Il a une splendide propriété aux abords du club de golf le plus huppé de la ville, et tout ce qui va avec. La fille n'avait sans doute jamais imaginé qu'elle disparaîtrait avant lui...

O'Shay, qui l'observait du coin de l'œil, demanda :

— Avait-elle des amants ?

— L'ex-mari ne lui en connaissait pas, répondit-il, laconique. On continue à se renseigner.

— Alors, où se situe le « petit problème » ? interrogea le capitaine sans le quitter des yeux.

Mal à l'aise, il se tortilla sur sa chaise.

— Comme on vous l'a dit, on était là-bas hier soir. Chez Shannon. Cette fille s'exhibait, elle dansait de manière provocante. Elle se faisait remarquer — si vous voyez ce que je veux dire...

Le capitaine haussa les sourcils.

— Non, je n'en suis pas sûre.

Quentin regarda son ami. Jouer la carte du « elle l'a bien cherché » ne prendrait pas avec Patti O'Shay. En fait, cela ne servirait qu'à la faire sortir de ses gonds.

Se rendant compte de sa maladresse, Terry changea rapidement de tactique. Il toussa pour s'éclaircir la gorge.

— Je... je veux seulement dire que... je l'ai abordée. A plusieurs reprises.

— Et elle n'était pas intéressée.

— C'est ça.

Il s'empourpra légèrement.

— J'avais un peu trop bu et...

Il chercha les mots qui l'aideraient à redorer un peu son blason, et n'en trouvant pas, il resta coi. Prenant les devants, O'Shea compléta sa phrase :

— Et vous avez insisté.

— Comme je l'ai dit, j'avais un peu trop bu.

Le capitaine se leva et contourna son bureau. Elle s'assit sur le coin de la table, obligeant ainsi Terry à lever les yeux pour la regarder.

— Croyez-vous que cela justifie une conduite aussi minable ? demanda-t-elle d'un ton glacial.

Visiblement, Terry aurait voulu rentrer sous terre.

— Non, chef.

— Heureuse d'apprendre que nous sommes d'accord là-dessus, inspecteur. Que s'est-il passé ensuite ?

— Je suis allé trop loin. Nous nous sommes querellés : l'homme avec qui elle dansait est intervenu et nous avons failli en venir aux mains, lui et moi.

O'Shea le fusilla du regard.

— Vous avez *failli* ?

— Malone nous a séparés.

Elle se tourna vers Quentin, qui opina de la tête en silence. Se levant, elle traversa ensuite la pièce et regarda par la fenêtre. C'était une belle journée d'hiver.

— Rédigez-moi tous les deux un rapport détaillé, ordonna-t-elle d'un ton sec, sans se retourner.

— Entendu, chef, répondit Quentin.

Après un bref silence, O'Shay regagna son bureau.

— Je sais que vous avez des problèmes en ce moment, inspecteur Landry. Voulez-vous prendre un congé jusqu'à ce que les choses s'arrangent ?

— Il n'en est pas question, capitaine ! s'exclama Terry en bondissant. Sans mon travail, je deviendrais complètement dingue.

Elle hésita et finit par hocher la tête.

— Très bien, dit-elle du bout des lèvres. Mais il ne faudrait pas qu'un incident de ce genre se reproduise. Je n'accepterais pas que tout le poste de police se retrouve dans la mouise par votre faute. Est-ce compris ?

— Oui, chef.

— Bon. Autre chose : je confie le dossier Kent à Johnson et Walden.

— Quoi ?

— Ça n'est pas possible, chef !

Les inspecteurs Johnson et Walden — quasi homonymes de deux fameux disc-jockeys d'une radio locale, Walton et Johnson — étaient la cible de plaisanteries constantes. Autant les DJ étaient drôles, pleins d'idées et d'imagination, autant les deux inspecteurs manquaient totalement d'humour et de fantaisie.

— Landry, poursuivit O'Shay, comme si elle n'avait rien entendu, vous n'avez plus rien à voir avec ce dossier. Malone, vous les assisterez.

— Je les assisterai ?

A son tour, Quentin bondit de son siège.

— Capitaine O'Shay, sauf votre respect...

— Il y a conflit d'intérêts, coupa-t-elle d'un ton sans réplique. Quelques heures avant le viol et le meurtre de Nancy Kent, l'un de mes inspecteurs a eu une altercation en public avec cette femme. Il est donc automatiquement suspect.

Elle regarda tour à tour les deux hommes.

— Serait-il raisonnable de laisser cet inspecteur travailler sur le dossier ? Ou son coéquipier diriger l'enquête ? Non, vous admettrez avec moi que ce serait parfaitement insensé.

— Et une fois que Terry sera lavé de tout soupçon ? demanda Quentin.

— Il faut espérer qu'à ce moment-là, l'affaire sera close. Sinon, nous en reparlerons.

Mais il ne fallait pas trop y compter.

— Est-ce tout ? demanda Quentin.

— Landry, vous pouvez disposer. Malone, je veux te voir seul.

Une fois que Terry eut quitté le bureau, et fermé la porte derrière lui, Patti regarda Quentin droit dans les yeux.

— Tout s'est bien passé comme Terry me l'a raconté ?

— Tout à fait.

— Et après l'incident avec la femme ?

— Nous nous sommes quittés. Je l'ai ramené chez lui vers 2 heures du matin.

— Il n'était pas en mesure de conduire ?

— Il était complètement soûl.

— Et tu es absolument convaincu que ton coéquipier est innocent ?

— Mais bien sûr, nom de Dieu !

Quentin détourna les yeux, puis les reporta sur O'Shay.

— Terry ne ferait jamais une chose pareille. Du reste, il était à peine capable de tenir debout — encore moins de maîtriser une femme, de la violer et de la tuer.

Le capitaine observa un bref silence, puis hocha la tête.

— Je suis d'accord avec toi, Malone. Il n'empêche que je l'ai à l'œil. Je ne laisserai pas l'un de mes inspecteurs péter les plombs au boulot.

— Il est en forme, chef, il...

— Il n'est pas en forme, coupa O'Shay d'un ton sec. Tu le sais très bien. Ne te laisse pas entraîner avec lui sur une mauvaise pente, Malone.

Elle alla s'asseoir derrière son bureau, signifiant ainsi que l'entretien était terminé. Quentin se dirigea vers la porte et s'arrêta avant de franchir le seuil.

— Tante Patti ?

Elle leva les yeux.

— Donne le bonjour à l'oncle Sammy.

— Tu le feras toi-même.

Un sourire effleura ses lèvres et son expression s'adoucit.

— Et appelle donc ma sœur. J'ai appris par John Junior que tu la négligeais, ces derniers temps.

Quentin acquiesça en riant, salua sa tante d'un signe de tête et sortit.

6.

Vendredi 12 janvier
Quartiers résidentiels de La Nouvelle-Orléans

C'était comme si un étau lui comprimait la tête. Souffrant d'une épouvantable migraine, le Dr Benjamin Walker s'efforça de surmonter la douleur et de se concentrer sur le patient qui lui décrivait les émotions consécutives au récent décès de sa mère. Ben s'occupait de son cas depuis trois mois ; trois mois au terme desquels il commençait seulement à entrevoir l'étendue des dégâts liés aux traumatismes d'une enfance épouvantable.

— Ça n'est pas normal, docteur Walker. C'était ma mère. Et elle est partie. Partie.

L'homme se tordit les mains.

— Je devrais ressentir quelque chose, n'est-ce pas ?

— Selon vous, que devriez-vous ressentir, Rick ?

L'homme leva sur Ben des yeux injectés de sang.

— Du chagrin. Du regret. De la fureur. Je ne sais pas, mais quelque chose, nom de Dieu !

Ben releva sa troisième proposition.

— De la fureur ? C'est une émotion forte, Rick. L'une des plus fortes.

Son patient le fixa d'un regard absent.

— Fureur ? Je n'ai pas dit ça.

— Si.

— Je n'aurais pas pu. J'aimais ma mère.

— En fait, c'est normal d'être en colère, et même furieux.

— Ah, bon ?

L'homme parut soulagé.

— Parce qu'elle m'a quitté ?

— Possible. Du moins, en partie.

Ben croisa les mains, affichant une neutralité absolue.

— Il se peut aussi que ce soit autre chose.

— Quoi donc ? Qu'est-ce que vous voulez dire ?

— Réfléchissez, Rick. Si vous pensez à autre chose, dites-le.

Ben se cala confortablement dans son siège et attendit sans un mot, accordant à son patient le temps de considérer sa question et de rompre le silence qui avait tant besoin d'être brisé. Un jour, songea Ben, Rick Richardson romprait ce silence, et le bruit serait assourdissant. Effrayant. Le psychiatre percevait la rage qui frémissait chez cet homme — une rage tout entière dirigée sur les femmes. Elle avait affleuré lors du récit d'une banale dispute avec son épouse, à travers son attitude envers son chef qui se trouvait être une femme, dans le choix de ses mots, dans son comportement, à travers de subtils changements d'expression quand il parlait d'elles.

Ben avait le sentiment qu'une mère autoritaire et castratrice était à l'origine des maux dont souffrait Rick Richardson — un fait que son patient n'était pas encore en mesure d'admettre. Maintenant que sa mère avait disparu sans que rien n'eût été résolu entre eux, ses accès de fureur risquaient de s'aggraver. Les laisserait-il le ronger de l'intérieur, ou bien les extérioriserait-il ?

Dans un cas comme dans l'autre, il fallait s'attendre à quelques séances plutôt éprouvantes.

— C'était une bonne mère, docteur Walker, dit Rick à brûle-pourpoint, sur la défensive. Une très bonne mère.

— Vous croyez ?

Rick se leva d'un bond, les poings serrés, les veines de ses tempes saillantes.

— Qu'est-ce que ça veut dire ? s'exclama-t-il. Merde, à la fin, vous ne la connaissiez pas ! Vous ignorez tout de notre relation, vous ne savez pas quel genre de personne c'était !

— Je sais ce que vous m'en avez dit, murmura Ben. Et j'aimerais en apprendre davantage.

Le fixant un instant avec intensité, Rick détourna le regard.

— Je ne veux pas en parler maintenant.

Ben le regarda arpenter la pièce.

— Pourquoi ? demanda-t-il.

— Parce que je n'en ai pas envie, répliqua Rick en faisant brusquement volte-face. Ça ne vous suffit pas ? Pourquoi me harcelez-vous ? Encore, encore, encore... Comme ma femme. Comme ma mèr... Oh ! merde.

— Est-ce que votre mère vous harcelait ? interrogea tranquillement Ben.

L'autre homme se troubla.

— J'ai dit que je ne voulais pas parler d'elle.

— Bien. Nous avons encore quelques minutes. De quoi voudriez-vous parler ?

C'était prévisible : son patient choisit d'évoquer son travail, un sujet beaucoup moins délicat. Tout en parlant, il se remit à arpenter la pièce. Ben le suivit des yeux, et ce faisant, aperçut son propre reflet dans le grand miroir ancien au cadre doré accroché au mur, face à son bureau. Il s'était autorisé cet achat, une véritable folie, pour fêter l'arrivée de son vingt-cinquième patient.

Son vingt-cinquième patient. Un an et demi plus tôt, il travaillait dans un florissant cabinet de psychiatres d'Atlanta, au sein duquel il s'était vu proposer une place d'associé. Mais il avait tout laissé tomber pour suivre sa mère âgée à La Nouvelle-Orléans.

Ce déménagement avait représenté un réel traumatisme. Elle avait pris la décision du jour au lendemain, prétendant par la suite que l'idée provenait de Ben. Celui-ci avait fini par considérer cette lubie comme une chance — ainsi qu'un avertissement.

Le comportement étrange de sa mère l'avait obligé à ralentir son rythme de travail pour lui consacrer plus de temps. Il l'avait observée attentivement et s'était rendu compte qu'elle n'allait pas tout à fait bien. Elle était plus que distraite. Les résultats d'examens avaient confirmé ses craintes. Elle souffrait d'un début de maladie d'Alzheimer.

Cette découverte l'avait ébranlé. Il se reprochait d'avoir été un fils peu attentionné, ingrat — et un imbécile, par-dessus le marché. Il était médecin, que diable ! Il aurait dû remarquer ce qui arrivait à sa mère avant que la maladie gagne du terrain. Cela faisait des années qu'elle confondait les gens ou bien les événements, qu'elle oubliait des rendez-vous ou des dates importantes. Mais n'était-ce pas aussi le cas de bien des gens normaux ? C'était ce qu'il avait pensé jusqu'à ce que son comportement l'obligeât à ouvrir les yeux.

Six mois après leur installation à La Nouvelle-Orléans, Ben avait persuadé sa mère qu'elle serait plus heureuse et beaucoup plus tranquille dans une résidence adaptée.

— J'ai encore imaginé ma mort.

Ben se redressa aussitôt et reporta toute son attention sur son patient, contrarié d'avoir laissé vagabonder son esprit.

— Racontez-moi, Rick.

— Il n'y a rien à dire.

— Si c'était le cas, vous n'y auriez pas fait allusion. Avez-vous imaginé que vous mettiez fin à vos jours ? Ou avez-vous simplement envisagé le monde sans vous ?

— Je... m'évaporais. J'étais là, puis je disparaissais brusquement.

Ben éprouva un réel soulagement. Aucun praticien digne de ce nom ne prenait à la légère les idées de mort exprimées par un patient. Mais la mort envisagée sous cet angle n'entrait pas dans la catégorie des fantasmes vraiment alarmants. Au demeurant, ce n'était pas la première fois que Rick mentionnait ce genre de pensées, qui lui venaient à l'esprit lors des périodes de grande tension nerveuse.

— Quelle impression cela vous a-t-il fait ?

— J'étais furieux.

Soudain, Rick cessa de tourner en rond. Il regarda Ben, son beau visage déformé par quelque émotion violente — un mélange de souffrance et de ressentiment, à ce qu'il semblait. Mais dans quelles proportions ?

— Personne n'avait l'air de s'en faire. La fête a simplement continué sans moi.

La fête. Autrement dit, la vie, comprit Ben. Il se pencha en avant.

— Je trouve intéressant qu'à bien des égards, vos fantasmes soient le reflet des émotions liées au décès de votre mère. Votre ambivalence et votre colère. Votre isolement. Pensez-y cette semaine. Nous en parlerons la prochaine fois.

Ben se leva, indiquant que la séance était terminée. Il raccompagna Rick à la porte de son bureau, lui souhaita une bonne semaine et une bonne soirée.

Il le regarda sortir de la salle d'attente, puis regagna son bureau. Il était de bonne humeur. Rick était le dernier patient de la semaine. Après avoir relu les notes de leur séance et rangé ses papiers, il serait libre de penser à son week-end.

Il comptait l'employer à travailler sur son livre, un ouvrage traitant des séquelles des traumatismes subis dans la petite enfance — notamment à la suite de sévices physiques et mentaux, ou encore sexuels.

L'idée d'écrire ce livre lui était venue lors d'un stage au dispensaire d'Atlanta, pendant sa première année d'études. L'idée avait mûri l'année suivante, quand il travaillait au cabinet de Peachtree Road. La clientèle était tout à fait différente, mais il avait observé le même genre de séquelles sur les personnalités des individus maltraités durant leur enfance.

Deux constatations se dégageaient de son étude : tout d'abord, les victimes de sévices se recrutaient dans tous les milieux, sans distinction de race, de classe sociale ou de niveau économique. Ensuite, on retrouvait les conséquences de ces traumatismes dans un certain nombre de pathologies adultes prévisibles. Ben avait commencé par explorer les recherches effectuées par des spécialistes et s'était plongé dans l'étude des cas traités par d'autres psychiatres.

Il savait que son livre ne serait ni le premier ni le dernier à traiter ce sujet, mais peut-être serait-il le seul ouvrage de vulgarisation en la matière, destiné au grand public. Son but était d'informer et de guérir.

Une fois commencé, ce travail était devenu une véritable obsession. Il lui consacrait la totalité de son temps libre.

Au moment de quitter le bureau, Ben aperçut de nouveau son reflet dans le grand miroir. Il eut un mouvement de surprise — l'impression fugitive de ressembler à quelqu'un d'autre. Mais qui ? se demanda-t-il en secouant la tête. Jean de la Lune ? Rick Richardson ?

Ben songea à son patient. Il était beau garçon. Toute ressemblance entre Rick et lui appartenait au domaine de l'imaginaire. De taille moyenne, Ben avait les cheveux châtains, les yeux noisette et des lunettes qui lui donnaient l'air d'un rat de bibliothèque — ce qu'il était, au demeurant.

Il ne serait jamais un don Juan. Jamais les femmes ne se pâmeraient devant lui. Ce dont il se moquait comme d'une guigne. Il n'était pas ce genre d'homme.

Il se considérait comme quelqu'un d'intelligent, de responsable. Un bon fils. Un jour, quand il aurait trouvé la femme de sa vie, il serait un mari fidèle et un père dévoué.

Bien dans sa peau, il acceptait l'homme qu'il était devenu et les choix qu'il avait faits. Sa vie lui convenait à merveille.

Un sourire aux lèvres, il éteignit les lumières du bureau et sortit dans la salle d'attente, fermant à clé derrière lui.

Ben travaillait seul ; il n'employait même pas une secrétaire. A quoi bon ? Il prenait ses rendez-vous lui-même, et un service de télésecrétariat se chargeait de répondre au téléphone quand il était avec un patient. Un logiciel informatique l'aidait à effectuer sa comptabilité. Jusqu'à présent, il n'avait pas eu tellement affaire aux compagnies d'assurance maladie. Il travaillait en autarcie, en quelque sorte — tout l'opposé de son emploi dans le cabinet précédent, à Atlanta, avec ses bureaux luxueux et ses vingt-cinq employés.

Et pour tout dire, cela ne lui manquait pas. Cette situation le satisfaisait pleinement.

Quand sa clientèle augmenterait, il aurait sans doute besoin d'engager quelqu'un. A certains égards, il le regretterait. Son cabinet occupait la moitié d'un duplex dans le quartier de Garden District ; l'autre moitié lui servait de résidence. L'endroit était confortable, intime et charmant. L'intrusion d'un tiers bouleverserait tout. Mais le changement, partie intégrante de la vie, était inévitable, Ben le savait bien.

Il traversa la salle d'attente pour mettre de l'ordre dans les revues disposées sur la table basse et remarqua alors une enveloppe en papier kraft sur le canapé. Il la prit. Son nom était écrit en lettres capitales. L'enveloppe ne portait aucune autre inscription.

Intrigué, il l'ouvrit. Elle contenait un roman d'Anna North — un auteur qui lui était inconnu. En retournant le livre, il fit tomber un petit mot, qu'il ramassa aussitôt. Le message était aussi succinct qu'énigmatique :

« Demain. 15 heures. E ! TV. »

Ben fronça les sourcils. Qui lui avait laissé ce bouquin ? Et pourquoi ?

Il le feuilleta sans trouver la moindre réponse à ces questions. Peut-être l'un de ses patients le lui avait-il apporté, l'oubliant ensuite sur le siège ; à moins qu'un patient l'eût déposé à son intention pendant une consultation.

Ben passa mentalement en revue les personnes qu'il avait vues dans la journée. Il avait reçu six patients — et aucun d'eux n'aurait eu la moindre raison de lui donner ce livre. Du moins, *si* l'un d'eux l'avait laissé là. N'importe qui aurait pu entrer et déposer l'enveloppe pendant qu'il était en consultation.

Mais pour quelle raison ?

Mystère. Un mystère qu'il tâcherait d'élucider. A cet effet, il commencerait par regarder la chaîne E ! TV, le lendemain, à 15 heures.

7.

Samedi 13 janvier — Quartier Français

A 14 heures passées de quelques minutes, Anna arriva chez elle après sa demi-journée de travail à La Rose Unique. Elle examina le ciel maussade avec un frisson, priant pour que le soleil promis par les experts de la météo fît son apparition. L'hiver avait à peine commencé qu'elle appelait déjà le printemps de ses vœux.

Jeudi, après son déjeuner hebdomadaire avec Jaye, Anna avait regagné le magasin, préoccupée de savoir qu'un homme avait suivi l'adolescente. Elle avait même envisagé d'informer les parents adoptifs de Jaye ou la police, puis avait renoncé. Jaye aurait été furieuse et, par ailleurs, elle avait promis d'accompagner Anna au poste de police si la chose se reproduisait. Bien qu'incomplètement rassurée par cette décision, Anna avait décidé de ne rien faire pour le moment.

Elle sortit ses clés de son sac. Outre ses soucis concernant la sécurité de Jaye, elle pensait constamment à Minnie et à ce « Il » déroutant, mentionné plusieurs fois dans la lettre de la fillette.

Se rangeant à l'avis de Jaye pour admettre que Minnie avait besoin d'une amie, Anna avait répondu à son courrier. Elle avait adopté un ton enjoué et amical, tout en essayant de glisser quelques questions subtiles concernant les parents de Minnie et la relation qu'elle entretenait avec eux. Elle espérait s'être montrée assez fine ; elle redoutait que sa famille lût la lettre et déchiffrât le message — avant de tomber sur la petite à bras raccourcis.

Anna ouvrit le portail de la résidence en adressant un petit salut amical au vieux M. Badeaux, qui habitait en face. Personnage du quartier, Alphonse Badeaux passait la plupart de ses journées assis devant sa maison avec son vieux bouledogue borgne, Mister Bingle.

Deux fois veuf, Alphonse s'arrangeait pour bavarder avec tous les passants, ou presque. Anna avait appris que c'était à lui qu'il fallait s'adresser pour obtenir un quelconque renseignement sur un habitant de la rue ou du proche voisinage.

— Vous avez reçu un paquet aujourd'hui, lui annonça-t-il en s'avançant tranquillement à sa rencontre. J'ai vu le type qui l'a livré. Mais je ne sais pas d'où il vient. Enfin, ce ne sont pas mes affaires...

Anna réprima un sourire.

— Est-ce qu'il l'a lancé par-dessus le portail ?

S'il n'y avait personne dans l'immeuble pour répondre à la sonnerie, les colis étaient souvent jetés dans la cour. La technique fonctionnait plutôt bien, sauf en cas d'averse inopinée. Et compte tenu du climat de La Nouvelle-Orléans, Anna avait souvent reçu des paquets détrempés.

— Non, répondit Alphonse, avant de se gratter la tête. Quelqu'un lui a ouvert. Il n'est pas resté plus de quatre minutes. Mais je ne sais pas qui c'était. Ça ne me regarde pas.

— Merci, Alphonse. Je vais aller voir de quoi il s'agit.

Elle jeta un coup d'œil sur le chien qui était resté étendu sur les marches du porche, devant chez le vieil homme.

— Vous allez bien, tous les deux ?

— Ça peut aller.

Alphonse passa la main sur son visage buriné par le temps et le soleil de la Louisiane.

— Mais je n'aime pas ce froid. Il vous pénètre jusqu'aux os.

— Tout à fait d'accord avec vous, approuva Anna. Il fait tellement humide...

Alphonse opina de la tête et pointa l'index vers son chien.

— Ça ne gêne pas Mister Bingle. Qu'il fasse froid, chaud, humide ou sec, ce vieux brigand ne sent pas la différence.

En entendant son nom, le chien leva la tête et les regarda de son œil valide. Anna sourit et posa la main sur le bras de son voisin.

— Venez donc prendre un chocolat chaud chez moi un de ces jours. Sans vouloir me vanter, je suis assez douée pour le préparer.

— C'est pas de refus, mademoiselle Anna. C'est très gentil à vous. Maintenant, allez donc chercher votre paquet.

Elle le remercia, puis franchit le portail, prenant soin de refermer à clé derrière elle.

Comme la plupart des immeubles anciens du Quartier Français — le Vieux Carré —, le sien était bâti autour d'une cour centrale. Avec leurs murs en brique et leur végétation luxuriante, ces patios offraient naguère aux habitants de véritables oasis de fraîcheur durant l'été. A présent, ils constituaient aussi de véritables havres de paix, à l'abri de la ville trépidante.

Anna gravit les marches de l'escalier étroit menant au premier étage. Comme son voisin l'avait annoncé, une enveloppe matelassée l'attendait devant sa porte. Elle la récupéra, ouvrit la porte de son appartement et entra. Après avoir posé son sac sur la table de l'entrée, elle examina le paquet de plus près. L'enveloppe portait son adresse, sans aucune autre indication. Pas de mention d'expéditeur, pas de tampon de la poste ni même de timbre.

Etrange, songea Anna. Elle ouvrit l'enveloppe et en retira une vidéo cassette portant l'inscription : « Interview Savannah Grail. »

Sa mère ! comprit Anna en souriant. Bien sûr. La dernière fois qu'elles s'étaient parlé, sa mère avait évoqué quelques propositions que lui avait faites son agent. Sans doute voulait-elle lui en montrer une.

Anna alluma la télévision, inséra la cassette dans le magnétoscope et gagna la cuisine pour boire un verre d'eau et sortir des crackers. Sa mère regrettait de ne plus travailler. La scène et l'admiration du public lui manquaient. Elle regrettait de ne plus être une vedette.

Et cela faisait déjà un moment qu'elle ne l'était plus. A la suite de l'enlèvement de sa fille, sa carrière avait connu un second souffle. Mais l'embellie avait été brève. Elle avait déjà quarante-cinq ans, à l'époque, l'âge où un sex-symbol d'Hollywood se voyait attribuer des rôles de mère dans les films. Ces rôles étaient confiés à de grandes actrices, qui avaient obtenu un Oscar ou l'avaient manqué de peu. Hélas ! même à l'apogée de sa carrière, Savannah n'avait jamais été du nombre.

En fait, elle avait atteint l'âge où les actrices ne trouvaient plus de travail que de façon sporadique — pour quelque publicité télévisée ou production de théâtre local. Savannah avait eu beaucoup de mal à l'admettre, mais elle avait tout de même survécu. Après son divorce avec le père d'Anna, elle avait quitté la Californie du Sud pour regagner sa ville d'origine, Charleston, en Caroline du Sud.

Là-bas, elle était restée une star, la grande Savannah North — le rôle de sa vie, en somme.

Savourant d'avance son plaisir, Anna s'installa en tailleur par terre, devant la télévision, et mit le lecteur du magnétoscope en marche. Quelques instants plus tard, sa mère apparut sur l'écran, superbe dans son tailleur de soie bleu vif, ses plus beaux diamants aux oreilles.

Le sourire aux lèvres, Anna grignota quelques crackers salés en regardant sa mère roucouler devant la caméra, coquette avec le présentateur, vedette jusqu'au bout des ongles. Elle était encore très belle. La beauté incendiaire aux yeux émeraude adulée du public — surtout masculin — ne s'était pas fanée.

Le journaliste entama l'interview. Il était hors du champ de la caméra. Anna, qui avait grandi dans cet univers, savait qu'il serait facile de le faire apparaître plus tard, au montage. Beaucoup d'interviews étaient enregistrées de cette façon.

L'homme questionna sa mère sur son travail, son passé de vedette, sur les films et les séries télévisées dans lesquels elle avait joué. Ils parlèrent du Hollywood des années 50, des stars de l'époque, des conquêtes amoureuses de Savannah.

Puis l'interviewer changea de sujet. Il se mit à interroger Savannah sur sa vie privée : son divorce, son retour à Charleston et sa fille unique, la petite Harlow Grail.

Anna se redressa en entendant mentionner son nom. Son estomac se noua. Et en dépit du malaise évident qui se lisait sur le visage de Savannah, son interlocuteur insista : il évoqua le tragique kidnapping, ses conséquences sur le mariage de l'actrice, sur leur famille, sur l'équilibre de Harlow.

Anna étudia les réactions de sa mère aux questions qui lui étaient posées, admirant malgré elle le talent du présentateur. Il alternait flagornerie et insinuations, se montrait tantôt flatteur, tantôt soupçonneux ; il semblait connaître les points sensibles de Savannah et savoir en outre à quel moment les toucher. Il se permit même de commenter la façon dont sa carrière avait profité de la tragédie.

Ce dernier point mit un comble à la fureur d'Anna. Elle devinait où l'homme voulait en venir, avec son manège. Manifestement, sa mère ne s'en rendait pas compte. Elle s'effondrait comme un château de cartes, sur la défensive, la mine contrite.

L'autre profita adroitement de son désarroi, avançant pour donner l'estocade.

— Il est tout à fait navrant, murmura-t-il, que Harlow ne se soit jamais remise de son enlèvement. Elle avait une telle force et un tel courage... cela a dû vous bouleverser de la voir s'évanouir dans l'anonymat. Je peux à peine imaginer le sentiment de colère et d'impuissance que vous devez éprouver.

— Harlow ne s'est pas du tout évanouie ! répliqua Savannah en prenant fièrement la défense de sa fille. C'est un écrivain — un bon écrivain. Elle habite La Nouvelle-Orléans et ses deux premiers romans policiers ont été très remarqués par la critique.

Anna sentit son cœur battre à coups sourds ; elle en était malade. D'un seul trait, sa mère venait de révéler non seulement sa profession mais aussi son lieu de résidence.

— Elle écrit des romans policiers ? murmura le journaliste. Cela m'étonne. Je n'en avais jamais entendu parler. Il semble que le nom de Harlow Grail à lui seul aurait dû faire d'elle un auteur à succès.

— Elle a pris un pseudonyme. Après ce qu'elle a vécu, elle préfère éviter de se retrouver sur le devant de la scène. Je suis sûre que vous comprenez.

L'interviewer acquiesça.

— Certes, certes, admit-il avec une sympathie qui sonnait faux. Mais peut-être pourriez-vous nous en dire un peu plus ? Après tout, l'affaire de la séquestration puis de la courageuse évasion de la jeune Harlow a tenu toute l'Amérique en haleine pendant soixante-douze heures. Nous avons eu peur pour elle. Nous l'avons applaudie. Elle fut et demeure encore une véritable héroïne. Ne pourriez-vous, au moins, nous donner un titre ?

— J'aimerais, mais...

— Son éditeur ? Est-ce Doubleday ? Cheshire House ?

A la réaction de Savannah, l'interviewer comprit que le dernier nom était le bon.

— Cheshire House publie de très bons auteurs de romans policiers. Harlow serait-elle du nombre ?

Anna pressa le bouton d'arrêt sur image, luttant pour recouvrer son souffle. Elle avait l'impression d'avoir reçu une balle de base-ball en pleine poitrine — une balle frappée par un professionnel.

Le sang bourdonnant aux oreilles, elle fixa son regard sur l'écran, sur l'image figée de sa mère. Excepté son nouveau nom et son numéro de téléphone, sa mère avait tout révélé sur son compte : la ville où elle habitait, sa profession, le genre de livre qu'elle écrivait. Anna devait s'estimer heureuse qu'elle n'eût pas mentionné La Rose Unique et son adresse personnelle.

« Ressaisis-toi, se dit-elle. Pas de panique. Evaluons l'étendue des dégâts. »

Anna respira par le nez et entreprit de récapituler les faits. La Nouvelle-Orléans était une grande ville, une ville où vivaient beaucoup d'écrivains. Rien, dans les publications de son éditeur, ne faisait allusion à sa ville de résidence. La maison d'édition Cheshire publiait bon nombre de thrillers et de romans policiers. Et sa mère n'avait pas précisé la date de parution de son prochain livre.

A moins que... ? Anna baissa les yeux sur la télécommande, qu'elle serrait dans sa main. Sans se laisser le temps de changer d'avis, elle remit le magnétoscope en marche.

Sur l'écran, sa mère paraissait bouleversée, au bord des larmes. Le présentateur résuma leur conversation, puis l'écran redevint noir.

Noir à l'exception de deux phrases laconiques qui apparurent inopinément, se détachant sur le fond sombre :

« Surprise, princesse. Sur E ! TV, aujourd'hui à 15 heures. »

8.

Samedi 13 janvier — 15 h 10

Ben n'avait pas vu passer l'heure, si bien qu'il manqua les dix premières minutes de l'émission du samedi après-midi sur E ! TV, consacrée aux énigmes d'Hollywood jamais élucidées. Epuisé, il se laissa tomber sur le canapé. La veille, il s'était endormi sur son bureau, tard dans la soirée, alors qu'il travaillait à son livre ; sans trop savoir comment, il avait tout de même regagné sa chambre au milieu de la nuit. A son réveil, au petit matin, il s'était retrouvé étendu en travers du lit, tout habillé, avec l'impression d'avoir passé la nuit à hurler à la lune plutôt qu'à ronfler sur ses bouquins.

Juste avant la pause publicitaire, la voix du speaker incita les téléspectateurs à ne pas changer de chaîne. L'annonce de l'histoire suivante, intitulée *Du conte de fées au cauchemar : le kidnapping de Harlow Anastasia Grail*, était en effet alléchante.

Ben se redressa sur le canapé, tout ouïe. L'enlèvement de la petite Grail était de ces affaires dont la presse reparlait de temps à autre. L'histoire avait tous les ingrédients nécessaires pour capter l'attention du public : des protagonistes appartenant au gratin d'Hollywood, une rançon, des enfants en danger, un dénouement mi-tragique, mi-heureux, et une énigme non élucidée.

De retour à l'écran, le présentateur résuma en quelques phrases le drame de la petite princesse hollywoodienne enlevée un beau jour devant l'écurie de la propriété des Grail à Beverly Hills, avec le fils des gardiens. Quelques séquences d'actualités de l'époque et des reconstitutions jouées par des acteurs — notamment celle de la courageuse évasion de la fillette — vinrent ensuite compléter le tableau.

Ben n'en perdit pas une miette. Soudain conscient d'avoir retenu son souffle, il l'exhala lentement. Qu'était-il advenu de Harlow Grail ? se demanda-t-il. Qu'était-elle devenue après une telle épreuve ? Quelles pouvaient être les séquelles du drame sur sa personnalité actuelle, ses conséquences sur les choix qu'elle avait effectués et sur la nature de ses relations avec autrui ?

Pendant qu'il s'interrogeait, l'émission se poursuivit par une interview récente de Savannah Grail. Puis le présentateur passa à l'énigme suivante.

Ben éteignit la télévision et se cala de nouveau, songeur, contre les coussins du canapé. L'histoire de Harlow Grail ajouterait beaucoup à son livre. Elle avait survécu à un drame hors du commun, une expérience terrible qui avait certainement influencé la suite de sa vie. Non seulement l'affaire illustrerait parfaitement le propos de son ouvrage, mais elle l'enrichirait d'une composante médiatique.

Il fronça les sourcils en se remémorant soudain un passage de l'émission. Savannah Grail avait indiqué que sa fille habitait La Nouvelle-Orléans et qu'elle écrivait des romans à suspense publiés par Cheshire House. Elle avait aussi expliqué qu'elle écrivait sous un pseudonyme et tenait beaucoup à préserver sa vie privée.

Ben se leva, gagna son bureau et prit sur une étagère le livre qu'on lui avait laissé la veille. Editeur : Cheshire House. Auteur : Anna North.

North, bien sûr ! North était le nom de jeune fille de Savannah Grail — elle l'avait mentionné au cours de l'interview. Anna était un diminutif de Anastasia et de Savannah. De là à conclure qu'Anna North, l'écrivain, n'était autre que l'ex-petite princesse d'Hollywood, Harlow Grail, il n'y avait qu'un pas, facile à franchir.

Perplexe, Ben examina le volume qu'il tenait dans les mains. Lequel de ses clients lui avait laissé ce roman ? Et pourquoi ?

Il allait le leur demander, tout simplement, en commençant par les six patients qu'il avait vus la veille.

9.

Samedi 13 janvier — 16 heures

Comme la météo l'avait annoncé, le soleil avait enfin fait son apparition, et une lumière crue éclaboussait la cuisine, où Anna, assise, le regard fixe, contemplait le vide sans réagir à la sonnerie impérieuse du téléphone.

Elle ne fit pas un geste pour décrocher et le répondeur finit par se déclencher. Elle avait diminué le volume du son de manière à ne pas savoir qui l'appelait. Elle était incapable d'affronter une fois de plus la surprise et l'incrédulité des gens.

Elle avait déjà parlé à sa mère. Et à son père. Elle avait parlé à six ou sept amis. A son agent et à son éditeur. Tout le monde avait reçu un exemplaire de son dernier livre, accompagné du même petit mot les invitant à regarder l'émission sur E ! TV à 15 heures. Tous ceux qui l'ignoraient avaient exprimé leur stupéfaction d'apprendre qu'elle était Harlow Grail, la fille des stars d'Hollywood kidnappée par un malfaiteur. Elle avait dû fournir des explications sur les raisons de son silence et recommencer, interminablement.

Quelques-uns n'avaient pas caché leur satisfaction ; ainsi, son éditrice s'était félicitée sans vergogne de cette opportunité qui placerait d'emblée le nouveau livre d'Anna dans la liste des best-sellers. Son agent, en revanche, lui avait vertement reproché de ne pas l'avoir mis au courant. Comment pouvait-il la représenter correctement s'il ne savait même pas qui elle était ?

Accablée, Anna se recroquevilla sur sa chaise. Qui avait pu lui jouer ce mauvais tour ? Et pour quelle raison ?

Elle entendit quelqu'un frapper à la porte, puis reconnut la voix de Dalton.

— C'est nous ! annonça-t-il. Bill et Dalton.

Anna se leva péniblement et alla leur ouvrir. Ses deux amis arboraient un large sourire.

— On a essayé d'appeler.

— D'abord, la ligne était occupée, toujours occupée...

— ... et ensuite, ça ne répondait plus.

— Vous avez vu ? leur dit-elle. L'émission sur E ! TV ?

— Evidemment, coquine ! répliqua Dalton en agitant l'index d'un geste de reproche. Et nous qui pensions te connaître.

— Elle est comme un livre ouvert, murmura Bill en franchissant le seuil. Voilà ce qu'on pensait de toi. Et puis, on a reçu ton petit mot à propos de l'émission.

Dalton ferma derrière eux.

— C'était sympa, Anna. Mais tu aurais pu nous dire ça de vive voix.

Anna était incapable de parler. Les mots s'étranglaient dans sa gorge sous l'effet conjugué de la peur et du désespoir.

Elle leur tourna le dos et porta ses mains tremblantes à sa bouche. Celui qui avait orchestré cette comédie connaissait non seulement son adresse, mais il avait aussi le nom des personnes qui comptaient dans sa vie. Grand Dieu, qui pouvait en savoir autant sur son compte ?

— Anna ? demanda Dalton. Quelque chose ne va pas ?

— Ce n'est pas moi qui vous ai envoyé le mot, répondit-elle d'un ton haché. J'aurais préféré, crois-moi.

— Je ne comprends pas. Si ce n'est pas toi... qui, alors ?

— Je n'en sais rien.

Elle se retourna pour leur faire de nouveau face.

— Mais je pense... j'ai peur de...

Kurt ! Il l'avait trouvée.

— Il faut que je m'asseye.

Elle se dirigea vers le canapé et s'y laissa tomber. Bill et Dalton la suivirent et prirent place dans les fauteuils du salon, sans dire un mot, ce dont elle leur fut reconnaissante. Elle qui avait horreur de s'effondrer devant les gens s'efforça de se ressaisir au plus vite.

Une fois calmée, elle leur raconta son passé — ses parents, son enfance idyllique parmi les stars, son enlèvement, le meurtre de Timmy et sa périlleuse évasion.

— Après l'enlèvement, ma vie a changé, murmura-t-elle en se frictionnant les bras. J'ai changé. Je ne me sentais plus en sécurité. Je n'étais plus aussi... épanouie qu'avant. Je n'avais plus confiance en personne. J'avais peur.

Ses amis ne dirent rien, sans doute déconcertés par ses révélations. Au bout d'un moment, Dalton toussa pour s'éclaircir la voix.

— Tu veux dire qu'il a tué ce petit garçon... sous tes yeux ?

Des larmes brouillèrent la vue d'Anna tandis que les images défilaient devant elle — Timmy se débattant pendant que Kurt lui maintenait l'oreiller sur le visage, ses petits bras battant l'air, son corps secoué de spasmes... puis retombant, immobile, à jamais figé dans la mort.

Une plainte monta en elle — un sanglot d'épouvante, issu des profondeurs de son être, qu'elle parvint tant bien que mal à ravaler. Après tant d'années, la souffrance était toujours aussi vive, à peine tolérable.

— Ensuite, ils s'en sont pris à moi, articula-t-elle enfin.

— Ton petit doigt...

Elle confirma d'un hochement de tête, et Bill prit sa main dans la sienne.

— Pas étonnant que tu sois terrorisée, Anna. Quelle horreur !

— Vous n'étes pas les seuls à avoir reçu le message concernant cette émission.

Consciente d'être tout près de céder à une véritable crise de panique, Anna respira à fond pour se donner du courage.

— Presque toutes les personnes que je connais l'ont reçu. Ma mère et mon père, la plupart de mes amis, mon agent, mon éditrice...

Elle raconta ensuite comment elle avait trouvé en rentrant chez elle le paquet contenant la cassette vidéo de l'interview de sa mère — cette même interview qu'on avait pu voir lors de l'émission sur les énigmes d'Hollywood.

— A la fin de l'enregistrement, il y avait un message m'incitant à regarder l'émission sur E ! TV.

— Tu ne crois pas que ta mère...

— Non.

Anna secoua la tête, peinée de constater le rôle joué par sa mère dans cette affaire. Elle se sentait trahie. En réalité, ni sa mère ni son père n'avaient réellement compris son besoin de rester dans l'anonymat.

— Il y a environ un an, expliqua-t-elle, un réalisateur vidéo indépendant a pris contact avec ma mère. Il préparait une série baptisée *Les Déesses de l'écran des années 50*. Il voulait l'y inclure. Elle a fait l'interview et n'en a plus jamais entendu parler. Jusqu'à aujourd'hui.

Dalton s'insurgea.

— Cela n'explique pas comment elle a pu révéler autant de choses sur toi pendant cette interview. Tout de même !

Anna regarda ses mains puis, de nouveau, ses amis.

— Le mal est fait, à présent. Et l'ennemi, ce n'est pas ma mère, ce n'est pas elle qui me veut...

Elle ravala la suite, mais les mots demeurèrent suspendus entre eux.

Du mal. Quelqu'un lui voulait du mal.

Pendant un long moment personne ne parla, jusqu'à ce que Dalton prît Anna dans ses bras.

— Ma pauvre petite Anna. Te voilà exposée malgré toi au grand jour.

Bill fronça les sourcils.

— Ta mère se souviendrait-elle du nom de ce réalisateur, par hasard ?

Anna fit signe que non.

— Mais il lui a donné une carte de visite. Elle est en train de la chercher.

— Tu sais, reprit Bill, j'ai des amis qui travaillent à la télévision. Si j'en appelais un pour lui demander de se renseigner auprès de la chaîne E ! TV et essayer de savoir d'où provenait la partie de l'émission concernant ta mère ? Avec un peu de chance, on pourrait retrouver la trace du cinéaste.

— Merci, dit Anna en posant une main sur celle de son ami. Ce serait très... tu me rendrais un grand service.

— As-tu une idée sur l'identité de la personne qui te persécute ainsi ?

— Non, je...

Anna se tourna vers Dalton, cherchant les mots justes, consciente de l'invraisemblance de ses soupçons.

— Comme vous le savez, Kurt n'a jamais été arrêté. Mais le FBI prétend qu'il ne représente plus une menace...

— Tu crois que ce Kurt pourrait être derrière cette histoire, c'est ça ?

— Je sais que cela semble incroyable, mais je... tu penses que c'est possible ?

Dalton l'attira contre lui.

— A mon avis, c'est très peu probable.

— Il a raison, ajouta Bill. Pourquoi se remettrait-il à ta recherche maintenant ? Il s'est passé beaucoup trop de temps.

— Un vieux compte à régler, murmura Anna. Peut-être veut-il me faire payer son échec d'autrefois.

Le silence retomba entre eux. Cette fois, ce fut Bill qui le rompit.

— Analysons la situation, Anna. Je comprends tes angoisses et tes raisons de te sentir menacée. Mais pourquoi ce type voudrait-il soudain t'obliger à sortir de l'anonymat ?

— C'est vrai, renchérit Dalton. Si Kurt ne rêve que de vengeance, pourquoi ne passe-t-il pas tout simplement à l'acte ? En t'enlevant de nouveau ? En te tuant ?

— Merci, Dalton ! lança Anna en ébauchant un faible sourire. Fais-moi penser à installer des barreaux aux fenêtres.

Bill fronça les sourcils.

— Je ne vois pas trop pourquoi ce Kurt en aurait après toi. Soyons réalistes. Vingt-trois ans se sont écoulés. Il a certainement commis d'autres crimes, et il est peut-être en prison. A moins qu'il soit déjà mort.

Machinalement, Anna caressa sa main mutilée.

— Je ne demande qu'à le croire, mais j'ai... comment dire ? j'ai le pressentiment qu'il m'a retrouvée.

— Tu dois aller voir la police.

Dalton regarda Bill, qui approuva avec conviction, puis il se retourna vers Anna.

— Et le plus tôt sera le mieux !

— La police, répéta-t-elle. Et qu'est-ce que je leur dis, aux policiers ? Qu'une personne envoie des messages bizarres et des exemplaires de mon roman à tous mes amis ? Ils se moqueront de moi.

— Pas si tu leur parles de tes soupçons. Considérant ton passé et les événements récents, je ne pense pas qu'ils en riront.

— Je suis d'accord, renchérit Bill. Cela servira au moins à les alerter. Qu'est-ce que tu as à perdre ?

Pour tout dire, Anna n'avait pas vraiment confiance en la police — pas plus que dans le FBI. S'ils avaient été plus efficaces, naguère, Timmy serait encore de ce monde.

Mais Anna s'abstint de formuler le fond de sa pensée.

— Je vais y réfléchir, murmura-t-elle. D'accord ?

— Il faut me le promettre, insista Dalton avec force. Je ne veux pas qu'il t'arrive quelque chose.

— D'accord, je vais y réfléchir, répéta Anna. Je te le promets.

Ils bavardèrent encore un moment, puis Anna assura à ses amis que cela lui était égal de rester seule. Les deux hommes se levèrent pour prendre congé.

Alors qu'ils étaient sur le point de sortir, Bill s'arrêta et se retourna vers Anna.

— Et Jaye, comment réagit-elle ? Elle peut être tellement susceptible...

Anna se figea. Aussi incroyable que cela pût paraître, elle n'avait jusque-là pas une fois songé à Jaye ! Or, au vu des appels qu'elle avait reçus, tous ses proches semblaient avoir été contactés. Jaye faisait-elle également partie du nombre ?

La gorge serrée, elle déglutit avec peine. La petite Jaye, dont elle avait eu tant de peine à gagner la confiance ; Jaye à qui son entourage avait menti toute sa vie. Elle allait interpréter le secret d'Anna comme un mensonge et une trahison supplémentaires dans une vie qui en comptait déjà tant.

Anna salua Bill et Dalton, puis se précipita sur le téléphone. Elle écouta ses messages et constata que sa petite sœur ne l'avait pas appelée. Elle composa aussitôt son numéro.

Jaye refusa de venir lui parler.

Bouleversée, Anna dit à sa mère adoptive qu'elle allait venir la voir. Elle devait absolument lui parler.

Elle fila immédiatement chez Jaye, gagnant le centre-ville où celle-ci habitait en un temps record. Tout au long du trajet, les mains crispées sur le volant, elle se répéta ce qu'elle allait dire pour s'expliquer, se justifier. Sans doute réussirait-elle à faire comprendre à l'adolescente les raisons pour lesquelles elle avait gardé le secret de sa véritable identité pour elle, et tout finirait par s'arranger.

Mais elle déchanta très vite et s'aperçut dès les premiers instants que tout ne s'arrangerait pas de sitôt.

— Laisse-moi t'expliquer, Jaye...

— Il n'y a rien à expliquer !

Jaye leva le menton.

— Je t'avais fait confiance et tu m'as menti.

— Non, je ne t'ai pas menti.

Comme l'adolescente ricanait amèrement, Anna tendit la main vers elle. Le soleil était sur le point de se coucher et le crépuscule enveloppait leurs deux silhouettes, face à face sur le perron.

— Ecoute-moi, Jaye. Harlow Grail, ce n'est pas moi, elle n'existe plus. Je l'ai quittée en venant m'installer ici. Je t'ai dit la vérité : aujourd'hui, je suis Anna North.

Jaye serra les bras contre sa poitrine pour se protéger du froid.

— Tout ça... c'est du bidon ! répliqua-t-elle. Anna North n'est qu'une partie de toi.

— J'ai changé de nom, j'ai déménagé. J'ai quitté tout le monde sauf mes parents...

— C'est bien les adultes, ça ! Ils trouvent toujours un moyen de se justifier, même quand ils ont tort. A les entendre, ce sont les jeunes qui pensent de travers, se font des idées fausses.

— Il ne s'agit pas de cela. J'essaie seulement de te dire, de te faire comprendre pourquoi...

— Pourquoi tu m'as menti. Ecoute, je n'ai peut-être que quinze ans, mais je trouve que tout ça est nul. Lamentable.

Son dédain donna envie à Anna de rentrer sous terre.

— « Tu dois regarder le passé en face pour pouvoir t'en libérer. » Tu as une idée du nombre de fois où j'ai entendu cette phrase ? Du nombre de fois où *tu* me l'as répétée ?

— Je n'ai pas menti ! insista Anna. Harlow Grail n'existe plus que dans le souvenir des gens. Je l'ai laissée derrière moi.

— Tu ne l'as pas vraiment quittée ! s'écria Jaye. C'est impossible. Je le sais parce qu'il ne se passe pas un jour sans que je pense à mon père et à ce qu'il m'a fait subir.

Elle redressa la tête avec arrogance, s'efforçant visiblement de ne pas pleurer.

— Si tu t'étais vraiment débarrassée d'Harlow Grail, tu ne te donnerais pas autant de mal pour la fuir.

Elle avait raison, tragiquement raison, se dit Anna, tout en se demandant comment une fille aussi jeune pouvait être aussi perspicace. Hélas ! elle connaissait : cette maturité précoce était celle des enfants qui ont souffert.

— Nos situations sont très différentes, répondit-elle.

Le visage de Jaye s'empourpra violemment.

— Je vois, fit-elle avec mépris. Mon opinion et mes sentiments ne comptent pas. Je ne suis qu'une gamine stupide.

— Non, tu réagis autrement parce que ton père est en prison, répliqua Anna.

Elle leva sa main mutilée.

— L'homme qui m'a fait ça n'a jamais été arrêté. Je ne fuis pas mon passé. Je me cache parce que j'ai peur de lui.

L'expression de la jeune fille s'adoucit et l'espace d'un instant, Anna crut avoir réussi à la convaincre de sa bonne foi. Mais Jaye secoua la tête.

— De vrais amis sont totalement honnêtes l'un envers l'autre. Je l'étais avec toi. Mais toi... je ne sais même pas qui tu es.

— Je suis désolée, Jaye. Pardonne-moi.

Anna tendit la main vers l'adolescente, suppliante.

— S'il te plaît...

— Non.

Les yeux de Jaye s'emplirent de larmes et elle fit un pas en arrière.

— Tu m'as menti. Je ne pourrais plus être ton amie. Je ne veux plus l'être.

Elle fit demi-tour, rentra rapidement dans la maison et fit claquer la porte derrière elle. Un bruit qui résonna comme un glas aux oreilles d'Anna, effondrée.

10.

Mercredi 17 janvier — Le Quartier Français

Les jours suivants, Anna téléphona quotidiennement à Jaye, matin et soir. Chaque fois, l'adolescente refusa de lui parler.

Jaye lui manquait. Depuis qu'elles étaient brouillées, il y avait comme un manque dans la vie d'Anna ; un vide s'était ouvert dans son cœur. Bill et Dalton estimaient pour leur part que Jaye changerait d'opinion et qu'un jour ou l'autre, tout redeviendrait comme avant.

Anna ne demandait qu'à les croire. Mais elle connaissait Jaye. Elle la comprenait. D'ordinaire, si une personne de son entourage la décevait, Jaye la rayait immédiatement de son existence, de façon aussi brutale que définitive. Elle utilisait cette tactique afin d'éviter des souffrances comparables à celles qu'elle avait endurées dans son enfance.

Jamais Anna n'aurait imaginé qu'elle ferait un jour les frais de ce procédé.

Elle franchit le seuil du magasin de fleurs en réprimant un soupir. Ce matin, Dalton était arrivé avant elle. Debout derrière la caisse, il était occupé à compter les liquidités de la caisse.

— Désolée d'être en retard, lança-t-elle en quittant sa veste et en se dirigeant vers l'arrière-boutique.

Il leva la tête et sourit.

— Bonjour.

— Je ne vois pas ce qu'il y a de bon dans cette journée !

— Ouh là ! Jaye refuse toujours de te parler, n'est-ce pas ?

— Tout juste, maugréa Anna.

Elle accrocha sa veste à une patère, derrière la porte, et enfila sa blouse.

— Sa mère adoptive commence à en avoir assez de mes appels. Aujourd'hui, elle m'a dit très clairement que Jaye m'appellerait lorsqu'elle aurait changé d'avis. Puis elle a raccroché.

Dalton fronça les sourcils.

— Charmant. Si je comprends bien, elle n'est pas tout à fait ton alliée dans cette affaire.

— C'est le moins qu'on puisse dire.

Anna s'approcha de la caisse.

— Tout le monde semble se coaliser contre moi.

— Jaye réfléchira. Si elle te manque à ce point, imagine combien tu dois lui manquer.

Sa réflexion attisa encore davantage le remords d'Anna. Elle préféra changer de sujet.

— Mon agent m'a appelée ce matin — c'est pour ça que je suis en retard.

— Enfin une bonne nouvelle ! Est-ce qu'ils prennent ton nouveau roman ?

— La maison d'édition est intéressée...

Anna leva la main, coupant court à ses félicitations.

— ... mais sous certaines conditions.

— Des conditions ? Quel genre de conditions ?

— Ils le prendront uniquement si je leur donne carte blanche pour la publicité concernant le livre et son auteur. Ils semblent penser que le nom Harlow Grail sera beaucoup plus vendeur que celui d'Anna North.

Dalton fronça les sourcils.

— Je ne comprends pas. Ton nouveau roman n'a aucun rapport avec ton enlèvement.

— Apparemment, mon passé servira d'appât et fournira une excellente accroche pour la couverture médiatique, expliqua Anna avec amertume. Comme me l'a dit mon agent, mon livre n'est qu'un roman à suspense de plus, parmi des centaines d'autres. Il sortirait du lot si l'on sait qu'il a été écrit par Harlow Grail, la petite princesse d'Hollywood victime d'un enlèvement.

— Ma pauvre chérie. C'est vraiment dégueulasse !

— Attends, ce n'est pas tout : si je m'oppose à leur stratégie de promotion du livre, ils me laissent tomber. Je ne leur rapporterais pas assez...

— Ils veulent le jackpot ou rien du tout.

— Exactement, dit Anna.

Elle entreprit de compter les pièces dans le sac destiné à la banque, heureuse de pouvoir s'occuper les mains.

— Mon agent voudrait que j'accepte. Il ne comprend pas mon hésitation. Selon lui, la plupart des écrivains feraient tout pour se voir offrir une opportunité pareille. En outre, ma mère a vendu la mèche, désormais, et la terre ne s'est pas arrêtée de tourner pour autant.

— Il est sympa, ton agent. Compréhensif.

— Jusqu'ici, je le croyais de mon côté. Je m'aperçois aujourd'hui qu'il est plutôt de celui du tiroir-caisse.

Dalton s'approcha d'elle pour lui caresser doucement le bras.

— Qu'est-ce que tu vas faire ?

— Je ne sais pas encore. J'ai envie d'accepter leur offre. J'ai travaillé dur pour être publiée. Tu sais ce qu'écrire... représente pour moi.

Malgré elle, ses yeux s'étaient soudain emplis de larmes.

— Hélas ! reprit-elle en s'efforçant de les contenir, je me vois mal aller raconter mes mésaventures à la télé et à la radio. Exhiber ma vie privée devant des milliers d'inconnus est au-dessus de mes forces. Je sais de quoi ce monde est fait, Dalton. Je le *sais.* Je ne peux pas m'exposer de cette façon.

— Et si tu ne le fais pas ?

— Je perds tout espoir d'être éditée.

La gorge nouée, Anna marqua une pause.

— C'est tellement injuste, murmura-t-elle.

Dalton l'embrassa sur la joue.

— Si tu as besoin de quoi que ce soit, tu peux compter sur moi.

— Je sais, dit Anna en s'appuyant contre lui et en posant la tête sur son épaule. Ton soutien m'est très précieux, crois-moi.

Le carillon de la porte tinta et Bill entra dans le magasin. Avec son costume trois-pièces et sa chemise immaculée, il avait l'air d'un banquier.

— Pris en flagrant délit ! lança-t-il. Moi qui vous faisais confiance...

Anna se dégagea.

— Je te le chiperais en un clin d'œil si je pensais avoir la moindre chance !

Bill porta une main à sa poitrine comme si elle lui brisait le cœur.

— Aïe ! Et dire que je te croyais folle de moi.

Anna rit de bon cœur et secoua la tête, réconfortée par la chaleur et l'amitié des deux hommes.

— Que fais-tu ici à une heure aussi matinale ? Et dans une tenue aussi...

— Aussi sévère ? suggéra Bill en examinant sans complaisance son reflet dans la porte vitrée. En fait, j'ai une réunion avec le groupe qui finance notre festival *L'Art dans le Parc*. En principe, ils préfèrent donner leur argent à des types en costard-cravate. Va comprendre pourquoi...

Il se dirigea vers la caisse et se tourna vers Dalton.

— Tu lui as donné la lettre ?

Anna observa Dalton du coin de l'œil et le vit faire signe à Bill de se taire. Elle fronça les sourcils.

— Quelle lettre, Dalton ?

— Ne te fâche pas. Elle est arrivée hier pendant que tu déjeunais.

— C'est ta petite admiratrice qui t'écrit, ajouta Bill en se frottant les mains. L'affaire se corse.

Dalton lui jeta un regard réprobateur, prit l'enveloppe dans la poche de son tablier et la présenta à Anna.

— Je sais combien sa dernière lettre t'avait inquiétée ; et tu étais si démoralisée, hier, que... que je ne voulais pas aggraver tes soucis. Je m'apprêtais à te la remettre dès ton arrivée ce matin, mais...

— Mais je ne t'en ai pas donné l'occasion. Ce n'est pas grave, Dalton.

Anna saisit la lettre avec un sentiment d'espoir mêlé d'angoisse. Elle avait beaucoup pensé à Minnie et relu son courrier une douzaine de fois : elle avait à présent la quasi-certitude que la petite était séquestrée.

Anxieuse, elle avait téléphoné à une amie qui travaillait aux Services Sociaux pour lui expliquer la situation ; comme elle, la jeune femme avait été troublée par le contenu de ces messages, et elle partageait son inquiétude. Mais en l'absence de preuves concrètes, de témoignages ou de plainte émanant de la victime, elle ne pouvait rien faire.

— Bon, vas-tu ouvrir cette enveloppe ? demanda Bill.

Anna hocha la tête et la décacheta lentement.

La lettre commençait à peu près de la même manière que les précédentes, par quelques anecdotes sur le chat Tabitha, les menus événements de la vie quotidienne, des questions sur les livres d'Anna. Mais cette fois, il y avait autre chose :

« Il prépare un mauvais coup. Je ne sais pas quoi, mais j'ai peur. Pour toi. Et pour quelqu'un d'autre. Une autre fille. Je vais essayer d'en savoir plus. »

Anna relut ces phrases, le cœur battant à grands coups, la gorge nouée.

— Mon Dieu..., chuchota-t-elle, avant de lever les yeux sur ses amis. Il va recommencer.

Les deux hommes échangèrent des regards perplexes.

— Recommencer quoi, Anna ?

D'une main tremblante, elle tendit le feuillet à Dalton.

— Je crois qu'il prévoit d'enlever une autre fille.

Bill lut la lettre par-dessus l'épaule de Dalton, puis émit un petit sifflement.

— Ça ne me plaît pas du tout.

Dalton fronça les sourcils.

— Moi non plus. Qu'as-tu l'intention de faire ? demanda-t-il à Anna.

Elle réfléchit un instant. Ses options étaient limitées. En fait, il n'y en avait même qu'une seule. Otant sa blouse, elle récupéra sa veste. Après l'avoir enfilée, elle rejoignit les deux hommes.

— Vous voulez bien vous débrouiller sans moi un petit moment ? Je file au poste de police.

Trois quarts d'heure plus tard, Anna échangeait une poignée de main avec l'inspecteur Quentin Malone.

— Asseyez-vous, dit-il en désignant une chaise devant son bureau. Désolé de vous avoir fait attendre, mais nous sommes à court de personnel, aujourd'hui. La moitié de l'équipe est au lit avec la grippe.

Anna enleva sa veste et s'assit.

— C'est ce que m'a dit la jeune femme à l'accueil ; elle m'a aussi expliqué que vous alliez enregistrer ma plainte, mais que l'affaire serait suivie par quelqu'un d'autre.

— D'ordinaire, je suis affecté au septième district, expliqua Malone.

Il s'assit, croisa les mains sur le bureau.

— Mais aujourd'hui, reprit-il, nous dépannons dans ce secteur, mon équipier et moi.

— C'est donc vous qui aurez la chance de m'écouter.

— Oui, m'dame, c'est moi.

Il la détailla tranquillement, avec un léger sourire suggestif, et ajouta :

— C'est moi, le veinard !

Grand, bien bâti, l'œil de velours dans un visage aux traits harmonieux, l'inspecteur était indéniablement séduisant et ne manquait sans doute jamais de compagnie féminine. Et à en juger par son regard dévastateur, il ne dédaignerait pas d'ajouter la conquête d'Anna à son tableau de chasse.

« Désolée, beau gosse, songea-t-elle, mais il ne faut pas y compter. »

Les hommes qui se croyaient irrésistibles n'étaient vraiment pas sa tasse de thé. Dans le milieu du cinéma, où elle avait vécu, de tels personnages étaient légion ; arrogants et narcissiques, plus intéressés par leur reflet dans un miroir que par ce qui se passait autour d'eux.

— Considérant votre pénurie de personnel, je me félicite de ne pas être venue signaler un meurtre, maugréa-t-elle.

— Je m'en félicite également. Un meurtre est une sale affaire — moins il y en a, mieux on se porte.

— C'est... c'est censé être drôle ? demanda Anna, un peu désarçonnée.

— Mais ça ne vous amuse pas, semble-t-il.

Il la gratifia d'un autre sourire, manifestement étudié pour lui donner des palpitations. Puis il sortit de sa poche un petit carnet à spirale.

— Et si vous m'expliquiez la raison de votre visite ?

Anna s'exécuta, lui racontant comment avait débuté sa correspondance avec Minnie.

Elle prit les lettres dans son sac et les lui tendit. L'inspecteur les parcourut pendant qu'elle parlait.

— Il y a quelque chose d'anormal dans la situation de cette petite, expliqua-t-elle. Au début, j'étais seulement inquiète, mais depuis la dernière lettre, j'ai peur.

— Et c'est pour cette raison que vous êtes ici ? Parce que vous avez peur ?

— J'ai d'abord eu peur pour elle ; et maintenant, je m'inquiète aussi pour l'autre fille dont Minnie parle dans sa lettre.

Malone ne répondit pas et attendit la suite, les traits inexpressifs.

— Je pense que Minnie est séquestrée, reprit Anna, agacée. Je pense que l'homme dont elle parle est son ravisseur. Et je crois qu'il projette d'enlever une autre fille.

L'inspecteur resta encore muet quelques secondes, avant de se laisser aller contre le dossier de son fauteuil, qui grinça légèrement.

— Vous faites dire à cette lettre des choses qu'elle ne dit pas, mademoiselle North. Cette Minnie n'a jamais clairement écrit qu'on la séquestrait et qu'elle était en danger.

— Elle n'a pas besoin de l'écrire. Lisez ces lettres, lisez entre les lignes. Tout y est.

— Vous écrivez des thrillers, n'est-ce pas ?

— Oui, mais quel rapport avec...

— Ce genre d'histoire est votre pain quotidien.

Anna sentit ses joues s'enflammer.

— Vous croyez que j'invente, que j'affabule ? Vous suggérez peut-être que je suis là dans le cadre de recherches pour un roman ?

— Je n'ai pas dit cela...

Se penchant en avant, Malone sonda son regard.

— J'ai une autre théorie à propos de ces lettres. Je ne sais pas si elle vous est déjà venue à l'esprit.

— Quelle théorie ?

— Avez-vous pensé que ce courrier pourrait être une sorte de canular ?

— Un canular ? Comment ça ?

— Ce que je veux dire, c'est que ces lettres n'émanent pas forcément d'une petite fille de onze ans ; elles ont peut-être été écrites par un désaxé qui joue un jeu tordu et essaie de vous faire marcher.

L'inspecteur s'interrompit brièvement, surveillant les réactions d'Anna, et ajouta :

— Il se pourrait très bien qu'il ait créé le personnage de Minnie dans le but de vous attirer dans un piège ?

Anna sentit un désagréable frisson courir entre ses omoplates. Elle fit un effort pour se ressaisir.

— C'est ridicule, voyons !

— Vous trouvez ? répliqua Malone. En fait, vous écrivez des romans à suspense très sombres. Comme vous le savez sans doute, il y a des cinglés de par le monde et l'un d'eux, pour une raison ou pour une autre, pourrait avoir développé une fixation sur un de vos récits, ou sur vous-même. Cela se produit parfois.

Ebranlée, Anna joignit les mains sur ses genoux pour que le policier ne les vît pas trembler.

— Votre théorie n'est pas convaincante, affirma-t-elle sur un ton de défi.

— Essayez quand même d'y penser.

Il se pencha de nouveau vers elle.

— Etant donné votre parcours personnel, vous devriez non seulement accepter ma théorie, mais encore la prendre très au sérieux.

Anna s'insurgea.

— Je vous demande pardon ! Que savez-vous de mon par...

— Réfléchissez, mademoiselle North, coupa Malone. Ce qui vous est arrivé autrefois peut attiser l'imagination d'un malade. Votre obsession des enfants en danger fait de vous la proie rêvée pour...

— Mon obsession des enfants en danger ? Désolée, mais vous n'y êtes pas du tout. Et que savez-vous au juste de mon passé ?

Le policier se cala de nouveau dans son siège.

— Excusez-moi, mademoiselle, mais même un gros imbécile de flic comme moi sait compter jusqu'à deux. Vous êtes la romancière Anna North. Vous écrivez des romans publiés par les éditions Cheshire. Vous êtes rousse, vous avez les yeux verts, êtes âgée d'environ trente-six ans et vous habitez La Nouvelle-Orléans.

Du menton, il désigna les mains d'Anna, qu'elle tenait toujours serrées sur les genoux.

— Et il vous manque le petit doigt de la main droite.

Anna se sentit exposée et ridicule. Terriblement contrariée, aussi. Et furieuse contre le policier, pour s'être ainsi moqué d'elle. Il savait depuis le début à qui il avait affaire, mais il s'était bien gardé de le laisser deviner jusque-là. Quel sale macho ! Elle allait lui réserver un rôle sur mesure dans son prochain roman : celui du bouffon emprunté qui n'a que des déboires avec les filles et devient fou.

Elle posa sur lui un regard glacial.

— Il arrive donc que des gros imbéciles de flics regardent les émissions de E ! TV ?

Il eut un bref sourire contrit, ferma son carnet à spirale et le glissa dans poche.

— En fait, l'étude des affaires criminelles célèbres non résolues me passionne. Celle qui vous concerne est l'une de mes préférées.

— Vous m'en voyez flattée, murmura Anna sans en penser un mot. L'auriez-vous déjà résolue ?

— Non, mais vous serez la première avertie quand ce sera fait.

Il lui tendit les lettres et se leva, signifiant que l'entretien s'achevait là.

Anna l'imita, furieuse.

— Ne vous faites pas trop d'illusions.

Loin de se vexer, il parut plutôt amusé — ce qui ne fit qu'alimenter la colère d'Anna.

— Vous avez tort, vous savez, affirma-t-elle. La personne qui a écrit ces lettres est une enfant. Il suffit de les regarder pour comprendre. Et même si un adulte avait réussi à imiter ce genre d'écriture — ce qui me semble impossible —, il s'agirait d'une personne qui raisonne comme un enfant. Un enfant en danger.

— Je regrette, mais je ne vois pas les choses ainsi.

— Donc, vous n'allez rien faire ? demanda Anna, écœurée. Pas même suivre la piste de la boîte postale ou du numéro de téléphone ?

— Non, je ne pense pas. Cependant, l'inspecteur Lautrelle pourrait en décider autrement. Il sera de retour demain. Je lui remettrai un rapport détaillé.

— Un rapport objectif, je n'en doute pas.

Le ton ironique d'Anna ne parut pas froisser le policier.

— Absolument, dit-il. Je vous conseille d'être prudente, mademoiselle North. Informez-nous de tout ce qui vous paraîtrait sortir de l'ordinaire ; signalez-nous toute rencontre suspecte.

Il marqua une pause.

— Vous n'avez pas mentionné l'adresse de votre domicile dans vos réponses, n'est-ce pas ?

Non. En revanche, elle avait fourni une autre adresse, où on pouvait la trouver six jours par semaine. Comment avait-elle pu se montrer aussi stupide ?

— L'adresse de mon domicile ? répéta-t-elle, éludant la vérité pour ne pas avouer sa bévue à cet insupportable M. Je-sais-tout. Non, voyons, c'est évident.

— Bien.

Malone lui remit la carte de l'inspecteur Lautrelle.

— S'il arrive quoi que ce soit, appelez Lautrelle. Il sera en mesure de vous venir en aide.

Elle empocha la carte sans la regarder, se dirigea vers la porte et s'immobilisa avant de franchir le seuil. Pivotant, elle le toisa sans complaisance.

— Vous savez, inspecteur Malone, après vous avoir rencontré, je ne m'étonne plus que tant d'affaires criminelles ne soient jamais résolues.

11.

Quentin regarda Anna North s'éloigner, amusé mais aussi impressionné. Harlow Grail en personne dans son bureau : qui aurait pu imaginer ça ?

Il avait quatorze ans lors de son kidnapping et il se souvenait d'avoir entendu son père et ses oncles parler de l'affaire, durant les repas. Il se souvenait aussi des reportages aux actualités et se rappelait avoir regardé la photo de Harlow Grail à la télévision et dans la presse en se disant qu'il n'avait jamais rien vu d'aussi joli qu'elle.

Il avait rêvé de la secourir et de devenir un héros hollywoodien ; il avait applaudi lors de son évasion — même si son père et ses oncles affirmaient que quelque chose ne tournait pas très rond dans cette affaire et son dénouement.

Cette histoire n'avait pas cessé de le fasciner — comme elle continuait d'ailleurs à fasciner des millions d'Américains. Le kidnapping de la fillette avait été la première affaire non élucidée qu'il eût étudiée.

— Salut, partenaire.

Terry s'approcha de lui d'un pas nonchalant et pointa le menton du côté où Anna North venait de disparaître.

— C'était qui, cette nana ?

— Elle s'appelle Anna North.

— Elle a tué quelqu'un ?

Quentin jeta un coup d'œil en coin à son équipier.

— Uniquement par écrit. C'est un auteur de romans policiers. Des thrillers.

— Sans blague ? Qu'est-ce qu'elle te voulait ? Elle va faire de toi le héros de son prochain bouquin ?

A en juger par le regard qu'elle lui avait décoché, c'était peu probable, jugea Quentin. Elle lui réserverait un sort moins enviable — celui d'une victime baignant dans une mare de sang, par exemple.

— Ouais, murmura-t-il néanmoins. Un truc dans ce genre.

Terry tourna brièvement la tête vers l'entrée du poste de police.

— On peut lever le camp. La Pinto et Erickson viennent d'arriver.

Quentin suivit son regard.

— Ils n'ont pas l'air très en forme.

— Ouais, eh bien, on ferait mieux de filer tant que la voie est libre.

Quentin approuva d'un hochement de tête. Ils pointèrent à l'accueil, puis sortirent dans l'air froid et humide, sous le ciel maussade d'hiver. Avec un frisson, Terry remonta la glissière de son blouson de cuir.

— J'en ai ras le bol de ce froid de canard. On est à La Nouvelle-Orléans, nom de nom !

— Ça pourrait être pire, murmura Quentin en examinant les nuages. Imagine qu'il neige.

— Ne parle pas de malheur, Malone ! Rappelle-toi la dernière fois qu'il a neigé ici : quelques flocons et c'était la panique en ville. On aurait du boulot par-dessus la tête.

Une fois installé du côté passager, dans la Bronco de Quentin, Terry se tourna vers celui-ci.

— Alors, qu'est-ce qu'elle voulait, la rouquine ? Elle va vraiment faire de toi un personnage de son roman ?

Quentin fit la grimace.

— Etant donné le ton de notre entretien, je n'aurais sûrement pas le beau rôle. Je risque plutôt de me prendre une méchante dérouillée !

Terry se mit à rire.

— Décidément, tu es un vrai séducteur !

Il se carra de biais dans son siège pour lui faire face.

— Donc, si tu n'es pas le héros de son prochain roman, qu'est-ce qu'elle venait faire ?

— Elle reçoit des lettres inquiétantes d'une fan.

— Sans blague ! Des menaces ?

— Pas à son encontre, non. L'auteur des lettres serait en principe une gamine. Une jeune admiratrice de onze ans.

— En principe ?

— Pour ma part, j'ai des doutes.

Quentin exposa sommairement la situation.

— Mlle North pense que l'enfant est en danger, conclut-il. J'expliquerai l'affaire à Lautrelle quand il reprendra le travail. Il pourra y donner suite s'il juge qu'il y a lieu de le faire.

Terry renversa la tête contre le dossier du siège et ferma les yeux.

— L'ayant aperçue, ma décision est prise : je vais demander ma mutation dans le huitième. On me refilera peut-être les affaires de Lautrelle.

— Laisse tomber, Terreur. Tu n'as pas la moindre chance d'arriver jusqu'à la case départ. Vous ne jouez pas dans la même division, elle et toi.

L'autre sourit sans ouvrir les yeux.

— Ah oui, tu crois ça ? Je me suis tapé des nanas encore plus classe qu'elle, tu sais.

— Tu t'es tapé des nanas ? répéta Quentin en riant. Ouais, ça je sais. Pour le reste...

Il traversa Poydras Street, en direction des faubourgs résidentiels.

— Comment ça s'est passé, hier, à la PID ?

La Public Integrity Division était en quelque sorte la police des polices. Terry y avait été convoqué deux jours d'affilée pour être interrogé au sujet du meurtre de Nancy Kent.

— Ils m'ont posé tout un tas de questions, à propos de Nancy, puis ils m'ont laissé partir — en grande partie grâce à ta déposition. Je t'en suis reconnaissant, vieux.

— J'ai simplement dit ce que j'ai vu, expliqua Quentin.

Il jeta un coup d'œil amusé à son passager.

— C'est nouveau, ça ? Vous vous appelez par vos prénoms, maintenant, la victime et toi ?

— Après la semaine qu'on vient de passer ? On est pratiquement parents.

Ils roulèrent en silence jusqu'au poste du Septième District. Quentin trouva une place pour la Bronco et ils pointèrent ensemble à l'entrée avant de se séparer. Quentin traversait la salle de police quand Johnson le héla au passage.

— Qu'est-ce qu'il y a ?

Son collègue lança sur le bureau une enveloppe en papier kraft.

— Jette un coup d'œil là-dessus.

— L'affaire Kent ? demanda Quentin en ouvrant l'enveloppe. Quoi de neuf, au juste ?

— Officiellement, le décès est survenu par étouffement. Et il y a eu viol préalable.

Quentin parcourut le rapport du médecin légiste. Excepté les marques et les déchirures dans la région pubienne, il y avait relativement peu de traces de violence. Quelques écorchures derrière la tête, aux jambes et aux bras. Rien de plus.

— Bizarre, murmura-t-il.

— Quoi ?

— Elle ne s'est pas tellement débattue.

— Tu crois qu'elle connaissait le type ?

— Peut-être. On a trouvé quelque chose sous ses ongles ?

— Nada. On a reçu les résultats des analyses : le type appartient au groupe O+. Comme près de la moitié de la population de cette ville.

— Pas moi, murmura Quentin en feuilletant la suite du rapport. Je suis A+.

Il s'interrompit, les sourcils froncés.

— Vous n'avez interrogé aucune cliente présente ce soir-là, Walden et toi ?

— Non. Uniquement les serveuses et les hommes. Pourquoi ?

— Réfléchis un peu, Johnson. En s'exhibant de la sorte, cette nana monopolisait l'attention de tous les types du bar. En somme, elle coupait l'herbe sous le pied à toutes les autres. Tu me suis ?

— Ouais.

Le policier se gratta la tête.

— Et alors ?

— Et alors, il devait y avoir pas mal de filles qui enrageaient. Et qu'est-ce qui se passe quand quelqu'un te fait enrager ?

— Tu lui casses la gueule ?

— Pas dans ce cas. En l'occurrence, tu ne peux pas le quitter des yeux. Les autres femmes du bar suivaient du regard les moindres gestes de Nancy Kent. Elles ont dû remarquer quels hommes ont dansé avec elle et pendant combien de temps. C'est elles qu'il faut interroger.

Johnson hocha la tête.

— Bien vu, Malone.

Quentin se leva.

— Je vais aller faire un tour chez Shannon cet après-midi et établir une liste de noms. Je commencerai à passer des coups de fil.

— Par Saint-George ! s'exclama Johnson en essayant de prendre un accent britannique qui ressemblait plutôt à celui d'un Cajun attardé mental. On dirait qu'il est sur une piste.

12.

Mercredi 17 janvier — 15 heures

Ben s'arrêta devant l'entrée du fleuriste La Rose Unique. La boutique où travaillait Anna North.

Il n'avait eu aucun mal à la trouver. Elle avait dédié son dernier roman aux Grands Frères et Grandes Sœurs d'Amérique et à sa « petite sœur » Jaye. Ben connaissait personnellement la directrice de l'antenne locale de cette association ; lorsqu'il s'était adressé à elle, Justine Blank lui avait conseillé de prendre contact avec Anna au magasin.

Ben toussota discrètement. Il aurait peut-être dû appeler au préalable. C'eût été plus correct. Mais quoi de plus simple pour la jeune femme que de l'éconduire au téléphone ? Et il n'avait pas envie de se faire éconduire en quelques secondes. Il espérait persuader Anna North d'accepter de répondre aux questions qu'il avait préparées pour son livre.

Il avait beaucoup pensé à elle après avoir vu le passage qui la concernait dans l'émission sur les énigmes hollywoodiennes. Il avait acheté ses romans, et en lisant ceux-ci entre les lignes, il avait fait toutes sortes de découvertes. Il suffisait de rapprocher ces informations de ce qu'il savait sur son passé et sa situation actuelle pour deviner comment elle allait réagir quand il viendrait la trouver. S'il ne s'était pas trompé sur son compte, elle lui en voudrait et cette intrusion dans sa vie l'effraierait. Se sentant menacée, elle protégeait farouchement sa vie privée. Elle réagirait sans doute comme un animal acculé.

Mais il réussirait à l'apprivoiser.

Ben inspira profondément et franchit le seuil. La jeune femme apparut à la porte de l'arrière-boutique ; il la reconnut à sa splendide chevelure d'un roux flamboyant — héritage maternel évident.

— Bonjour, dit-il avec le sourire, tout en s'approchant du comptoir.

Elle lui rendit son sourire.

— Que puis-je faire pour vous ?

Le moment de vérité, songea Ben.

— Je m'appelle Benjamin Walker.

Il lui tendit la main.

— Docteur Walker, précisa-t-il.

Visiblement surprise, elle échangea toutefois une poignée de main avec lui.

— Ravie de vous connaître.

— Moi de même.

— Eh bien... que désirez-vous ? Nous avons reçu ce matin de superbes hydrangeas. De Californie. Et nos roses sont toujours...

— Uniques ?

Ben inclina la tête en souriant.

— En fait, je suis venu pour vous rencontrer.

— Moi ?

— Avant tout, permettez-moi de vous dire que j'aime beaucoup ce que vous faites.

— Ce que je fais ? répéta-t-elle. Ah ! vous voulez parler des compositions florales. Désolée, mais je ne peux pas m'en attribuer le mérite — à mon grand regret, du reste. C'est Dalton Ramsey, le propriétaire du magasin, qui en est surtout l'auteur.

— Vous m'avez mal compris, Anna. Ce sont vos romans que j'admire.

Le sang reflua du visage d'Anna.

— Mes rom... Comment avez-vous...

— Justine Blank est l'une de mes amies. C'est elle qui m'a dit que je vous trouverais ici.

Elle semblait déconcertée, presque désemparée, et Ben s'empressa de la rassurer.

— Je suis psychologue — et parfaitement inoffensif, Justine peut en témoigner. Je me suis spécialisé dans l'étude des séquelles, chez l'adulte, des traumatismes subis durant l'enfance. Votre cas m'a toujours intéressé, et quand j'ai appris que la jeune Harlow Grail n'était autre que Anna North, auteur de romans policiers, je me suis permis de venir vous rendre visite. J'espère que vous accepterez de parler un moment avec moi.

Elle se donna visiblement le temps de digérer cette information. Ses joues avaient repris quelques couleurs, mais restaient encore très pâles.

— Vous avez vu l'émission sur E ! TV, samedi, et découvert ainsi le pot aux roses ?

— Oui. Et en remarquant que vous aviez dédicacé votre dernier livre à l'association Grands frères et Grandes Sœurs d'Amérique, j'ai pensé que Justine pourrait m'indiquer où vous trouver. Je ne m'étais pas trompé.

Détournant les yeux, Anna les posa de nouveau sur lui moins d'une seconde plus tard. Elle était manifestement furieuse.

— Mon « cas », comme vous dites, a intéressé beaucoup de gens. Mais pas moi. En fait, j'ai fait tout mon possible pour l'oublier. A présent, si vous n'y voyez pas d'inconvénient, je dois me remettre au travail.

— S'il vous plaît, mademoiselle North, écoutez-moi un instant.

— Je n'en ai pas l'intention ! affirma Anna en croisant les bras. Vous n'avez pas affaire à un personnage public, docteur Walker. En me poursuivant comme si vous jouiez à la chasse au trésor, vous faites intrusion dans ma vie privée. Je n'apprécie pas du tout.

— Cela vous effraie, c'est compréhensible.

Le front de la jeune femme se plissa.

— Je n'ai pas dit que cela m'effrayait.

— C'était superflu. C'est l'évidence même. Vous avez autrefois vécu un véritable cauchemar. Un inconnu vous a enlevée et séquestrée de force. Il vous a privée de tout contrôle sur votre vie, de votre intégrité physique. Vous avez été sauvagement agressée et contrainte à assister, impuissante, au meurtre d'un enfant.

Ben marqua une brève pause puis reprit :

— Cette épreuve vous a conféré un sens aigu du mal et de la folie du monde, un monde dont vous vous tenez à l'écart, presque recluse. Vous vous êtes promis de ne jamais plus vous exposer à de tels risques. Pour l'éviter, vous avez changé de nom et tourné le dos au passé. L'anonymat vous confère une impression de sécurité. Et mon irruption subite, aujourd'hui, n'est certes pas de nature à vous rassurer.

— Comment pouvez-vous en savoir autant à mon sujet ? demanda-t-elle au bout d'un instant, d'une voix altérée. Nous ne nous connaissons pas du tout.

— Mais je sais ce qui vous est arrivé. Et j'ai lu vos romans.

Ben glissa une de ses cartes dans la main, glacée, de la jeune femme.

— Je vous l'ai dit, j'écris un ouvrage sur les séquelles des traumatismes de l'enfance. J'aimerais vous poser quelques questions en ce sens. L'analyse de votre cas, des répercussions du drame sur votre existence, votre personnalité, illustrerait parfaitement mon propos.

Anna ouvrit la bouche ; pour refuser, manifestement. L'expression de ses yeux, la crispation de sa bouche étaient éloquents. Aussi Ben s'empressa-t-il de prendre les devants.

— Je vous demande seulement d'y réfléchir. Rien de plus. Je vous en prie.

Sans rien ajouter, il lui tourna le dos et quitta rapidement le magasin.

13.

Jeudi 18 janvier — 8 h 45

Les vingt-quatre heures qui suivirent parurent interminables à Anna. Constamment sur le qui-vive, elle tressaillait au moindre bruit, se retournait sans cesse dans la rue, persuadée d'être suivie. Tous les passants lui semblaient suspects ; les craquements et grincements de son vieil immeuble lui donnaient presque des sueurs froides.

Elle avait passé une nuit agitée, assaillie par les souvenirs, redoutant que son passé ne l'eût rattrapée. Quand enfin, au petit matin, elle avait réussi à s'assoupir, elle s'était réveillée en sursaut dans un grand cri, le nom de Timmy sur les lèvres.

Anna ne savait trop sur qui rejeter la responsabilité de ses angoisses : sur Ben Walker, pour l'avoir si facilement retrouvée : ou sur l'inspecteur Malone, pour avoir insinué le doute dans son esprit à propos de Minnie ? Probablement était-ce leur faute à tous les deux, mais la balance penchait tout de même du côté de l'inspecteur ; parce qu'avant leur rencontre, elle avait pris les messages de Minnie pour argent comptant.

Pestant à mi-voix, elle sortit de sa douche. Maudit soit ce Malone qui la rendait encore plus nerveuse qu'elle ne l'était, lui flanquait une peur bleue sans proposer pour autant la moindre assistance. Elle secoua la tête. Minnie n'était pas quelque obsédé déterminé à la traquer, mais bel et bien une enfant. Elle avait un langage d'enfant, des idées d'enfant. Et elle avait besoin d'aide.

Même si la police s'en désintéressait, Anna lui porterait secours.

Elle vérifia l'heure, puis acheva de se sécher et s'habilla chaudement. Elle n'était pas attendue au magasin avant midi, ce qui lui laissait trois bonnes heures pour mener sa petite enquête personnelle. Elle choisit une paire de chaussures confortables, les enfila et noua les lacets. La veille au soir, elle avait appelé le numéro que Minnie lui avait indiqué dans sa première lettre. Elle avait espéré pouvoir parler directement à Minnie, mais à sa grande déception, un homme avait répondu. Sans se laisser démonter, elle avait rassemblé son courage et demandé la petite.

L'homme avait gardé un moment le silence avant de raccrocher sans rien dire. A ce moment précis, Anna avait eu la confirmation que Minnie était en danger.

Dans l'espoir de la trouver seule, Anna avait rappelé à cinq ou six reprises — dont deux fois ce matin — sans aucun succès. Elle avait aujourd'hui l'intention de traverser le lac pour gagner Mandeville — une bourgade résidentielle située sur la rive nord du lac Pontchartrain — afin de chercher l'endroit où Minnie habitait. Une fois sur place, elle aviserait.

Une heure plus tard, elle découvrait que l'adresse fournie par sa jeune correspondante ne la mènerait pas bien loin. Ce n'était pas celle d'un logement, mais d'un magasin de service courrier et de photocopies.

Après avoir vérifié le numéro, Anna entra dans la boutique. Elle sourit à l'homme qui se trouvait au comptoir et se présenta.

— Je suis écrivain et j'entretiens une correspondance avec une jeune lectrice. Elle m'a donné cette adresse que je croyais être celle de son domicile.

Elle tendit une enveloppe.

— Je sais qu'elle a reçu mon courrier puisqu'elle a répondu, et je me demande comment cela se passe.

Le commerçant lui rendit l'enveloppe en souriant.

— En fait, expliqua-t-il, c'est là tout l'avantage de prendre une boîte aux lettres chez nous au lieu d'opter pour la poste restante : vous avez une adresse avec une vraie rue plutôt qu'un numéro de boîte postale.

— Voulez-vous dire que cette personne vous loue une boîte aux lettres ?

L'homme opina de la tête.

— Exactement. Voyez-vous, une véritable adresse implique une certaine permanence, laquelle est un gage de solvabilité. Croyez-moi, une adresse réelle peut vous aider à décrocher un emploi ou un crédit. Et il y a d'autres avantages à utiliser nos services : par exemple, vous pouvez recevoir des colis par des transporteurs qui ne livreraient pas à une boîte postale ; et puis, nous proposons d'autres avantages, comme la réexpédition du courrier — moyennant un petit supplément, bien entendu.

Manifestement, il croyait en son affaire, et Anna s'efforça de masquer sa déception.

— En effet, cela me paraît très intéressant...

— Je ne vous le fais pas dire ! Tenez, je vais vous donner un peu de documentation.

Sans lui laisser le temps de refuser, il prit un prospectus sur une étagère.

— Voilà — pour le cas où cela vous serait utile, un jour.

Elle le remercia, glissa le feuillet publicitaire dans sa poche et ramena la conversation vers l'objet de sa visite.

— J'ai réellement besoin de rencontrer la jeune fille qui m'a écrit cette lettre. Vous serait-il possible de me fournir l'adresse de son domicile ?

— Je regrette...

Un client entra dans le magasin, et l'homme jeta un coup d'œil de son côté avant de reporter son attention sur Anna.

— ... mais je ne peux pas la divulguer.

— Même en cas de nécessité ?

— Nous garantissons la discrétion absolue à nos clients — hormis sur injonction d'un tribunal, c'est tout.

— Ecoutez...

Anna baissa la voix jusqu'au murmure, l'air suppliant.

— Je dois vraiment trouver la personne qui utilise cette boîte, c'est important.

— Désolé, je ne peux rien pour vous.

— Je sais que ça peut paraître loufoque, insista-t-elle sur le ton de la confidence, mais j'ai la certitude qu'une fillette est en danger. Vous ne pourriez pas faire une exception à la règle, pour un cas de force majeure ? S'il vous plaît...

Le sourire obligeant du commerçant s'estompa. Avec lui, le scénario de l'enfant en danger ne prenait visiblement pas. Anna fit pourtant une nouvelle tentative.

— Je vous en prie. Il faut me croire. C'est réellement une question de vie ou de mort. Une fillette de onze ans...

— Non ! coupa l'homme d'un ton sans appel. Je ne ferai aucune exception. A présent, si vous voulez bien m'excuser, un client attend son tour.

Anna quitta le magasin frustrée, de nouveau révoltée par l'indolence de l'inspecteur Malone : s'il avait lui-même demandé l'adresse du locataire de la boîte aux lettres, il l'aurait obtenue — sans même avoir à mendier. De cela, elle était persuadée.

Que pouvait-elle faire, à présent ?

Le nom ! songea-t-elle alors. Le nom de famille de Minnie était Swell — un patronyme plutôt rare dans la région.

Jo et Diane. A la boutique Green Briar.

Bien sûr ! Jo Burris et Diane Cimo connaissaient presque tout le monde sur la rive nord. Si un nommé Swell était passé un jour par leur boutique, elles ne l'auraient pas oublié.

Anna reprit le volant et traversa la Highway 22 pour emprunter la route menant dans le centre de la petite ville. Elle avait rencontré les deux femmes lors de sa première incursion sur la rive nord, en flânant dans les magasins. Expansives, rieuses et chaleureuses, Jo et Diane l'avaient mise aussi à l'aise que si elles se connaissaient de longue date. Une heure et demie plus tard, Anna avait quitté la boutique pourvue de deux ensembles trop chers pour elle et dotée d'une double amitié d'une valeur inestimable.

La boutique de prêt-à-porter était située dans un centre commercial vieillot, au bord de la route, à quelques minutes à peine du quartier le plus animé de Mandeville. Anna put stationner devant l'entrée, descendit de voiture et entra dans le magasin. Le carillon de la porte tinta joyeusement et Jo, une superbe femme d'âge indéfinissable, occupée à déballer des arrivages, leva les yeux sur elle.

— Anna ! Je pensais justement à toi.

Son accent chantant et sa voix mélodieuse avaient dû chavirer bien des cœurs masculins, songea Anna.

— Nous venons de recevoir des choses ravissantes.

Elle déploya le chandail en mohair couleur pêche qu'elle déballait à l'instant.

— Avec tes cheveux roux, chérie, tu ferais des ravages.

Anna prit le vêtement en riant et le tint devant elle en se regardant dans la glace. Elle inclina légèrement la tête, puis soupira et le rendit à Jo.

— Il m'irait sans doute, dit-elle. Si je pouvais me l'offrir.

— Tu peux régler en plusieurs fois, par petites sommes.

Jo replia le chandail, le cliquetis de ses bracelets accompagnant ses gestes.

— On le croirait fait exprès pour toi.

Anna tint bon, même si elle mourait d'envie de l'essayer. Changeant de sujet, elle orienta la conversation vers l'objet de sa visite.

— Swell, répéta Jo en fronçant les sourcils.

Elle secoua lentement la tête.

— Désolée, ma petite Anna. Ce nom ne me dit rien.

Ses chances étaient minces, très minces, mais Anna fut tout de même déçue.

— Et le prénom de Minnie ? demanda-t-elle encore. Aurais-tu entendu quelqu'un parler d'une gamine qui s'appelle Minnie ?

Jo répondit de nouveau par la négative.

— Mais Diane la connaît peut-être, indiqua-t-elle. Ou l'une de nos clientes. Si c'est important, nous pouvons nous renseigner.

— C'est important, Jo. Vraiment.

Elles bavardèrent encore quelques minutes durant lesquelles Anna esquiva adroitement les questions plus ou moins discrètes de son amie concernant Minnie et les motifs de son intérêt pour elle. Après avoir jeté un coup d'œil sur les articles présentés en magasin et s'être extasiée à souhait, elle promit de revenir quand elle aurait le temps et prit congé de Jo — sans avoir avancé d'un pouce dans ses recherches.

Il y avait plusieurs messages pour elle quand elle arriva à La Rose Unique, trois quarts d'heure plus tard. Deux provenaient de son agent littéraire, le troisième de Ben Walker. Elle rappela immédiatement son agent.

— Salut, Will, quoi de neuf ?

— Le montant de leur offre a augmenté.

Anna demeura interdite.

— Qu'est-ce que tu racontes ? demanda-t-elle enfin.

— Tu as bien entendu. Madeline a appelé ce matin et augmenté le chiffre avancé par Cheshire House pour l'offre concernant ton roman.

— Mais pourquoi une telle augmentation ?

— Je les ai contactés pour leur faire part de tes préoccupations ; j'ai bien insisté sur l'énorme sacrifice qu'ils exigeaient de toi.

Une satisfaction évidente perçait dans sa voix.

— Je suis aux anges quand un projet aboutit.

Le cœur battant à se rompre, Anna attendit la suite.

— Anna, ils offrent cinquante mille dollars.

Pour la seconde fois en cinq minutes, Anna resta sans voix, abasourdie.

— Répète-moi ça, parvint-elle enfin à articuler.

Will révéla de nouveau le chiffre, et elle posa la main sur le bras de Dalton pour ne pas chanceler. Certes, la somme était encore loin des millions de dollars d'avance que les auteurs à succès recevaient de leurs éditeurs, mais il y avait un énorme progrès en regard des douze mille dollars qu'elle avait obtenus pour son dernier livre.

— Combien ? chuchota Dalton, visiblement aussi excité qu'elle.

Calant le combiné entre l'épaule et l'oreille, Anna ouvrit et ferma cinq fois les mains. Dalton porta la sienne à son cœur comme s'il allait défaillir.

— Pas de modification au contrat, poursuivit son agent. Une campagne publicitaire intensive et sans restriction, où tous les coups sont permis.

L'euphorie d'Anna retomba brutalement.

— Ils ne changeront pas de position sur ce point ?

— Pas d'un iota.

Comme elle se taisait, Will ajouta précipitamment :

— Réfléchis un peu, Anna ! Pense à ce que cela représente pour ta carrière. Il s'agit de ton classement dans les meilleures ventes, il s'agit de te faire un nom. Pareille publicité peut te propulser aux toutes premières places. Ensuite, songe à ce que tu t'exposes à perdre en déclinant cette offre. Avec tes résultats actuels, il ne sera pas facile de te vendre à une autre maison. Personne ne voudra parier sur toi de crainte d'y laisser des plumes.

— Je croyais que tu avais foi en moi — en mon travail, murmura Anna d'une voix incertaine.

— Bien sûr ! Mais sur le marché de l'édition, un bon livre ne suffit pas pour assurer les ventes. Il faut appâter le lecteur. Et cet appât, tu le tiens, Anna. Il faut t'en servir. Ne laisse pas passer cette chance.

— Je comprends bien ce que tu dis mais... je ne peux pas faire ça.

Elle secoua la tête.

— J'en suis incapable.

— Pourquoi te livrer à un véritable autosabotage ? demanda Will, dont la voix avait pris une intonation déplaisante. Tu ne te rends pas compte, ou quoi ? Ce genre d'opportunité ne se présente pas deux fois dans une vie ; si tu ne la saisis pas...

— Je voudrais bien mais...

— Je reprendrai les négociations ! Je peux obtenir une somme encore plus élevée. Je peux t'obtenir la garantie d'un coquet budget publicitaire, plus une carte blanche pour le titre et la couverture. En ce moment, tu représentes pour eux une mine d'or potentielle et si tu acceptes de jouer le jeu...

— Arrête, Will, s'il te plaît, et écoute ce que je te dis ! Je voudrais bien, mais je ne peux pas. Je ne peux pas, voilà tout !

Un silence pesant s'installa sur la ligne. Puis l'agent d'Anna reprit la parole, d'un ton amer mais résigné.

— Est-ce ton dernier mot ?

— Oui, articula-t-elle péniblement. C'est mon dernier mot.

— C'est toi qui décides.

Il marqua une nouvelle pause.

— A ta place, Anna, j'envisagerais de me faire soigner. Car tu as vraiment un problème, même si tu ne veux pas l'admettre.

Il raccrocha et Anna se retrouva seule avec la tonalité dans l'oreille. Dominant tant bien que mal le désespoir qui s'emparait d'elle, elle reposa lentement le combiné. Elle ne se faisait pas d'illusions : outre un nouvel éditeur, elle devrait aussi se mettre à chercher un nouvel agent.

Tout recommencer. Après s'être donné tant de mal, après avoir consenti à tous ces efforts, elle allait devoir repartir de zéro.

— Est-ce qu'il t'a raccroché au nez ? demanda Dalton, scandalisé. Je n'ai jamais aimé ce type, Anna, et Bill le trouvait antipathique. C'est un petit con prétentieux.

Anna essaya de sourire, mais échoua lamentablement.

— Je ne te l'ai jamais dit, poursuivit Dalton, mais à plusieurs reprises, il a été carrément grossier avec moi au téléphone.

Il abaissa la voix d'un ton.

— C'est un parfait enfoiré doublé d'un homophobe — j'en mettrais ma main au feu.

C'était aussi un bon agent, songea Anna. Un vrai pro, respecté dans le monde de l'édition ; un de ceux qui savent vendre les livres.

La porte du magasin s'ouvrit et une dame entra. Dalton jeta un coup d'œil de son côté, puis se tourna de nouveau vers Anna.

— Est-ce que ça va aller ?

Comme elle confirmait d'un hochement de tête, il lui serra gentiment l'épaule avant de se diriger vers la cliente.

Le téléphone sonna et Anna décrocha vivement, espérant un instant que Will la rappelait pour lui présenter ses excuses.

— La Rose Unique, dit-elle.

— Anna, c'est Ben Walker. Mais attendez ! Je vous en prie, ne raccrochez pas sans m'avoir écouté une minute.

La main crispée sur le récepteur, Anna se fit violence pour ne pas lui infliger ce qu'elle venait de subir. En même temps, elle détestait les gens qui reportaient leur mauvaise humeur sur des personnes qui n'y étaient pour rien.

— Bon, dit-elle, allez-y. Mais soyez bref, car j'ai du travail.

— Je regrette de m'être immiscé sans vergogne dans votre vie privée, reprit-il. C'était de ma part aussi indiscret qu'indélicat. Dans mon empressement à obtenir un entretien, j'ai omis de ménager votre sensibilité que je savais pourtant fragilisée par une expérience traumatisante. Je vous prie d'accepter mes excuses.

Du moins faisait-il amende honorable, reconnut Anna, un peu moins courroucée.

— Je préfère éviter toute évocation du passé. J'ai tiré un trait dessus.

— Certainement pas, Anna. N'en êtes-vous pas consciente ? Si vous redoutez votre passé au point de le renier, c'est qu'il continue de vous tourmenter, aujourd'hui encore.

Jaye lui avait déjà fait une réflexion de ce genre — de même que son père, au téléphone, quelques jours plus tôt. Et même son agent s'en mêlait ! « A ta place, Anna, j'envisagerais de me faire soigner, venait-il de lui dire. Car tu as vraiment un problème, même si tu ne veux pas l'admettre. »

Qui serait mieux placé pour l'aider qu'un psychologue spécialisé dans ce domaine ? songea Anna. Qui pourrait mieux la comprendre que l'auteur d'un ouvrage traitant précisément du sujet ?

Et puis, en définitive, qu'avait-elle à perdre en s'adressant à lui ?

— Rappelez-moi, lui dit-elle à mi-voix, pourquoi vous teniez tant à me rencontrer ?

— Retrouvons-nous quelque part. Je vous parlerai de mes recherches, de mes intentions. Sans aucune obligation de votre part. Si cela ne vous intéresse pas ou si vous vous sentez mal à l'aise, je n'insisterai pas. Vous avez ma parole.

L'enthousiasme qui perçait dans sa voix était communicatif. Ce qui n'empêcha pas Anna d'hésiter. Le silence se prolongea. Elle n'avait pourtant vraiment plus rien à perdre : n'avait-elle pas déjà perdu l'amitié de Jaye, son anonymat et sa carrière d'auteur ?

— Très bien, murmura-t-elle enfin. J'accepte de vous rencontrer. Vers 17 heures, ce soir, au Café du Monde. Le premier arrivé attend l'autre à une table.

14.

Jeudi 18 janvier — 16 h 45

Anna arriva en avance au Café du Monde. Situé dans le Vieux Carré, sur Jackson Square, le café ne proposait en guise de nourriture qu'une seule et unique spécialité : le beignet. Mais sa recette avait conféré à ce petit bistrot sans prétention une réputation quasi légendaire. Aucun touriste ne visitait La Nouvelle-Orléans sans venir ici commettre au moins le péché de gourmandise. Quant aux autochtones, ils ne résistaient pas davantage à la tentation et ne juraient que par les beignets du Café du Monde — les plus appréciés des connaisseurs.

Malgré le froid, Anna s'installa à une table en terrasse, dans le prolongement de St. Peter Street. Elle aimait particulièrement ce moment de la journée, l'heure où les gens rentraient du travail, dans l'insensible passage de la lumière à la pénombre, du jour à la nuit, de l'activité diurne à la sérénité du soir.

Elle commanda un café au lait et se cala dans son siège pour attendre, tout en regardant les passants. Elle observait le langage des corps et des expressions, la diversité des visages, des morphologies. Les images, les impressions ainsi recueillies lui fourniraient peut-être la substance de quelque personnage ou de quelque scène d'un futur roman.

L'humanité la fascinait et l'effrayait tout à la fois ; elle était pour elle une source constante de joie, de curiosité, de tourment. Etait-ce ainsi qu'un psychologue considérait ses patients ? se demanda-t-elle. Le Dr Walker pensait-il de la sorte ?

Anna frissonna subitement et se réjouit de voir arriver sa tasse fumante, qu'elle prit entre ses mains. Pour tout dire, elle n'était pas rassurée. Elle avait vu bon nombre de psy à la suite de son enlèvement. Notamment — et pour la dernière fois — lors d'une sévère dépression, à l'âge de seize ans. Ses parents, alors en plein divorce, l'avaient obligée à suivre une thérapie, affirmant qu'elle avait besoin de parler à quelqu'un, de ne pas ruminer ses idées noires, seule dans son coin, besoin d'être comprise afin de pouvoir relativiser ses difficultés.

Mais la psychologue ne l'avait pas comprise. Comment aurait-elle pu ? La pire épreuve qu'elle avait eu à traverser dans son existence était sans doute un brushing manqué. Elle s'était montrée vaguement condescendante et sans la moindre compassion envers Harlow. Fâchée contre ses parents, mal dans sa peau, celle-ci s'était juré de ne plus jamais accepter ce genre d'intrusion dans son univers.

Alors, que faisait-elle là ? se demanda Anna. Elle consulta sa montre et constata que Ben Walker avait déjà dix minutes de retard. Pourquoi ne pas profiter de l'aubaine pour décamper ? Elle pouvait s'esquiver sans le moindre remords. Prenant son sac, elle sortit son porte-monnaie afin de régler son café ; elle remarqua alors que ses mains tremblaient imperceptiblement.

— Désolé de ne pas être à l'heure.

Ben Walker, qui était arrivé par-derrière, se laissa tomber sur l'autre chaise.

— J'avais égaré mes clés. Elles étaient dans ma poche ce matin et au moment de partir, pfft... envolées ! Quelle matinée de cauchemar ! ajouta-t-il en resserrant légèrement sa cravate. Mon réveil n'a pas sonné et je ne me suis pas réveillé — il faut dire que j'ai passé une bonne partie de la nuit à effectuer des recherches sur Internet.

Il s'esclaffa.

— Heureusement que je ne suis pas enseignant, je vous assure ! Je ressemblerais au Pr Nimbus, toujours dans les nua...

Il laissa sa phrase en suspens en remarquant soudain l'air embarrassé d'Anna, le porte-monnaie dans sa main et les deux dollars posés sur la table à côté de la tasse à demi pleine. Son visage s'allongea.

— Vous m'attendez depuis longtemps ?

— Pas trop, avoua Anna, désarmée par sa spontanéité. Pour tout dire, j'avais changé d'avis.

Elle baissa la tête, confuse.

— Jusqu'ici, mon expérience avec les psy n'a pas été vraiment concluante.

— Vous avez des amis dans la profession ?

Anna fronça les sourcils.

— Je ne comprends pas. Qu'est-ce que cela peut...

— Est-ce le cas, ou pas ?

— Non, mais...

— Des membres de votre famille, peut-être ? Un fiancé ?

Comme elle répondait de nouveau par la négative, Ben se laissa aller contre le dossier de sa chaise.

— Ah ! vous voulez dire que vous avez eu des relations patient-médecin avec un psy ?

— Avec plusieurs, oui.

Anna leva le menton pour ajouter :

— Quand j'étais très jeune.

— A la suite du kidnapping ?

— Cela semble assez évident, non ?

Le serveur arriva à cet instant. Ben commanda un café et une assiette de beignets, avant de se retourner aussitôt vers Anna.

— Ce n'est pas le genre de relation que je vous propose. Absolument pas.

— Vraiment ? Et quel type de relation me proposez-vous, alors ?

— Une relation entre un auteur et un autre auteur, entre un chercheur et une personne dont le cas l'intéresse. Peut-être même — si la chance me sourit — une relation amicale.

Amusée, presque conquise, Anna ne put s'empêcher de sourire. En tout cas, elle ne songeait plus du tout à s'esquiver. Elle ferma son porte-monnaie et le rangea dans son sac.

— Vous êtes très fort.

Il la remercia du compliment en riant et s'accouda à la table.

— Je suis sincère, Anna. Croyez-moi, je n'essaie pas de sonder votre subconscient. J'espère que vous accepterez de me parler simplement et sincèrement de votre vie, de vos réactions, des choix que vous avez faits et des motifs de ces choix.

— L'histoire de ma vie n'a rien de captivant, je vous assure.

— Vous vous trompez. Moi, elle me fascine ; et elle fascinera tous ceux qui liront mon ouvrage. Laissez-moi vous en dire un peu plus sur moi et sur mon travail ; vous comprendrez peut-être pourquoi je tiens tellement à obtenir votre coopération.

Il entreprit de lui résumer son parcours personnel. Il était le fils unique d'une mère célibataire — qu'il adorait. Elle l'avait conçu à la suite d'une brève liaison dont elle refusait de parler, et hormis un vieil oncle, il ne lui restait aucune famille. Les souvenirs qu'il gardait de son enfance étaient liés à de fréquents déménagements à travers le pays.

— Sans amis ni attaches familiales, j'ai eu une enfance plutôt solitaire. Mais j'adorais l'école et j'étais un excellent élève, toujours plongé dans un livre.

Intéressée, Anna l'écoutait avec attention, le menton appuyé sur le poing. Il avait une élocution parfaite, un timbre de voix agréable.

— Pourquoi la psychologie ? demanda-t-elle.

— J'avais envie d'aider les gens, de les soigner, mais je ne supportais pas la vue du sang.

Une lueur dansa dans ses yeux.

— Ce n'est pas tout à fait exact, bien sûr. En fait, la machine humaine me passionne. J'aime comprendre comment fonctionnent les gens, ce qui les motive, comment les circonstances peuvent modifier une personne et influer sur son existence.

Une passion comparable à celle qui pouvait animer un écrivain, songea Anna. Pour sa part, elle aimait analyser l'être humain dans ses paradoxes, ses forces et ses faiblesses, sonder les cœurs et les âmes de ses personnages avec leurs blessures.

— Et pourquoi vous être intéressé aux séquelles des traumatismes subis durant l'enfance ? interrogea-t-elle.

— L'enfance n'est-elle pas le creuset où tout prend naissance ? L'adulte n'est en somme que le résultat de ces premières années de formation. Au début de mes études, nous avons étudié le cas d'une patiente qui souffrait de schizophrénie. Soumis à des sévices infligés par des sadiques, de tels malades se forgent une nouvelle personnalité qui constitue un système de défense psychologique contre l'inconcevable et l'intolérable.

Ben Walker s'interrompit pour boire une gorgée de café.

— Dans ce cas particulier, reprit-il, la patiente présentait dix-huit personnalités différentes, parfaitement distinctes, chacune remplissant une fonction particulière pour affronter toute une série de situations.

Médusée, Anna ne trouva rien à dire, et le silence s'installa entre eux. Après avoir vidé le reste de sa tasse, elle leva de nouveau les yeux sur son compagnon et vit qu'il contemplait fixement sa main mutilée, comme hypnotisé. Elle se raidit et croisa les mains sur ses genoux.

— Sachant qui je suis, lui dit-elle, vous savez également que je ne suis pas née avec une main à quatre doigts.

Comme il continuait de se taire, elle toussa discrètement.

— Ben ?

Il sursauta et cligna des yeux.

— Oui ?

— Ma main. Vous la regardiez fixement.

— Vraiment ? Pardonnez-moi, je ne m'en suis pas rendu compte. Quand je commence à parler de mon travail, il m'arrive de... me perdre dans mes réflexions : toujours ces manies de professeur distrait... Je vous en prie, ne m'en veuillez pas.

D'un geste, Anna écarta ses excuses.

— Ce n'est pas grave. J'ai appris à m'en accommoder...

— De votre infirmité ? Ou du regard des autres ?

— Sincèrement, il est beaucoup plus facile de vivre avec neuf doigts que d'endurer la curiosité des gens.

— Ou leur indélicatesse ?

— Quelquefois, oui.

Détendus, ils reprirent leur conversation, et Ben parla encore de quelques cas étranges auxquels il avait été confronté.

— Je comprends que le sujet vous intéresse à ce point, murmura Anna au bout d'un instant. C'est vraiment fascinant.

Elle était sincère.

— Vous pourriez trouver là matière à un prochain roman, souligna Ben.

— Auriez-vous la faculté de lire dans les pensées ? répliqua-t-elle avec un sourire amusé. Je me disais justement la même chose.

— Tenez, Anna, c'est donnant, donnant : aidez-moi pour mon livre et je vous aiderai pour l'un des vôtres.

Sur le point d'accepter — et de solliciter également son aide pour résoudre ses difficultés personnelles —, elle se mit à lui poser d'autres questions sur son travail. Elle écouta ses réponses d'une oreille distraite, tout en se demandant ce qui la faisait hésiter. Ce garçon lui plaisait. Il était amusant, intelligent, plus pragmatique qu'il n'en avait l'air, et d'une franchise désarmante. Il s'était montré si enthousiaste, si convaincant, que sa compétence lui paraissait évidente. Pourquoi, alors, ne pouvait-elle se décider à accepter sa proposition ?

— Vous êtes encore indécise ? interrogea-t-il.

— Oui.

— Si cela peut apporter de l'eau à mon moulin, sachez que mon espoir est que mon ouvrage contribue non seulement à informer le public sur les séquelles ultérieures des sévices infligés aux enfants mais aussi à soulager des adultes naguère victimes de mauvais traitements. Je crois fermement aux vertus curatives de la connaissance ; c'est la première étape vers la compréhension et l'acceptation — bases indispensables de la guérison.

— Par une sorte d'autothérapie ?

— D'une certaine manière, oui.

Se penchant en avant, Ben plaida sa cause avec ferveur.

— Nous avons tous en nous un potentiel d'autoguérison, particulièrement dans le domaine des maladies mentales. Mais il est parfois difficile d'y avoir accès seul.

— C'est précisément là qu'intervient le rôle du psychologue ?

— En effet. Et celui des ouvrages pratiques.

— Comme le vôtre.

— Exactement.

Ben froissa sa serviette en papier entre ses doigts.

— Y a-t-il quelque chose que je puisse ajouter en ma faveur ?

Anna détourna un instant les yeux, puis les reporta sur lui.

— Je ne suis pas sûre qu'il y ait quoi que ce soit à ajouter. Je ne parle pas très volontiers de mon passé. Je n'aime pas y penser.

— Oui, mais vous en rêvez, Anna, n'est-ce pas ? J'en suis convaincu. Il est toujours là, à la frontière de votre conscience, et il ne cesse de vous harceler. C'est comme une voix qui vous chuchote quelque chose à l'oreille, qui influence vos moindres gestes. Pour vivre normalement, il vaudrait mieux le chasser de là.

Tout à la fois épatée et déroutée, Anna le dévisagea.

— Je pourrais rétorquer que ce n'est pas vrai.

— Mais vous ne le ferez pas. Parce que vous n'êtes pas une menteuse.

Désarmée, Anna se mit à rire.

— Bien vu, monsieur Je-sais-tout !

— C'est que je suis loin d'être un idiot. Et sympa comme tout, avec ça. Avec une sorte de charme juvénile...

Il était sympathique, en effet. Décidément, songea Anna, elle aimait les intellectuels ; surtout ceux qui ne manquaient pas d'humour. Ben Walker était le genre d'homme avec lequel on ne s'ennuyait jamais.

Elle inclina légèrement la tête.

— Je n'ai pas encore bien compris comment vous êtes arrivé jusqu'à moi.

— Mon amie qui dirige l'Association Grands frères et Gran...

— Non, avant cela. Vous avez regardé l'émission sur E ! TV... et ensuite ?

Baissant les yeux un bref instant, Ben la regarda de nouveau.

— J'avais un exemplaire de votre dernier livre sur mon bureau : comment ne pas faire le rapprochement ?

Il croisa les doigts sur ses genoux.

— J'étais adolescent au moment de... l'affaire. Votre histoire m'a toujours intéressé. Et en regardant l'émission, je me suis dit que votre cas illustrerait parfaitement mon propos. Contrairement à toute la matière dont je dispose pour l'instant, votre expérience est unique.

— Les petites princesses d'Hollywood victimes d'un enlèvement ne courent pas les rues.

Le visage de Ben s'assombrit.

— La plupart des enfants enlevés n'en réchappent pas, Anna. Vous êtes une exception.

Timmy n'en avait en effet pas réchappé, pensa Anna, dont la gorge se serra brusquement. Elle avait eu de la chance, elle.

— Alors, qu'en dites-vous ? demanda Ben. Je vous promets de ne pas vous faire souffrir.

Ce serait difficile. Rien que d'y songer, elle avait l'estomac noué.

— Je vais y réfléchir. Sérieusement.

Visiblement déçu, il insista en douceur :

— C'est souvent le premier pas qui coûte le plus — cela dit sans vouloir vous forcer la main, bien entendu.

Anna lui sourit, de plus en plus conquise.

— Je sais. Mais il me faut tout de même un peu de temps. J'espère que vous n'êtes pas trop déçu.

— Je suis un grand garçon. J'en ai vu d'autres.

Ils se levèrent et quittèrent ensemble la terrasse du café.

— Je vais de ce côté, dit-elle en désignant la cathédrale Saint-Louis. Et vous ?

— Je suis garé devant Jax Brewery.

— Alors, on se dit au revoir.

Anna enfouit les mains dans ses poches ; le vent froid qui lui fouettait les jambes la fit frissonner.

— Au revoir, murmura Ben. Et à bientôt.

S'inclinant, il lui effleura la joue d'un baiser.

— J'ai été très heureux de bavarder avec vous, Anna. Appelez-moi.

Sans attendre sa réponse, il lui tourna le dos et s'éloigna à grands pas.

15.

Jeudi 18 janvier — 7 h 15

Allongé sur son lit dans l'obscurité, Ben respira lentement et profondément par le nez. La compresse tiède posée sur son front refroidissait vite. Beaucoup trop vite.

La migraine qui le torturait depuis le matin l'avait repris au Café du Monde, pendant sa conversation avec Anna ; elle s'était même aggravée de minute en minute, restant néanmoins supportable jusqu'au moment où il avait repris le volant. Conduire dans cet état était une véritable gageure, et sans trop savoir comment, il avait tout de même réussi à rentrer chez lui.

Ben ferma les yeux tandis que le comprimé prescrit par le médecin lui procurait enfin un instant de répit, une merveilleuse délivrance. Il en profita pour songer à Anna, à leur rencontre, au moment où ils s'étaient quittés. Elle l'avait regardé s'éloigner. Sentant le regard de la jeune femme dans son dos, il s'était retourné et l'avait vue, qui le suivait des yeux, une main posée sur la joue qu'il venait d'embrasser, l'air agréablement surpris — du moins se plaisait-i! à le croire.

Il se remémora leur conversation, avec ses hauts et ses bas. Elle avait manifesté un intérêt évident pour le travail de Ben ; encouragé, il s'était confié comme il le faisait rarement. Bref, ils s'étaient entendus à merveille.

Son autosatisfaction fut de courte durée. Anna l'avait ensuite surpris en train de contempler sa main mutilée. Quoique visiblement contrariée, elle n'avait cependant pas trop mal réagi. Ben n'avait pas menti en lui disant qu'il ne s'était même pas rendu compte qu'il la fixait. Il avait eu un petit passage à vide, une de ses absences dont il souffrait depuis toujours et qui, comme ses maux de tête, se multipliaient de façon inquiétante ces derniers temps. Il avait même signalé la chose à son médecin traitant, lequel lui avait fait subir toutes sortes d'examens, y compris un scanner et une IRM. A son grand soulagement — car il avait, évidemment, envisagé le pire —, les résultats avaient été tout à fait rassurants.

Le médecin avait donc mis ces troubles sur le compte du stress provoqué par la dégradation de la santé de sa mère et leur déménagement. Depuis lors, Ben pratiquait le yoga et la relaxation, évitait l'alcool et la caféine. Son état semblait s'être amélioré, mais très légèrement, sans plus. Il écarta ces pensées plutôt déprimantes au profit d'un constat tout aussi décourageant : Anna n'avait pas accepté d'être mentionnée dans son livre. Son insistance l'avait effarouchée.

En fait, il n'avait pas été franc avec elle.

La douleur qui lui vrillait les tempes s'intensifia, et Ben maugréa entre ses dents. Il n'ignorait pourtant pas que la sincérité finissait toujours par payer ; en qualité de thérapeute, il était bien placé pour constater les effets déplorables du mensonge et de la dissimulation dans les relations humaines. N'incitait-il pas ses patients à observer une franchise absolue en toute occasion ?

Alors, pourquoi avoir caché à Anna la raison qui l'avait amené à regarder l'émission du samedi sur E ! TV ? Pourquoi lui avoir laissé croire qu'il connaissait déjà ses romans ? Sans doute avait-il craint de la faire fuir en lui avouant la vérité. Résultat ; elle avait tout de même fui.

Il se serait volontiers giflé pour cette bévue. Cette femme lui plaisait. Il appréciait sa tournure d'esprit, son humour subtil et l'intégrité morale — si rare de nos jours — qui émanait de sa personne. Elle méritait sa franchise.

Et s'il voulait se montrer franc avec lui-même, justement, il devait bien reconnaître qu'elle lui plaisait aussi d'une manière qui n'avait rien à voir avec son travail.

Soudain, la douleur cessa comme par miracle. Soulagé, Ben poussa un profond soupir, ôta la compresse de son front et se redressa. Il sourit puis éclata de rire, euphorique, comme s'il venait d'affronter — et de terrasser — le diable en personne.

Tout compte fait, il allait appeler Anna. Il l'inviterait à dîner et au cours d'un excellent repas dans un grand restaurant, lui avouerait la vérité à propos du paquet qu'il avait découvert dans sa salle d'attente.

Ce qui adviendrait ensuite, cela restait à voir.

16.

Jeudi 18 janvier — 19 h 50

En quittant le Café du Monde, Anna avait fait un petit crochet par la cathédrale. Les portes étaient grandes ouvertes, les cloches sonnaient à la volée et mue par une impulsion subite, elle était entrée dans le bâtiment, où la messe venait de commencer.

Le rituel familier, rassurant, lui avait rendu sa sérénité et éclairci ses idées. A la sortie, elle se sentait plus équilibrée, réconfortée et prête à affronter tous les aléas de l'existence. Elle trouverait un nouvel éditeur, un nouvel agent. En définitive, cette fameuse émission sur E ! TV n'aurait eu d'autre effet que de conforter son indépendance. Et Jaye ? Sans doute reviendrait-elle tôt ou tard à d'autres sentiments.

Malgré le froid, Anna fit un détour pour rentrer chez elle. Elle flâna dans le quartier piétonnier, s'attardant aux devantures des magasins qui n'avaient plus aucun secret pour elle, empruntant des passages couverts et des petites rues transversales pleines de charme. Une fois dans son appartement, elle n'aurait plus le loisir de laisser vagabonder son esprit. Il faudrait écouter les messages sur le répondeur, préparer le dîner, examiner le courrier du jour.

Dans l'immédiat, elle avait uniquement envie de penser à Ben et à leur rencontre. Cet homme lui plaisait ; elle avait apprécié sa compagnie. Il exerçait un métier passionnant et savait faire partager son enthousiasme pour ce qu'il faisait. Esquissant un sourire, elle porta une main à sa joue qu'il avait effleurée d'un baiser. Ce geste spontané, inattendu pour un premier rendez-vous, l'avait agréablement troublée

— mais aussi décontenancée, car il ne ressemblait guère à l'idée qu'elle se faisait de Ben.

Mais que savait-elle au juste de cet homme après une heure de conversation ? D'où lui venait cette étrange impression de le connaître aussi bien ?

Anna frissonna et resserra son manteau autour d'elle. La nuit tombée, il ne faisait guère plus de cinq à six degrés, à présent. Mais l'humidité transperçait ses vêtements, sa chair, la glaçant jusqu'aux os. Assez musardé ! décida-t-elle brusquement. Il était temps de rentrer.

A peine dix minutes plus tard, elle franchissait le seuil de son appartement. Elle jeta son courrier sur la console du vestibule, ôta sa veste et l'accrocha au portemanteau. Grelottant encore, elle fila dans la cuisine préparer du thé bien chaud, s'arrêtant en chemin pour augmenter la température du thermostat.

En attendant que l'eau arrive à ébullition, elle écouta ses messages. Sa mère lui annonçait qu'elle avait retrouvé la carte professionnelle du cameraman qui avait enregistré la cassette vidéo : un certain Peter Peters — elle se souvenait bien qu'il avait un drôle de nom ! Dalton avait aussi appelé pour savoir comment s'était passée sa rencontre avec Ben. Enfin, la secrétaire du dentiste lui rappelait son rendez-vous du lendemain.

Le dernier message provenait de la mère adoptive de Jaye, qui lui demandait de la rappeler. Surprise, Anna s'exécuta sans attendre. Mme Clausen décrocha presque aussitôt.

— Fran, c'est Anna. Vous avez téléphoné ?

— Oui, répondit Fran, manifestement dans tous ses états. Je me demandais si Jaye était avec vous.

— Je ne l'ai ni vue ni entendue. Elle n'est pas encore rentrée du lycée ?

— Non. Je ne me suis pas inquiétée tout de suite, car elle va souvent faire un tour à la bibliothèque, ou chez une copine. Mais elle connaît le règlement : sauf autorisation exceptionnelle, elle doit être de retour avant 18 heures.

Anna jeta un coup d'œil sur sa montre. Il était presque 20 heures et il faisait nuit noire.

— Je suis sûre qu'elle est simplement allée chez une amie et qu'elle n'a pas vu passer l'heure, reprit Fran. Mais elle est sous notre tutelle ; nous sommes donc légalement responsables d'elle et devrions savoir où elle est.

Anna fronça les sourcils. Fran ne cherchait pas Jaye parce qu'elle tenait à elle ou se faisait vraiment du souci, mais parce qu'elle en était « légalement responsable ».

Elle se reprocha aussitôt le cours de ses pensées. Il ne fallait pas être injuste ; Fran et Bob Clausen s'occupaient très bien de la jeune fille.

— Auriez-vous la moindre idée de l'endroit où elle pourrait être ? demanda encore Fran. Je ne sais plus trop vers où me tourner.

— Ecoutez, proposa Anna, je vais passer quelques coups de fil pour me renseigner. Je vous rappellerai ensuite.

Au bout d'un quart d'heure, Anna avait éliminé toutes les possibilités qui lui avaient traversé l'esprit. Jennifer, Tiffany, Carol et Sarah — les meilleures amies de Jaye — ne l'avaient pas vue au lycée, ni après les cours, ce qui devenait alarmant.

Je ne t'ai pas parlé du taré qui m'a suivie dans la rue ?

Alors qu'elle se remémorait cette phrase, Anna sentit un vent de panique se lever en elle. Elle se ressaisit et rappela immédiatement Fran, avec l'espoir que Jaye fût revenue. Hélas ! l'adolescente n'avait pas donné signe de vie. Anna annonça qu'elle allait faire une petite tournée des endroits favoris de Jaye.

— Vous a-t-elle dit qu'un homme l'avait suivie, l'autre jour, à la sortie du lycée ?

Fran ne répondit pas tout de suite.

— Non, murmura-t-elle enfin. Je n'avais pas entendu parler de ça.

— Jaye n'avait pas l'air de s'en inquiéter, mais à présent...

— Ne nous affolons pas trop vite, Anna. Elle va probablement rentrer d'un moment à l'autre.

Il fallait l'espérer. Après avoir promis de tenir les Clausen au courant, Anna prit les clés de sa voiture et sortit.

Il était 22 h 30 quand elle déclara forfait, totalement à court d'idées. Elle avait essayé la boutique de jeux vidéo et le bowling, deux cafés de la galerie marchande préférée de Jaye, et même la bibliothèque de son quartier. Personne ne l'avait aperçue de toute la journée : une disparition de quatorze heures, voilà qui semblait bien long. Dans un tel laps de temps, beaucoup de choses pouvaient arriver à une adolescente.

En proie à une réelle panique, à présent, Anna emprunta Carollton Avenue en direction de la maison des Clausen. Jaye était certainement rentrée chez eux, à présent ; saine et sauve, boudant parce que ses parents adoptifs l'avaient punie comme il se devait. Normal, songea Anna. De mauvaise humeur pour une raison qu'elle seule connaissait, l'adolescente avait décidé de sécher la classe ; peut-être même avait-elle mis ses amis dans le coup — ce qui expliquait leur silence. Bien qu'elle ne se fût pas comportée ainsi depuis longtemps, une telle attitude n'avait rien d'extraordinaire de la part d'une jeune fille de son âge.

Fran Clausen ouvrit la porte avant qu'Anna eût frappé. Sa mine se renfrogna.

— Vous ne l'avez pas trouvée, n'est-ce pas ?

Anna fit non de la tête.

— J'espérais qu'elle serait revenue entre-temps.

— Eh bien, non ! lança Bob Clausen d'un ton brusque, depuis l'entrée du séjour. Et elle ne reviendra pas.

Anna leva les yeux vers lui. C'était un grand gaillard d'un mètre quatre-vingt-dix, aux traits épais, irréguliers.

— Pardon ?

— Elle a pris le large.

Consternée, Anna se retourna vers sa femme.

— Se serait-il passé quelque chose que j'ignore ?

Mme Clausen ouvrit la bouche, mais son mari répondit à sa place :

— Tout cela n'est pas vraiment surprenant. Ce n'est pas sa première fugue, après tout.

— Mais elle a beaucoup mûri, depuis, murmura Anna. Elle a vraiment réfléchi à ce qu'elle attendait de la vie, aux moyens d'y parvenir. Elle a compris qu'elle ne trouverait pas le salut dans la fuite.

Son regard alla de la femme au mari.

— Fran vous a-t-elle dit qu'un homme a suivi Jaye à la sortie du lycée ?

Clausen leva les yeux au ciel.

— Cette histoire me semble absurde ! Si elle avait vraiment été suivie, elle nous en aurait parlé.

— Je ne voulais pas croire qu'il s'agissait d'une fugue, d'abord, dit Fran. Mais si aucun de ses amis ne l'a vue au lycée aujourd'hui...

Bob Clausen émit un bref ricanement.

— Chassez le naturel, il revient au galop ! Une petite morveuse égocentrique ne change pas du jour au lendemain.

Le visage en feu, Anna s'insurgea.

— Jaye n'est pas égocentrique !

— Bob ne pense pas vraiment ce qu'il dit, affirma Fran en se tordant les mains. Mais vous n'avez pas vécu avec elle, Anna. C'est une fille extrêmement volontaire, souvent sur la défensive. Quand elle a une idée en tête, elle fonce et persévère sans se soucier des conséquences.

Tant bien que mal, Anna réussit à se dominer.

— Si vous aviez eu une enfance comparable à la sienne, vous auriez appris à vous défendre tout comme elle. Sans une volonté de fer, elle n'aurait pas pu s'en sortir.

Les deux époux échangèrent un coup d'œil. Bob ouvrit la bouche pour répliquer, puis se ravisa. Sans ajouter un mot, il leur tourna le dos et s'installa devant le téléviseur du séjour. Fran le suivit des yeux, avant de se tourner vers Anna.

— Nous vous appellerons si elle revient ou s'il y a... du nouveau.

Autrement dit : « Du balai ! » Anna avait bien l'intention de s'en aller — mais pas avant d'en avoir le cœur net. Quelque chose ne tournait pas tout à fait rond dans cette affaire. Elle n'avait pas vraiment de sens.

— Pourrais-je jeter un coup d'œil dans la chambre de Jaye, si cela ne vous dérange pas ?

— Dans sa chambre ?

Fran tourna imperceptiblement la tête vers le séjour, sans qu'Anna puisse décider si elle craignait que Bob les entende ou si, au contraire, elle recherchait son soutien moral.

— Pourquoi ?

— En fait, je voudrais seulement... constater de mes propres yeux qu'elle s'est enfuie. S'il vous plaît, Fran, ajouta Anna, un ton plus bas. C'est vraiment important pour moi.

Fran Clausen hésita encore, puis capitula.

— Bon, d'accord. Personnellement, je n'y vois pas d'inconvénient.

Elle passa devant, puis attendit dans le couloir tandis qu'Anna examinait la chambre de Jaye. Comme la plupart des repaires d'adolescents, celui-ci était un véritable capharnaüm.

Anna avança jusqu'au milieu de la pièce et s'arrêta, submergée par l'émotion. Tout ici parlait de Jaye — à commencer par son parfum léger, piquant, qui imprégnait tout. Le chandail orange qu'elle portait lors de leur dernière sortie ensemble était négligemment jeté sur le bras d'un fauteuil ; des boîtes de Coca et des piles de CD recouvraient entièrement la table de nuit.

Anna s'approcha pour regarder les disques et reconnut la plupart des titres préférés de la jeune fille. Si elle avait fait une fugue, pourquoi ne pas en avoir emporté quelques-uns ? Jaye se déplaçait rarement sans son lecteur de CD portable — excepté au lycée, où la direction en avait justement interdit l'usage.

Au pied du lit, Anna aperçut un livre provenant de la bibliothèque, trois chouchous multicolores, un sachet de barres chocolatées et la paire de Doc Martens que Jaye s'était offerte avec son argent de poche. Elle adorait ces chaussures, qui lui avaient coûté quatre mois d'économies ; elle s'était privée de tout pour les acheter, même des délicieux Mochasippis dont elle raffolait.

Les sourcils froncés, Anna promena son regard à travers la chambre et son contenu, à la recherche d'un indice susceptible de la rassurer — ou d'étayer ses craintes.

Elle le découvrit sous le matelas. C'était une petite boîte plate, en fer-blanc, qui contenait les souvenirs et quelques objets personnels de Jaye : l'alliance de sa mère et deux photos de la jeune femme — dont l'une où elle tenait la petite Jaye dans ses bras —, des poèmes de Jaye publiés l'année précédente dans la revue littéraire du lycée, et son certificat de naissance. Il y avait aussi une photo de Jaye et Anna, bras dessus bras dessous, souriantes, la mine épanouie : un cliché pris au zoo, où elles avaient passé ensemble un beau dimanche de printemps, aux premiers temps de leur amitié.

Emue, Anna replaça soigneusement le cliché dans la boîte. Jamais l'adolescente ne se serait volontairement séparée de ces objets. Ils représentaient tout ce qu'elle voulait conserver du passé.

Ce constat décupla brusquement son appréhension. Si Jaye ne s'était pas enfuie, où pouvait-elle bien être à 22 h 30, un soir de semaine ?

Remettant en place le couvercle de la boîte, Anna prit celle-ci avec elle et l'emporta dans le couloir où l'attendait Fran Clausen.

— Aviez-vous déjà vu ceci ? lui demanda-t-elle.

— Ça ?

L'autre femme regarda la boîte d'un air embarrassé.

— Qu'est-ce que c'est ?

— Les trésors de Jaye, expliqua Anna en ôtant le couvercle pour révéler le contenu de la boîte. Elle était cachée sous son matelas.

Fran haussa les épaules d'un geste impatient.

— Et alors ?

— Alors, Jaye n'aurait sûrement pas abandonné ces souvenirs de son plein gré. Elle ne s'est pas enfuie, Fran. Il lui est arrivé quelque chose.

La femme pâlit brusquement.

— Il est tout de même peu vraisemblable...

— Est-elle partie avec un sac, ce matin ?

— Avec son sac de classe, c'est tout...

— Je n'ai pas vu ses livres de cours dans la chambre ; pourquoi se serait-elle enfuie en emportant ses affaires de classe, mais en laissant ceci ? Si elle avait prémédité une fugue, n'aurait-elle pas plutôt rempli son sac d'objets dont elle aurait besoin — vêtements et chaussures, brosse à dents et souvenirs ? Allons, Fran, elle n'aurait pas pris la fuite sans rien. C'est impossible.

— Bon sang ! rugit Bob Clausen en surgissant au bout du couloir. Allez-vous cesser de harceler ma femme !

Anna fit volte-face, le cœur battant.

— Je ne la harcèle pas du tout. Je voulais seulement lui montrer...

— Acceptez donc le fait que Jaye a pris le large et nous a tous laissés tomber !

— En avez-vous parlé à Paula ? demanda Anna. A mon avis, l'assistante sociale devrait être avertie...

— Nous l'avons déjà informée. Elle croit que Jaye a fait une fugue. En fait, elle y a pensé avant nous. Si la gamine n'est pas rentrée à minuit, Paula signalera officiellement sa disparition.

— Mais elle ignorait l'existence de cette boîte, souligna Anna. Tout comme vous, du reste.

— Vous pouvez lui en parler ; personnellement, je m'en fous éperdument.

— Oui, murmura Anna tandis qu'il pivotait pour s'éloigner. On voit bien que vous vous en foutez, en effet.

Clausen s'immobilisa, puis se tourna lentement vers elle.

— Vous pouvez répéter ?

Anna leva le menton en s'efforçant de cacher à quel point ce colosse l'intimidait.

— Vous êtes la famille d'accueil de Jaye. Et je trouve... étrange que vous vous inquiétiez aussi peu.

Le visage de Clausen se marbra de rouge.

— Ça alors ! Voilà qu'elle vient nous faire la morale, maintenant ! Comment osez-vous insinuer...

— Bob, intervint sa femme d'un ton plaintif. Ecoute...

L'ignorant, il fit un pas vers Anna, l'air menaçant.

— Vous ne comprenez donc pas ? On a déjà connu ça. Les filles comme Jaye sont des instables : au moindre petit désagrément, elles disparaissent. Elles vous faussent compagnie comme si vous n'aviez jamais rien fait pour elles.

Il avança encore et Anna, instinctivement, recula.

— Maintenant, j'aimerais que vous partiez.

Anna tourna un regard implorant vers Fran.

— Je vous en prie, Fran... je connais Jaye. Nous sommes amies et je sais qu'elle n'aurait pas fait ça. J'en suis sûre.

Le visage vide de toute expression, Fran secoua la tête.

— Nous vous appellerons s'il y a du nouveau.

— Merci.

Les doigts crispés sur la boîte en fer-blanc, Anna s'y accrocha, sans trop savoir pourquoi, comme à une planche de salut.

— Puis-je garder ceci pour elle ?

— En pareil cas, nous sommes censés remettre tout ce qui lui appartient au service d'aide sociale.

Une petite phrase sinistre, sans appel — comme s'il s'agissait des biens d'une défunte. Accablée, Anna sentit ses épaules s'affaisser.

— S'il vous plaît, insista-t-elle. Je la remettrai plus tard à Paula. Je vous en donne ma parole.

Fran hésita encore un instant avant d'acquiescer. Les Clausen raccompagnèrent Anna à la porte, puis la regardèrent s'éloigner, la petite boîte serrée contre son cœur. Avant d'ouvrir la portière de son coupé, Anna se retourna et vit Bob et sa femme échanger un coup d'œil furtif. Pétrifiée, elle demeura sur le trottoir, sa clé à la main, incapable de faire un geste ou de se mettre au volant.

Les yeux fixés sur le couple, elle n'avait plus qu'une idée en tête, lancinante : qu'était-il arrivé à Jaye ?

17.

Jeudi 18 janvier — 23 h 50

Jaye émit une sourde plainte qui la réveilla. Elle avait mal à la tête, la nuque raide, et la bouche aussi sèche que du parchemin. Avec un gémissement, elle roula sur le côté. D'où provenait cette odeur âcre qui semblait lui emplir toute la tête ?

Elle ouvrit les yeux et tout lui revint brusquement.

Elle se dirigeait vers l'arrêt de bus en jetant par intermittence un coup d'œil derrière elle pour voir si le vieux pervers la suivait encore. Croyant l'avoir semé, elle avait ralenti le pas. Et soudain, deux bras l'avaient saisie et tirée derrière une haie. Puis on avait plaqué quelque chose sur son visage. Elle se souvenait de la terreur qui l'avait submergée ; du cri étouffé qui résonnait encore dans sa tête.

Après quoi, elle avait sombré dans le noir.

Tant bien que mal, elle réussit à s'asseoir, le cœur battant à tout rompre, le souffle haletant. Fouillant rapidement du regard la pièce à peine éclairée, elle vit qu'il n'y avait personne qu'elle.

Mue par l'instinct de conservation, elle s'efforça de respirer profondément par le nez pour se calmer. Il fallait essayer de faire le point. Et surtout, ne pas s'affoler.

Elle était assise sur un petit lit d'appoint, à même le matelas, usé et crasseux, dépourvu de draps. Jaye serra les lèvres pour ne pas claquer des dents. Il n'y avait pas d'autre meuble, hormis une chaise pliante de jardin en aluminium et toile de Nylon. La pièce était encore munie d'un lavabo et d'une cuvette de W.C. installés contre le mur du fond. Plusieurs rouleaux de papier étaient empilés par terre, à côté des toilettes. Sur le lavabo, elle aperçut une brosse à dents neuve, du dentifrice, un morceau de savon et une serviette.

Réprimant un gémissement de désespoir, Jaye poursuivit son examen. Le plâtre craquelé était recouvert par endroits de lambeaux de papier peint humide. L'unique fenêtre, condamnée par des planches clouées, laissait filtrer une faible lumière. La porte se trouvait juste en face de la fenêtre.

Elle descendit du lit et gagna la porte sur la pointe des pieds. D'une main tremblante, elle essaya de faire tourner la poignée — qui ne bougea pas d'un pouce. Malgré elle, ses yeux s'emplirent de larmes ; elle les refoula vaillamment, se traitant d'idiote pour avoir espéré un instant que ce fût ouvert : un ravisseur qui n'enferme pas sa victime à clé, ça n'existait qu'en rêve, ou dans les mauvais films...

Il lui fallait pourtant trouver un moyen de sortir de là. Baissant les yeux, elle vit que le bas de la porte avait été percé pour installer une chatière. Elle s'agenouilla et l'examina de plus près. L'installation semblait toute récente, puisqu'il n'y avait pas la moindre éraflure ou trace de griffes. Jaye poussa le battant mobile, mais un loquet extérieur le maintenait verrouillé ; elle poussa un peu plus fort, le sentit sur le point de céder, mais préféra renoncer. A quoi bon ? L'ouverture était de toute façon bien trop petite pour qu'elle puisse passer.

Elle se redressa et pivota en direction de la fenêtre condamnée. S'approchant, elle appliqua son œil contre un interstice, entre deux planches disjointes, avec l'espoir de se faire une idée de l'endroit où elle se trouvait. Elle constata aussitôt que la nuit était tombée et que la lumière qui filtrait entre les planches provenait du réverbère tout proche. Rien ne lui permettait de se repérer davantage. En revanche, des bruits assourdis de circulation, de musique et même de voix lointaines parvenaient jusqu'à elle.

Il y avait du monde à proximité ! Si elle criait, quelqu'un allait l'entendre et venir à son secours ; ou bien prévenir la police.

— Au secours ! appela Jaye en reprenant soudain espoir.

Elle martela les planches de ses poings et se mit à hurler de plus belle, se taisant par intermittence pour écouter. Les conversations se poursuivaient, à la même cadence, sur le même volume. Personne ne vint à son secours. Personne ne répondit à ses cris.

Ils ne l'entendaient pas. Ils étaient trop loin.

Complètement affolée, à présent, elle se rua de nouveau vers la porte et l'ébranla de coups, frappant des pieds et des mains, hurlant à se briser la voix. Malgré ses phalanges meurtries, sa gorge enrouée, ses bras sans force, elle continua d'appeler jusqu'à ce que ses cris ne fussent plus que de faibles gémissements de désespoir.

Finalement, exténuée, elle s'effondra sur le sol et éclata en sanglots.

18.

Vendredi 19 janvier — Quartier Français

Elle s'appelait Evelyn Parker. Jolie et d'agréable compagnie, aimant s'amuser, elle avait fréquenté assidûment les endroits les plus branchés du centre-ville. Domiciliée du côté de Bywater, un quartier Est de La Nouvelle-Orléans, elle avait été l'assistante d'un dentiste renommé.

Elle était morte le soir de ses vingt-quatre ans.

— Putain, quelle poisse de se faire trucider pour son anniversaire, hein, Malone ? lança Sam Tardo, l'un des policiers chargés de recueillir les indices. Surtout, ne touche à rien, ajouta-t-il. On s'est pas encore occupés du cadavre.

Quentin grommela une vague réponse, inintelligible, et s'accroupit auprès d'Evelyn Parker. Il examina le corps de la victime, à la recherche d'un détail qui leur aurait échappé à première vue — bouton ou morceau de papier, tache de sang, empreinte de pas.

— Est-ce que tu penses ce que je pense ? demanda Terry en se baissant près de lui pour mieux voir.

Nancy Kent.

— Ouais.

Quentin fronça les sourcils. Les cheveux d'Evelyn Parker étaient d'un beau blond vénitien. La jeune femme était allée danser le soir du meurtre. Elle semblait avoir été violée puis étouffée. Et comme pour Nancy Kent, on l'avait trouvée dans une petite impasse, derrière une boîte de nuit.

— Le commissaire va encore râler, maugréa Johnson. Comme si c'était notre faute.

— Qui l'a découverte ? interrogea Quentin.

— Une nana qui faisait son jogging.

Quentin leva les yeux sur lui.

— Elle faisait du jogging dans une impasse ?

— La gonzesse a l'habitude d'aller courir aux aurores avec son chien, un setter irlandais. A l'entrée de l'impasse, le clébard s'est mis à aboyer comme un dingue, au risque d'ameuter tout le quartier. Il l'a entraîné par là, elle a décidé de jeter un coup d'œil et... elle s'attendait à tout sauf à ça !

— Walden a pris sa déposition ?

— Ouais.

Du pouce, Johnson désigna la boîte de nuit.

— En ce moment, ajouta-t-il, il interroge le patron. Et vous, où est-ce que vous étiez passés ? On a déjà pratiquement résolu l'affaire, Walden et moi.

— Va te faire voir, belle de jour ! grommela Terry d'un air écœuré. T'es pas au courant ? A l'heure où tu ronflais encore au fond de ton lit, nous on se tapait le sale boulot du côté du Desire. Triple homicide chez les camés.

La cité du Desire, avec ses immeubles sinistres implantés à proximité du centre, était l'un des endroits les plus mal famés et les plus dangereux de La Nouvelle-Orléans. L'espérance de vie d'un policier qui s'y aventurait seul était pratiquement nulle ; et celle des habitants de ce quartier maudit n'était du reste guère supérieure.

— Petits veinards ! lança Johnson. J'échange n'importe quand le Desire contre une impasse du Quartier Français.

Walden appela son équipier depuis la porte du bar. Johnson s'excusa, et Quentin reporta son attention sur la victime. A l'inverse de Nancy Kent, cette femme s'était copieusement débattue. Son visage, son cou et son torse étaient couverts de contusions. Elle portait un jean moulant que l'assassin avait eu probablement beaucoup de mal à lui ôter, à en juger par l'état dans lequel il était et l'angle que formait le corps.

Quentin se tourna vers Terry pour commenter ce détail, mais il ravala ses paroles en remarquant soudain à quel point son partenaire avait l'air fatigué. Ses yeux étaient injectés de sang et il gardait un silence assez inhabituel chez lui. Où avait-il passé la nuit avant d'être appelé pour le meurtre dans le Desire ?

— Ça va, vieux ? demanda-t-il.

— Aussi bien que ça peut aller quand on ne peut plus rentrer chez soi et qu'on manque de sommeil.

Terry se frotta les yeux et pesta entre ses dents.

— Je commence à en avoir ras le bol, de ce merdier !

Leurs collègues chargés de passer les lieux du crime au peigne fin les rejoignirent dans l'impasse, et ils se levèrent pour leur céder la place. De toute façon, ils n'avaient plus grand-chose à faire ici ; c'était par la suite qu'ils devraient examiner les indices ou pièces à conviction, étudier la vie, les habitudes d'Evelyn Parker et récapituler son emploi du temps le soir du meurtre.

Quentin plissa le front et regarda Terry.

— Je ne crois pas qu'elle ait été violée. L'assassin aurait eu bien du mal à la pénétrer avec ce jean entortillé autour des cuisses. A moins qu'il n'ait pris le temps de le lui remonter, je pense qu'il a dû renoncer et seulement la tuer.

— Adieu, ADN.

— C'est à craindre, en effet.

— Dans ce cas, comment obtenir une preuve biologique permettant de relier les deux affaires ? observa Terry tandis qu'ils quittaient la petite impasse. Ce sera pratiquement impossible.

Il garda un instant le silence.

— Ce qui n'arrange pas du tout mes affaires, grommela-t-il enfin. Merde, alors ! J'espère qu'ils ne vont pas essayer de me coller ça sur le dos.

Quentin s'arrêta et fixa son équipier.

— Et pourquoi le feraient-ils ?

— A cause de Nancy Kent, bien sûr.

— Tu as été mis hors de cause !

Terry enfonça les mains dans ses poches et esquissa une moue désabusée.

— Oui, mais ce nouveau meurtre risque de tout changer. Ils vont reprendre les interrogatoires des suspects de la première affaire — tu le sais comme moi. Et je te parie qu'ils vont nous convoquer dès qu'on aura pointé le nez au poste.

C'était hélas probablement vrai, reconnut Quentin.

— Quand le capitaine te demandera où tu étais cette nuit, qu'est-ce que tu lui diras, Terry ?

— La vérité : que j'éclusais une bouteille de bourbon, tout seul, dans mon appart' pourri. Et juste avant, j'étais avec Penny.

En sortant de l'impasse, ils se dirigèrent vers leurs véhicules respectifs, garés côte à côte le long du trottoir.

— Où en sont tes efforts pour la persuader de te reprendre ? demanda Quentin.

— De me reprendre ? répéta Terry avec un ricanement plein d'amertume. Pour lui gâcher le plaisir ? La vie est une vraie fête pour elle : elle se tape tous les mecs dont elle a envie. Crois-moi, elle se rattrape de toutes ces années perdues auprès de moi.

Plus encore que ce persiflage, le ton hargneux de son équipier stupéfia Quentin.

— Sûrement pas, dit-il à mi-voix.

Il ne pouvait évidemment pas se figurer la femme de son ami dans un rôle pareil.

— Merde, alors ! jura Terry, écumant de rage. Tu te rends compte qu'elle ne me laisse plus l'approcher, moi, son mari, mais qu'elle accorde ses faveurs au premier venu ?

— Tu as des preuves de ce que tu avances ? Ça ne ressemble pas du tout à la Penny que je connais.

— Si j'ai des preuves ? Alex m'a dit qu'elle sort tout le temps le soir et que Mamie Stockwell vient les garder pendant ce temps. Toujours d'après Alex, elle rentre très tard.

— C'est tout ? dit Quentin en déverrouillant sa portière. Tu appelles ça une preuve ? Les élucubrations d'un gamin de six ans ? Voilà qui est un peu léger, inspecteur.

— Et pourquoi est-ce qu'elle sortirait le soir, selon toi ? Qu'est-ce qu'elle pourrait fabriquer d'autre à des heures pareilles ?

Terry serra les poings, déchaîné.

— Penny est ma femme, nom de nom ! Sa place est à la maison, avec les petits.

— Elle est peut-être invitée chez une amie. Ou bien, elle va au spectacle. Rien ne prouve qu'elle fréquente d'autres hommes.

— Je suis sûr que si. Un point, c'est tout. Il faut que tu lui parles, Malone ! Elle t'apprécie. Elle respecte ton opinion. S'il te plaît, parle-lui, insista Terry, qui semblait presque égaré. Persuade-la de me laisser revenir.

Comme Quentin hésitait, son ami avança d'un pas, l'implorant du regard.

— Il faut me tirer de là, mon vieux. Il faut lui faire comprendre qu'elle a tort de s'obstiner ; que ce serait la meilleure solution pour les enfants.

Il détourna légèrement la tête, puis regarda de nouveau Quentin en face.

— Pour être tout à fait franc, je ne sais pas si je tiendrai encore le coup bien longtemps.

— D'accord, dit Quentin. Au risque de commettre une erreur, j'irai lui parler.

19.

Vendredi 19 janvier — Quartier des Affaires

Vingt-quatre heures s'écoulèrent sans nouvelles de Jaye. Chaque minute qui passait renforçait la conviction d'Anna qu'il ne s'agissait pas d'une fugue. Et que les Clausen n'étaient pas les parents d'accueil attentifs et affectueux qu'elle avait espérés pour Jaye. En fait, en se remémorant sa conversation avec le couple, l'expression de leurs visages, leurs gestes et intonations, elle avait peu à peu acquis la conviction qu'ils dissimulaient quelque chose.

Les soupçons qui lui venaient à l'esprit la glaçaient d'effroi.

En désespoir de cause, elle avait décidé de rendre visite à Paula Perez, l'assistante sociale qui s'occupait de Jaye. Avant de franchir le seuil de son minuscule bureau — un simple box dépourvu de fenêtre —, elle passa la tête par l'entrebâillement de la porte.

— Toc, toc, fit-elle.

L'autre femme leva les yeux et sourit.

— Anna, entrez donc !

— Il n'y avait personne au bureau d'accueil, alors, je suis passée par-derrière. Je ne tombe pas à un mauvais moment ?

Paula désigna d'un geste ample sa table entièrement recouverte de dossiers, de courrier, de notes et décisions de justice.

— Chez nous, ce n'est jamais le bon ni le mauvais moment. Asseyez-vous.

Anna s'installa en face d'elle, la boîte à souvenirs de Jaye serrée contre sa poitrine.

— Je venais vous parler de Jaye.

— Je m'en doutais. Nous n'avons pas encore de nouvelles, Anna.

— Je sais.

Anna baissa furtivement les yeux sur la boîte et reporta son regard sur l'assistante sociale.

— Je voulais vous montrer ceci. C'est à Jaye, dit-elle en lui tendant l'objet.

L'autre femme l'ouvrit et examina rapidement son contenu. Au bout d'un instant, elle leva les yeux sur Anna.

— Où l'avez-vous trouvée ?

— Chez les Clausen, le soir où Jaye a disparu.

— Il va falloir que je la garde. Jaye étant pupille de l'Etat...

— Oui, oui, je sais bien, mais je craignais... enfin, je voulais éviter que cet objet disparaisse.

Paula fronça les sourcils.

— Je ne comprends pas.

— Le contenu de cette boîte prouve que Jaye ne s'est pas enfuie.

— Nous en avons déjà parlé au téléphone, Anna. Je sais que vous refusez d'admettre...

— Elle n'aurait pas laissé cela en partant, Paula ! Certainement pas. Ces souvenirs sont des témoignages des différentes étapes de sa vie. C'est là tout ce qui lui reste.

— Jaye est une fille intelligente, Anna. Elle sait que tout ce qu'elle laisse sera remis entre nos mains ; elle sait aussi que nous conservons ses biens pour une durée illimitée. Si elle vient les chercher dans dix ans, elle peut être certaine de les trouver.

Sans se laisser troubler par ces arguments, Anna essaya une autre tactique.

— Si Jaye avait prémédité une fugue, pourquoi emporter ses livres de classe plutôt que des vêtements et de quoi manger ? Pourquoi aurait-elle laissé son lecteur de CD et ses albums préférés ? Ce n'est pas logique.

— Fran et Bob m'ont justement appelée ce matin. Quelques provisions semblent avoir disparu de leurs placards.

— C'est du moins ce qu'ils prétendent.

Choquée, Paula réagit vivement.

— Qu'est-ce que cela signifie au juste, Anna ?

— Cela signifie que Fran et Bob ne disent peut-être pas toute la vérité. Il y a quelque chose de louche dans...

— Pour l'amour du ciel ! l'interrompit Paula en se levant d'un bond. Les Clausen sont de braves gens ! Ils sont parents d'accueil depuis près de vingt ans, et tout le monde — y compris moi-même — a une excellente opinion d'eux. Comment osez-vous suggérer qu'ils pourraient être coupables de quelque activité criminelle ?

Anna repoussa également sa chaise.

— Tout ce que je vous demande, c'est de creuser un peu plus profondément autour de cette affaire, d'interroger davantage les Clausen, d'appeler la police...

— J'ai déjà alerté la police pour signaler la disparition de Jaye, comme la loi l'exige.

— Je connais Jaye, Paula. Elle n'aurait pas fait ça. J'en suis sûre. Il lui est arrivé quelque chose.

Anna se pencha sur la table.

— Il paraît qu'un homme l'a suivie à la sortie du lycée. Si vous pouviez en parler à la police...

— Fran m'a transmis cette information et je l'ai confiée à mon tour aux policiers.

Paula exhala un soupir contraint.

— Vous ne connaissez peut-être pas Jaye aussi bien que vous le pensez, Anna. C'est une adolescente compliquée, capable de réactions aussi fâcheuses qu'inattendues.

— Je suis au courant. Je sais qu'elle a déjà fait cinq ou six fugues, agressé l'un de ses professeurs et même attenté à sa propre vie. Mais elle a tellement mûri depuis deux ans, sur le plan affectif et spiri...

D'un geste, l'assistante sociale l'arrêta.

— Avant que vous ajoutiez un mot de plus, Anna, je voudrais que vous vous demandiez si votre mauvaise conscience ne joue pas un rôle important dans votre refus d'admettre que Jaye a plaqué tout le monde.

— Ma mauvaise conscience ? répéta Anna. Pourquoi devrais-je avoir...

— J'ai appris que vous vous étiez brouillées récemment, toutes les deux, que Jaye s'estimait trahie car vous lui aviez caché votre véritable identité.

— Cela n'a rien à voir avec ce qui m'amène.

— Vraiment ? Il ne vous est pas venu à l'idée qu'elle ait pu s'enfuir parce que vous lui avez fait du mal ? Que l'évolution de sa maturité affective, fondée sur la confiance, ait subi un rude choc sous l'effet de ce qu'elle a perçu comme un mensonge de votre part ?

Sur le point de nier, Anna se tut brusquement, la voix coupée par l'émotion.

— Je ne voulais pas lui faire de mal, parvint-elle enfin à articuler. J'ai essayé de lui expliquer pourquoi j'étais incapable de parler de mon passé.

— Je sais, dit Paula avec douceur. Je comprends. Mais je ne suis pas une adolescente écorchée vive par les trahisons répétées des gens qu'elle aime, en qui elle a confiance.

Submergée par la honte et le remords, Anna sentit ses épaules s'affaisser.

— Je ne voulais pas lui faire de mal, dit-elle encore. J'aime Jaye.

Les traits de Paula se radoucirent. Prenant la boîte sur le bureau, elle la tendit à Anna.

— Gardez-la pour le moment. Je crois qu'elle aimerait que ce soit vous qui la conserviez pour elle.

Anna récupéra la boîte et prit congé de l'assistante sociale. Sur le chemin du retour, elle pria pour que Jaye fût saine et sauve, en sécurité. De tout cœur, elle espérait que la jeune fille avait vraiment fait une fugue et qu'elle allait très vite se décider à rentrer chez elle.

20.

Vendredi 19 janvier
Poste de police du Septième District

En arrivant au poste, Quentin aperçut aussitôt Anna North. Debout au fond de la salle bondée, elle serrait une petite boîte contre sa poitrine. Son visage tourné de profil et ce qu'il pouvait entrevoir de son regard, de son expression, reflétait un malaise indéniable. Ce qui n'avait rien de bien étonnant, jugea-t-il, puisque peu de gens avaient recours à la police dans des circonstances heureuses.

La tête penchée de côté, il la détailla plus attentivement. Qu'y avait-il donc chez Anna North qui attirait son regard comme si elle irradiait de lumière un jour maussade ? D'accord, elle était ravissante ; mais il y avait sans doute dans cette salle quatre ou cinq femmes tout aussi belles qui ne captivaient pas ainsi son attention. Ce n'était pas sa tenue — rien de plus remarquable qu'un chandail bleu lavande avec un jean noir et une veste de cuir fauve — ni même ses cheveux d'un roux flamboyant.

Alors, quoi ?

Il se mit soudain à sourire. Lors de leur dernière rencontre, ses talents de détective n'avaient manifestement pas impressionné Anna North. Sans doute n'apprécierait-elle pas vraiment d'avoir encore affaire à lui.

Or, rien ne plaisait davantage à Quentin qu'un défi — surtout un défi de nature aussi attrayante. C'était l'une de ses faiblesses, il fallait l'admettre ; mais après tout, il n'était pas un saint.

Il se dirigea d'une allure nonchalante vers l'agent affecté à l'accueil.

— Bonjour, Violet, murmura-t-il en se penchant sur le comptoir. Je te trouve bien séduisante, ce matin.

Violet DuPré, une Noire quinquagénaire dont l'aplomb inébranlable désarçonnait les machos les plus arrogants de la police municipale, le toisa sans aménité.

— Remballe ton baratin et va le fourguer à quelqu'un d'autre, Malone. Qu'est-ce que tu veux ?

— Voilà ce que j'aime chez toi, Violet... Tu es incapable de résister à mon charme...

Posant un coude sur le comptoir, il se rapprocha d'elle.

— Dis-moi, la rouquine, là-bas... est-ce qu'elle attend quelqu'un en particulier ?

— Nous en sommes tous là, mon chou. Et hélas, le Bon Dieu ne nous envoie pas toujours ce qu'il y a de mieux.

Elle lui décocha un clin d'œil espiègle.

— Celle-là souhaiterait parler à un inspecteur.

— Elle ne m'a pas demandé personnellement ?

— Désolée, Roméo. Tu auras plus de chance la prochaine fois...

— Tu as tout faux, ma jolie. Cette fille est déjà venue nous raconter une histoire complètement dingue d'enlèvement par des extraterrestres. J'ai eu affaire à elle quand je remplaçais Lautrelle, dans le huitième district. Ça m'embêterait beaucoup qu'un de mes petits camarades soit obligé de s'en occuper.

Violet esquissa un sourire narquois.

— Votre grand cœur vous perdra, inspecteur Malone.

— Que veux-tu, je suis comme ça — toujours attentif aux autres.

La policière secoua la tête.

— Tu sais, Malone, avec le meurtre de cette fille la nuit dernière, je pensais que tu aurais mieux à faire aujourd'hui que de t'occuper d'extraterrestres.

Il se redressa, une lueur de malice dans l'œil.

— Tu me sous-estimes, ma belle. Je suis aussi sur cette affaire.

Effectivement, il avait déjà interrogé cinq ou six patrons de bar, noté les descriptions, les noms et, le cas échéant, les adresses des hommes qu'Evelyn Parker avait rencontrés le soir de sa mort. Il avait pris contact avec sa famille et rendu visite à deux de ses collègues de travail. Grâce aux informations ainsi recueillies, il avait commencé à esquisser l'emploi du temps de la dernière soirée de la victime. Tout cela, alors qu'il n'était pas encore midi.

Il se pencha à l'oreille de Violet.

— S'il te plaît, ma toute belle, pourrais-tu me rendre ce petit service ?

Elle soupira et décrocha le téléphone avec une moue amusée.

— En fait, puisque vous vous êtes déjà côtoyés, il me semble logique de te la confier. Question d'efficacité.

— Tu es une perle !

Elle esquissa une grimace.

— Une perle noire, alors. Un conseil avant que tu y ailles, beau brun : débarrasse-toi de cette cravate.

En riant, Malone lui envoya un baiser du bout des doigts.

— Merci de ta sollicitude. A bientôt.

Il traversa la pièce, conscient que Violet le suivait des yeux d'un air narquois.

— Mademoiselle North ! lança-t-il. Quel bon vent vous amène ?

Elle se retourna, et une expression consternée assombrit fugitivement ses traits. Sans doute avait-elle espéré que leurs chemins ne se croiseraient jamais plus.

— Il faut que je parle à un inspecteur...

— Eh bien, me voilà.

La jeune femme jeta un bref regard en direction de Violet — qui les gratifia tous deux d'un sourire angélique —, puis reporta son attention sur Quentin.

— Apparemment, vous avez encore eu de la chance. Moi qui espérais qu'en étant dans une circonscription différente, je me verrais affecter quelqu'un d'autre...

— C'est l'informatique, mentit Quentin en haussant les épaules. Une fois que vous avez eu affaire à l'un de nous, impossible de vous en défaire.

— Comme un poisson qui aurait mordu à l'hameçon, en somme.

Quentin rit de bon cœur.

— Suivez-moi, je vous prie.

Traversant la salle grouillante d'activité, il conduisit la jeune femme jusqu'à son bureau et lui désigna un siège. Quand elle fut assise, il s'installa en face d'elle, juché sur l'angle de la table.

— Comment votre travail avance-t-il ? demanda-t-il.

— Très bien, merci.

Elle croisa les jambes.

— Jolie cravate. Très pittoresque.

Il l'examina et sourit.

— Merci.

— Il n'est pas donné à n'importe quel adulte de se permettre d'arborer une cravate imprimée d'écrevisses et de flacons de condiments.

— Et les masques de Mardi gras ne vous ont pas échappé non plus, n'est-ce pas ?

Comme il se penchait vers elle, il capta les effluves d'un parfum floral, à la fois doux et épicé. Comme elle, songea-t-il, étrangement troublé.

— Comment ne pas les voir, inspecteur ? Ils sont jaunes et violets.

— Cette cravate serait-elle votre façon d'amener une touche de légèreté aux homicides, dans un univers sinistre ?

— Eh non, ma mie, répondit Quentin en empruntant des expressions de patois cajun. C'est une touche de N'Orléans : « Laissez les bons temps rouler. »

Anna North garda un instant le silence, puis émit un petit soupir excédé.

— Avez-vous la moindre envie de savoir ce qui m'amène ici aujourd'hui ? Ou voulez-vous passer le reste de la journée à parler de votre cravate ?

— C'est vous qui avez abordé le sujet, ma belle.

Il sortit son carnet à spirale et un stylo de la poche de sa veste.

— Alors, en quoi puis-je vous être utile, mademoiselle North ?

— Une de mes amies a disparu. Enfin, il s'agit de ma petite sœur.

— Votre petite sœur ?

— Je parraine Jaye depuis deux ans dans le cadre de l'Association Grands Frères et Grandes Sœurs d'Amérique.

Quentin nota le nom et le prénom de l'adolescente, son âge, le nom et l'adresse de sa famille d'accueil.

— Depuis quand a-t-elle disparu ? demanda-t-il en relevant la tête.

— Jeudi matin, elle est partie pour l'école à l'heure habituelle. Elle avait son sac de classe avec elle. Elle a dit au revoir à sa mère adoptive et n'est pas revenue chez elle depuis.

D'un geste machinal, la jeune femme caressa la boîte qu'elle tenait sur ses genoux.

— Le soir, poursuivit-elle, j'ai appelé ses amies, je l'ai cherchée dans les endroits qu'elle avait l'habitude de fréquenter. Personne ne l'avait vue de la journée.

— Et ses parents adoptifs ? Pourquoi ne sont-ils pas venus à votre place ? Et les services sociaux ? Elle est pupille de l'Etat, et en tant que...

— Ils pensent qu'elle a fait une fugue. Si vous vérifiez, vous verrez qu'ils ont informé la police. Voyez-vous...

De nouveau, elle effleura la boîte de ses doigts.

— ... cela fait des années qu'elle est placée dans des familles d'accueil, et son parcours a été rude. Elle s'est déjà enfuie plusieurs fois par le passé.

— Combien de fois ?

— Six, avoua Anna.

Quentin prit encore des notes sur son carnet.

— Mais cette fois, dit-il ensuite, vous pensez que ça n'est pas le cas.

— Je suis persuadée du contraire. Regardez ce que j'ai trouvé sous son matelas.

Ouvrant la boîte, Anna la tendit à Quentin.

— Jaye est une fille qui a connu dans la vie beaucoup plus de coups durs que de moments heureux. Elle a perdu tout ce qui lui était cher, à commencer par sa mère. Le contenu de cette boîte représente tout ce qui lui reste de ses rares moments de bonheur. Elle ne s'en serait jamais séparée.

Quentin examina le petit lot de souvenirs.

— Bien. Est-ce tout ?

— Non. La semaine dernière, elle m'a dit qu'un type l'avait suivie à la sortie du lycée.

— A-t-elle alerté la police ?

— Non, avoua Anna avec un soupir.

— Etait-ce un incident isolé ? Ou bien cela s'est-il reproduit à plusieurs reprises ?

— Je ne sais pas... elle ne m'en a parlé qu'une fois.

— Il n'y a pas vraiment de quoi s'affoler.

— Mais elle est partie le matin avec un sac plein de bouquins de classe ! Si elle avait prévu de faire une fugue, n'aurait-elle pas emporté des vêtements, une trousse de toilette et ses souvenirs ? Elle a laissé d'autres choses auxquelles elle tient : ses disques préférés et son lecteur de CD, par exemple. Ce n'est pas logique.

— Ses amies ne sont au courant de rien ? N'aurait-elle pas caché des vêtements et des affaires de toilette chez l'une d'elles ?

— Je ne crois pas. Je les ai harcelées de questions. Elles ne mentent pas en affirmant qu'elles ne l'ont pas vue, car elles ont peur — je l'ai vu dans leurs yeux. En outre, que Jaye ait laissé cette boîte reste inexplicable.

Quentin examina une fois de plus les objets qui se trouvaient dans la boîte en question. Le raisonnement d'Anna semblait fondé, il devait bien l'admettre : cette fille conservait manifestement certains souvenirs depuis très longtemps. D'après Anna, elle gardait cette boîte sous son matelas, ce qui prouvait combien son contenu lui était précieux.

— Je connais bien Jaye, inspecteur Malone.

La voix d'Anna North s'était brisée, et elle marqua une brève pause.

— Je sais qu'elle ne s'est pas enfuie, reprit-elle. J'en suis absolument certaine.

Fermant la boîte, Quentin la lui rendit.

— Alors, vous craignez... Que craignez-vous au juste ? Qu'elle ait été enlevée ? Qu'elle ait de graves ennuis ?

Les yeux de la jeune femme s'emplirent de larmes.

— Oui, murmura-t-elle. Dieu sait que j'aimerais croire à autre chose. Je préférerais mille fois qu'elle ait fait une fugue. Au moins... elle...

Visiblement bouleversée, elle ne put achever. Quentin attendit qu'elle se ressaisît.

— J'ai fait tout ce que j'ai pu, reprit-elle enfin à mi-voix. J'ai rencontré tous ses amis et visité les endroits qu'elle fréquente. Je ne sais plus quoi faire, maintenant. Voilà pourquoi je suis ici.

Quentin contourna son bureau, s'assit dans son fauteuil et posa son carnet de notes devant lui.

— Si vous le voulez bien, je vais récapituler, mademoiselle North. Il y a deux jours, vous êtes venue me voir. Vous aviez reçu des lettres d'une admiratrice et vous aviez peur que cette admiratrice, une enfant, soit en danger.

— Oui, en effet. Elle s'appelle Minnie.

— Selon vous, outre cette Minnie, une autre jeune fille — une inconnue — était elle aussi en danger.

— C'est ça, mais je ne vois pas le rapport...

— Quel âge aurait Minnie, d'après ses lettres ?

— Onze ans.

— Et quel âge a Jaye ?

— Quinze ans.

— Et quel âge aviez-vous lors de votre enlèvement ?

Les joues en feu, Anna North se leva d'un bond.

— Je vois où vous voulez en venir, mais vous vous trompez !

— Ne seriez-vous pas obsédée par cette idée de jeunes filles en danger ? demanda Quentin en ignorant ses protestations.

— Non, écoutez...

Elle porta une main à son front, puis la laissa retomber d'un geste las.

— Jaye est partie. Si elle s'est enfuie volontairement, elle a abandonné quelques objets qui ont beaucoup d'importance pour elle. Ses parents adoptifs... n'ont pas réagi comme il faut, inspecteur Malone. J'ai été choquée par leur inertie et par leur colère. J'ai eu l'impression qu'ils... cachaient quelque chose.

— Attendez ! Suggérez-vous que la famille d'accueil pourrait être liée à la disparition de Jaye ?

La jeune femme leva la tête.

— Il y a quelque chose d'étrange dans leur comportement. Ne pourriez-vous aller les voir ? J'ai tellement peur pour Jaye.

Au lieu de répondre, Quentin songea à tout ce qu'il venait d'entendre. Certes, l'adolescente était une fugueuse récidiviste. Mais on ne pouvait nier qu'en cas de nouvelle disparition, elle aurait probablement choisi d'emporter ses trésors avec elle.

Il se leva.

— Je vais mener une enquête.

— C'est vrai ? répondit Anna avec une évidente surprise.

— Je vais étudier le dossier de Jaye, parler avec l'assistante sociale. Je vais voir ses parents adoptifs et me renseigner sur leur compte. Cela vous rassure-t-il ?

— Considérablement, répondit-elle d'une voix mal assurée. Merci.

Il la raccompagna à l'accueil, l'assura qu'il la tiendrait au courant et la regarda partir. Cette femme l'intriguait. A cause de son passé, de ce qu'elle avait vécu. Parce qu'elle était écrivain.

Perplexe, il plissa les yeux. Deux fois en trois jours, elle était venue leur soumettre ses théories bancales et ses soupçons infondés. Ses romans commençaient-ils à la perturber ? Gardait-elle des séquelles du traumatisme subi lors de son enlèvement ? Ou bien ses inquiétudes et ses pressentiments étaient-ils justifiés ?

Terry approcha d'un pas nonchalant et fit entendre un claquement de langue.

— Il y a quelque chose chez les rousses qui me met dans tous mes états.

Sidéré, Quentin se tourna vers lui.

— Nom de Dieu, Terry, tu ne tournes jamais ta langue dans ta bouche avant de l'ouvrir ?

— Quoi ?

Terry écarta les mains, paumes ouvertes, l'air candide.

— J'ai seulement dit que les rousses me font de l'effet.

— C'est ça ! Et elles font aussi de l'effet à quelqu'un qui rôde dans les parages...

Son ami pâlit.

— Merde, je ne voulais pas...

— Je m'en doute.

Quentin jeta un bref coup d'œil par-dessus son épaule.

— Tu sais parfaitement qu'il y a des gens totalement dépourvus d'humour, par ici.

— Notamment notre chère capitaine, grommela Terry. Elle m'a déjà passé un savon, ce matin.

— A quel sujet ? demanda Quentin alors qu'ils se dirigeaient vers son bureau.

— Elle devait avoir besoin de se défouler et je lui ai servi de bouc émissaire.

Sacrée tante Patti, pensa Quentin. Ses colères légendaires en avaient fait frémir plus d'un dans la police municipale ; et elle ne laisserait jamais un gars de son équipe s'autodétruire.

— Et comment ça s'est passé, avec la PID ?

— Pas trop mal. Mais il aurait mieux valu pour ma pomme que je passe la nuit bien au chaud chez moi avec Penny. Ces enfoirés n'ont pas voulu considérer le Jack Daniel's comme un alibi.

Quentin s'assit derrière son bureau.

— O'Shay était furieuse que tu te sois rendu sur le lieu du crime, hier soir.

— Ouais, fit Terry en s'affalant sur une chaise. Je dois éviter tout ce qui peut être lié de près ou de loin aux deux meurtres. Ils me font chier.

— L'examen des indices va te disculper.

— Sauf qu'ils n'ont pas trouvé grand-chose sur le lieu du crime Parker, à ce qu'il paraît. En tout cas, tu avais raison : elle n'a pas été violée. Son jean moulant lui a servi de ceinture de chasteté, en quelque sorte.

— Mais on l'a tuée quand même.

Quentin fronça les sourcils.

— Pourquoi des rousses ?

— Parce que la mère de l'assassin était rousse. Ou parce qu'il a été mordu un jour par un setter irlandais. Ou bien il y a du taureau en lui et le rouge le rend agressif. Qui sait ?

Terry se massa le menton.

— D'ailleurs, tu es peut-être à côté de la plaque. Certains considéreraient Evelyn Parker comme une blonde.

— Hé, Malone ! appela Johnson. Le capitaine veut nous voir. Apporte tes notes sur les affaires Parker et Kent.

— Ça fait vraiment chier, à la fin ! maugréa Terry. Je me sens comme un gamin mis à l'écart d'un jeu. Ou comme un pestiféré.

Quentin se leva et rangea son carnet dans sa poche.

— Ça passera.

— Tiens-moi au courant.

— Ne t'en fais pas.

Brièvement, il serra l'épaule de son équipier et ajouta :

— J'ai le sentiment que nous allons avoir besoin de ton aide.

Quentin suivit Walden et Johnson dans le bureau du capitaine et ferma derrière lui, conscient que Terry les suivait des yeux. Pestant à mi-voix, il avança jusqu'au bureau de sa tante, posa les mains dessus et la regarda bien en face.

— Je veux que Terry travaille avec nous. C'est un bon flic.

— C'était un bon flic, corrigea-t-elle. Mais il est en train de perdre les pédales. En outre, il fait partie des suspects. Je ne peux pas.

— Il fait partie des suspects ? Quelle connerie ! Tu sais parfaitement que Landry n'a rien à v...

— Ma décision est prise, dit-elle en lui coupant la parole. Maintenant, à moins que tu préfères aller retrouver ton partenaire, je te suggère de t'asseoir et de la boucler. Est-ce clair, inspecteur ?

Il opina de la tête, mais au lieu de s'asseoir, il demeura debout, appuyé au chambranle.

— Où en sommes-nous ? interrogea son chef d'un ton décidé en croisant les mains devant elle.

— La victime s'appelait Evelyn Parker, répondit Johnson. Vingt-quatre ans, blanche, belle fille. Elle travaillait dans les quartiers chic et habitait du côté de Bywater.

— Elle aimait sortir et s'amuser, ajouta Walden. Comme Kent. Elle faisait la fête le soir de son meurtre.

— On sait déjà tout ça, murmura le capitaine. Avons-nous d'autres informations ? Des indices ? Des hypothèses ? Une intuition valable ?

Quentin saisit aussitôt la perche.

— A mon avis, le principal lien entre les deux meurtres, c'est que les victimes étaient rousses. Il faudrait essayer de comprendre pourquoi ce type s'en prend aux rouquines.

— Pour moi, dit Johnson, ce n'étaient pas des rousses : l'une se teignait en rouge bordeaux et l'autre avait les cheveux blonds.

— Blond vénitien, précisa Quentin. C'est tout de même un genre de roux.

Walden secoua la tête.

— Ces deux filles faisaient la tournée des boîtes de nuit le soir des meurtres ; elles aimaient toutes les deux s'amuser. Pour moi, c'est plutôt ça le dénominateur commun.

— Cela explique *où* le meurtrier trouve ses victimes, lui fit observer Quentin. Pas comment il les choisit.

— A qui avez-vous parlé ? s'enquit le capitaine.

— Demandez plutôt à qui nous n'avons pas parlé.

Johnson lui fit un compte rendu complet de leur enquête.

— Nous tenons quelques bonnes pistes, même s'il n'y a pas encore d'indices communs aux deux crimes. Mais ils existent et nous les trouverons.

Quentin prit la parole.

— J'ai l'impression que ce type aborde les femmes en public, mais de manière discrète, en évitant d'attirer l'attention sur lui. Il leur offre un verre, les invite à danser. Quelqu'un l'aura sans doute vu avec elles et finira par s'en souvenir.

— Ces deux filles ont été tuées dans des ruelles, rappela le capitaine en promenant son regard sur les trois inspecteurs. Alors, avec quoi les étouffe-t-il ? Pas avec un oreiller.

— La main ? suggéra Walden.

— Ce serait difficile avec une fille qui se défend aussi âprement que Parker, observa Quentin. A moins que notre homme ait des mains énormes. Et on aurait vu davantage de contusions autour du nez et de la bouche.

— Un sac plastique alors. Comme ceux des teinturiers. Ou même un sac poubelle qu'il aurait facilement dissimulé dans la poche de sa veste.

— Aucun résidu de plastique n'a été relevé sur les lieux. On aurait pourtant dû en trouver sous la tête des victimes, sur l'asphalte.

Johnson regarda Walden.

— A-t-on découvert quelque chose de ce genre dans les bennes à ordures des alentours ?

— Pas pour Kent. Pour Parker, les recherches sont toujours en cours.

— En général, observa Walden en se grattant la tête, quand l'assassin utilise un sac, il l'abandonne sur la victime. Il est difficile de l'enlever. Et ce faisant, le coupable risque de laisser encore plus d'indices.

— En l'occurrence, on a peut-être affaire à un malin, avança le capitaine. Un de ceux qui pensent à effacer leurs empreintes. Il tue la fille, récupère l'arme du crime et s'en débarrasse après avoir mis une distance suffisante entre sa victime et lui.

— Effectivement, il vaut mieux partir de l'hypothèse que notre homme n'est pas un imbécile, admit Quentin. Pour ne pas laisser d'empreintes, il porte donc des gants — ce dont personne ne songerait à s'étonner par ce froid.

Il réfléchit un instant.

— Voici une théorie toute simple : puisqu'il fait froid dehors, il se sert de son manteau.

— Oui, mais les traces ? demanda Johnson. Un manteau laisserait des fibres, et certainement davantage qu'on n'en a trouvé.

Quentin s'écarta de la porte.

— Et s'il portait un manteau de cuir ?

Tout le monde se tut. Les policiers se regardèrent un instant.

— Il le porte tout le temps, reprit Quentin. C'est le cas de pas mal de gens, en hiver. La matière est souple, mais pas poreuse. Elle ne laisse pas de fibres et se nettoie facilement. Et le clou de l'affaire, c'est qu'il se taille avec l'arme du crime sur le dos.

— C'est possible, admit Johnson. Mais je n'exclus pas non plus l'idée du sac plastique.

— En effet. C'est tout de même plus commode que de se promener avec un oreiller.

Le capitaine O'Shay se cala au fond de son siège.

— Nous devons élucider ces affaires. Deux meurtres similaires coup sur coup, et il n'en faut pas plus pour que la presse se mette à délirer. Les journalistes spéculent déjà sur l'heure et le lieu du troisième crime. Le chef Pennington me tient à l'œil et je peux vous assurer que ce n'est pas drôle.

Johnson toussa pour s'éclaircir la gorge, Walden se tortilla sur sa chaise et Quentin fronça les sourcils.

— Ce ne sont pas les idées qui manquent, capitaine. On va régler ça dare-dare, c'est promis.

— Vous avez intérêt. Et tenez-moi au courant.

Johnson et Walden se levèrent pour rejoindre Quentin à la porte.

Le capitaine appela ce dernier.
— Malone ?
Sur le point de sortir, il se tourna vers sa tante.
— Pas un mot à Landry, lui dit-elle. Il est hors du coup. Compris ?
Quentin se rembrunit. Il y avait quelque chose de déroutant dans l'expression du capitaine. Que savaient-ils sur son partenaire qu'ils ne lui disaient pas ?
— Tu peux me dire ce qui se passe ?
— Non. Pas encore.
Elle le dévisagea.
— Pourras-tu coopérer ? Ou bien préfères-tu qu'on te relève de cette affaire ? Je comprendrais très bien que...
— Je coopère, répliqua-t-il d'un ton sec. Mais je vais te dire : tout ça, c'est des conneries. Terry est innocent.

21.

Vendredi 19 janvier
15 heures, Quartier Français

Assise devant son ordinateur, Anna contemplait l'écran vide. Depuis deux heures, elle rédigeait puis effaçait paragraphe sur paragraphe, insatisfaite de son travail.

En général, elle profitait de ces précieux après-midi où elle ne travaillait pas à La Rose Unique pour écrire, n'en perdant pas une seule minute.

Aujourd'hui, elle ne parvenait pas à se concentrer ; sa rencontre avec l'inspecteur Malone, le matin même, ses inquiétudes concernant Jaye et ses démêlés avec son éditeur et son agent parasitaient toutes ses pensées.

Aujourd'hui ? songea-t-elle avec un soupir. En réalité, elle n'avait pas écrit une page correcte depuis que son agent lui avait transmis la proposition de son éditeur, offre alléchante mais assortie de conditions moins séduisantes. Sa situation était simple. Si elle refusait, elle ne trouverait plus personne pour la publier — en tout cas, plus d'agent littéraire. Pourquoi, alors, se dépêcher d'écrire un nouveau livre ?

Des larmes de frustration lui montèrent aux yeux et elle pesta entre ses dents. Elle n'allait pas s'apitoyer sur son sort, tout de même ! Car s'il y avait de quoi pleurer, c'était plutôt sur le sort de Jaye. Ou celui de Minnie. Elles avaient vraiment besoin d'aide. Leurs difficultés n'étaient pas aussi insignifiantes que sa carrière d'écrivain.

Insignifiantes ? Non, ses romans, sa carrière d'auteur n'avaient rien d'insignifiant. Elles avaient beaucoup d'importance pour elle.

Mais retrouver Jaye demeurait sa priorité. Heureusement, l'inspecteur Malone avait promis de mener une enquête. Même s'il ne paraissait pas convaincu que les Clausen eussent joué le moindre rôle dans sa disparition ou que l'adolescente fût en danger, du moins se donnerait-il la peine de vérifier.

Anna posa le menton sur son poing, se remémorant leur conversation. Pourquoi avaient-ils adopté ce ton de badinage, presque déplacé ? Certes, Malone n'était pas le genre d'homme à laisser une femme indifférente, avec son physique à couper le souffle et ce sourire canaille qui devait affoler bien des cœurs — à condition d'aimer le style macho, sûr de lui et de son charme, ce qui n'était pas son cas à elle. Jamais elle n'aurait dû entrer dans son petit jeu, voilà tout. Elle était allée le voir pour Jaye, pas pour entamer un flirt ridicule !

Déterminée à se remettre au travail, elle reporta les yeux sur l'écran de l'ordinateur et écrivit une phrase, puis une autre. Plusieurs se succédèrent ainsi, formant un paragraphe.

Le résultat était désastreux.

Ecœurée, elle effaça le tout. Bon sang ! Parviendrait-elle un jour à s'y remettre sérieusement ?

Le téléphone sonna, et elle s'empara du combiné comme d'une planche de salut.

— Allô ?

— Anna ? C'est Ben Walker.

Le son de sa voix lui procura un vif plaisir, assorti d'une pointe de remords. Depuis la disparition de Jaye, elle n'avait pas pensé à lui ni à leur discussion.

— Ah ! bonjour, Ben.

— Comment allez-vous ?

— Bien, mais j'ai un peu honte : j'avais promis de vous rappeler, je crois.

— Ce n'est pas grave.

— Ne m'en veuillez pas : ces derniers jours ont été plutôt mouvementés, et très franchement, je n'ai vraiment pas eu le temps de réfléchir à notre conversation.

Elle lui fit part de ses inquiétudes concernant la disparition de Jaye, expliquant qu'elle s'était rendue le matin même au poste de police.

— Je peux faire quelque chose, Anna ? proposa Ben.

— Non, à moins que vous soyez capable de me dire où est Jaye. Enfin, l'inspecteur m'a promis de s'en occuper — même s'il ne partage manifestement pas mon point de vue.

Ben garda un moment le silence, avant de s'éclaircir la gorge.

— Appelez-moi en cas de besoin — ne serait-ce que s'il vous faut une oreille amie. Surtout, n'hésitez pas, à n'importe quelle heure du jour ou de la nuit.

— De la nuit ? Diable, vous ne prendriez pas un tel risque si vous saviez combien je dors peu, ces temps-ci.

— De garde vingt-quatre heures sur vingt-quatre : c'est la devise du praticien consciencieux. Mais je ne plaisante pas, Anna. Au moindre problème, téléphonez-moi.

Elle le remercia, et un nouveau silence tomba entre eux.

— Une simple question, reprit enfin Ben. Vous n'avez pas déjà décidé de m'envoyer promener, et ma proposition du même coup, j'espère ?

Il n'y allait pas par quatre chemins, ce qu'Anna jugea plutôt sympathique.

— Non, dit-elle. Absolument pas.

— Tant mieux, parce que je voulais vous inviter à dîner.

— A dîner ? répéta-t-elle, prise au dépourvu.

— Oui. Ce soir même.

Il marqua une pause.

— Il n'est pas question pour moi de chercher à vous influencer ; il s'agit simplement de passer un moment ensemble, de partager un bon repas, une bonne bouteille. Qu'en dites-vous ?

— Ecoutez, je n'ai pas vraiment le cœur à...

Elle se ravisa soudain. Après la tension de ces derniers jours, la perspective d'un dîner en ville en agréable compagnie était plutôt tentante. Cela lui changerait les idées.

Trois heures plus tard, Anna arrivait chez Arnaud, un excellent restaurant du centre-ville réputé pour sa cuisine créole traditionnelle. Ben et elle étaient convenus de se retrouver sur place, et il l'attendait sur le trottoir, à l'entrée de l'établissement. Vêtu d'un costume bleu marine, avec une chemise blanche et une cravate bordeaux, il avait l'air transi.

S'approchant du taxi, il vint lui ouvrir la portière.

— Vous auriez dû m'attendre à l'intérieur, murmura-t-elle, embarrassée. Il fait un froid épouvantable.

— Je ne voulais pas prendre le risque que vous changiez d'avis à la dernière minute.

Le sourire aux lèvres, il lui prit le bras d'un geste prévenant.

— On y va ?

Le maître d'hôtel les conduisit à la table qu'avait réservée Ben, près de la baie vitrée donnant sur la rue.

— J'adore ce restaurant, lui confia Anna. La cuisine est délicieuse et le décor, l'un des plus charmants de la ville.

— C'est joli, mais...

Ben s'interrompit.

— Non, rien.

— Si, dites-moi, insista Anna en dépliant sa serviette. Mais quoi ?

— J'allais dire que de toute façon, je n'avais d'yeux que pour vous. Vous êtes ravissante, Anna.

Il s'empourpra jusqu'aux oreilles.

— Aïe, comment ai-je pu dire une chose pareille ? C'est ringard, non ?

— Moi, je trouve ça très gentil, lui déclara Anna en souriant et en posant brièvement la main sur la sienne.

Le serveur vint prendre leur commande, posa quelques amuse-gueule sur la table et s'éloigna. La conversation s'engagea aussitôt sur un sujet anodin, la cuisine locale, qui était le passe-temps favori de tout Néo-Orléanais digne de ce nom.

— Votre livre avance-t-il ? demanda ensuite Anna.

— Ah ! non, non, pas ça ! protesta Ben en agitant l'index. La dernière fois, c'est moi qui ai parlé tout le temps. Chacun son tour. Où en est votre nouveau roman ?

Anna songea à la douzaine de paragraphes qu'elle avait rédigés, puis effacés depuis la veille.

— Au point mort, avoua-t-elle après avoir bu une gorgée de vin. Je n'ai pas de contrat, en ce moment ; et bientôt, plus personne ne voudra me publier.

— Comment est-ce possible ? Vos livres sont excellents ; ils peuvent rivaliser avec ceux de Mary Higgins Clark ou Sue Grafton.

Flattée, elle le remercia, puis expliqua :

— Ils estiment que mon passé, l'affaire de mon enlèvement, peut appâter suffisamment de lecteurs pour me propulser dans la liste des meilleures ventes. J'ai reçu une proposition plus qu'alléchante et j'ai bien envie d'accepter, mais...

— Mais quoi ? demanda Ben, comme elle laissait sa phrase en suspens. Vous n'aimez pas travailler avec eux ?

— Au contraire. Mon éditeur me convient parfaitement, et tous les gens de la maison se sont donnés à fond pour moi.

— Où est le problème, alors ?

Anna haussa les épaules.

— Je ne les intéresse que s'ils peuvent exploiter mon enlèvement à des fins publicitaires. Si j'accepte leur offre, je devrai m'exhiber à la télévision, à la radio, répondre aux questions des journalistes. Mon éditeur pense pouvoir me faire inviter à *Good Morning America.*

— Et cette perspective vous terrorise...

— Ma foi, oui, avoua-t-elle. Je me sens incapable d'aller parler de mon passé sur les ondes ou à la télé. Je serais à la merci du premier désaxé qui pourrait...

Elle frissonna.

— Aidez-moi, Ben. Dites-moi ce que je dois faire.

— Au sujet de cette offre ?

Il eut un rire sans joie.

— Vous connaissez déjà la réponse. Seulement, elle ne vous convient pas.

— Et voilà ! pesta Anna. C'est bien ce que je craignais. Vous n'avez pas de remède miracle à me proposer ?

— Je regrette. Vous n'êtes pas prête, et vous le savez. Vous n'êtes pas assez forte pour affronter le public.

— C'est trop injuste, tout de même ! s'insurgea-t-elle. Pourquoi a-t-il fallu que cela me tombe dessus ? Tout allait si bien jusque-là : mon parcours professionnel, ma vie... tout.

— Vraiment ?

— Que voulez-vous dire ?

— Rien dans votre vie n'a vraiment changé, Anna. Simplement, vous vous trouvez confrontée à un choix.

— Et un foutu choix, je vous assure !

— Pas de leur point de vue. Ils considèrent sans doute qu'ils vous font une fleur. Si j'ai bien compris, votre éditeur vous propose un contrat en or. C'est le genre d'opportunité dont rêvent la plupart des auteurs.

— Vous parlez comme mon agent, maugréa Anna.

— Navré de vous décevoir.

Ben se pencha vers elle, par-dessus la table.

— En fait, votre appréhension est actuellement plus forte que votre désir de continuer à être publiée. Cette appréhension est compréhensible, si l'on considère l'épreuve que vous avez subie naguère, mais elle n'est pas forcément rationnelle ni justifiée — et en aucun cas positive.

Anna reprit son verre et but une nouvelle gorgée de vin.

— Selon vous, alors, je devrais seulement me secouer un bon coup, surmonter mes angoisses et accepter cette offre ?

— Je n'ai pas dit cela. Mais à mon avis, un bon thérapeute peut vous aider à reprendre confiance. La volonté ne suffit pas, contrairement à ce que semblent croire votre agent et votre éditeur.

Le silence tomba entre eux quand le serveur apporta les hors-d'œuvre — un gumbo pour Ben et des gambas flambées pour Anna.

— Je devine la méfiance que vous inspirent les psychologues, Anna, reprit-il enfin en plongeant sa cuillère dans son épaisse soupe aux fruits de mer. Mais pourquoi ne pas vous inscrire dans un groupe de personnes se trouvant dans une situation comparable à la vôtre ? J'anime une séance de travail sur les phobies, le jeudi soir. Vous pourriez y assister un jour afin de tester vos impressions. Et si vous ne vous sentez pas à l'aise avec nous, je connais des confrères qui interviennent dans le même domaine ; je pourrais effectuer quelques recherches et vous recommander d'autres groupes.

Un groupe ? D'autres personnes exposées aux mêmes problèmes qu'elle ? Serait-elle moins réticente à se livrer en leur présence qu'en face d'autres inconnus ? Que pouvait-elle en attendre ?

Ben sonda un instant son regard.

— Alors, que pensez-vous de cette suggestion ?

— Je ne sais pas. Je ne me sens pas très rassurée — et un peu intriguée, tout de même.

— Bon, c'est déjà ça, commenta Ben avec un sourire.

— Vous faut-il une réponse immédiate ?

— Absolument pas. Prenez tout votre temps. C'est une décision qui doit provenir de vous et de vous seule, Anna, sans aucune influence extérieure.

Il marqua une pause pour souligner l'importance de son propos.

— Si vous vous décidez à tenter l'aventure, prévenez-moi. Un groupe de thérapie est une sorte de forum privé qui exige un niveau de confiance exceptionnel entre tous les participants. Si vous voulez y être admise, je devrai au préalable leur parler de vous et de notre projet afin d'obtenir leur approbation.

Cette approche plut à Anna, qui le dit à Ben. Elle lui promit aussi de lui faire part de sa décision dès qu'elle l'aurait prise.

Ils consacrèrent ensuite leur attention à leur dîner. Ben émailla la suite du repas d'anecdotes sur les différents endroits où il avait vécu, mais par intermittence, Anna se surprit à laisser vagabonder son esprit dans d'autres directions — notamment, les promesses de l'inspecteur Malone concernant Jaye. Allait-il découvrir quelque chose en enquêtant sur le passé des Clausen ? Finirait-on par retrouver enfin Jaye, saine et sauve ?

— Anna ? Est-ce que ça va ?

Elle cligna des paupières, brusquement ramenée à l'instant présent.

— Pardon, dit-elle avec un sourire contrit. Une fâcheuse conséquence de mes insomnies répétées.

— Ne vous en faites pas. Si je peux vous aider en quoi que ce soit...

— Contentez-vous de supporter ma présence, d'accord ?

Il accepta de bonne grâce et jusqu'à la fin du repas, Anna concentra toute son attention sur son compagnon.

Une fois l'addition réglée, ils se levèrent pour quitter le restaurant. Sans laisser à Anna le loisir de faire appeler un taxi, Ben proposa de la raccompagner.

— C'est inutile, dit-elle. Je n'habite pas très loin d'ici et cela vous oblige à faire un détour.

— Je vous ai invitée à dîner, rappela Ben. Un gentleman digne de ce nom se doit de reconduire une dame jusqu'à sa porte.

Anna hésita un bref instant avant d'accepter.

— Entendu.

Dix minutes plus tard, il se rangeait en double file en bas de l'immeuble. Il alla ouvrir sa portière à Anna, puis l'accompagna jusqu'à l'entrée de son immeuble.

— J'ai passé une excellente soirée, lui dit-elle. Merci encore, Ben. En fait, c'était exactement ce dont j'avais besoin en ce moment.

Il lui effleura la joue du bout des doigts et laissa retomber sa main.

— Ecoutez, j'ai un peu honte de moi, murmura-t-il d'un ton plus grave. En vérité, j'avais un motif secret de vous inviter à dîner.

Tout au long de la soirée, Ben avait tout de même glissé de plus subtiles allusions à l'intérêt qu'elle lui inspirait. Avait-il décidé d'abandonner les sous-entendus pour une approche plus directe ? Qu'éprouverait-elle s'il lui faisait des avances ? Elle sentit le sang affluer à ses joues tandis que son cœur se mettait à battre de façon désordonnée. Elle scruta le regard de Ben dans la pénombre qui remodelait ses traits, substituant à l'image du médecin aux manières douces celle d'un mystérieux inconnu.

En fait, elle connaissait à peine cet homme ; peut-être ignorait-elle tout de ses véritables intentions.

Un frisson, d'excitation et d'appréhension mêlées, lui parcourut le dos. Retenant son souffle, elle attendit.

— Je n'ai pas été tout à fait honnête avec vous, poursuivit Ben, et j'espère que vous n'allez pas trop m'en vouloir.

Anna le dévisagea avec perplexité. Ses propos ne prenaient pas du tout le tour qu'elle attendait ; quelle était donc la nature exacte de ses « motifs secrets » lorsqu'il l'avait invitée ce soir ?

Ben lui prit les mains.

— Lors de notre dernière rencontre, je ne vous ai pas tout dit.

Anna secoua la tête en riant. Comme il haussait les sourcils, étonné, elle s'expliqua :

— Votre motif secret... j'ai cru un instant...

Elle gloussa de nouveau.

Il ne fallut guère plus d'une demi-seconde à Ben pour comprendre, et un sourire s'épanouit peu à peu sur ses traits.

— Accordez-moi tout de même un peu plus de subtilité, Anna.

— Me voilà rassurée. Je m'apprêtais à vous attribuer un rôle peu flatteur dans mon prochain roman.

— Dois-je en déduire que mes avances auraient été mal accueillies ?

Elle fit la sourde oreille, non tant par coquetterie que parce qu'elle n'en savait rien elle-même.

— Peut-être pourrions-nous en revenir à ce fameux « motif secret » ?

— Je... Et flûte ! J'ai atermoyé tout au long de la soirée et sur le point de vous quitter, je n'arrive toujours pas à me décider.

— Dites-moi tout, voyons. Je peux encaisser beaucoup de choses, vous savez.

— Très bien.

Il exhala un long souffle qui se condensa en un petit nuage dans l'air glacé du soir.

— Je vous ai expliqué que j'avais vu tout à fait par hasard cette émission télévisée sur les énigmes d'Hollywood, vous vous souvenez ?

Anna hocha la tête, brusquement envahie par un mauvais pressentiment.

— Ce n'était pas vrai, avoua-t-il. Et j'ai aussi menti en prétendant être un de vos lecteurs assidus. En fait, le nom d'Anna North m'était inconnu jusqu'au samedi en question.

Craignant de deviner la suite, Anna demeura un instant muette.

— Dans ce cas, parvint-elle enfin à articuler, comment avez-vous...

— La veille de l'émission, j'ai trouvé un paquet dans ma salle d'attente. Il contenait un exemplaire...

— ... de mon dernier livre avec un petit mot vous conseillant de regarder E ! TV le lendemain. Oh, mon Dieu !

Elle porta la main à sa bouche. La campagne de terreur menée par son persécuteur était-elle donc sans limites ? Quel but poursuivait-il ? Et pourquoi s'être adressé ainsi au Dr Walker ?

— Oui... c'est ça, avoua Ben. Je vois que cela vous bouleverse et j'en suis navré. A mon avis, ce paquet a été posé là par un de mes patients, mais j'ignore lequel, et pourquoi. J'ai appelé les six personnes que j'ai reçues ce jour-là. Toutes se sont récusées.

Ses patients ? L'un de ses patients pouvait-il être l'auteur de l'interview de sa mère ? Pleine d'espoir, Anna reprit son souffle.

— L'un de vos patients s'appellerait-il Peter Peters ?

Ben répéta le nom et secoua la tête.

— Non.

— Vous êtes sûr ? Personne dont le nom évoquerait plus ou moins celui-là ?

— Absolument personne. Pourquoi ?

— Parce que vous n'êtes pas le seul à avoir reçu ce paquet. En fait, tous les gens qui comptent dans ma vie ont reçu le même : mes parents, mes amis, mon agent, mon éditeur... ma petite sœur, Jaye.

Serrant les bras contre sa poitrine, Anna frappa des pieds sur le sol pour se réchauffer.

— Vous n'êtes pas non plus le seul à avoir découvert le pot aux roses ce jour-là — à savoir qu'Anna North n'était autre qu'Harlow Grail.

Cette fois, ce fut lui qui sonda son regard, le visage empreint de compassion.

— Jusque-là, qui était au courant ?

— Mes parents, c'est tout. Je m'étais donné un mal fou pour tourner le dos au passé, pour me dissocier de la petite princesse kidnappée naguère à Hollywood.

— Je vous comprends, Anna. Le fait d'être ainsi dévoilée, exposée, a dû être très éprouvant pour vous.

— C'était pire qu'éprouvant, docteur Walker ! s'exclama-t-elle avec une soudaine colère. C'était traumatisant. J'étais en proie à une véritable panique. Pourquoi ne pas m'avoir dit la vérité tout de suite ?

— Parce que je craignais de vous faire peur. Parce que vous auriez refusé de me rencontrer à l'idée qu'un de mes patients pouvait être un désaxé qui vous voulait du mal.

— Très délicat de votre part, Ben. Merci.

— Je vous en prie, dit-il en lui reprenant les mains. L'idée que vous étiez en danger ne m'a jamais traversé l'esprit. Une thérapie peut provoquer chez les patients des comportements insolites, de caractère obsessionnel. La colère, l'amertume, une rage longtemps refoulées explosent parfois à cette occasion — mais c'est le thérapeute qui en fait les frais. J'en avais déduit que cette mise en scène était dirigée contre moi.

Anna dégagea les mains de son étreinte.

— Pourquoi m'en parler maintenant ? Nous pouvions continuer ainsi sans que j'apprenne jamais rien.

— Parce que je ne suis pas un menteur. Je ne suis pas même de ceux qui peuvent déformer la vérité en gardant la conscience tranquille.

Il marqua une pause.

— Et parce que je vous aime bien.

Cette petite phrase atténua quelque peu la fureur d'Anna.

— Mais pourquoi vous ? demanda-t-elle encore, tout en resserrant frileusement son manteau autour d'elle. Il y a une sorte de logique, machiavélique, dans le fait d'adresser ce paquet à mes proches. Mais vous ? Nous ne nous connaissions même pas.

— Je ne sais pas. A moins que la personne qui vous persécute soit l'un de mes patients, bien sûr. Je vous aiderai à la démasquer, Anna. Et à élucider ce mystère.

Pour la seconde fois de la soirée, il lui effleura sa joue d'une caresse. Ses doigts étaient de véritables glaçons.

— Ensemble, nous y parviendrons. Je vous le promets.

22.

Samedi 20 janvier — 2 heures du matin

Jaye ouvrit les yeux dans l'obscurité. Retenant son souffle, elle demeura totalement immobile, à l'affût du moindre son. Ce n'était pas la première fois qu'un bruit discret — celui de la chatière qui se refermait ou d'une lame de parquet qui grinçait de l'autre côté de sa porte — la réveillait ainsi en pleine nuit.

Son ravisseur lui rendait visite durant son sommeil. Il lui passait des provisions ou du linge propre par la chatière, sans jamais dire un mot. Au deuxième jour de ce manège, elle avait découvert qu'il emportait les restes de son repas et autres déchets si elle les déposait à portée de main près de cette ouverture.

La présence silencieuse de son geôlier effrayait Jaye. Elle l'entendait parfois aller et venir à l'étage inférieur, entrer ou sortir du logement. Elle l'entendait respirer de l'autre côté de la porte. Comme s'il attendait, guettait quelque chose.

Mais quoi ? se demanda Jaye en se recroquevillant dans le lit. Que lui voulait-il ? Il ne l'avait pas approchée — pas encore, du moins. Il le ferait tôt ou tard. Comment pourrait-elle se défendre, alors ?

D'une main tremblante, elle remonta sa couverture jusqu'au menton. Elle voulait retourner chez elle. Elle voulait voir Anna, sa famille d'accueil, ses amis. Elle voulait se réveiller dans son lit, entourée de ses objets familiers.

Elle ne voulait plus avoir peur.

Un gémissement de détresse lui échappa malgré elle. Un autre suivit, mais elle réprima le troisième, craignant qu'il l'entende. Elle ne voulait pas qu'il sache à quel point elle était effrayée, et vulnérable.

Il le savait, pourtant. Il savait tout.

Non ! se dit-elle aussitôt. Il ne pouvait pas connaître ses pensées, ses émotions. Jamais il n'aurait accès à ce qui se passait dans sa tête et dans son cœur.

La gorge nouée, elle se redressa en position assise, essayant d'orienter ses réflexions sur ce qu'elle savait ; sur tout ce qu'elle pouvait encore contrôler. A moins d'avoir perdu toute notion de temps, elle était enfermée dans cette pièce depuis trois jours. Il s'agissait apparemment d'une mansarde située sous les toits, plusieurs étages au-dessus de la rue. Par intermittence, elle entendait, au loin, les échos d'un orchestre de jazz et un peu plus fréquemment, des bruits de pas cadencés sur l'asphalte. A plusieurs reprises, des odeurs de friture ou un fumet de crustacés étaient parvenus jusqu'à elle.

Combinés, ces quelques indices la conduisaient à penser qu'elle était séquestrée dans le Quartier Français et dans une maison située légèrement à l'écart du centre animé de Bourbon Street ou de Jackson Square — peut-être à la limite entre les zones commerciale et résidentielle.

C'était plutôt bon signe. Elle n'avait pas été emmenée trop loin de chez elle ou des gens qui étaient à sa recherche. La police avait dû être alertée, à présent, de même que les services sociaux. Et Anna ?

Le souvenir de leur querelle lui fit monter les larmes aux yeux. Elle aurait voulu pouvoir revenir sur tout ce qu'elle avait dit ce soir-là. Elle comprenait aujourd'hui ce que son amie avait subi naguère. Elle la comprenait et lui pardonnait.

Jaye ferma les yeux et respira profondément, s'efforçant de rassembler ses esprits. Que savait-elle sur son ravisseur ? Elle avait aperçu ses mains — vigoureuses sans être énormes —, ainsi que ses avant-bras, couverts de poils sombres. Elle pouvait en déduire qu'il s'agissait d'un homme brun de taille moyenne, dont l'âge pouvait varier entre la trentaine et la cinquantaine.

Il avait bien préparé son coup, c'était une évidence. L'installation de la chatière était visiblement récente, de même que la condamnation de la fenêtre. Il avait envisagé tous ses besoins, en quantité suffisante : savon et nécessaire de toilette, serviettes, papier hygiénique, et mêmes une tenue de rechange — à laquelle elle n'avait pas touché. C'était donc quelqu'un de prévoyant, qui ne laissait rien au hasard — le choix de sa victime non plus. Il ne faisait aucun doute maintenant que c'était lui qui l'avait suivie à la sortie du lycée, repérant son trajet et son emploi du temps pour l'attaquer au moment et à l'endroit les plus opportuns.

Mais pourquoi elle ? Sur quels critères l'avait-il sélectionnée ? Il n'avait certainement pas l'intention de demander une rançon, car elle n'était pas riche. Il obéissait donc à d'autres motifs. Probablement horribles, monstrueux. Sa gorge se serra. Elle n'était pas naïve ; elle savait, hélas, ce qui arrivait aux enfants victimes d'un rapt. Elle eût mille fois préféré l'ignorer.

Soudain, Jaye perçut un frôlement de l'autre côté de la porte. Un bruit à peine perceptible, comme hésitant. Différent de ceux qu'elle avait entendus jusqu'alors. Le cœur battant à se rompre, elle tourna les yeux vers la porte fermée.

— Hello, tu es là ?

La voix, bien qu'assourdie, était celle d'une fillette. Jaye resta un moment immobile, interdite. Une autre fille ? Etait-ce possible ?

Elle descendit du petit lit et gagna la porte aussi rapidement qu'elle put, haletante. Ce n'était peut-être qu'un piège, se dit-elle. Ou bien son imagination lui jouait-elle un tour ?

L'enfant reprit la parole d'une voix tremblante :

— Est-ce que tu... j'ai pas tellement le temps. S'il... s'en aperçoit, il va se fâcher contre moi.

— Je suis là, répondit Jaye, les larmes aux yeux.

Jamais rien ne lui avait paru aussi merveilleux que d'entendre cette voix enfantine.

— Ouvre la porte. Fais-moi sortir.

— Je peux pas. C'est fermé à clé. C'est lui qui a la clé.

Jaye dut lutter contre le désespoir qui l'envahissait.

— Tu ne peux pas la prendre ? S'il te plaît, il faut m'aider.

— Non, non, je ne peux pas, répondit la fillette d'une voix plaintive. Je suis juste venue... Il veut que tu te calmes. Il commence à se fâcher, et quand il est en colère, il... il me fait très peur. Il...

Jaye se mit à secouer la poignée de la porte.

— Aide-moi ! Fais-moi sortir de là !

De l'autre côté, l'enfant se remit à pleurnicher et Jaye la sentit s'éloigner.

— Il faut te tenir tranquille, chuchota-t-elle. Tu ne comprends pas. Tu ne peux pas savoir.

— Qui es-tu ? demanda Jaye en secouant encore la poignée, de plus en plus affolée. Où suis-je ? Pourquoi me fait-il ça ?

— J'aurais pas dû venir ! Il le saura... il va... s'en rendre compte.

La voix de la petite s'estompa, et Jaye se mit à tambouriner sur la porte, désespérée.

— Ne t'en va pas ! S'il te plaît... ne me laisse pas.

Seul le silence lui répondit. Elle était de nouveau seule.

23.

Samedi 20 janvier — 8 h 15

Après une nouvelle nuit agitée, Anna se réveilla groggy. Elle s'était couchée épuisée, pensant dormir comme une souche, mais son sommeil avait été hanté par d'affreux cauchemars — notamment celui, récurrent, où un monstre invisible jouait un dangereux jeu de cache-cache avec des enfants.

Elle s'extirpa péniblement du lit, enfila son peignoir en chenille et une paire de mules. Gagnant la porte-fenêtre qui donnait accès à l'étroit balcon, elle examina le ciel en clignant des yeux. Il faisait un temps superbe avec un soleil éclatant — une de ces journées d'hiver froides et sèches comme elle les aimait.

Emmitouflés dans leurs manteaux, Bill et Dalton prenaient leur petit déjeuner en bas, dans le patio, assis devant leurs bols fumants et une assiette pleine de toasts. Esquissant un sourire, Anna entrouvrit la baie vitrée et passa la tête dehors.

— Salut, les garçons ! lança-t-elle. A quoi vous jouez ? Il fait un froid de loup !

Dalton tordit le cou pour l'apercevoir.

— La météo annonce un radoucissement, répondit-il en se tamponnant la bouche avec sa serviette. La température doit monter jusqu'à quinze degrés, aujourd'hui. Viens donc nous rejoindre. Il nous reste un croissant, des fruits et pas mal de toasts.

— Malgré toute l'affection que je vous porte, mes amis, je préfère rester au chaud. Merci infiniment, mais vous êtes tombés sur la tête !

Dalton fit la moue.

— J'espérais que tu nous raconterais ta soirée.

— Alors, montez. Je préparerai du café au lait.

Quelques minutes plus tard, ils frappaient à la porte, et Anna alla leur ouvrir tandis que la cafetière commençait à gargouiller dans la cuisine. Les deux hommes se bousculèrent et faillirent trébucher dans leur hâte à franchir le seuil.

— Bonne Mère, quel froid ! gémit Bill en se frottant vigoureusement les mains l'une contre l'autre.

— Je ne sens plus mes doigts, affirma Dalton.

Anna prit leurs manteaux et les considéra avec étonnement.

— Mais quelle mouche vous a piqués, ce matin ?

— On se gèle les fesses, répondit Bill avec humeur. J'en ai ras le bol de ce temps pourri. On est à La Nouvelle-Orléans, tout de même, en Louisiane du Sud. Presque sous les tropiques.

Dalton le réconforta d'une petite bourrade.

— Excuse-le, Anna, il n'en peut plus. Tu sais combien il aime prendre ses repas dehors.

— Et m'habiller en short. A quoi bon avoir des muscles d'acier si je ne peux pas les montrer ? se plaignit Bill en tendant l'assiette de toasts à Anna. Tu te rends compte ? On endure la canicule des mois d'été pour avoir l'avantage de vivre dans une région tempérée en hiver. C'est vraiment trop injuste !

Dalton opina de la tête.

— Il y a presque de quoi devenir violent.

— Tout à fait. Imagine un tueur en série qui ne sévirait qu'au-dessous de cinq degrés.

Euphorique, Dalton applaudit.

— Ça commencerait comme un jeu, ou comme une façon de tromper l'ennui. Puis la violence monte, les victimes se multiplient.

— Elles tombent comme des mouches ! enchaîna Bill, au comble de l'excitation. Hé ! hé ! Anna, voilà un bon scénario de roman, non ?

Tout en versant le lait fumant dans les bols, Anna hocha la tête avec un sourire amusé.

— Vous ne manquez pas d'inspiration, les enfants. Continuez sur cette lancée. Votre collaboration ne serait pas superflue, ces temps-ci.

Ils portèrent leurs bols sur la table de la cuisine, s'installèrent et burent un moment leur café au lait sans rien dire.

— Alors, comment s'est passé ton petit tête-à-tête, hier soir ? finit par demander Dalton.

— Ce n'était pas un têt...

Anna ravala la suite, car il était impossible de qualifier autrement ce dîner avec Ben. Pourquoi, alors, son premier réflexe avait-il été de le nier ?

Parce qu'elle n'avait pas ressenti d'intimité particulière dans leurs rapports. C'était aussi simple que cela.

Haussant les épaules, elle préleva un morceau du dernier croissant.

— C'était bien. Vraiment bien.

Bill et Dalton se regardèrent, avant de reporter les yeux sur elle, attendant la suite.

— Raconte-nous tous les détails croustillants.

Elle se borna à leur répéter la surprenante révélation que Ben lui avait faite en la raccompagnant.

Dalton souffla doucement entre ses dents.

— Enfer et damnation !

— Ce n'est pas une blague, affirma Anna en repoussant l'assiette et ce qui restait du croissant. Ben est persuadé que notre homme est l'un de ses patients. Mais il n'a pas la moindre idée de son identité ni des motifs qui l'animent.

— Lui as-tu donné le nom que ta mère...

— Oui, répondit Anna avec un soupir. Aucun de ses patients ne porte un nom évoquant de près ou de loin celui de Peter Peters. Il m'a promis de tout mettre en œuvre pour découvrir qui me harcèle ainsi.

— Un véritable héros, généreux et intrépide : mes qualités favorites chez un homme ! s'exclama Dalton.

— Merci ! fit Bill en lui envoyant un baiser du bout des doigts, avant de se tourner vers Anna. Est-ce qu'il te plaît ?

— Oui, dit-elle sans hésiter. Il est sympa.

Ses amis firent la moue, et elle les dévisagea tour à tour.

— Eh bien, quoi ? Sympa, c'est bien, non ?

— Hum ! « Sexy » serait encore mieux.

— Cent fois mieux !

Anna secoua la tête en riant, puis ils gardèrent tous trois un moment le silence. Du coin de l'œil, Anna vit Bill donner un petit coup de coude à son compagnon. Dalton lui fit les gros yeux et remua les lèvres, comme pour lui adresser un avertissement.

Elle fronça les sourcils.

— Vous avez des mines de conspirateurs, tous les deux. Qu'est-ce qui se passe ?

Ils se consultèrent du regard.

— On ne voulait pas te perturber encore...

— ... avec tout le souci que tu te fais pour Jaye...

— ... mais tu as reçu une autre lettre de ta jeune admiratrice.

Anna se redressa sur sa chaise.

— Quand est-elle arrivée ?

— Hier après-midi, répondit Dalton. J'aurais pu te la porter après le travail mais...

— ... comme tu sortais le soir...

— ... nous n'avons pas voulu te gâcher la soirée.

— Votre sollicitude me touche, les amis, mais je ne suis pas en sucre. Donnez-moi ça !

— Dalton a dû la laisser à La Rose Unique, avança Bill, le regard fuyant. En fait, je suis même sûr que oui.

— C'est bien essayé, répliqua Anna en tendant la main, mais je ne suis pas dupe. Donne-moi cette lettre, s'il te plaît. Et tout de suite.

Dalton sortit l'enveloppe de sa poche intérieure et la lui remit, l'air penaud.

— Tu n'es pas fâchée, au moins ?

— A une seule condition : que ton acolyte et toi, vous cessiez de me couver comme deux mères poules. Sinon, je risque en effet de piquer une grosse colère. C'est bien compris ?

Ils acquiescèrent, sans qu'elle leur fît réellement confiance sur ce point. Elle réglerait la question le moment venu, songea-t-elle. Dans l'immédiat, elle avait d'autres priorités. D'une main hésitante, elle décacheta l'enveloppe. Elle pourrait la faire renvoyer à l'expéditeur, sur-le-champ. Mais elle était incapable d'abandonner une enfant en détresse.

Dépliant la feuille toujours décorée de cœurs et de petites fleurs, elle commença à lire :

« Ma chère Anna,

« Il s'est passé beaucoup de choses depuis ma dernière lettre. Il sait que nous nous écrivons. Je me demande s'il vient de le découvrir ou s'il sait tout depuis le début. S'il le savait, pourquoi nous a-t-il laissé faire ? Qu'est-ce qu'il manigance ?

« J'ai peur qu'il me fasse du mal ; ou qu'il s'en prenne à l'autre. Celle que j'entends pleurer.

« Fais bien attention, Anna. Il faut me le promettre. Et je te promets d'en faire autant. »

Comme d'habitude, les initiales S.P.U.B. scellaient la lettre de Minnie.

— Mon Dieu, on dirait que tu viens de voir un fantôme ! murmura Bill en posant une main sur le bras d'Anna. Qu'est-ce qu'elle raconte ?

Sans un mot, Anna lui tendit la lettre. Les deux amis découvrirent à leur tour son contenu, puis levèrent les yeux sur elle.

— Prends-tu cela pour argent comptant ? demanda Dalton.

— Bien sûr. Enfin, c'est-à-dire... pas toi ?

— Au début, j'y croyais, mais maintenant... je ne sais plus.

Il regarda son ami.

— Cet inspecteur a peut-être raison, Anna. Il se peut que ce soit un mauvais plaisant. Cette histoire me semble aller un peu trop loin.

— Je suis de ton avis, approuva Bill. Si le mystérieux inconnu mentionné dans ces lettres est au courant de votre correspondance et que cela le met en rage, pourquoi vous laisse-t-il poursuivre ? Et si cette enfant est vraiment séquestrée, comment parvient-elle à t'écrire et à expédier du courrier ?

— Et pourquoi devrais-tu prendre garde, Anna ?

Dalton secoua la tête d'un air incrédule.

— C'est vraiment tiré par les cheveux, non ?

— Du reste, renchérit Bill, si un enfant avait été kidnappé dans la région, nous en aurions entendu parler.

— Très juste, admit Dalton. Un enfant ne disparaît pas ainsi sans que l'alerte soit donnée. Tout cela est trop illogique. Excuse-moi, Anna, ajouta-t-il gentiment.

Anna regarda tour à tour les deux hommes, évaluant la pertinence de leurs arguments. Ils avaient sans doute raison. Cette histoire n'était plus crédible, à présent. Quelqu'un avait donc tout inventé pour lui faire peur. Et elle avait mordu à l'hameçon, sans se méfier, comme « l'autre » l'avait prévu ; à cause de cette angoisse qui la tenaillait depuis plus de vingt ans...

Elle froissa la feuille et la jeta sur la table.

— Je me sens totalement ridicule. Dire que j'ai alerté la police sur le sort de cette petite !

— Tu n'as aucun reproche à te faire, lui assura Dalton. Nous aussi, nous sommes tombés dans le panneau.

— Mais vous n'étiez pas visés, vous. Vous n'étiez pas la victime... comme toujours.

Dalton se leva, contourna la table et serra brièvement Anna contre lui.

— En tout cas, c'est terminé, maintenant. Tu peux rayer tout ça de ton esprit et passer à autre chose.

— Au sort de Jaye et à celui de ma carrière fichue, par exemple ? Youpi, j'exulte !

— Allons, ne te décourage pas ! s'exclamèrent les deux hommes d'une seule voix.

— Nous n'aimons pas te voir démoralisée, expliqua Dalton. Du reste, nous voulions t'inviter à sortir avec nous ce soir.

— Il y a une soirée au Tipitina's. Les Zydeco Kings doivent venir jouer, et c'est samedi soir. Qu'en dis-tu ?

— Je ne sais pas, les garçons.

Elle secoua la tête.

— Je n'ai vraiment pas le cœur à...

— Raison de plus pour venir ! Cela te changera les idées.

Dalton lui prit les mains.

— Tu as une excellente influence sur nous, Anna. En ta compagnie, nous ne boirons et ne mangerons pas déraisonnablement. Et nous rentrerons avant l'aube.

— Invite donc ton ami psychologue, suggéra Bill. Je promets solennellement de ne pas lui pincer les fesses.

Anna s'esclaffa malgré elle.

— Je vous adore, tous les deux !

— Autrement dit, tu viendras ? Ne dis pas non, s'il te plaît.

Elle capitula.

— Bon, d'accord. Je viendrai.

24.

Samedi 20 janvier — Quartier Français

A 19 heures précises, Bill et Dalton frappaient à la porte de l'appartement d'Anna. Très à l'aise dans une tenue sexy en diable, Anna sortit d'un pas léger, décidée à s'amuser sans état d'âme avec ses amis. Après tout, elle avait bien mérité de se distraire un peu. L'espace de quelques heures, elle allait oublier tous les soucis qu'elle accumulait depuis plusieurs jours. Suivant la suggestion de Bill, elle avait même invité Ben à se joindre à eux.

— Ton charmant petit copain n'a pas pu se libérer ? s'enquit Dalton, comme s'il devinait ses pensées.

— Il va essayer.

Elle ferma sa porte à clé, fourra le trousseau dans son sac et se tourna vers les deux hommes.

— Il avait quelques consultations tardives.

— Il ne sait pas ce qu'il perd ! murmura Bill en détaillant Anna d'un regard appréciateur. Tu es mignonne à croquer, ce soir, ma jolie.

— Merci, mon bon monsieur ! dit-elle en riant.

Bras dessus, bras dessous, ils se mirent en route.

— Pas de chance, tout de même, que les deux types les plus sympa et les plus charmants que je connaisse préfèrent les hommes ! lança Anna. Et pour comble de malchance, ce sont aussi les gens avec lesquels je passe le plus de temps...

— Raison de plus pour aller te faire draguer, répliqua Dalton.

— Et danser ! ajouta Bill. Qui sait ? Le septième ciel, c'est peut-être pour ce soir.

Si Anna partageait leur bonne humeur, elle n'avait pas la moindre intention de monter au septième ciel avec quiconque, que ce fût Ben, s'il se décidait à venir, ou un autre. Les aventures sans lendemain ne lui disaient vraiment rien.

Une folle ambiance régnait au Tipitina's quand ils y arrivèrent. Les Zydeco Kings attiraient un monde fou partout où ils se produisaient, surtout un samedi soir dans le Vieux Carré. Mélange d'autochtones et de touristes, le public se composait d'individus de tous âges et de milieux variés.

Bill aperçut quelques personnes de sa connaissance et ils se dirigèrent de leur côté. Le groupe était installé à une table, à laquelle on adjoignit trois chaises. D'autres amis du quartier les rejoignirent ensuite, amenant leurs propres amis. On dut tirer une autre table et ajouter encore des chaises.

Pendant une heure environ, Anna guetta l'arrivée de Ben. Puis elle renonça, comprenant qu'il ne viendrait probablement pas. Quoiqu'un peu déçue, elle se laissa vite entraîner par l'ambiance de carnaval qui régnait autour d'elle. La bière coulait à flots. La musique allait bon train, au rythme endiablé de la petite formation — banjo, washboard et harmonica. Comme il se devait à La Nouvelle-Orléans, Anna et ses amis s'empiffrèrent et burent plus que de raison, rirent et parlèrent haut et fort. Leur petit groupe, de plus en plus bruyant, finit par se livrer à un véritable chahut. Anna s'amusait comme cela ne lui était plus arrivé depuis une éternité. Elle dansa avec à peu près tous les hommes présents.

Elle regagna la table, hors d'haleine, les joues en feu.

— De l'eau, murmura-t-elle d'une voix étranglée en s'affalant sur une chaise à côté de Dalton et en s'éventant avec la main.

Sitôt servie, elle vida d'un trait son verre. Dalton poussa aussitôt le sien, plein, devant elle.

— Toujours pas de gentil psy en vue ? interrogea-t-il.

— Non.

Avec un soupir, Anna se cala confortablement dans son siège.

— Je l'ai guetté.

Dalton haussa un sourcil narquois.

— Ben voyons.

— Je t'assure ! s'exclama Anna en lui faisant les gros yeux. Entre deux pas de danse et trois pirouettes...

— Mouais. Après tout, c'est sans doute mieux comme ça.

— Ah oui ? fit-elle en buvant une nouvelle gorgée d'eau. Et pourquoi donc ?

— Parce qu'il y a un type sublime qui te lorgne en ce moment même. Une belle bête, vraiment.

— Moi ? dit Anna en pivotant sur sa chaise. Où donc ?

— Là-bas.

Il pointa le menton vers la gauche.

— Attention ! ne regarde pas tout de suite. Il ne faut pas avoir l'air trop intéressé.

Anna regarda tout de même, sans remarquer quiconque dans cette foule.

— C'est sans doute toi qui lui plais, Dalton, dit-elle avec une moue. Apparemment, les plus beaux garçons sont tous gays, par ici.

— En l'occurrence, hélas ! ce n'est pas le cas. A moins que mon radar spécial soit détraqué, ce gars-là est un pur hétéro. Il regarde encore... Hé ! hé ! il vient par ici. Ne bouge pas, ma grande. Celui-là va te faire grimper aux rideaux.

— Il vient par ici ?

Anna tordit le cou pour regarder derrière un couple qui venait d'entamer un rock dans son champ de vision.

— Tu es vraiment sûr...

L'homme fit tournoyer sa cavalière, les autres danseurs s'écartèrent. Et Anna faillit s'étrangler.

L'inspecteur Malone !

Il marchait droit sur elle. Le souffle coupé, elle le regarda approcher, incapable de détourner les yeux. Seigneur, Dalton n'avait pas tort. Avec son jean et sa chemise en lin, il était beau à grimper aux rideaux !

Aussitôt, toutefois, Anna se dit qu'elle avait dû boire quelques bières de trop...

— Bonsoir, Anna, dit-il en atteignant leur table.

— Inspecteur Malone, répondit-elle d'une voix trop haut perchée — et absolument pas naturelle.

Que lui arrivait-il ?

— Appelez-moi Quentin, proposa-t-il en souriant. Ou simplement Malone, comme tout le monde.

Dalton la poussa du coude.

— Si tu me présentais ton ami, Anna ?

Elle rougit jusqu'aux oreilles.

— Excuse-moi, je... Dalton, voici l'inspecteur Quentin Malone. C'est le policier dont je t'ai déjà parlé.

— Ah ! le fameux inspecteur.

Souriant à son tour, Dalton lui tendit la main.

— Anna ne m'avait pas dit que vous étiez aussi beau gosse.

— Je suis navré de l'apprendre, murmura Malone en lui serrant la main.

— En l'invitant à danser, vous aurez peut-être une chance de faire vos preuves...

— Dalton ! s'exclama Anna en lui lançant un coup d'œil furibond. Je te suggère de boire de l'eau ou d'aller cuver ta bière au fond de ton lit.

Ignorant son commentaire, Quentin s'inclina devant elle.

— Je serais ravi d'avoir une chance de faire mes preuves. Vous dansez avec moi, Anna ?

Sur le point de refuser, elle se retrouva brusquement debout, poussée sans ménagement par son ami.

— Un p'tit tour au paradis, lui chuchota-t-il à l'oreille.

— Plutôt rigolo, ce garçon, dit Quentin en l'attirant contre lui. Un bon ami à vous ?

— Oui.

Elle le regarda bien en face et haussa le menton, le mettant au défi d'oser une plaisanterie sur les homosexuels.

Il n'en avait apparemment pas l'intention.

— Vous sentez bon, murmura-t-il en l'enlaçant un peu plus étroitement.

— Hé ! doucement, Casanova, rétorqua Anna. Si Dalton ne m'avait pas carrément poussée dans vos bras, nous ne serions pas en train de danser ensemble.

— Il faudra que je l'en remercie.

Il la fit virevolter, et leurs jambes se frôlèrent. Le cœur d'Anna fit une embardée.

— Ce n'est pas la peine, maugréa-t-elle. Croyez-moi, ce n'est vraiment pas votre soir.

— Aïe, chère, gémit-il en patois cajun, la bouche tout contre l'oreille d'Anna, vous me brisez le cœur.

Son haleine tiède lui caressa l'oreille, et elle dut se cuirasser contre les sensations qu'il éveillait en elle.

— Désolée, inspecteur. Aussi dévastateur que puisse être votre charme sur d'autres femmes, il n'a aucun effet sur moi.

— Vraiment ? dit-il dans un souffle. J'aurais juré que vous n'y étiez pas insensible.

Le pire, c'était qu'il n'avait pas tort. Anna croisa son regard, agacée.

— En fait, je ne supporte pas les hommes trop sûrs d'eux. Vous feriez mieux de réserver votre numéro aux petites midinettes influençables. Avec moi, ça ne prend pas.

Elle fit un geste pour se dégager, mais il resserra son étreinte et porta leurs mains jointes à son cœur.

— Aïe, chère, accordez une petite chance à un brave garçon cajun. Acceptez seulement de danser avec moi.

— Avec un prénom et un nom de famille comme les vôtres, je doute que vous ayez une seule goutte de sang cajun dans les veines. D'autant que votre boniment porte la marque d'un authentique Irlandais.

Il rit de bon cœur et l'attira de nouveau contre lui.

— Vous vous méprenez sur mon compte, Anna.

— Dalton m'a dit que vous m'observiez. Pourquoi ?

— A votre avis ?

— Ne cherchez pas à me mener en bateau, inspecteur. N'allez pas me faire croire que vous étiez ébloui, que vous avez vu en moi la plus belle femme de la salle. J'ai passé l'âge d'entendre ce genre de choses, d'accord ?

Le sourire de Malone s'estompa.

— J'ai pensé que vous pouviez avoir besoin de protection.

— Contre qui ? Contre Dalton ? Laissez-moi rire !

— Non. Contre un individu qui fréquente ce genre d'endroit pour repérer des proies éventuelles ; un prédateur en quête d'une femme qui, comme vous, s'agite sur la piste de danse sans aucune inhibition. Un homme à l'affût.

— Apparemment, vous étiez le seul à me regarder.

— Mais moi, je ne fais pas partie des « méchants ».

— Comment en être sûre ? répliqua-t-elle en haussant le menton, contrariée qu'il vienne ainsi lui gâcher son plaisir. Parce que vous portez un insigne ?

— Oui ; parce que je porte un insigne.

— Je regrette, mais il en faut davantage pour m'inspirer confiance.

Soudain furieuse, Anna se dégagea.

— Et qu'est-ce que vous entendez exactement par « s'agiter sur la piste de danse sans aucune inhibition » ? Me traiteriez-vous d'allumeuse ?

— Pas du tout. Ecoutez, Anna, deux meurtres ont été commis à quelques jours d'intervalle ; les victimes étaient des jeunes femmes rousses qui ont passé leur dernière soirée à s'amuser en boîte, avec des amis. Il n'y avait rien de mal à cela. Malheureusement, elles ont attiré l'attention d'un individu dangereux. Un homme aux aguets.

Anna frissonna malgré elle.

— Vous essayez de me faire peur ? lança-t-elle d'un ton de défi.

— Oui. Parce que quelqu'un qui a peur se méfie.

Comme s'il suffisait de se méfier ! songea Anna, assaillie par de terribles souvenirs.

— Il arrive que la prudence ne serve à rien du tout, murmura-t-elle d'une voix altérée. Difficile d'échapper à son sort quand on est une cible choisie par avance. Je ne crains rien, inspecteur Malone. Maintenant, fichez-moi la paix.

Elle fit volte-face et lui faussa subitement compagnie, bousculant deux couples de danseurs et s'attirant bon nombre de regards intrigués — et mécontents. Ignorant son injonction, Malone la rattrapa à l'extrémité de la piste.

— Pardonnez-moi si je vous ai contrariée, dit-il en lui posant une main sur le bras.

— Trop tard, le mal est fait. Encore une fois, laissez-moi tranquille, à présent.

S'éloignant, Anna alla rejoindre Dalton.

— Je rentre chez moi. Pourrais-tu me passer mon sac, s'il te plaît ?

— Mais qu'est-ce que...

Perplexe, Dalton se tourna vers Malone.

— Je n'y comprends rien. Que s'est-il passé ?

— J'ai souvent ce genre de déboires avec les femmes, dit Malone. Une maladresse congénitale. La malédiction du clan Malone.

Sans un sourire, Anna récupéra son sac et enfila sa veste.

— Je vais chercher Bill et nous partons tous les trois, proposa Dalton.

— Inutile. Restez et amusez-vous encore, les enfants.

Se baissant, Anna embrassa Dalton sur la joue.

— Dis bonsoir de ma part à Bill. On se voit demain matin.

Comme Dalton hésitait, Malone intervint.

— Ne vous inquiétez pas, je la raccompagne. Le temps que j'avertisse mon collègue et...

Anna le dévisagea d'un air incrédule.

— Vous ne me raccompagnez pas. Nous nous séparons ici.

Elle se dirigea vers la sortie, Malone sur ses talons.

— Je sais que vous m'en voulez, mais ne soyez pas stupide. Des femmes se font tuer, ces temps-ci.

Elle n'allait pas succomber à la peur. Il n'était pas question de lui accorder cette satisfaction. Elle était chez elle dans le Quartier Français. Elle avait des dizaines d'amis qui habitaient entre ce bar et son propre domicile. La peur occupait déjà beaucoup trop d'espace dans sa vie — mais pas ici. Ici, elle se sentait à l'abri.

— Ecoutez, inspecteur, je vous décharge de toute responsabilité concernant ma sécurité. J'insiste, réellement. Maintenant, bonne nuit.

A la sortie, il était encore auprès d'elle.

— Je vais vous appeler un taxi.

— Non !

— Anna, il ne s'agit pas d'une plaisanterie. Un assassin rôde dans ce périmètre.

— Des cambrioleurs, des violeurs et des ravisseurs également, rétorqua-t-elle. Mais je refuse de vivre dans l'angoisse. J'habite ce quartier — à moins d'un kilomètre d'ici. Plusieurs amis demeurent sur mon chemin ; je pourrais les appeler en cas de nécessité. En outre, j'ai arpenté ces rues des centaines de fois — de jour comme de nuit — sans le moindre problème...

Autant parler à un sourd, jugea Anna, en voyant que Malone demeurait inébranlable. Elle changea donc de tactique.

— Bon, très bien, je me rends, dit-elle avec un soupir exaspéré. Raccompagnez-moi si cela peut vous aider à dormir. Allez avertir votre ami, je vous attends. Mais faites vite : je serais capable de vous fausser compagnie.

Visiblement soulagé, il se détendit.

— D'accord. Je reviens tout de suite.

A deux mètres d'elle, il s'arrêta et la regarda par-dessus l'épaule.

— Vous me promettez de ne pas vous sauver ?

Elle leva deux doigts de la main droite.

— Parole de scout !

Sitôt qu'il eut disparu dans la foule, Anna tourna les talons et fila comme une flèche. Après tout, elle n'avait jamais été scout. Et puis, il ne lui avait guère laissé le choix, non ?

Elle se mit à marcher d'un bon pas, convaincue qu'en découvrant le mauvais tour qu'elle lui avait joué, il allait essayer de la rattraper. Seigneur, quel casse-pieds ! Cette obstination à toute épreuve était sans doute une qualité chez un flic — mais une véritable plaie dans le civil.

Elle resserra frileusement les pans de sa veste, beaucoup moins réchauffée qu'à l'aller, entre Bill et Dalton. D'habitude, les rues du Quartier Français l'enchantaient avec leurs odeurs, leurs bruits et leurs spectacles familiers. Mais pas ce soir. Il avait plu pendant qu'ils étaient au Tipitina's — une de ces averses glaciales d'hiver qui décourageaient même les plus hardis de s'aventurer dehors. Les trottoirs déserts, glissants, brillaient à la lueur des réverbères. L'humidité semblait même imprégner et traverser la semelle de ses chaussures.

Elle obliqua à droite dans Jackson Square. Les vitrines des magasins étaient éteintes pour la nuit, les rideaux métalliques tirés devant les portes. Un coup d'œil à sa montre lui indiqua qu'il était déjà plus d'1 heure du matin — beaucoup plus tard qu'elle n'avait cru.

« Deux femmes — deux jeunes femmes rousses — sont mortes récemment. Assassinées l'une et l'autre après une soirée en ville avec des amis. »

Anna pesta entre ses dents et remonta les épaules sous sa veste, maudissant l'inspecteur Malone de l'avoir ainsi effrayée. De quel droit était-il venu lui gâcher la soirée ? Aucun danger ne la menaçait. Elle ne risquait absolument rien.

Malgré tout, ses pensées gravitaient autour de ces deux femmes. Elle avait lu le court article paru dans le *Times-Picayune.* L'article ne mentionnait pas la couleur de leurs cheveux. Le journaliste avait également omis de préciser qu'elles étaient allées danser le soir du meurtre. En revanche, il expliquait la manière dont elles étaient mortes — violées puis étouffées.

Anna frissonna. Le silence paraissait désormais insolite ; les rues désertes, inquiétantes. On se serait cru dans un film, soudain. Ses escarpins à talons plats claquaient tout doucement sur le pavé, tandis qu'un bruit de pas beaucoup moins discret, derrière elle...

Derrière elle ?

Le cœur d'Anna fit une embardée. Tout en se reprochant de laisser son imagination s'emballer ainsi, elle accéléra le pas, impatiente d'arriver chez elle.

Le bruit de pas, derrière, s'accorda au sien.

Elle s'arrêta. Tout était silencieux. Le cœur battant à se rompre, elle s'obligea à jeter un coup d'œil par-dessus son épaule. Le trottoir, dans son sillage, paraissait désert. Anna balaya la rue du regard. Les ombres, autour de la place et dans le renfoncement des immeubles, étaient épaisses, insondables. Menaçantes.

Réprimant un cri de terreur, elle s'efforça de se ressaisir. De contrôler son imagination. Elle se remit à avancer, à un rythme d'abord normal, puis de plus en plus soutenu à mesure que la vitesse de l'autre pas augmentait aussi.

« Deux femmes sont mortes. Deux jeunes femmes rousses. »

Réellement affolée, à présent, elle se mit à courir. Elle traversa l'extrémité de la place, dépassa la cathédrale dont la silhouette massive projetait une ombre immense sur la chaussée, devant elle. Elle enfila St. Anne Street, puis Royale Street en direction de la zone résidentielle du Quartier Français.

On la suivait toujours.

Ses escarpins sans bride ralentissaient son pas. Elle les ôta d'une secousse et gémit de douleur en posant le pied sur quelque chose de pointu. Haletante, le sang bourdonnant à ses oreilles, elle ne parvenait plus à entendre les bruits extérieurs.

Elle était presque arrivée. Son immeuble se trouvait à peine quatre rues plus loin. Elle connaissait un raccourci — par la petite rue transversale, sur la gauche, qu'elle venait d'atteindre. En l'empruntant, comme elle avait coutume de le faire, elle réduirait de moitié le reste du trajet.

Sans réfléchir davantage, elle s'y engagea en courant presque. L'obscurité se referma sur elle tandis qu'elle fonçait délibérément droit devant elle.

Quelque part derrière elle, une canette vide roula sur la chaussée, son bruit métallique résonnant dans le silence.

Il l'avait rattrapée ! se dit-elle.

Maintenant, elle était seule avec lui.

Au lieu de le semer adroitement, elle l'avait pratiquement entraîné dans une ruelle sombre.

La peur au ventre, incapable de réfléchir de manière rationnelle, elle redoubla son allure et trébucha, perdant encore de précieuses secondes. En pensée, elle pouvait le voir courir sur ses talons, gagner progressivement du terrain, les bras tendus en avant.

Le croquemitaine avait surgi de l'ombre où il se dissimulait.

Apercevant enfin le bout de la ruelle, elle fila comme une flèche vers la lumière.

Et elle heurta de plein fouet l'inspecteur Malone. Il ferma ses bras sur elle, et Anna s'accrocha à lui dans un cri étranglé, secouée de sanglots.

Il sonda son regard, mais sans la moindre expression d'ironie, cette fois.

— Mon Dieu, Anna, que se passe-t-il ?

Elle s'efforça de reprendre son souffle.

— Suiv... quelqu'un me...

Il s'écarta légèrement.

— Quelqu'un vous suivait ? Où ?

— Là, dit-elle en montrant du doigt la petite rue transversale. Et avant, aussi.

— Ne bougez pas. Je vais aller voir.

— Non ! Ne me quittez pas.

— Anna, il faut que j'y aille, insista-t-il en la repoussant fermement. Vous n'avez rien à craindre, ici. Ne vous éloignez pas de la lumière. Je reviens tout de suite.

Elle obéit et resta sous le réverbère en claquant des dents, les bras étroitement serrés contre sa poitrine.

Malone revint au bout de deux minutes, qui semblèrent une éternité à Anna.

— Il n'y a personne, affirma-t-il. Je n'ai rien vu de particulier dans cette ruelle. Etes-vous certaine que quelqu'un vous poursuivait ?

— Oui.

Elle se recroquevilla sur elle-même.

— Je... je l'ai entendu. Comme les rues étaient désertes, j'entendais résonner ses pas.

— Quand avez-vous commencé à les entendre ?

— Euh... deux ou trois minutes après avoir quitté le Tipitina's.

Il la regarda un long moment avec attention, comme pour évaluer ses moindres mots, ses moindres intonations. Puis il hocha la tête, brièvement, et se redressa.

— Je vous raccompagne jusqu'à votre porte.

Cette fois, elle ne protesta pas et se mit à marcher auprès de lui. Jamais elle n'avait autant apprécié d'être accompagnée.

— Vous claquez des dents, lui dit-il.

— J'ai froid. Le trottoir est glacé.

Il regarda ses pieds et marqua son étonnement.

— Mais... vous n'avez plus de chaussures !

— Je m'en suis débarrassée... quelque part, en chemin.

— Je vais les chercher.

— Non. Tant pis. Je... j'ai envie d'arriver chez moi.

Malone hésita un instant.

— Voulez-vous que je vous porte ?

— Non, je vous en prie... c'est inutile. Je vous assure.

Sur le point d'insister, il se ravisa et jeta de nouveau un coup d'œil autour d'eux.

— Racontez-moi exactement ce qui s'est passé.

Ce qu'elle fit, depuis le moment où elle avait pris conscience du silence inhabituel, jusqu'à sa collision avec lui.

— Etes-vous absolument certaine qu'on vous suivait, dans la ruelle ?

— Oui, dit Anna sans hésiter. J'en avais parcouru les deux tiers quand j'ai entendu quelque chose rouler sur le trottoir, comme si quelqu'un avait heurté du pied une boîte de bière ou de soda.

— Mais vous n'entendiez plus le bruit de pas.

Anna secoua la tête.

— J'étais hors d'haleine et le sang bourdonnait à mes oreilles. Je n'avais pas envie de m'arrêter pour écouter !

Malone marqua une pause, comme s'il envisageait différentes explications.

— Se pourrait-il que ce soit moi que vous ayez entendu ?

— Hein ? fit-elle en s'arrêtant pour le dévisager.

— Quand je me suis rendu compte que vous étiez partie seule, j'ai demandé à votre ami quel chemin vous alliez emprunter, afin d'essayer de vous rattraper. Etes-vous passée par St. Pierre Street pour rejoindre St. Anne Avenue ?

Elle opina de la tête.

— Jusqu'au moment où vous avez obliqué dans la ruelle, c'était peut-être mon pas que vous entendiez résonner.

— Et la boîte de conserve ?

— Un chat l'aura fait rouler en fouillant dans une poubelle.

Tandis qu'ils se remettaient en marche, Anna se dit qu'il était fort possible qu'impressionnée par les mises en garde de Malone, elle ait laissé son imagination lui jouer des tours.

— Je ne sais pas, murmura-t-elle. J'ai eu tellement peur... et ce n'est pas dans mes habitudes de m'affoler ainsi.

Hormis la nuit, quand les cauchemars venaient la hanter. Quand Kurt refaisait surface.

— Est-ce votre immeuble ? demanda Malone en pointant le menton devant eux.

Anna répondit par l'affirmative et grimaça soudain en marchant sur un objet coupant.

— Aïe ! Attendez.

S'appuyant au bras du policier, elle examina la plante de son pied, qui saignait. Se sentant vaciller, elle leva les yeux sur lui.

— J'ai dû marcher sur un éclat de verre.

— Laissez-moi regarder ça.

Il joignit le geste à la parole, jura entre ses dents et souleva Anna dans ses bras. Surprise, elle poussa un petit cri aigu.

— Malone ! Posez-moi par terre !

— Pas question !

Il franchit la distance qui les séparait de l'immeuble.

— J'aurais dû le faire plus tôt.

— Je me sens ridicule. Et si quelqu'un nous voyait ?

— Il nous prendrait pour des jeunes mariés. Du reste, je n'ai pas souvent l'occasion de secourir une jeune dame en détresse.

— Vous êtes policier, pourtant.

— Ouais. Mais à la criminelle, on a surtout affaire à des macchabées. Vous avez la clé de l'entrée ?

Anna fouilla dans son sac et lui tendit son trousseau.

— La clé ronde ouvre la grille de la cour, la plus longue celle de mon appartement.

Quelques minutes plus tard, elle était assise au bord de sa baignoire, le pied posé sur une serviette et sur les genoux de Malone. Il avait déjà appelé le commissariat pour expliquer ce qui s'était passé et leur demander d'envoyer deux collègues jeter un coup d'œil sur les lieux. Il avait aussi ordonné qu'on interroge quelques personnes au Tipitina's.

A présent, il examinait attentivement le pied d'Anna.

— C'est ça, murmura-t-il, c'est bien du verre. Sans doute l'éclat d'une bouteille de bière.

Le sang reflua du visage d'Anna.

— Croyez-vous qu'il faudra... recoudre la plaie ?

Elle avait la voix mal assurée, presque tremblante, et il la considéra d'un œil soucieux.

— S'il vous plaît, dites-moi que vous n'allez pas tourner de l'œil.

— Je vais essayer, promit-elle en se mordant la lèvre inférieure. Mais la vue du sang me fait vraiment un drôle d'effet. Cela remonte à... enfin, vous savez.

— Je comprends.

Il se leva, prit un gant de toilette qu'il trempa dans le lavabo afin de lui rincer le pied. Puis il tâta la blessure avec précaution.

— Elle ne semble pas trop profonde. A mon avis, une visite aux urgences ne sera pas indispensable.

Soulagée, Anna laissa échapper un soupir.

— Merci.
— Il n'y a pas de quoi.
Il se leva de nouveau et alla ouvrir l'armoire à pharmacie.
— Il me faut un désinfectant, un pansement stérile et une pince à épiler. Avez-vous tout cela ?
Elle lui expliqua où trouver ce qu'il avait demandé, et quelques instants plus tard, il se mettait à la tâche.
— Maintenant, belle enfant, mordez-vous le pouce, ça pourrait picoter, murmura-t-il en approchant la pince à épiler du pied d'Anna.
Elle ferma les yeux, retint son souffle et laissa échapper une petite plainte au moment crucial.
— Je le tiens ! annonça Malone. Vous voulez le voir ? Une assez jolie pièce...
— Non, non, sans façon, dit-elle en détournant la tête pour être sûre de ne pas l'apercevoir accidentellement. Je m'évanouirais certainement.
— Merci de me prévenir. A présent, il va falloir vous armer de courage.
Il ne parlait pas à la légère. Anna fit un bond quand il tamponna la plaie à l'aide du désinfectant. Il y avait de quoi sauter au plafond.
— Hé, allez-y doucement ! Vous en mettez trop.
— Désolé, ma belle. Mais le pire est passé... parole de scout.
Il leva les yeux sur elle avec une expression enfantine qui lui procura une drôle de sensation — comme une faiblesse fugitive, ou le cœur qui chavirait un bref instant. Ce n'était que le soulagement, et rien d'autre, se dit-elle. Elle n'éprouvait pas la moindre attirance pour lui.
— Vous feriez un assez bon médecin, dit-elle avec une légèreté feinte. Vous avez peut-être manqué votre vocation.
Malone se mit à rire.
— Sûrement pas ! J'ai déjà eu bien assez de peine à atteindre le niveau d'études nécessaire pour devenir simple inspecteur de police.
Il acheva prestement de lui bander le pied et leva la tête.
— Auriez-vous un antibiotique quelconque ?
— Oui, dans l'armoire à pharmacie.

Ayant trouvé ce qu'il cherchait, il apporta à Anna deux comprimés blancs avec un verre d'eau.

— Cela risque d'être un peu douloureux pendant quelque temps, expliqua-t-il tandis qu'elle avalait le médicament. Mieux vaudrait éviter le Tipitina's durant un moment.

— Définitivement, sans doute.

Se redressant, Anna réprima une grimace lorsqu'elle posa à terre son pied blessé.

— Le temps de la danse est révolu pour moi.

— La prochaine fois, prenez un taxi. Ou bien sortez avec un homme.

— J'ai essayé, murmura Anna en avançant vers la porte d'un pas précautionneux. Mais il n'est pas venu.

— Je ne prétendrai pas que cela me désole.

Malone marqua une pause et ajouta avec le sourire :

— Je n'ai pas si souvent l'occasion de jouer au médecin...

Le cœur d'Anna fit un nouveau bond, et cette fois, elle fut bien obligée d'admettre l'origine de ce phénomène. Ces palpitations soudaines devaient avoir un lien avec sa libido.

Elle haussa un sourcil.

— Hum ! J'ignore pourquoi, mais cela me semble difficile à croire.

— Votre côté soupçonneux, sans doute ?

— Exactement. Allez, je vous raccompagne à la porte.

— En fait, vous devriez éviter de rester debout. Si vous voulez, je peux vous mettre au lit.

En avait-elle envie ? Oui. Serait-ce raisonnable ? Certainement pas ! Laisser Quentin Malone approcher de son lit n'était pas une bonne idée. Cet énergumène usait et abusait de son charme pour obtenir tout ce qu'il voulait.

— Je n'y tiens pas, lui dit-elle. Mais cela ne coûtait rien d'essayer.

— Ravi de l'entendre. Je recommencerai.

Anna ignora sa réplique — tout en reconnaissant qu'elle l'espérait bien.

— Merci pour tout, inspecteur, lui dit-elle dans le vestibule. Je vous suis vraiment... très reconnaissante.

— Police municipale, à votre service !

— Votre intervention débordait largement le cadre du service, affirma-t-elle en ouvrant la porte. Il se peut même que vous m'ayez sauvée... Sans vous, qui sait ce qui serait arrivé ?

— Je vais m'occuper de cette affaire, Anna. Et je vous tiendrai au courant, le cas échéant.

Il s'arrêta au moment de franchir le seuil.

— A propos, j'ai mené une petite enquête sur la famille d'accueil de Jaye Arcenaux.

— Et alors ? demanda Anna, retenant son souffle.

— Je n'ai rien découvert d'extraordinaire. En fait, les Clausen me semblent blancs comme neige. Il n'y a pratiquement rien à leur reprocher.

— Vous en êtes sûr ?

— Aussi sûr qu'on peut l'être. Ils ont accueilli plus d'une douzaine d'enfants au sein de leur famille. Je me suis renseigné, j'ai parlé à quelques-uns de leurs anciens protégés. Ils ne tarissaient pas d'éloges sur le couple. Et si j'en crois les documents de l'assistance sociale, la plupart de ces jeunes sont devenus des adultes plutôt accomplis.

— Aucun d'eux n'a fait de fugue ?

— Je me suis aussi renseigné là-dessus, dit Malone. Cela s'est déjà produit, mais ceux qui l'ont fait sont tous revenus. Sains et saufs.

Il considéra Anna d'un air compatissant.

— Tout porte à croire que votre amie s'est bel et bien sauvée. Et si tel est le cas, je parie qu'elle reviendra tôt ou tard. En général, ils reviennent.

— J'aimerais pouvoir le croire, chuchota Anna, d'une voix à peine audible. Ce serait un réel soulagement, croyez-moi.

— Je le crois aisément.

D'une caresse, Malone lui effleura la joue.

— Je vous appellerai. Dormez bien, Anna.

25.

Samedi 20 janvier — Tard dans la nuit

Jaye se réveilla en entendant pleurer. Le bruit des sanglots, solitaire et désespéré, résonnait dans le silence. Les lamentations d'une âme en peine. Comme la sienne.

La petite fille qui était venue à sa porte, pensa-t-elle.

Jaye se leva et marcha sur la pointe des pieds jusqu'à la porte. Elle plaqua l'oreille contre le battant, le cœur serré. Elle partageait son chagrin, son angoisse. Elle la comprenait.

Persuadée que l'autre fille était séquestrée, elle aussi, elle se demanda si leur ravisseur lui permettait parfois de sortir. Si elle était libre de jouer dans le jardin ou d'aller au cinéma. Avait-elle été, comme Jaye, enlevée en pleine rue ?

Depuis quand était-elle prisonnière de ce monstre ? Depuis des mois ? Des années, peut-être ?

Submergée par un profond chagrin, Jaye s'apitoya sur le sort de cette enfant, si semblable au sien. Elle posa les mains à plat contre la porte.

— Ohé ! appela-t-elle, doucement d'abord, puis un peu plus fort. C'est moi, là-haut. Ne pleure plus, viens me parler.

Les sanglots s'arrêtèrent. Un silence suivit, se prolongea quelques secondes. Jaye appela de nouveau.

— Monte. Je vais te parler. Nous nous consolerons mutuellement. Nous deviendrons amies.

Jaye attendit. Les secondes ressemblaient à des heures. Elle patienta, pria, le cœur battant. Puis elle fit une autre tentative.

— S'il te plaît, insista-t-elle. S'il te plaît, viens me parler.

Quelque part dans la maison une porte claqua avec un bruit sec, sans appel. Jaye ferma les yeux et s'affaissa contre la porte. L'autre fille ne viendrait pas. Submergée par le désespoir, elle laissa échapper un gémissement.

Seule. Elle était encore seule.

Un éclat de rire rompit soudain le silence, l'arrachant à ses pensées, atténuant l'emprise de son ravisseur sur elle. Elle n'allait pas céder au désespoir comme l'autre fille. Jamais elle ne renoncerait à s'évader, à résister au monstre qui la retenait ici.

Quelqu'un s'esclaffa de nouveau. Les rires provenaient de la rue, d'un groupe qui parlait juste en dessous.

Sous sa fenêtre.

Ces gens pourraient peut-être l'aider.

A condition qu'elle parvienne à se faire entendre.

Jaye courut jusqu'à la fenêtre et se jeta contre les planches qui l'obstruaient. Déchaînée, elle se mit à les marteler à coups de poing. Hurlant à tue-tête, elle les griffa à s'arracher les ongles.

Du sang coulait sur ses doigts, et elle arracha un morceau de papier peint à demi décollé pour l'essuyer. Son sang mêlé aux larmes dégoulina sur le motif floral délavé, formant un réseau complexe qui évoquait l'écriture mal assurée d'une personne âgée.

L'écriture... Bien sûr !

Comme elle examinait le morceau de papier, ses larmes se tarirent, ses mains se mirent à trembler. Elle balaya le mur du regard à la recherche d'un autre endroit où le papier se décollait.

Elle en trouva un et entreprit de le décoller davantage. Mais le vieux papier, trop fragile, s'effrita dans ses mains. Sans se décourager, Jaye recommença, encore et encore, s'attaquant au bord des lés qu'elle écartait du mur avec précaution.

Elle réussit enfin à arracher un morceau irrégulier de la taille d'une feuille de papier à lettres. Ses coupures, au bout des doigts, avaient déjà commencé à sécher, mais elle se pinça le bout de l'index pour faire couler le sang. Une petite perle écarlate apparut, qu'elle utilisa pour écrire sur le papier. Cela prenait un certain temps. Quand son index lui fit trop mal, Jaye changea de doigt. Grâce à ce procédé, elle réussit enfin à griffonner le message suivant :

« Au secours. Je suis prisonnière. J. Arcenaux. »

Le bâtiment était ancien, et la fenêtre n'était pas parfaitement ajustée au cadre. Aurait-elle une chance, une toute petite chance de parvenir à glisser son papier entre la croisée et le montant ?

Elle devait au préalable insinuer sa main dans une fente, entre deux planches. Ce qu'elle fit, au prix d'une douleur atroce. Impossible d'aller plus vite. Des crampes envahirent peu à peu ses doigts, sa main, son poignet. Un filet de sueur ruisselait sur son front, entre ses omoplates. Elle poussa le papier millimètre par millimètre jusqu'à ce qu'il tombât dehors.

Alors seulement, Jaye s'aperçut qu'elle était en larmes. Des larmes chargées d'espoir. Et de désespoir.

Elle retira sa main tant bien que mal et s'écroula sur le plancher. Les genoux repliés contre la poitrine, le front sur les genoux, elle pria pour que quelqu'un trouve son message et alertât la police. Pour que la police entreprenne des recherches et vienne à son secours.

Il fallait que cela se passe ainsi. Il le fallait.

26.

Dimanche 21 janvier — Quartier Français

Anna se réveilla avec la gueule de bois. Celle-ci n'était pas due à l'alcool ; elle était plutôt le contrecoup des émotions de la soirée précédente. D'humeur maussade, elle n'avait pas envie de bouger, se sentait incapable de s'extraire du lit et d'affronter la lumière du jour. Elle souffrait d'élancements dans la tête, son pied blessé était douloureux et des picotements aux yeux la faisaient larmoyer.

Fermant les paupières, elle passa en revue les événements de la veille : sa soirée au Tipitina's, les propos de Malone concernant les victimes des crimes récemment commis dans les parages, la terreur qui s'était emparée d'elle sur le chemin du retour.

Que s'était-il réellement passé le soir précédent ? L'avait-on en effet suivie depuis le bar ? Ou bien son imagination galopante avait-elle fini par neutraliser sa raison ?

Elle aurait aimé le croire. Sauf qu'elle n'avait jamais été hystérique. Et il y avait une sacrée différence entre une simple frayeur et la panique aveugle qui s'était emparée d'elle.

Les pas s'étaient arrêtés et avaient repris en même temps que les siens, se souvint-elle. S'il s'était agi de Malone, ils ne se seraient pas arrêtés, ils auraient continué.

A moins, encore une fois, qu'elle n'ait tout imaginé. Perturbée par une série d'événements éprouvants, elle était nerveuse depuis quelque temps, sous pression. Les propos de Malone avaient fait naître puis germer en elle une frayeur qui grandissait de jour en jour. Cette peur s'était développée comme du chiendent et avait pris des proportions démesurées, étouffant tout sur son chemin — jusqu'au bon sens d'Anna.

Elle réussit enfin à s'arracher de son lit, son envie de café l'emportant sur celle de s'attarder encore une heure ou deux sous les couvertures. Elle grimaça de douleur en posant le pied par terre, mais parvint tout de même à gagner la cuisine clopin-clopant. Après avoir placé un filtre dans la cafetière et allumé l'appareil, elle descendit chercher son journal.

En ouvrant la porte de l'immeuble, elle découvrit Ben qui s'apprêtait à sonner chez elle, un sac provenant d'une des épiceries fines de la ville sous un bras, un plateau de boissons en équilibre sur l'autre.

A quoi jouait-il ? Croyait-il pouvoir lui poser un lapin le soir et se racheter le lendemain matin ? Eh bien, il en serait pour ses frais.

— Que faites-vous ici ? lui demanda-t-elle sèchement.

Il se tourna vers elle, l'air surpris.

— Je n'ai même pas encore sonné. Comment avez-vous deviné que j'étais là ?

Anna passa devant lui et se baissa pour ramasser son journal.

Comprenant, il se mit à rougir.

— J'ai apporté du fromage et une baguette toute fraîche, annonça-t-il. Vous n'avez pas encore mangé, j'espère ?

Anna continua de garder le silence.

— Il y a aussi des cappuccinos, ajouta Ben en désignant le plateau d'un geste du menton. Je peux entrer ?

— Ce n'est pas une bonne idée. Je ne me sens pas très sociable, ce matin.

— Vous êtes fâchée contre moi. A cause d'hier soir.

Anna le regarda dans les yeux.

— Si vous aviez eu envie de me voir, vous vous seriez arrangé pour me rejoindre au Tipitina's. Il me semble que c'est trop tard, ce matin.

L'air penaud, il secoua la tête.

— J'avais très envie de venir, mais l'un de mes patients était mal en point… Après son départ, j'ai craint de ne plus être d'une compagnie très agréable. Je ne voulais pas gâcher votre soirée.

Il s'interrompit, hésitant.

— Je suis sincèrement désolé, Anna, murmura-t-il. Croyez-moi, j'aurais préféré être avec vous.

Avec ses grands yeux noisette et son expression de chien battu, il aurait apitoyé un dragon. Anna émit un soupir éloquent et s'écarta du passage.

— Très bien, entrez. Mais je suis vraiment en colère.

Manifestement persuadé d'avoir eu gain de cause, Ben esquissa un sourire et pénétra dans le hall. Il regarda autour de lui, admirant sans doute le haut plafond orné d'un médaillon et sa double rangée de moulures.

— J'adore ces immeubles anciens, dit-il. Ils ont un charme fou.

— En effet. Bon, allons-y. Mon pied droit demande grâce.

Il baissa les yeux, aperçut le bandage et haussa les sourcils.

— Que vous est-il arrivé ?

Tout en gravissant l'escalier, elle lui fit le récit de sa mésaventure. Quand elle eut terminé, il lui toucha doucement la main.

— J'aurais dû venir. Il ne vous serait rien arrivé, alors.

« Mais dans ce cas, pensa Anna, je n'aurais pas eu l'occasion de passer un moment avec Malone. »

La porte de son appartement était restée entrouverte, et elle invita Ben à entrer.

— Ce n'était pas votre faute, lui dit-elle. Venez, la cuisine est par là.

Posant le journal sur la table, elle lui indiqua une chaise.

— Asseyez-vous, je vais chercher des assiettes et des serviettes.

Pendant ce temps, Ben ouvrit les sacs de papier et en sortit le contenu.

— J'ai du brie, du gouda et du fromage blanc aux herbes. Je ne savais pas ce que vous aimiez.

Une véritable tentative de corruption, jugea Anna.

— Pour dire les choses autrement, répliqua-t-elle, vous ne saviez pas à quel point je serais fâchée.

Il lui décocha un petit sourire.

— Suis-je donc aussi transpar... Hé, Anna, vous avez vu ? Là, dans le journal.

Elle s'approcha de la table, et il tourna le journal de son côté pour lui faire lire la première page. Le titre qu'il avait remarqué sauta immédiatement aux yeux d'Anna.

Une jeune femme agressée dans le Quartier Français.

— Oh, mon Dieu ! lança-t-elle, avant de se laisser tomber sur une chaise. Cela s'est passé cette nuit ?

— Oui.

Ben reprit le journal.

— Il s'agit d'une serveuse du Cat's Meow qui rentrait chez elle, après le travail. Elle a été attaquée par-derrière.

Anna porta une main à sa bouche.

— Que sait-on de plus ?

— Elle n'a pas bien vu son agresseur, dit Ben en parcourant l'article. Il a été effrayé par quelque chose, mais elle n'a pas su par quoi. A quelle heure vous a-t-on suivie ?

Anna réfléchit.

— Vers 1 heure, environ. Je m'en souviens, j'ai regardé ma montre.

— Ceci s'est passé peu après 2 heures — heure de fermeture du club en question.

— Vous croyez que ce type pourrait être celui qui... qui m'a suivie ?

— Je n'en sais rien, mais la coïncidence...

Ben laissa sa phrase en suspens, mais le silence qui suivit était lourd de sens. La coïncidence était trop flagrante pour qu'on la néglige.

— De quelle couleur sont les cheveux de cette femme ? demanda Anna.

Ben la dévisagea d'un air perplexe.

— L'article ne le précise pas. Pourquoi ?

— Peu importe. Il faut que j'appelle Malone.

— Malone ?

Un léger frémissement parcourut Ben, comme s'il avait froid, tout à coup.

— Ah ! oui, votre chevalier servant...

Anna remarqua une intonation inhabituelle dans sa voix — une pointe de jalousie, peut-être. Elle en fut plus agacée que flattée.

— Si je ne me trompe, Ben, je vous avais invité mais vous n'êtes pas venu. Alors, si vous voyez un inconvénient à ce que Malone m'ait raccompagnée...

— Un inconvénient ?

Haussant les épaules, il lui tendit une des deux tasses en carton.

— Pas le moindre, dit-il. Cappuccino ?

La boisson était tiède, mais Anna la dégusta tout de même à petites gorgées, friande de cette saveur d'espresso au lait, quelle que soit sa température.

Ben but lui aussi son cappuccino tiède. Ils optèrent pour des tartines de brie, dont ils se régalèrent en parlant de sujets aussi inoffensifs que la pluie et le beau temps. Quand il eut fini de manger, Ben repoussa son assiette et s'éclaircit la voix.

— Depuis notre dernière rencontre, j'ai réfléchi à notre mystérieux personnage. Je voudrais vous faire part de mes conclusions.

Anna se redressa sur sa chaise.

— Je vous écoute.

— Comme vous le savez, j'ai questionné les six patients qui étaient venus le vendredi où j'ai trouvé votre roman accompagné d'un message. Tous les six ont nié avoir déposé ce paquet dans la salle d'attente. Bien sûr, il se peut que l'un d'eux mente. Compte tenu de la tournure que prennent les événements, je n'imagine pas que le coupable puisse se confesser.

— Alors, que faire ? Lui extorquer de force des aveux ?

Ben esquissa un sourire.

— C'est une éventualité, mais pour ma part, j'ai une autre idée. Je vais leur faire passer un petit test de sincérité.

— Et comment comptez-vous vous y prendre ?

— Tout d'abord, je ne vais pas me limiter aux seuls patients que j'ai reçus ce vendredi-là. N'importe qui aurait pu déposer le paquet pendant que j'étais en consultation.

Observant un instant ses mains croisées sur la table, il leva ensuite les yeux sur Anna.

— Je vais pratiquer un petit un test de psychologie, déclara-t-il avec un clin d'œil.

— Je ne comprends pas.

Ben se pencha en avant, l'œil pétillant.

— Je leur ai parlé du paquet sans préciser ce qu'il contenait. Je n'aurai donc qu'à placer le livre bien en évidence dans mon bureau pendant la durée des consultations. Un psychologue sait que le coupable sera incapable d'en détourner les yeux ; je suis persuadé qu'il — ou elle — regardera sans cesse le livre à la dérobée et laissera même échapper une remarque à ce sujet.

Anna, qui avait suivi ses explications avec intérêt, hocha la tête.

— C'est astucieux, mais...

— Mais quoi, Anna ? Ce sera efficace, j'en suis certain.

— Etes-vous convaincu que le coupable se trouve parmi vos patients ? Vous venez d'affirmer que n'importe qui pouvait entrer dans la salle d'attente et déposer un paquet pendant une consultation.

— D'accord, mais dans quel but ? Je me suis beaucoup interrogé là-dessus, Anna. Pourquoi moi ? Quel est mon rôle dans cette histoire ? J'en suis venu à penser que notre homme m'a inclus dans son schéma après coup.

Anna fronça les sourcils.

— Je ne vous suis plus.

— Le patient en question ne serait venu me consulter qu'à cause de vous et du projet qu'il nourrit. La raison de ma participation est probablement la clé du mystère.

— Continuez.

— Pourquoi m'avoir choisi ? A cause de ma spécialité ? A-t-il assisté à l'un de mes colloques ?

— Votre spécialité, dit Anna. C'est sûrement ça.

— Je le pense aussi. Mais comment me trouver ?

Ben souleva sa tasse et la trouvant vide, la posa de nouveau.

— Les Pages Jaunes indiquent ma spécialité : Traumatismes de l'Enfance. Il est possible que notre homme ait ainsi entendu parler de moi, mais à mon avis, ce serait plutôt à l'occasion d'un colloque auquel j'ai participé il y a trois mois. J'ai déjà téléphoné aux organisateurs pour leur demander une liste des personnes qui y ont assisté. J'ai dû me montrer persuasif, mais ils ont fini par accepter. Ils m'ont expédié la liste vendredi par courrier rapide, et je devrais la recevoir demain matin au mieux, lundi matin au pire.

— Vous êtes incroyable.

— Merci.

Il porta deux doigts à quelque chapeau invisible et murmura :

— Inspecteur Psy, à votre service.

Ils bavardèrent encore un moment, puis Anna raccompagna Ben au rez-de-chaussée. Ils firent une pause sur le perron de l'immeuble.

— Merci, Ben. C'est la première fois depuis le début de cette histoire que je me sens aussi optimiste.

— Tout va rentrer dans l'ordre, Anna. Nous allons trouver qui vous harcèle et l'empêcher de continuer à vous nuire.

Alors, sans laisser le temps à Anna de le remercier encore, il se pencha vers elle et l'embrassa.

Prise au dépourvu, elle se figea un instant, interdite. Puis elle se détendit et lui rendit son baiser.

Quelques instants plus tard, il était parti. Désorientée, Anna le regarda s'éloigner. Elle promena les doigts sur ses lèvres qui gardaient encore la chaleur de celles de Ben. Qu'était-il donc advenu de sa petite vie paisible et sans surprise ?

27.

Lundi 22 janvier — 9 h 20

Comme les organisateurs l'avaient promis, la liste des personnes ayant assisté au séminaire de psychiatrie arriva de bonne heure le lundi matin. Ben déchira l'enveloppe et en sortit la liste de cent cinquante-deux noms.

Limité par le temps — sa première consultation de la journée commençait dans dix minutes —, il parcourut la feuille à la recherche du nom Peter Peters. La liste comprenait un certain nombre de patronymes composés et quelques prénoms doubles, mais aucun d'eux ne présentait la moindre homonymie.

Déçu, Ben laissa tomber la liste sur son bureau. Dommage. Il avait espéré pouvoir communiquer une réponse positive à Anna. Hélas ! ce ne serait pas aussi simple.

Anna. Depuis le petit déjeuner qu'ils avaient pris ensemble, il pensait constamment à elle — ou presque. Un sourire se dessina sur ses lèvres. Son baiser l'avait prise au dépourvu. A vrai dire, il s'était étonné lui-même.

C'était une jeune femme adorable. Jamais il n'avait été conquis aussi vite, de manière aussi spontanée. A croire qu'elle l'avait ensorcelé. Depuis le premier jour, il avait l'impression de vivre dans l'attente de leur prochaine rencontre.

Et elle ? Qu'éprouvait-elle, au juste, à son égard ? Certes, elle ne l'avait pas repoussé ; elle l'avait même embrassé en retour. Mais il la sentait sur la réserve et ne souhaitait surtout pas la brusquer.

A quoi bon se poser tant de questions ? se dit-il soudain. S'ils avaient réellement des atomes crochus, rien ne les empêcherait de nouer des relations plus intimes. Ils étaient libres l'un et l'autre, après tout. Au préalable, toutefois, il avait bien l'intention de démasquer l'individu qui la harcelait. Il avait tout organisé à cet effet. Le livre d'Anna était posé bien en évidence sur la table basse, devant le canapé, avec le petit mot conseillant de regarder la fameuse émission qui dépassait des pages. L'enveloppe en papier kraft qui contenait le tout se trouvait un peu plus loin, sur un guéridon.

Le carillon tinta dans l'entrée, et Ben baissa les yeux sur son agenda. C'était sans doute sa première patiente, Amy West, une mère de famille dépressive tourmentée par les séquelles d'une enfance difficile et l'échec de son mariage.

Ben se leva pour aller l'accueillir à la porte. Il ne pensait pas tenir là la coupable. Sa dépression plongeait en effet la malheureuse dans un état de prostration quasi permanent, et en outre, son profil psychologique ne correspondait pas du tout à celui du désaxé qui s'acharnait sur Anna. L'homme, s'il s'agissait d'un homme, devait être astucieux, d'une intelligence raffinée, organisé et relativement dépourvu d'émotions. Capable de mentir avec un aplomb inébranlable, il — ou elle — n'avait aucun égard pour ses semblables.

La personnalité d'Amy West était pratiquement à l'opposé.

Néanmoins, il ne fallait exclure aucune éventualité. Son expérience de thérapeute avait enseigné à Ben que la véritable nature d'un patient ne se dévoilait que très lentement et se révélait rarement conforme à ses attentes. Rien dans les méandres de l'âme humaine ne pouvait plus le surprendre.

28.

Lundi 22 janvier — 11 h30

Quentin pénétra chez le fleuriste où travaillait Anna. La clochette de la porte tinta, mais la jeune femme ne tourna pas la tête : assise sur un haut tabouret, derrière le comptoir, elle regardait dans le vide, visiblement ailleurs.

Une fois de plus, il fut frappé par sa beauté sans apprêt, évidente, lumineuse, et par l'effet paradoxal qu'elle produisait sur lui — à la fois stimulant et apaisant, comme le fait de mordre dans un fruit savoureux ou d'emplir ses poumons d'air frais, au petit matin. Cette émotion, il l'avait éprouvée l'autre soir en la regardant danser au Tipitina's, puis un peu plus tard, en soignant son pied blessé. Soudain à l'étroit dans la salle de bains carrelée de bleu, il s'était senti oppressé par l'intimité de la situation ; car les idées qui lui passaient par la tête étaient manifestement hors de propos.

Au moindre signe de sa part, il l'eût emportée dans son lit sans aucun souci des convenances.

Comme si elle sentait sa présence, Anna sortit de sa rêverie et regarda dans sa direction. Elle parut surprise — agréablement surprise.

— Bonjour, belle enfant, lança-t-il.

— J'allais vous appeler, ce matin.

— Ah oui ? Vous ne l'avez pas fait.

— J'ai eu un empêchement.

Elle désigna le paquet qu'il tenait sous le bras.

— Vous m'apportez quelque chose ?

— Tenez, dit-il en lui tendant le sac plastique avec un sourire en coin.

A peine Anna eut-elle jeté un coup d'œil dedans, qu'elle reporta son regard sur lui.

— Mes chaussures ! Vous êtes allé chercher mes chaussures ?

— J'ai des sœurs. Je sais comment sont les femmes avec leurs chaussures...

Il s'appuya négligemment au comptoir.

— Alors, pourquoi vouliez-vous m'appeler ? Vous n'arrêtiez pas de penser à moi, c'est ça ? Ou bien vous aviez l'intention de me préparer un petit dîner pour me remercier de vous avoir soignée...

— Ne rêvez pas ! Alors, vous ne trouvez pas ?

— Si. Vous avez appris qu'une femme a été agressée cette nuit dans le Quartier Français et vous craignez que l'agresseur soit le rôdeur qui vous a suivie ?

— Oui, avoua Anna dans un souffle. Cette femme... était-ce une rousse ?

— Non.

— Dieu soit loué. Mais croyez-vous que ce puisse être le même...

Elle laissa sa phrase en suspens.

— Possible, dit Quentin. Mais j'en doute. Deux témoins du bar dans lequel elle travaille affirment qu'un homme ne l'a pas quittée des yeux de la soirée ; l'un des deux aurait vu ce même type rôder dehors après la fermeture.

— Dans ce cas, il n'y aurait aucun rapport avec mon affaire.

— Si ces témoignages sont exacts, non.

— J'ignore pourquoi mais cela me rassure, d'une certaine façon. J'ai eu un peu de mal à m'endormir, cette nuit, avoua Anna avec un sourire crispé.

— Ça ne m'étonne pas. A présent, vous vous sentez mieux ?

— Oui.

Marquant une pause, Anna reprit d'un ton hésitant :

— L'agresseur de cette femme... croyez-vous que ce soit celui qui a tué les deux autres ?

— Je ne pense pas. Le schéma et la méthode ne sont pas les mêmes. Cette femme ne faisait pas la fête — elle travaillait. Et ce n'était pas une rousse.

— Peut-être a-t-il changé de méthode, avança Anna. Le fait que les deux autres victimes soient rousses pourrait être une simple coïncidence.

— Peut-être, mais...

Le retour de Bill et Dalton, qui étaient allés prendre un café, empêcha Quentin d'aller au bout de sa réponse. Ils riaient en franchissant la porte, mais leurs rires s'éteignirent quand ils le virent.

— Bonjour, dit Quentin.

Dalton se tourna vers Bill.

— C'est lui — l'homme qui a secouru notre Anna. Notre héros !

La main tendue, Bill avança vers Quentin.

— Bill Friends. Nous ne vous remercierons jamais assez.

— Nous ne la laisserons jamais plus rentrer seule, inspecteur, dit solennellement Dalton.

Les trois hommes échangèrent une poignée de main.

— Auriez-vous, par hasard, mis le grappin sur cet individu ? s'enquit Bill.

— Navré de devoir vous dire non. Et pour tout vous avouer, nous ne l'attraperons probablement pas. En fait, nous manquons d'éléments pour mener une éventuelle enquête.

Un silence s'installa. Au bout d'un instant, Quentin consulta sa montre.

— Bon, il faut que je retourne travailler. Nous avons du pain sur la planche.

— Je vous raccompagne, proposa Anna.

C'était inutile, mais Quentin se garda bien de refuser. Il se tourna vers les deux autres, qui suivaient leurs gestes avec un intérêt évident, les salua et se dirigea vers la porte.

— Je voulais vous remercier encore pour l'autre soir, dit Anna au moment de franchir le seuil.

— Il n'y a vraiment pas de quoi, je vous assure.

— Et pour mes chaussures. C'est gentil de me les avoir rapportées.

— Je ne pouvais pas les mettre — ça n'est pas ma pointure.

Anna sourit, jeta un bref coup d'œil derrière elle, sur ses amis, avant de se retourner vers lui.

— Appelez-moi s'il y a du nouveau, d'accord ?

— Je n'y manquerai pas. Et j'attends la même chose de vous, c'est promis ?

La jeune femme hocha la tête, et Quentin s'éloigna, regrettant de n'avoir aucune raison de s'attarder. A présent, il devait s'acquitter de son engagement envers Terry en rendant visite à Penny, son épouse, dont il vivait séparé. Après avoir repoussé indéfiniment l'échéance sous des prétextes lamentables, il s'était enfin décidé à appeler Penny pour lui proposer de passer la voir. Cloîtrée chez elle avec ses deux enfants grippés, elle avait accepté de bon cœur, ravie de pouvoir bavarder un moment avec un adulte.

Quentin se remit au volant de sa Bronco et prit la direction de Lakeview, le faubourg résidentiel où habitait Penny, de l'autre côté de la ville. Le trajet d'un quart d'heure était agréable et il en profita pour se détendre, s'abstenant délibérément de préparer ce qu'il allait lui dire. Il la connaissait depuis l'époque où Terry avait commencé de la courtiser ; témoin à leur mariage, il était aussi le parrain de leur fils aîné et considérait Penny comme l'une de ses meilleures amies. Il se sentait incapable de lui servir un discours prémâché dont elle ne serait d'ailleurs pas dupe, elle qui connaissait sa spontanéité. Elle méritait mieux que cela.

Penny était sur le pas de sa porte quand il s'arrêta devant la maison. En le voyant, elle agita la main et s'avança à sa rencontre. Heureux de se revoir, ils s'étreignirent chaleureusement.

— Je suis contente que tu sois venu, lui dit-elle. Tu m'as manqué.

Pris de remords, Quentin se reprocha de l'avoir négligée — et de ne lui rendre visite que sur les instances de Terry. S'écartant, il scruta son visage. Brune aux grands yeux sombres, au teint de pêche et à la silhouette pulpeuse, Penny était une très jolie femme ; et elle le restait en dépit des cernes qui creusaient ses yeux et des petites rides de fatigue aux commissures de sa bouche.

— Comment vas-tu ?

— Je m'accroche.

D'un geste, elle indiqua la porte.

— Entrons. J'ai préparé du café. Les enfants se sont enfin endormis, Dieu merci ! précisa-t-elle en posant l'index sur sa bouche. Essayons de ne pas parler trop fort.

Il la suivit dans la cuisine où régnait un joyeux désordre — comme chez maman Malone quand le clan s'y réunissait.

— Assieds-toi. Tu aimes toujours le café très sucré ?

— Tu sais que j'ai un faible pour les douceurs...

Penny s'esclaffa.

— Je parlais ici du café, Malone. Pas des femmes !

Posant le mug de café devant lui, elle s'assit à son tour. Ils avaient toujours été à l'aise et décontractés, ensemble. Une sympathie immédiate les avait unis, du jour où Terry les avait présentés l'un à l'autre.

— A propos, où en est ta vie sentimentale ?

L'image d'Anna s'imposa aussitôt à l'esprit de Quentin, et ses traits s'épanouirent à son insu.

— Quelle vie sentimentale ? Je fréquente des flics et des criminels à longueur de journée.

— Ben voyons.

Le sourire de Penny s'estompa.

— Comment va Terry ?

Quentin haussa une épaule, évasif.

— Oh ! tu le connais...

— Ouais, dit-elle d'un ton empreint d'amertume. Je le connais.

Cela s'annonçait plutôt mal, songea Quentin. Penny souffrait ; elle était malheureuse et elle en voulait à son mari. Mais il avait promis à son ami de lui parler et il lui parlerait.

— Penny, commença-t-il, je ne passais pas seulement pour prendre de tes nouvelles.

Elle détourna brièvement les yeux, puis les reporta sur lui.

— Tu viens de la part de Terry.

Il se pencha vers elle.

— Sans toi, sans les enfants, il est dans un état lamentable. Il voudrait revenir.

Penny eut un rire crispé.

— Il est simplement dans un état lamentable, Malone — et ça n'a rien à voir avec moi ou avec les enfants.

D'un geste affectueux, Quentin posa la main sur la sienne.

— Il t'aime, Penny. Je sais qu'il t'aime. Depuis que tu l'as fichu à la porte, il devient dingue. Il est malheureux. Il boit trop, il ne dort plus. Je ne l'avais jamais vu comme ça.

Les yeux de la jeune femme s'emplirent de larmes.

— Tu as de la chance.

— Penny...

— Non.

Repoussant sa chaise, elle se leva et alla se poster devant l'évier, face à la fenêtre qui donnait sur le jardin. Un long moment, elle resta simplement là, immobile, à regarder dehors.

Finalement, elle se retourna vers lui, les traits ravagés par la douleur.

— Je me suis longtemps répété ces choses. Que Terry nous aimait, les enfants et moi. Qu'il valait mieux rester avec lui. Je me disais que je devais m'estimer heureuse d'avoir un homme travailleur, qui s'occupait bien de sa famille ; que je devais tout partager avec lui parce que je m'y étais engagée pour la vie ; et qu'il fallait lui pardonner parce qu'il avait eu une enfance horrible.

Elle reprit son souffle et poursuivit d'une voix entrecoupée :

— Je ne peux plus continuer à me mentir ainsi. Nous ne sommes pas mieux avec lui, Quentin. Il nous fait plus de mal que de bien. Il s'autodétruit sous nos yeux ; et je n'y peux absolument rien, tu comprends ? Je ne veux pas que Matti et Alex soient témoins de ça.

— Il s'autodétruit ? répéta Quentin en fronçant les sourcils. Le terme n'est-il pas un peu exagéré, Penny ? D'accord, il est dans une mauvaise passe mais...

— Mais il n'y a rien à ajouter ! coupa-t-elle, les joues en feu. Cesse de lui chercher des excuses, Malone. Tu ne lui rends pas service, et à moi non plus. Oui, il traverse une période difficile, mais cela nous arrive à tous, non ? Oui, il a eu une enfance perturbée. Eh bien, qu'il se fasse aider. Ce n'est plus un gosse, tout de même. Il a une famille, des responsabilités. Il est temps qu'il commence à se comporter en adulte.

La colère de Penny retomba brusquement, tel un masque sous lequel elle apparut soudain jeune et désemparée.

— Je n'ai plus la force de me battre contre ses démons. Je voudrais bien, mais je n'en peux plus.

Quentin se leva pour aller la rejoindre. Il la prit dans ses bras et la serra un long moment contre lui, sans prononcer un mot. Finalement, il rompit son étreinte et regarda la jeune femme dans les yeux.

— Est-ce que tu connais sa mère, Penny ? Je ne sais à peu près rien sur son compte, sinon qu'ils avaient des rapports épouvantables.

Penny secoua la tête.

— Sans l'avoir vue plus d'une ou deux fois, je la hais de tout mon cœur. Ce qu'elle lui a fait est inqualifiable. A cause d'elle, il... il se déteste et se détestera toujours.

— Mais... qu'a-t-elle fait, au juste ? Comment a-t-elle pu...

— ... lui faire autant de mal ? Je ne sais pas tout parce que Terry refuse d'en parler. Il n'a jamais voulu la laisser approcher les enfants. Il ne les autorisait même pas à garder ses cartes de vœux.

Marquant une pause, Penny soupira.

— Je sais qu'elle le ridiculisait constamment. Elle le démolissait en le traitant de bon à rien, de minable ; en lui disant qu'elle se maudissait de l'avoir mis au monde, qu'elle aurait mieux fait d'interrompre sa grossesse, des choses de ce genre.

A force d'entendre ces propos, un enfant pouvait perdre toute confiance en soi. Le cœur serré, Quentin hocha la tête, lentement.

— C'est terrible. Je suis désolé, Penny.

— Moi aussi — plus que désolée, même. Je...

— Maman !

C'était Matti, le cadet, qui l'appelait depuis sa chambre. Penny jeta un bref coup d'œil vers le couloir, puis regarda Quentin.

— Il faut que j'y aille.

Il la retint par le bras.

— Je dois te demander encore une chose, parce que je l'ai promis à Terry. Est-ce que tu fréquentes quelqu'un ? Est-ce que tu sors beaucoup ? Alex a dit à Terry...

Penny laissa échapper une exclamation incrédule.

— Tu veux savoir si j'ai pris un amant ? Si je m'amuse à courir à droite et à gauche ? Je me demande où je pourrais trouver le temps, entre les devoirs des enfants, les trajets entre les clubs de sport et les rendez-vous chez le dentiste ou le médecin !

Elle se dégagea avec humeur, visiblement froissée qu'il lui eût posé la question.

— Sois réaliste, Malone. Celui de nous deux qui a toujours trouvé du temps pour ça, c'est Terry. Pas moi. Tu pourras le lui dire de ma part !

29.

Lundi 22 janvier — 21 heures

Ben rentra chez lui assez tard. Il n'avait pas eu un instant de répit depuis le matin. Ses rendez-vous s'étaient succédé sans discontinuer et il avait même dû renoncer à déjeuner pour recevoir entre deux consultations un patient en piteux état. Puis, en dépit de sa fatigue, il avait acheté chez Popeye un poulet frit aux épices — le plat favori de sa mère — pour aller dîner avec elle dans sa maison de retraite.

Avec un soupir, il fouilla ses poches à la recherche de sa clé. Son astuce pour démasquer l'individu qui effrayait Anna était restée infructueuse. Aucun patient n'avait prêté d'attention particulière au livre.

Ce n'était pas une raison pour déclarer forfait. Sans avoir encore mis la main sur le coupable, il pouvait toutefois éliminer sept noms de sa liste de suspects ; demain, il en éliminerait d'autres.

Ben ouvrit la porte d'entrée, franchit le seuil et s'immobilisa, les sens en alerte. Il parcourut du regard le vestibule et le petit salon, sur sa droite, jetant un coup d'œil vers la salle à manger, au-delà du salon. Il se figea. La porte de communication entre les deux pièces était fermée et de la lumière filtrait au-dessous.

Il ne fermait jamais cette porte.

Le cœur battant à tout rompre, il avança à pas de loup vers le salon, se déplaçant sans bruit grâce aux semelles de gomme de ses chaussures. Au passage, il prit le tisonnier près de la cheminée puis gagna la porte et l'ouvrit avec précaution. Brandissant son arme improvisée, il se faufila dans l'entrebâillement.

La pièce était déserte. Tout semblait à sa place.

Soudain, il entendit un bruit au fond de la maison — comme un murmure de voix étouffées. Un frisson lui courut dans le dos.

« Cesse de te prendre pour Rambo, Benjamin ! se dit-il. Appelle les flics. »

Il continua pourtant d'avancer, le sang circulant dans ses veines à une allure folle.

Les bruits provenaient de sa chambre. Sur le pas de la porte, il respira à fond avant de tourner la poignée et d'entrer. Là non plus, il ne vit personne. La télévision était allumée sur une chaîne de dessins animés. Ben abaissa le tisonnier et sentit le fou rire le gagner. Il ne se souvenait pas d'avoir laissé le téléviseur allumé, mais cela ne voulait rien dire ; il l'utilisait souvent en guise de fond sonore pendant qu'il s'habillait ou faisait sa toilette. S'approchant de l'appareil, il l'éteignit et se retourna.

Son sourire se figea brusquement. Une grande enveloppe en papier kraft portant son nom était posée sur le lit.

Il la regarda de loin, fixement, la gorge nouée par l'appréhension. Il ne voulait pas voir ce qu'elle contenait. Il n'avait pas envie d'y toucher.

Et pourtant, il ne pouvait pas s'y soustraire.

Il gagna lentement le lit, prit l'enveloppe et l'ouvrit. A l'intérieur, il découvrit un grand cliché en noir et blanc d'Anna et lui au Café du Monde. Un message laconique l'accompagnait :

« Je savais qu'elle te plairait. Je vous observe. »

D'une main tremblante, Ben replaça la photo et la feuille dans l'enveloppe. Il fallait appeler la police. Avertir Anna.

Soudain pris de migraine, il porta une main à sa tempe. Non. S'il alertait la police, on lui demanderait une liste de ses patients — qu'il ne pouvait pas divulguer. Et les flics convoqueraient Anna, qui était déjà assez inquiète et perturbée.

Il gardait un souvenir ému de leur petit déjeuner ensemble. Et surtout, surtout, du baiser qu'ils avaient échangé avant de se séparer. Jamais il n'avait rien éprouvé de tel pour une autre femme ; il ne voulait pas la perdre.

Elle semblait ressentir la même chose pour lui.

Alors, pourquoi le sort lui jouait-il ce mauvais tour ?

Il se laissa tomber sur le lit, accablé. La douleur qui lui vrillait les tempes s'étendait jusqu'aux yeux, fulgurante. Conscient qu'il devrait aller chercher deux comprimés du remède prescrit par son médecin, il s'allongea pourtant sur le matelas, les yeux fixés sur un point du plafond.

Qui s'acharnait ainsi sur eux ? Et pourquoi ?

Avec une plainte sourde, il posa son bras replié sur ses yeux. Et comment cet individu s'était-il introduit chez lui ? se demanda-t-il encore. En rentrant, il avait trouvé la porte d'entrée fermée à clé. Aurait-il omis de verrouiller celle du fond ? Ou de fermer une fenêtre ? Il lui fallait vérifier, bien qu'une telle étourderie de sa part fût assez peu probable. Ayant habité un faubourg populaire d'Atlanta, il avait appris à ne pas plaisanter avec la sécurité.

Ses clés ! se souvint-il alors. Celles qui avaient disparu pendant vingt-quatre heures...

Ben s'assit de nouveau. Bien sûr ! Le jour de leur disparition, il avait fermé son appartement à clé avant d'ouvrir la porte d'à côté — celle de son cabinet où, comme chaque matin, il avait jeté son trousseau sur son bureau.

Quand il avait voulu le reprendre, il n'y était plus. Il l'avait retrouvé incidemment le lendemain, par terre.

Ses clés n'étaient pas tombées, comme il l'avait supposé. L'un de ses patients — celui qui s'était introduit chez lui aujourd'hui, celui encore qui avait distribué le livre d'Anna avec le message attirant l'attention de certaines personnes sur la fameuse émission — les avait « empruntées » et fait confectionner un double avant de les rapporter, vingt-quatre heures après.

La vue de Ben se brouilla fugitivement puis redevint normale, signe que la migraine, déjà épouvantable, allait devenir intolérable. Il s'arracha péniblement du lit, refusant de céder à la douleur, de laisser ce mystère sans réponse. Serrant les dents, il fit le tour des fenêtres puis vérifia la fermeture de la porte du fond.

Comme il l'avait supposé, tout était bien fermé à double tour. Ses comprimés à la main, il chercha dans l'annuaire le numéro d'un serrurier assurant un service de dépannage permanent. Après l'avoir appelé, il s'assit pour l'attendre. Une fois la serrure changée, il irait au bureau consulter son cahier de rendez-vous afin de découvrir quels patients il avait reçus le jour de la disparition des clés. Il verrait également lequel d'entre eux était revenu vingt-quatre heures plus tard. Ce cinglé venait peut-être de se trahir involontairement.

Ben allait découvrir qui s'amusait ainsi à leurs dépens et lui couper son élan.

Au risque de se faire tuer.

30.

Mercredi 23 janvier — 1 heure du matin

Jaye s'éveilla en entendant tambouriner discrètement à la porte de sa cellule. A l'intensité du silence et de l'obscurité, elle comprit qu'on était en pleine nuit. Les petits coups répétés reprirent, suivis par un miaulement.

— Chut, Tabby ! Je crois qu'elle dort.

Jaye se glissa précipitamment hors du lit et courut vers la porte.

— Non, dit-elle à mi-voix derrière le battant. Je suis réveillée. Ne t'en va pas.

Un long silence succéda à ses paroles. Enfin, la voix enfantine s'éleva de nouveau de l'autre côté.

— Je suis venue voir comment tu allais.

— Ça va, mais s'il te plaît, ne me quitte pas.

Jaye s'appuya contre la porte.

— Reste et parle-moi.

— Je sais pas si...

Un frémissement dans la voix, la petite s'interrompit.

— Il serait très fâché s'il savait que je suis là.

— Il n'en saura rien. Je ne ferai pas de bruit. C'est promis.

— Bon, d'accord, répondit la fillette après une hésitation. Mais il faut vraiment parler tout doucement.

Renouvelant sa promesse, Jaye s'assit sur ses talons, devant la chatière.

— Dis-moi comment tu t'appelles, pour commencer.

— Minnie. Et mon petit chat s'appelle Tabitha. C'est mon meilleur ami.

Jaye hocha la tête.

— C'est un très joli nom, Tabitha. A quoi ressemble-t-il, ce chat ?

— Tigré, avec les yeux verts. Et son poil est tout doux, tout doux.

Jaye ne put s'empêcher de sourire.

— Quel âge as-tu, Minnie ?

— Onze ans. Tabitha a deux ans.

Jaye entendit le chat ronronner de l'autre côté de la porte.

— Moi, je m'appelle Jaye. J'ai quinze ans.

— Je sais. Il me l'a dit.

Parcourue d'un frisson, Jaye sentit une peur glacée l'envahir.

— Qui est cet homme, Minnie ? Ton papa ou bien...

— C'est Adam. Je ne connais pas son nom de famille.

— Depuis combien de temps es-tu avec lui ?

— Depuis longtemps, répondit la petite, manifestement troublée. Depuis toujours, je crois.

Certainement pas, songea Jaye. Minnie avait sans doute été enlevée, comme elle, par cet individu.

— Nous devons unir nos efforts, Minnie. J'ai des amis qui habitent dans le coin. Si tu m'aides à sortir de cette chambre, je m'arrangerai pour qu'on s'évade ensemble.

— Je peux pas. Il serait très en colère. Il ferait du mal à Tabby. Il a déjà... fait du mal à mes amis.

Jaye ferma un instant les yeux, les paupières crispées.

— Tu pourrais retourner chez toi, Minnie.

Sa voix se fêla légèrement, et elle s'efforça de l'affermir. Si elle voulait gagner la confiance de Minnie, elle ne devait surtout pas manquer d'assurance.

— Je ferais en sorte que tu rentres à la maison.

— A la maison, répéta Minnie dans un murmure presque inaudible. Je me rappelle pas ma maison.

Frémissante de haine, Jaye se jura de faire payer cher à ce monstre qui avait privé une fillette de sa famille. Et avec cette haine vint une détermination absolue : elle les libérerait, elle et Minnie.

Mais certaine d'affoler la petite en lui révélant ses intentions, Jaye les garda prudemment pour elle.

— J'aimerais en savoir un peu plus sur ton compte, lui dit-elle. Est-ce que tu vas à l'école ?

Elle n'y allait pas, mais savait lire et écrire. La question en amena d'autres, et Jaye ne tarda pas à être en mesure de se faire une image plus précise de sa visiteuse invisible. C'était une fillette timide, blonde et menue, séquestrée depuis longtemps dans cette maison — depuis l'âge de cinq ou six ans, peut-être.

Jaye parla également d'elle à Minnie, lui décrivit sa vie, les personnes qui lui manquaient le plus. Ce faisant, elle mentionna Anna.

Minnie se mit à pleurer.

— Ne pleure pas ! lança aussitôt Jaye. Pardonne-moi si j'ai dit quelque chose qui t'a blessée. Je ne voulais pas te...

— C'est pas toi. C'est... Il m'a obligée, Jaye. C'est lui qui m'a fait écrire ces lettres. Et maintenant, voilà... c'est à cause de moi que tu es là. Tout est ma faute !

Sa voix monta de quelques tons, et Jaye s'efforça de la calmer. Elle risquait de réveiller Adam. Et Jaye ne voulait pas se retrouver encore seule.

— De quoi parles-tu, Minnie ? Quelles lettres ?

— Les lettres à ton amie Anna. Il me les faisait écrire. Il disait qu'il frapperait Tabitha si je refusais.

Jaye tressaillit, inquiète.

— Anna ? Je ne comprends pas...

A peine eut-elle formé les mots, qu'elle comprit, justement. Les lettres qu'Anna avait reçues de cette admiratrice. La fillette de onze ans.

Minnie.

« Oh ! non, non, pas ça ! » songea-t-elle.

Il y eut un frôlement de l'autre côté de la porte. Quand Minnie reprit la parole, Jay eut l'impression qu'elle avait approché sa bouche de la chatière.

— Ton amie est en danger. Il parle tout le temps d'elle. Il... il manigance quelque chose. Je l'ai entendu.

Sa voix s'affaiblit encore davantage, comme si elle s'éteignait peu à peu. Jaye colla l'oreille à la porte, retenant son souffle.

— C'est pour ça qu'il t'a enlevée, Jaye. Pour attraper Anna.

Une vague de peur glacée submergea Jaye. Accablée de remords, elle songea à sa querelle avec Anna, aux horribles choses qu'elle lui avait dites. Anna n'avait donc pas tort d'être inquiète. Elle avait eu raison de dissimuler sa véritable identité.

Pourquoi ne l'avait-elle pas écoutée ? Une véritable amie l'aurait crue. Elle aurait dû se mettre à sa place et essayer de la comprendre au lieu de s'emporter comme une idiote.

A présent, d'une certaine façon, elle était réellement à sa place.

Elle devait l'alerter. Il lui fallait trouver un moyen de l'aider.

— Minnie ? chuchota-t-elle. Qu'a-t-il l'intention de faire à Anna ? Il faut me le dire. Nous devons trouver un moyen de l'aider.

Seul le silence lui répondit, et Jaye s'aperçut avec un profond sentiment d'abandon que la fillette était partie.

31.

Mardi 23 janvier — 19 heures

Anna rentra chez elle après une journée chargée à La Rose Unique. D'ordinaire, les mercredis étaient plutôt calmes, mais celui-ci avait fait exception à la règle. Quand elle n'était pas occupée à prendre les commandes, elle avait aidé Dalton à confectionner les bouquets.

Exténué, les doigts engourdis, Dalton lui avait confié la fermeture du magasin. C'était elle qui l'avait renvoyé chez lui, du reste, pensant que la dernière heure de la journée serait beaucoup plus calme. Au lieu de quoi, trois clients de dernière minute étaient arrivés, l'obligeant à rester une heure de plus pour achever de tout ranger.

Elle déverrouilla la porte de son appartement et entra. Elle avait faim. Elle était fatiguée. Et passablement déprimée. Son agent l'avait appelée le matin pour lui transmettre l'ultime proposition des Editions Cheshire — un chiffre tout à fait alléchant, légèrement supérieur au précédent. Mais cette offre exigeait une réponse immédiate.

La mort dans l'âme, Anna avait refusé.

Avec un soupir, elle jeta ses clés sur la console du vestibule. Comment aurait-elle pu accepter cet argent, dont elle avait pourtant le plus grand besoin, sachant qu'elle serait incapable de respecter certaines conditions du contrat et de se conformer à ses impératifs promotionnels ? A sa place, certains auraient peut-être tenté de tricher ou de louvoyer. Mais elle avait trop de scrupules pour cela.

La perspective de déguster un copieux sandwich et de se remettre à pianoter sur son ordinateur la réconfortait tout de même un peu.

Réussir à remplir ne fût-ce que deux ou trois pages l'aiderait sans doute à ranimer la flamme de son enthousiasme pour l'écriture — du moins l'espérait-elle.

Après avoir troqué sa tenue de travail contre un caleçon et un chandail confortables, Anna gagna la cuisine. Notant au passage qu'elle n'avait pas de messages sur le répondeur, elle alluma la radio et se dirigea vers le réfrigérateur. La musique entraînante du « Mardi Gras Mambo » emplit la pièce, et Anna se mit à fredonner tout en rassemblant les ingrédients nécessaires à la préparation de son sandwich favori — dinde, crudités, mayonnaise et cornichons. Elle posa le tout sur le plan de travail, puis alla prendre la carafe d'eau sur une étagère.

Alors, seulement, elle le vit. Sur une assiette de verre garnie d'un napperon rouge en forme de cœur, il y avait un doigt.

Un auriculaire.

Un cri d'horreur s'étrangla dans sa gorge. Elle recula d'un pas. La carafe lui échappa et s'écrasa sur le carrelage, éclaboussant d'eau glacée ses pieds et ses chevilles.

Kurt.

Il l'avait retrouvée.

Prise de panique, elle pivota et s'enfuit en courant. Traversant le couloir comme une flèche, elle alla frapper à la porte de l'appartement voisin — celui de Bill et Dalton. En sanglots, elle martela le battant à coups de poing, tout en appelant désespérément ses amis.

« Pourvu qu'ils soient chez eux, se répétait-elle. Pourvu qu'ils y soient... »

Ils y étaient. Et une demi-heure plus tard, assise sur leur canapé, Anna tâchait de recouvrer son sang-froid, Dalton enlaçant ses épaules d'un bras protecteur. Quand elle avait pu s'exprimer de manière assez cohérente pour leur faire part ce qui lui arrivait, ils avaient appelé Malone. En ce moment même, Bill et l'inspecteur se trouvaient dans l'appartement d'Anna.

Celle-ci reprit sa respiration, d'un souffle tremblant, et Dalton lui étreignit brièvement l'épaule.

— Tout va s'arranger, Anna.

Sa voix altérée manquait de conviction. Anna aurait aimé pouvoir le rassurer mais hélas ! elle n'avait pour cela ni les mots ni la force.

Kurt l'avait retrouvée.

Il s'était introduit dans son appartement. Et il avait l'intention de la tuer.

Frissonnante, elle se blottit plus étroitement contre Dalton.

— J'ai peur.

— Je sais, dit-il avec un soupir. Moi aussi.

Au même moment, Malone revint avec un sachet de plastique contenant l'assiette, le napperon et le doigt, le tout dûment étiqueté. Anna en détourna les yeux et les posa sur Bill qui suivait l'inspecteur, pâle comme un mort. Sa gorge se serra.

— Est-ce que... enfin, pouvez-vous me dire à qui...

— C'est un faux doigt, coupa Malone en se dirigeant vers elle. Très bien imité. Une prothèse.

Il posa le sachet sur la table et Anna tourna la tête de l'autre côté. Vrai ou faux, il lui donnait tout de même la nausée.

Malone s'assit sur ses talons, devant elle, formant écran entre son regard et le sachet et l'obligeant à le fixer dans les yeux.

— Anna, votre porte était-elle fermée à clé quand vous êtes rentrée ?

Elle réfléchit un instant, puis opina de la tête.

— Le verrou était bien mis, comme d'habitude. En entrant, j'ai jeté mes clés sur la console.

— Et rien ne semblait avoir été dérangé ? Vous n'avez pas eu l'impression qu'il y avait quelque chose d'anormal ?

— Non. Pas du tout.

— Vous saviez que la porte du balcon n'était pas verrouillée ?

— Vous en êtes certain ? demanda-t-elle, le front plissé. Ce n'est pas possible.

— Si, confirma Bill. Je l'ai vu de mes propres yeux.

— L'autre matin, murmura Dalton, quand nous prenions notre petit déjeuner dans le patio, tu nous as interpellés du balcon. Pourrais-tu avoir oublié de refermer la porte ?

C'était en effet possible, songea Anna, même si cela ne lui ressemblait guère.

— Je ne m'en souviens pas, avoua-t-elle.

— Toutes les autres fenêtres étaient fermées, indiqua Malone. Je n'ai découvert aucune trace d'effraction.

— Vous pensez qu'on est entré par là ?

— Pourquoi pas ?

Malone prit son carnet dans la poche de sa veste et regarda de nouveau Anna.

— Il y a une autre possibilité. Quelqu'un d'autre a-t-il une clé de votre appartement ?

— Dalton, c'est tout.

Comme Malone se tournait vers lui, Dalton s'empourpra.

— Etant le propriétaire de l'immeuble, j'ai un double des clés de chaque appartement, expliqua-t-il.

— Ce qui ne veut pas dire qu'il s'en sert, intervint Anna en prenant la défense de son ami. En outre, Bill et Dalton sont mes amis. Jamais ils n'essaieraient de...

— Naturellement, coupa Malone en reportant les yeux sur elle. Pas d'ancien compagnon ou petit ami ?

Anna sentit ses joues s'enflammer. Bien que tout à fait pertinente, la question était tout de même indiscrète. Elle éprouva le sentiment d'une intrusion dans sa vie privée.

— Non, aucun.

— Et vous n'avez jamais eu de colocataire chez vous ?

Elle répondit par la négative et il griffonna quelques mots dans son carnet.

— Auriez-vous des soupçons sur l'identité de la personne qui a fait cela ?

La question, directe, atteignit Anna de plein fouet. Craignant de perdre son sang-froid, elle serra machinalement les poings.

— C'est Kurt.

— Kurt ? Vous ne parlez pas de l'homme qui vous a enlevée quand vous aviez treize ans ?

— Si, précisément. Il m'a retrouvée, j'en suis persuadée.

L'inspecteur jeta un coup d'œil aux deux autres et toussa discrètement pour s'éclaircir la voix.

— Vous avez la moindre preuve de ce que vous avancez ?

Anna eut un petit rire bref, teinté d'amertume.

— Vous voyez une meilleure preuve que ce qui vient de se produire ?

Gardant un instant le silence, Malone répondit d'un ton mesuré, en choisissant visiblement ses mots :

— Votre réaction est tout à fait compréhensible, Anna. Mais il est beaucoup plus vraisemblable qu'une autre personne ait jeté son dévolu sur vous de cette manière ; quelqu'un qui est au courant de ce que vous avez subi et que cette affaire a impressionné jusqu'à l'obsession.

— Génial ! répliqua Anna dans un souffle. Autrement dit, j'aurais plus d'un désaxé à mes trousses. Vraiment, il y a des filles qui sont vernies !

Il esquissa un sourire, même si elle sentait que la situation ne l'amusait pas.

— Bon, je vais faire le point, dit-il en regardant tour à tour Bill et Dalton, puis de nouveau Anna. En toute logique, il s'agit plutôt d'une personne de votre entourage actuel. Un ami ou une connaissance ; un associé, ou une relation d'ordre professionnel ; un client habituel de La Rose Unique ou un individu qui joue un rôle quelconque en marge de votre existence.

Il s'interrompit un instant. Personne ne souffla mot.

— Ce canular exige une solide dose d'organisation et de détermination, reprit-il. Il démontre aussi une bonne connaissance ou habitude des lieux. Est-ce qu'un nom ne vous viendrait pas à l'esprit, par hasard ?

— Non. Sinon celui de Kurt. Je ne vois pas qui d'autre aurait pu me jouer un sale tour pareil.

Elle se tourna vers Bill, puis Dalton, quêtant leur opinion. Les deux hommes secouèrent la tête.

— Personne de ma connaissance ne correspond à ce profil, inspecteur, murmura Bill. Je regrette de n'avoir aucune indication à vous fournir.

Dalton se fit l'écho de son compagnon. Malone se rembrunit.

— Ecoutez, je n'irai pas par quatre chemins. Dans le meilleur des cas, nous avons affaire à un individu doté d'un humour malsain, qui prend un malin plaisir à vous épouvanter, Anna. Il préfère agir à distance, dans l'ombre, incognito — afin d'ajouter au mystère. Dans cette hypothèse, vous n'avez pas grand-chose à craindre de lui, car il ne veut pas de confrontation directe. Il n'a pas assez de cran pour ça.

— Et dans l'autre hypothèse ? demanda Anna d'une voix mal assurée.

— Au pire, notre homme est un désaxé d'une espèce beaucoup plus dangereuse. Ses petites mises en scène d'épouvante ne sont que l'amorce d'un plan aussi complexe que cruel. Sa campagne de terreur va connaître une intensité croissante. Et il en viendra à vous atteindre physiquement.

— Miséricorde, murmura Dalton.

Bill se laissa tomber sur une chaise.

— Je crois que j'ai besoin d'un petit remontant.

Anna, elle, se sentit défaillir.

— Qu'est-ce que je dois... faire ?

— Pour commencer, vous pourriez m'aider à défricher un peu le terrain. S'est-il produit quelque chose d'insolite dans votre vie, ces derniers temps ? Un événement inattendu ? Une rencontre fortuite ? Une dispute avec quelqu'un ?

— Pas exactement mais...

— Mais quoi ? demanda Malone, soudain sur le qui-vive.

— Cela a commencé il y a environ huit jours, expliqua-t-elle, tout en se reprochant de ne pas l'avoir signalé plus tôt. J'ai trouvé un soir un paquet qui m'attendait, sans aucune mention de l'expéditeur. Il contenait une interview donnée par ma mère à un réalisateur vidéo indépendant — interview qui a finalement été incluse dans une émission récente sur les mystères de Hollywood jamais élucidés.

— Que est le nom de ce réalisateur ? demanda Malone.

Anna le lui fournit et poursuivit son récit par la série d'événements qui s'étaient succédé ensuite, concluant par sa dernière conversation avec Ben Walker.

— Il est persuadé que le paquet a été déposé dans sa salle d'attente par l'un de ses patients — sans qu'il sache lequel ni ce qui le motive. Je lui ai parlé de Peter Peters, mais il n'a personne de ce nom dans sa clientèle.

Malone haussa les sourcils.

— Et jusque-là, vous n'aviez jamais entendu parler de ce Dr Walker ?

— Non. Il a obtenu l'adresse de La Rose Unique grâce à l'association Grands Frères et Grandes Sœurs d'Amérique, mentionnée dans mon dernier livre, et dont il connaît la directrice.

— Vous avez vérifié ?

Anna le considéra avec étonnement.

— Non, mais je n'avais aucune raison de soupçonner... Je... vraiment quelqu'un de correct, un type...

— Un type sympathique, acheva Malone à sa place. Bon nombre de cinglés sont *a priori* des gens sympa.

Les joues en feu, Anna éprouva le besoin de prendre la défense de Ben.

— Vous pouvez l'appeler, vous savez. A mon avis, vous verrez qu'il est bien qui il prétend être et qu'il fait exactement ce qu'il dit.

— Oh ! ça je n'en doute pas. Vous avez son numéro de téléphone ?

— Non, mais son cabinet se trouve en ville. Il est psychologue et s'appelle Benjamin Walker.

L'inspecteur prit note du renseignement.

— Et à part cela ? Voyez-vous autre chose ?

— Les lettres, dit Dalton.

— Celles dont vous m'avez déjà parlé ? demanda Malone. Celles de la fillette ?

Comme Anna confirmait d'un hochement de tête, le policier fronça les sourcils.

— Vous croyez qu'elles pourraient avoir un rapport avec ce qui s'est passé ce soir ?

— Je ne sais pas.

Anna consulta ses amis du regard ; ils lui firent signe de continuer.

— A la suite du dernier courrier, expliqua-t-elle, nous avons pensé que quelqu'un s'amusait à mes dépens ; qu'il s'agissait d'une plaisanterie scabreuse. Comme vous l'aviez suggéré.

— Ce qu'elle racontait était tiré par les cheveux, renchérit Bill. Pratiquement impossible à croire.

— Avez-vous gardé cette lettre ?

— Oui. Je vais...

— Je vais la chercher à ta place, Anna, intervint Dalton. Tu les ranges dans ton bureau ?

— Oui, dans le premier tiroir, en haut à droite.

Trois minutes plus tard, Dalton revint avec une petite liasse de lettres qu'il tendit à Anna. Elle prit la dernière en date et la remit à Malone. Celui-ci jeta un coup d'œil sur l'enveloppe et regarda Anna.

— Elle sait où vous travaillez ?

Confuse, Anna sentit qu'elle rougissait.

— La première fois, je lui ai répondu sur du papier à lettres à en-tête du magasin. C'était... une étourderie.

Malone la dévisagea encore un instant, puis reporta son attention sur la lettre de Minnie.

— Avez-vous reçu une autre lettre après celle-ci ?

— Non.

Oppressée, elle marqua une pause.

— Croyez-vous que ce soit l'œuvre d'un mauvais plaisant ?

— Possible, murmura-t-il d'un ton distrait, comme s'il songeait à autre chose. En tout cas, quelqu'un est en train de s'amuser avec vous, Anna ; et ce petit jeu n'est à mon avis pas inoffensif.

— J'ai toujours besoin de ce remontant ! lança Bill en se dirigeant vers la cuisine. Quelqu'un veut aussi un verre ?

Malone ne parut pas l'entendre.

— Puis-je emporter cette lettre ? demanda-t-il.

— Certainement. Vous voulez les autres ?

Il lui répondit par l'affirmative, et elle lui remit la liasse qu'il glissa dans la poche intérieure de son blouson.

— Auriez-vous d'autres informations à me communiquer ?

— Je ne crois pas.

Anna jeta un coup d'œil interrogateur à Dalton, qui secoua la tête.

— Non, rien de plus.

— Bon, très bien, dit Malone en se levant. Je vais faire enregistrer vos dépositions et envoyer une équipe relever les empreintes ou autres indices éventuels.

— Vous croyez qu'on pourra trouver quelque chose ? demanda Anna.

— Franchement ? Non. Mais on ne sait jamais. Je vous appelle bientôt.

32.

Mardi 23 janvier — 22 h 35

Quentin s'arrêta sur le trottoir devant l'immeuble d'Anna et leva les yeux vers ses fenêtres brillamment éclairées. Il fronça les sourcils. Manifestement, la jeune femme avait été repérée par un dingue, que ce soit à cause de ses livres ou de son passé.

Mais à quel point ce malade était-il dangereux ? Allait-il faire passer son harcèlement psychologique au cran supérieur ? Et quel rôle ce Dr Walker jouait-il dans l'histoire ? Anna s'était empressée de prendre sa défense — non sans véhémence. Quelle place cet homme tenait-il déjà dans sa vie, alors qu'ils ne se connaissaient que depuis quelques jours ?

Ce détail n'aurait dû avoir aucune importance aux yeux de Quentin, et pourtant il en avait. Il sentait l'aiguillon de la jalousie lui égratigner le cœur. Anna North l'attirait. Elle l'intriguait. Et il n'appréciait pas l'idée qu'elle pût s'intéresser à un autre que lui, voilà tout.

Pourquoi ne pas aller rendre une petite visite tardive et impromptue au Dr Benjamin Walker ?

Encore indécis, Quentin regagna lentement sa Bronco, à moitié stationnée sur le trottoir pour ne pas bloquer la rue étroite du Quartier Français. Il s'installa au volant et démarra, songeant aux événements de la semaine passée. Le souvenir de son entrevue avec Penny le fit grimacer.

En la regardant partir, il s'était senti carrément minable. Il savait bien qu'il n'aurait pas dû tenter cette démarche, lui dire des choses qu'il ne pensait pas. Et encore moins retourner le couteau dans la plaie, alors qu'elle se trouvait dans une situation déjà assez pénible.

D'après Penny, Terry partait depuis longtemps à la dérive ; il s'autodétruisait sciemment. Mais pourquoi n'avait-il rien vu, lui, son collègue, son ami ? La jeune femme avait-elle raison en affirmant qu'il avait une vision édulcorée de lui ?

Il fronça les sourcils. Non. Terry allait très bien jusqu'à la faillite de son mariage. D'accord, il lui arrivait de trop boire et de rentrer tard. Mais cela faisait partie du boulot. Tout flic devait trouver un moyen de décompresser après ce qu'il endurait chaque jour. Certains y parvenaient grâce à leur famille, d'autres par la religion ou les filles. D'autres encore par la boisson. Il y avait ceux qui devenaient mauvais. Et ceux qui, bizarrement, semblaient n'avoir besoin d'aucun mécanisme de défense — comme si rien ne les affectait.

Quentin composa le numéro du commissariat. Le policier de garde au standard décrocha.

— Salut, Brad, c'est Malone. Il faut que tu me trouves une adresse, celle d'un psy nommé Benjamin Walker. Son domicile, pas son cabinet. Il doit crécher dans les beaux quartiers.

— Je l'ai ! annonça Brad au bout d'une trentaine de secondes. Constance Street. Domicile et cabinet.

Il donna l'adresse exacte, et Malone le remercia.

— C'est calme, ce soir ?

— Calme plat, Malone. Allez, bon courage.

— Toi aussi.

Quentin raccrocha. Il traversa Canal Street, longea Canal Place et la Cinquième Avenue. Terry se calmerait quand il aurait pris son parti de la situation, pensa-t-il ; quand il aurait admis une fois pour toutes que Penny ne changerait pas d'avis. Ses sautes d'humeur et sa conduite incongrue finiraient par se tasser, il redeviendrait lui-même. Et quand l'assassin de Nancy Kent et d'Evelyn Parker serait arrêté, ils pourraient tous souffler un peu.

La presse s'en était donné à cœur joie, avec ces meurtres. Un journaliste irresponsable avait même baptisé l'assassin le « Boucher de Bourbon

Street ». Les touristes prenaient peur, le public exigeait des réactions énergiques et le chef Pennington des résultats immédiats.

De nouveau, Malone se rembrunit. Le hic, c'était que personne n'avait rien vu, alors que les deux victimes avaient passé la dernière nuit de leur existence au milieu d'une foule de gens. On avait interrogé les serveurs et les clients des bars, les hommes qui avaient dansé avec elles avaient été identifiés et convoqués, leur récit vérifié. Pas un coupable digne de ce nom n'avait émergé du lot.

Quentin s'arrêta à un feu rouge dans Lee Circle. La statue du général Robert E. Lee, érigée au centre et illuminée par plusieurs projecteurs, se détachait comme un spectre dans l'obscurité. Il la contempla un moment avant de reporter son attention sur la route. Tous les viols non élucidés des deux dernières années, tous les cas similaires, avaient été exhumés et réexaminés dans les moindres détails. Ses collègues et lui avaient de nouveau interrogé les victimes, comparé les groupes sanguins et autres indices découverts sur les lieux des crimes.

En vain.

Contrarié, Quentin crispa les mains sur son volant. Il était chez Shannon le soir où Nancy Kent avait été assassinée, ce qui signifiait qu'il avait été l'un des derniers à la voir en vie. L'assassin s'y trouvait aussi, il en était convaincu, observant sans doute la jeune femme à distance plutôt que de danser avec elle. Et Quentin l'avait probablement vu. Une idée qui le rendait fou.

Le feu passa au vert et il repartit. Les deux victimes avaient été volées. La première était une riche héritière qui avait passé une bonne partie de la nuit à exhiber de grosses coupures. Quand on l'avait trouvée, son portefeuille était vide.

L'image de Terry tendant un billet de cinquante dollars à Shannon lui revint soudain à la mémoire. Profondément ébranlé, il arrêta sa voiture sur le bas-côté.

Bon sang ! Qu'allait-il imaginer ?

Que Terry avait tué cette fille ? Que ce billet avait appartenu à Nancy Kent ? Il secoua la tête, incrédule. Non. Terry n'avait pas l'âme d'un assassin — sûrement pas. En outre, ils étaient restés ensemble toute la soirée. Et quand ils s'étaient séparés, Terry était tellement rond qu'il pouvait à peine marcher ; alors, commettre un meurtre ! Mais qu'est-ce qui lui prenait, à la fin ? Comment avait-il pu envisager, ne fût-ce qu'un instant, que son copain pouvait faire une chose pareille ?

Il se remit en route. Il atteignit la rue où habitait Ben Walker en quelques minutes et ralentit pour s'arrêter devant son logement, une maison mitoyenne traditionnelle de La Nouvelle-Orléans. Aucune lumière ne brillait aux fenêtres du Dr Walker, l'allée était déserte. Quentin consulta sa montre : 23 heures passées. Il esquissa un sourire. Il allait être obligé de réveiller ce cher docteur. Tant pis.

Coupant le moteur, il sortit de la voiture et gagna l'entrée. Il sonna, attendit, sonna de nouveau. Aucun chien n'aboya, aucune lumière ne s'alluma. Après avoir martelé le battant sans aucun résultat, il contourna le bâtiment, pas plus éclairé derrière que devant, et gravit les marches du perron qui permettait d'accéder à la porte de derrière. Il frappa, attendit, recommença.

Intéressant, pensa-t-il en regagnant son véhicule. A plus de 23 heures, un soir de semaine, le médecin était sorti. Apparemment, ce psy était un oiseau de nuit.

« Et si Anna l'avait appelé ? lui souffla une voix. S'il était allé la réconforter ? »

L'idée ne lui plaisait guère, et Quentin préféra l'écarter. Il reviendrait voir ce Walker dans la matinée, décida-t-il.

Il rejoignit sa Bronco et prit la direction de St. Charles Avenue. Son esprit se remit à vagabonder tandis qu'il roulait dans les rues tranquilles, sous le dais de chênes centenaires qui bordaient des manoirs début de siècle, puis les facultés de Loyola et Tulane — autant de lieux qu'il connaissait comme sa poche.

Il habitait une petite maison dans le quartier de Riverbend, qui devait son nom au fait que le Mississippi y décrivait une courbe et que deux des grands boulevards de la ville, St. Charles Avenue et Carrollton Avenue se rejoignaient pour se fondre dans River Road. La population se composait de jeunes familles, de couples salariés et d'étudiants, qui se partageaient généralement des villas, des maisons mitoyennes et des pavillons, tous plus ou moins restaurés.

Quentin descendit sa rue puis s'engagea dans son allée et s'arrêta sous l'auvent. Il coupa le moteur et descendit de voiture. Il s'apprêtait à gagner la maison quand un souvenir lui revint brusquement. Le souffle coupé, il s'arrêta net.

Non, Terry et lui n'étaient pas restés ensemble en permanence, lors de cette soirée chez Shannon. En fait, il avait perdu de vue son ami pendant une heure, au moins, peu après son altercation avec Nancy Kent.

33.

Mercredi 24 janvier — 6 h 50

Le lendemain matin, Quentin se dirigeait de nouveau vers le perron du Dr Benjamin Walker. Il marchait lentement, enregistrant des détails qu'il n'avait pu voir la nuit précédente — la fraîcheur des peintures, par exemple, et l'état soigné des jardins, même s'ils étaient peu plantés. Le côté droit de la maison servait de logement, le côté gauche de cabinet, comme l'indiquait la plaque en laiton fixée sur la porte.

Quentin traversa le porche étroit et sonna à la porte du domicile de Walker. Une première fois, une seconde. D'aussi bonne heure, il avait de fortes chances de réveiller le psychologue, surtout si ce dernier était rentré tard la veille.

Il réprima un sourire. Son but était de le prendre par surprise, afin d'obtenir toute son attention et son entière coopération. S'il attendait que Ben Walker eût commencé ses consultations, il serait contraint de patienter jusqu'à ce que vienne son tour.

Il entendit des pas de l'autre côté de la porte, puis le déclic du verrou. Le battant s'ouvrit sur un homme qui semblait sortir de sa douche, une serviette de toilette autour du cou et les cheveux humides. De l'intérieur venaient des bribes de musique classique.

— Benjamin Walker ?

Quentin montra son insigne.

— Inspecteur Malone.

L'homme parut sincèrement déconcerté.

— Vous cherchez le Dr Benjamin Walker ?

— Exact, fit Quentin en rempochant son insigne. Je vous dérange dans vos ablutions matinales, à ce qu'il semble. Toutes mes excuses.

Ben s'essuya les mains sur la serviette.

— Ce n'est rien. Qu'est-ce que je peux faire pour vous ?

— Hier soir, Anna North a été victime d'un... accident et j'ai cru comprendre...

— Anna ? Elle n'a rien, j'espère ?

— Puis-je entrer ?

— Bien sûr.

Le médecin s'écarta et Quentin le suivit à l'intérieur, dans le vestibule puis dans un salon qui donnait sur la rue. Un coup d'œil au décor assez austère permettait de conclure que Ben Walker était célibataire, n'avait pas d'enfants et peu de famille. Les meubles étaient rares, quoique que de bonne facture. Rares aussi les photos ou œuvres d'art accrochées aux murs ; en revanche, plusieurs miroirs ornaient le salon, qui donnaient à la pièce une allure étrange et fractionnée.

Ben désigna un fauteuil, avant de s'asseoir lui-même.

— Qu'est-il arrivé à Anna ? Est-ce qu'elle va bien ?

— Oui, mais elle est tout de même secouée.

Quentin fixa l'homme dans les yeux, espérant le déstabiliser.

— Quelqu'un lui a joué un vilain tour : on s'est introduit chez elle et on lui a laissé un petit doigt dans le réfrigérateur. Elle l'a trouvé en rentrant.

Le psychiatre pâlit.

— Pauvre Anna ! Elle a dû être terrifiée. A qui... Je veux dire, savez-vous...

— C'était un faux doigt.

— Dieu soit loué !

Soudain pensif, Ben fronça les sourcils.

— J'ai quelque chose à vous montrer, dit-il. Attendez un instant.

Il revint un moment plus tard avec une enveloppe de papier kraft qu'il tendit à Quentin.

— Regardez.

A l'intérieur de l'enveloppe, Quentin trouva un petit mot et une photo du psychologue en compagnie d'Anna, assis ensemble au Café du Monde. Il lut le message et leva les yeux sur Ben.

— Quand avez-vous reçu ça ?

— Avant-hier soir. En rentrant, je me suis rendu compte que quelqu'un s'était introduit chez moi. On avait laissé cette enveloppe sur mon lit.

Quentin plissa les yeux, troublé par le tour nouveau que prenaient les événements.

— Qu'est-ce que ça peut signifier, d'après vous, docteur ?

— Je l'ignore. De toute évidence, la personne qui a pris ce cliché me suivait. Ou suivait Anna. Quelqu'un joue à un drôle de jeu avec moi. Avec nous.

— C'est précisément ce qui m'amène ici, à vrai dire.

Ben se crispa légèrement.

— Ah oui ?

— D'après ce qu'Anna m'a expliqué, vous pensez que les livres et les cassettes qu'elle a reçus — ainsi que son entourage — auraient été envoyés par l'un de vos patients.

— Cela semble probable, murmura Walker, sur ses gardes. D'autant que j'ai reçu ce paquet alors que je n'avais encore aucun lien avec Anna.

— Sauf par votre travail.

— Pardon ?

— Je veux parler de votre spécialité.

— Certes. Cela dit, il y a dans cette ville de nombreux autres psychologues.

— Alors pourquoi vous, docteur ?

— J'aimerais bien le savoir, inspecteur. Cela pourrait m'aider à trouver le responsable.

— *Pourrait*, seulement ?

— Je suis psychologue, pas fakir.

Quentin inspira, le temps d'une courte pause.

— Il me faut une liste de vos patients.

— Vous savez aussi bien que moi que je ne peux pas vous la fournir.

— L'un d'eux veut du mal à Anna North.

— Nous n'en sommes pas certains, souligna Ben.

— Vous trouvez ? Hier soir, un désaxé s'est introduit chez elle pour lui laisser un cadeau plutôt morbide, destiné à la terrifier.

Ben se leva, indiquant que l'entretien s'achevait là.

— C'est impossible, inspecteur. Je suis désolé.

Quentin l'imita.

— Désolé, vraiment ?

— J'ai un code déontologique à respecter, tout comme vous. Quand vous êtes sûr que quelqu'un est coupable et que vous ne pouvez pas le prouver, que faites-vous ? Le frappez-vous pour lui extorquer des aveux ? Trafiquez-vous de fausses preuves pour le coincer ? Ou vous en tenez-vous à votre serment de respecter la loi ?

Quentin plissa les paupières, demeurant impassible face à ce discours passionné.

— Que cherchez-vous à me dire, docteur Walker ? Que vous savez que l'un de vos patients est coupable ?

— Pratiqueriez-vous l'art du double langage, inspecteur ?

— Comme tout flic qui se respecte, dit Quentin avec un sourire amer.

Il indiqua la photo.

— Je peux la prendre ?

— Allez-y. Toutefois, je tiens à informer moi-même Anna, car elle n'est pas encore au courant. Je craignais... enfin, je ne voulais pas l'effrayer.

Il parut s'aviser du ridicule de ses scrupules, comparés à l'incident de la veille.

— Je vais l'appeler tout de suite, ajouta-t-il précipitamment.

— Bonne idée. A part ça, je ne vous promets rien.

Quentin tendit l'une de ses cartes au psychologue.

— Si vous changez d'avis, téléphonez-moi ?

— Certainement.

Ben prit la carte, et ils se dirigèrent vers la porte.

— A quoi riment tous ces miroirs ? demanda Quentin en en remarquant d'autres. Des reflets de l'âme, peut-être ?

— Non, le reflet de l'âme, ce sont les yeux. En fait, j'ignore pourquoi j'aime les miroirs, mais c'est ainsi. J'ai commencé à les collectionner il y a plusieurs années et j'en ai une vingtaine, aujourd'hui.

— Intéressant. Comment ferez-vous quand vous n'aurez plus de place pour les accrocher ?

— Je ne sais pas. Je déménagerai, je suppose.

Comme ils atteignaient la porte, Ben l'ouvrit et s'effaça pour céder le passage à Quentin.

— Je suis navré de ne pas vous avoir été plus utile. Vraiment.

— Je le regrette aussi. Vraiment.

Quentin franchit le seuil, avant de se retourner.

— A propos... j'ai essayé de vous joindre hier soir, en sortant de chez Anna. Sans doute étiez-vous sorti.

Ben plissa légèrement les yeux.

— Je suis resté chez moi toute la nuit.

— J'ai sonné et frappé. Devant et derrière.

— J'ai le sommeil lourd, inspecteur Malone.

— Tiens... votre voiture n'était pourtant pas dans l'allée.

Le psychologue se hérissa.

— Serait-ce une accusation détournée, inspecteur ?

— Une simple observation.

— Quand je le peux, je me gare dans la rue. Ainsi, l'allée est libre pour mes patients le matin et je n'ai pas à déplacer ma voiture.

Il indiqua une rangée de véhicules stationnés le long du trottoir.

— C'est cette Taurus gris métallisé, là-bas.

— Excellente précaution, docteur.

— Merci.

Ben consulta sa montre.

— Pardon de vous brusquer, mais si vous n'avez pas d'autres questions, j'attends un patient dans trente minutes.

— Oui, bien sûr. Merci de m'avoir consacré tout ce temps.

Quentin prit congé et s'éloigna. Comme il atteignait sa voiture, il jeta un dernier coup d'œil vers le psychologue. Pourquoi cet homme lui déplaisait-il autant ? se demanda-t-il. Il s'était montré assez avenant et aussi obligeant qu'il estimait pouvoir l'être.

A la réflexion, Quentin ne le jugeait pas assez obligeant. Et beaucoup trop aimable. Un garçon aussi sympathique, avec une belle situation, était sans doute en mesure de séduire Anna.

— Y a-t-il autre chose, inspecteur ? lança Ben.

Quentin fronça les sourcils.

— Ouais. Si vous avez le sommeil aussi lourd que ça, vous feriez bien de vérifier l'état de votre détecteur de fumée. On ne sait jamais ce qui peut vous arriver.

34.

Vendredi 26 janvier — 3 h 30

Accroupie près de la chatière, Jaye appela à mi-voix :

— Minnie ! Tu es réveillée ? Viens me parler, je n'arrive pas à dormir.

Seul le silence lui répondit. Elle s'assit par terre et attendit. Au cours des nuits précédentes, Minnie et elle s'étaient liées d'amitié, secrètement. Minnie venait la retrouver au cœur de la nuit, quand « il » dormait. Jaye n'avait encore jamais essayé d'appeler la fillette, mais elle se sentait particulièrement angoissée, cette nuit. Isolée et oppressée. Elle avait besoin de parler à quelqu'un ; elle avait besoin de son amie.

Transie de froid, elle se frictionna les bras. Minnie était la personne la plus timide et la plus craintive qu'elle ait connue. Tout lui faisait peur : le moindre bruit, la moindre suggestion, la moindre requête. La haine que Jaye vouait à leur ravisseur ne cessait de grandir quand elle pensait à ce qu'il avait fait à la fillette.

Parfois, Jaye songeait aux parents de Minnie, se demandait s'ils cherchaient encore leur fille. Elle supposait que Minnie avait été enlevée toute petite. Comment réagirait sa famille en la retrouvant tant d'années plus tard ? Voudrait-on encore d'elle ?

Elles le sauraient bientôt, de toute façon, car elles allaient s'échapper. Cela ne faisait aucun doute. Et Jaye ferait en sorte que Minnie retourne chez elle.

Chez elle.

Un sentiment d'impuissance et de désespoir l'assaillit. Depuis quelques jours, elle s'était avisée que personne ne devait la chercher ; comme elle avait déjà fugué, tout le monde pensait sûrement qu'elle avait recommencé. Même Anna, à cause de leur dispute.

Appuyant le front contre la porte de sa prison, Jaye laissa échapper un soupir. Si seulement elle pouvait revenir en arrière. Si seulement il lui était possible de retirer les choses détestables qu'elle avait dites à Anna. Sans cette querelle, Anna se serait lancée à sa recherche, elle le savait, et elle ne se serait pas arrêtée avant de l'avoir retrouvée.

En proie au désespoir, elle appela de nouveau Minnie.

— S'il te plaît... est-ce que tu m'entends ?

— Je suis là, chuchota la fillette. Ça va ?

— Ça va...

La gorge nouée, Jaye marqua une pause.

— J'étais juste en train de penser à mon amie Anna.

— Ne pense pas à elle, dit Minnie. Ça va te rendre triste.

— Comment veux-tu que je fasse ? Je m'inquiète pour elle. Et puis, je... j'ai envie de la revoir, voilà tout.

— Tu la reverras peut-être. Un jour.

— C'est comme ça que tu t'y prends, toi ? demanda Jaye en se plaquant tout contre la porte.

Elle pouvait entendre Minnie respirer et Tabitha ronronner.

— Tu ne penses pas aux gens que tu aimes, c'est ça ?

— Oui, ça marche, et très vite... Tu oublieras, tu verras.

Des larmes contenues brûlaient les paupières de Jaye.

— Mais je n'ai pas envie d'oublier, Minnie ! Je veux seulement rentrer chez moi.

— Si tu t'en vas, je vais me retrouver seule, comme avant. Je ne veux pas que tu partes, Jaye. Tu es ma seule amie, avec Tabitha.

— Je ne partirai pas sans toi, Minnie. Nous nous sauverons ensemble.

— C'est pas vrai. Tu partiras sans moi, comme elle. Elle avait dit qu'elle s'en irait pas, mais elle l'a fait.

Jaye retint son souffle.

— De qui tu parles ? Comment s'est-elle échappée ? Est-ce qu'elle était ici, dans cette maison ?

— Je sais plus. C'était une autre fille. Je... j'ai oublié son nom. Je ne me rappelle plus rien.

— Tu dois t'en souvenir, Minnie ! Tu as peur, c'est tout. Allez, essaye. Peut-être... peut-être que ça pourrait nous aider.

Minnie resta silencieuse.

— Je t'en prie, Minnie, insista Jaye. Fais un effort. Si tu pouvais te rappeler...

— Je peux pas, je te dis !

La voix de la fillette se fit plus aiguë.

— Je veux pas !

Le cœur de Jaye se mit à battre très fort. Quand Minnie se mettait dans cet état, elle s'enfuyait. Le visage pressé contre la porte, elle reprit :

— Excuse-moi, Minnie. C'est bon. Si tu n'as pas envie, tu n'es pas obligée de te souvenir. Mais écoute-moi : je te promets que je ne partirai pas sans toi. Jamais.

De l'autre côté du battant, elle entendait une respiration forte et irrégulière.

— Tu m'abandonneras pas, c'est vrai ?

— Vrai de vrai.

— J'ai envie de te croire, mais j'ai peur.

— Je sais, Minnie. Pourtant il faut que tu me fasses confiance. Quand je m'échapperai, je t'emmènerai avec moi.

Minnie se calma, et elles parlèrent un moment — de ce qu'elles feraient quand elles seraient libres, des endroits où elles iraient. Jaye affirma à Minnie qu'elles resteraient ensemble — et elle se jura de tenir sa promesse, même si elle ignorait comment elle s'y prendrait. Avant, toutefois, elle avait besoin de son aide.

— Minnie, chuchota-t-elle, il faut que tu nous trouves un moyen de sortir d'ici. Il doit bien y avoir...

— Je peux pas ! Il s'en apercevra et se mettra en colère. J'aime pas quand il est en colère.

— Qu'est-ce que ça peut faire, si on n'est plus là ? Il ne pourra plus nous faire de mal, quand on sera parties ! Tu comprends ?

— Oui... je crois. Mais il cache la clé de ta porte. Il veut pas que je sache où elle est.

Jaye adoucit son intonation.

— Il y a peut-être un autre moyen. Tu pourrais partir sans moi, aller chercher de l'aide et demander qu'on revienne...

— Non ! Je partirai pas sans toi, jamais !

— Ecoute : je sais qu'il y a un téléphone, je l'ai entendu sonner. Quand il dort, ou quand il est sorti, appelle le 911. Ils viendront, ils sont obligés. C'est la loi. Il faut que tu le fasses, Minnie. Tu...

— Oh, non ! Il arrive !

Jaye se figea.

— Tu es sûre ? C'est peut-être juste...

— Non, c'est lui ! gémit la fillette. Oh ! là ! là ! Il sait que je suis ici. Qu'est-ce qu'il va me faire, maintenant ? Je peux pas l'arrêter. Je...

— Eloigne-toi de cette porte !

La voix masculine retentit comme un coup de tonnerre dans l'obscurité. Terrifiée, Jaye recula en rampant.

Un rire fusa, qui avait quelque chose de diabolique.

— Ah ! on t'entend moins, à présent, pas vrai ? *Minnie, il faut que tu trouves un moyen de nous sortir d'ici. Je t'emmènerai avec moi, c'est promis !*

Après ce persiflage moqueur, l'inconnu prit une voix sourde et menaçante :

— Comme si j'allais te laisser l'emmener quelque part. Elle est à moi. Elle fait partie de moi !

Marquant une pause, il ajouta d'un ton plus dégagé :

— Nous sommes inséparables, Jaye. Elle n'ira nulle part. Toi non plus, du reste.

— Mais qu'est-ce que vous me voulez ? s'écria Jaye. Qu'est-ce que vous voulez à Anna ?

— Ça, je suis seul à le savoir. A toi de le découvrir, ma petite. D'ailleurs, cela ne devrait plus tarder, maintenant.

Avec un frisson, Jaye s'écarta encore un peu plus de la porte. « Minnie ! appela-t-elle en silence. Où es-tu ? Est-ce que tu vas bien ? »

Comme si l'homme lisait dans ses pensées, il répondit :

— Minnie la petite souris a détalé. Elle a peur de tout, même de son ombre.

Il se remit à rire.

— Tu croyais vraiment qu'elle pourrait te secourir ? Que tu pourrais obtenir l'aide de quiconque ? Serais-tu idiote à ce point ?

Jaye l'entendit glisser une clé dans la serrure. Un cri s'étrangla dans sa gorge. Elle recula, jetant des regards éperdus autour d'elle à la recherche d'un endroit où se cacher, d'une protection quelconque. Mais au lieu de pénétrer dans la pièce, son ravisseur se borna à ouvrir la chatière. Un morceau de papier tomba par terre.

Jaye le fixa un instant sans bouger. Puis, le cœur serré, elle s'en approcha avec précaution. Un autre cri muet lui monta aux lèvres quand elle vit de quoi il s'agissait.

Le message qu'elle avait écrit avec son sang.

— Si tu ne fais pas tout ce que je te dis, reprit alors l'homme, je m'en prendrai à Minnie, c'est clair ?

Elle acquiesça dans un murmure, et il poursuivit :

— Le moment est presque arrivé ; le moment où ton amie Anna et moi allons nous rencontrer.

— Non ! Je vous en supplie ! Laissez Anna tranquille. Elle ne vous a rien fait.

— Que sais-tu des crimes et des péchés qu'elle a commis ? Tu n'en sais rien ! Absolument rien !

Comme la voix de l'inconnu grimpait soudain dans les aigus, elle se fit irréelle. Et effrayante.

— Tu n'es qu'une pauvre petite idiote ! Tu n'existes pas !

La chatière s'ouvrit de nouveau. Un tube de rouge à lèvres tomba sur le sol, suivi d'une feuille de papier.

— Scelle-moi ça d'un baiser et rends-le-moi, ordonna l'homme.

C'était une lettre, constata Jaye. Adressée à Anna. Une lettre rédigée d'une écriture puérile par sa jeune admiratrice, Minnie.

Elle avait un but très simple : piéger Anna, la faire sortir de sa cachette pour l'attirer dans les filets de ce fou. Et il allait lui faire du mal. Peut-être même la tuer.

— Non ! hurla Jaye en serrant les bras autour de sa taille. Je ne ferai rien ! Vous êtes un monstre ! Jamais je ne vous aiderai !

— Obéis, ou c'est Minnie qui va avoir des problèmes.

Marquant une pause, il laissa le temps à ses paroles de faire leur chemin, avant d'ajouter :

— Scelle cette lettre d'un baiser. Tout de suite !

Au comble du désespoir, Jaye appliqua le rouge sur ses lèvres, les pressa sur la feuille et repassa la lettre par la chatière.

— Arrêtez ! supplia-t-elle. Laissez-nous partir, Minnie et moi. Laissez Anna tranquille. Je vous en prie...

Il l'interrompit, pour lancer d'un ton amusé.

— Tu sais quoi, ma petite ? Le baiser avec lequel tu viens de sceller toi-même cette enveloppe est celui de la mort !

35.

Lundi 29 janvier — 14 heures

Anna contempla fixement la lettre marquée au bas d'un baiser écarlate, et ses mains se mirent à trembler.

Non, se dit-elle, ça n'était pas possible ! Pas Jaye ! Pas elle !

Elle se pencha, tira son sac rangé sous le comptoir et en extirpa son portefeuille. L'ouvrant d'un geste brusque, elle passa frénétiquement en revue les photos qu'il contenait, jusqu'à celle qu'elle cherchait : un portrait en gros plan de Jaye, l'expression rêveuse. La lumière qui tombait de biais sur son visage mettait en relief la cicatrice barrant sa bouche.

Et l'empreinte figurant sur la lettre était identique.

Un gémissement sourd monta à ses lèvres.

— Me revoici, chérie ! annonça Dalton en entrant dans le magasin.

D'un mouvement d'épaule, il se débarrassa de son manteau et le prit sur son bras.

— Ce déjeuner était absolument divin ! La salade aux magrets de canard était plus succulente que tout ce...

Il s'arrêta net.

— Bonté divine, Anna, qu'est-ce qui t'arrive encore ?

La question aurait pu être comique, se dit confusément Anna, tant sa vie semblait en effet se muer en une succession de calamités de plus en plus étranges. Seulement elle n'avait pas envie de rire. Elle était terrifiée.

— C'est Jaye, murmura-t-elle. Il la tient.

— Qui ?

— L'inconnu des lettres de Minnie.

La gorge nouée par les sanglots, elle lui tendit la feuille.

Dalton s'approcha du comptoir et prit la lettre. Il repéra tout de suite ce qu'Anna avait remarqué, et le sang reflua de son visage.

— Tu avais raison, dit-il. A propos de Minnie et de l'individu dont elle parlait. Tu avais raison aussi en affirmant que Jaye n'avait pas fugué. Seigneur ! D'après toi, qu'est-ce qu'il...

Il n'acheva pas sa phrase. C'était inutile : Anna se posait la même question.

Quel genre d'horreurs ce monstre faisait-il endurer à Jaye ?

Dalton semblait au bord du malaise.

— Que vas-tu faire ? demanda-t-il. A mon avis, nous devrions...

— Appeler Malone. Je le fais tout de suite.

Une demi-heure plus tard, munis d'une photo de Jaye et de la lettre, Anna et Malone traversaient le lac Pontchartrain en direction de Mandeville.

Par chance, Anna avait trouvé l'inspecteur au poste de police. Il l'avait rejointe aussitôt. Après un coup d'œil à l'empreinte et à la photo, il lui avait proposé d'aller faire un tour de l'autre côté du lac. Elle avait accepté son offre avec empressement, sachant qu'elle se serait rongé les sangs à attendre les résultats de son enquête.

Depuis les premières questions que lui avait posées Malone, ils ne s'étaient pratiquement plus parlé. Qu'auraient-ils pu dire ? songea Anna, les yeux fixés sur la route et les mains crispées sur ses genoux.

Malone posa une main sur la sienne.

— Il y a un élément positif là-dedans, Anna, je vous assure.

Des larmes montèrent aux yeux d'Anna, qui le dévisagea avec défiance.

— Un élément positif ? Je voudrais bien savoir lequel. Jaye est entre les mains d'un maniaque, d'un pervers et...

Sa voix se fêla, et elle s'efforça de se ressaisir.

— ... elle a disparu depuis onze jours sans que personne ne la cherche ! reprit-elle. Vous ne pouvez imaginer ce que je ressens. C'est horrible. J'ai si peur pour elle...

— *Vous* l'avez cherchée, vous, Anna.

Malone lui serra brièvement les doigts, puis ramena sa main sur le volant.

— Vous ne l'avez jamais laissée tomber. A aucun moment vous n'avez renoncé.

— J'aurais pu... j'aurais *dû* faire plus.

— Et que pouviez-vous faire d'autre ? Vous êtes allée voir ses parents adoptifs, son assistante sociale, la police. Vous avez parlé à ses amis, essayé toutes les pistes. Où auriez-vous pu encore vous tourner, Anna ?

Il avait raison, bien sûr. Cela n'enlevait toutefois rien au fait que ses efforts avaient été insuffisants.

— J'ai continué à vivre comme si de rien n'était, murmura-t-elle. Je n'aurais pas dû. Je... je me sens si fautive !

— Je sais, mais il ne faut plus y penser. Ce ne sont pas vos remords qui aideront Jaye.

De nouveau, Malone se tourna vers elle.

— Et si je vous parlais de l'élément positif que j'évoquais ? Il me semble que cela vous remonterait un peu le moral.

Anna se tourna vers lui.

— Un peu ? C'est un euphémisme ! Alors, qu'est-ce que vous attendez, inspecteur ?

Il esquissa un sourire.

— La bonne nouvelle, c'est que nous avons une piste. Quelque chose qui peut nous permettre d'avancer. Du concret.

— Je suis bouleversée, vraiment.

Devant son sarcasme, Malone haussa un sourcil.

— Comparez notre situation actuelle à celle d'hier à la même heure. Ou même à ce matin. Pour élucider une affaire, il faut commencer par suivre une piste — et une seule. Si tout se passe comme je l'espère, le type de la boîte postale va se mettre à table et l'adresse qu'il nous fournira conduira directement à Jaye.

— Et s'il ne se met pas à table ?

— Nous insisterons.

Alors qu'ils quittaient le pont, Malone se tourna vers Anna et la regarda droit dans les yeux.

— Je ne laisserai pas tomber, Anna. Nous trouverons Jaye, aujourd'hui ou un autre jour, mais nous la trouverons. Je vous le promets.

Peu après, sous la pression de la police, le gérant de la boutique Courrier et Copie vida effectivement son sac sans trop résister. La boîte postale était louée à un certain Adam Furst, demeurant Lake Street à Madisonville.

Madisonville était une petite bourgade située à une dizaine de kilomètres à l'ouest de Mandeville. Charmante enclave sur la rivière Tchefuncte, l'endroit était devenu depuis quelques années un lieu branché avec ses manoirs victoriens rénovés, ses restaurants de fruits de mer, ses terrasses de cafés et ses propriétés cossues qui se succédaient au bord de l'eau.

L'adresse d'Adam Furst, toutefois, ne correspondait à rien de tout cela. Elle conduisit Anna et Malone à une maison mitoyenne passablement décrépite, dans une rue que les jeunes cadres de La Nouvelle-Orléans, nombreux à fuir l'agitation et l'insécurité de la ville pour le calme de l'arrière-pays cajun, n'avaient pas encore découverte.

Malone arrêta sa Bronco devant le bâtiment, coupa le moteur et se tourna vers Anna.

— Je préférerais que vous attendiez ici.

Comme elle ouvrait la bouche pour protester, il lui intima le silence.

— En d'autres termes : vous m'attendez ici. Compris ?

De mauvaise grâce, Anna opina de la tête et le regarda suivre l'allée mal entretenue jusqu'au porche à moitié en ruine. Il sonna, attendit, puis frappa. Après quoi, se tournant vers elle, il lui indiqua d'un signe qu'il comptait faire le tour par-derrière.

Dès qu'il eut disparu, Anna descendit de voiture. Elle était incapable de rester assise là sans bouger. Si Jaye était dans cette maison, elle comptait bien la retrouver.

Les marches et le plancher de bois du perron craquèrent lorsqu'elle posa le pied dessus. Elle rejoignit la porte, sonna et pressa l'oreille contre le battant.

— Je peux vous aider ?

Surprise, Anna sursauta et laissa échapper un petit cri. Faisant volte-face, elle découvrit une femme qui arrivait dans l'allée, les bras chargés de sacs d'épicerie. C'était une minuscule créature aux cheveux gris hirsutes, si maigre qu'elle semblait sur le point de crouler sous son fardeau.

Anna s'avança à sa rencontre.

— Laissez-moi vous aider, proposa-t-elle.

— Merci, répondit la femme d'un ton soupçonneux. C'est qu'ils sont pas légers.

Anna prit quelques sacs, puis suivit la nouvelle venue jusqu'à la porte d'entrée. Elle déverrouilla celle-ci, ouvrit et jeta un coup d'œil méfiant Anna.

— Je reviens. Vous avisez pas de disparaître avec mes provisions.

Secouant la tête, Anna promit de rester. Peu après, la femme vint chercher les autres sacs et disparut de nouveau dans la maison ; elle reparut à l'instant où Malone revenait.

— Je croyais vous avoir dit de ne pas sortir de la voiture, maugréa-t-il.

— C'est qui, lui ? demanda en même temps la femme.

Anna choisit de répondre à cette dernière.

— Un policier, expliqua-t-elle. Nous cherchons votre voisin, Adam Furst.

La femme grogna.

— Z'avez votre plaque ?

Malone lui tendit son insigne. Elle l'examina un instant, puis hocha la tête et reporta son regard sur Anna.

— Je peux pas dire que je sois surprise de vous voir. Pas du tout, même. Ce type, il était bizarre ; j'ai toujours pensé qu'il mijotait quelque chose.

— Pourquoi *était ?* releva Malone. Il n'est plus ici ?

— Ça fait deux ou trois semaines qu'il a déménagé. Sans un mot à personne. Et sans me payer son loyer, par-dessus le marché.

— Vous étiez sa propriétaire ?

— Exact. Cette maison est la seule chose que mon vaurien de mari n'a pas bue — grâce au ciel ! répondit la femme en se signant.

S'efforçant de dissimuler son anxiété, Anna demanda :

— En quoi cet homme était-il bizarre ?

— Il allait et venait à n'importe quelle heure du jour et de la nuit. Surtout la nuit, d'ailleurs. Parfois, je le voyais pas pendant une semaine ou plus. Il parlait pas, il recevait aucune visite. Et il gardait ses volets fermés tout le temps. C'est pas que je me permettrais d'espionner mes locataires, mais...

— Bien sûr, approuva Anna en souriant à la femme.

— Deux ou trois fois, je lui ai offert une bière, histoire d'engager la conversation, voyez ? Eh bien, il a toujours refusé. C'est qu'il était pas aimable, ça non. Il avait quelque chose de désagréable, de méchant, même. A vous coller des frissons.

Anna se frictionna les bras ; elle avait la chair de poule, soudain.

— Quand est-il parti ? interrogea Malone. Vous souvenez-vous de la date ?

La femme acquiesça avec vigueur.

— Si je m'en souviens ! C'était le jour où j'avais prévu de le mettre dehors s'il payait pas. Le 18.

Le jour où Jaye avait disparu.

Le visage exsangue, Anna regarda Malone, qui lui rendit son coup d'œil. Manifestement, il avait tiré la même conclusion qu'elle.

— Est-ce qu'il vivait seul ? demanda-t-il.

— Pour autant que je sache.

Anna s'éclaircit la gorge.

— Il n'avait pas une enfant avec lui ? Une petite fille de dix ou onze ans ?

— Jamais rien vu de tel, répondit la femme. Mais maintenant que vous le dites...

Elle contempla le ciel, les paupières plissées.

— J'ai bien cru entendre pleurer un gamin, quelquefois. Tard la nuit. Sur le moment, j'y ai pas prêté attention. On sait pas bien d'où viennent les bruits, la nuit. Vous pensez que...

— Il va falloir que j'entre dans cet appartement, madame...

— Blanchard. Dorothy Blanchard. Mais tout le monde m'appelle Dottie, par ici.

Malone hocha la tête.

— Bien. Je reviendrai donc cet après-midi avec quelques collègues, Dottie.

Elle le gratifia d'un large sourire, révélant une dent en or.

— Bonté divine ! Z'allez venir prendre les empreintes comme dans un film, avec tout le bataclan ?

— Oui, m'dame. Avec tout le bataclan.

Tournant les talons, Malone s'éloigna rapidement. Anna dut presser l'allure pour le rejoindre.

— Qu'est-ce qu'il a donc fait, ce Furst ? cria Dottie derrière eux. Il a tué quelqu'un ? Braqué une banque ? C'était quoi au juste, cette vermine que j'avais pour locataire ?

36.

Lundi 29 janvier — 22 h 20

Quand Ben s'éveilla, il trouva sa mère en train de le fixer comme cela lui arrivait parfois, le teint gris comme cendre, les lèvres décolorées. Ce genre d'attitude le déconcertait toujours, mais il avait appris à ignorer ces manifestations de sa maladie. Glissant souvent de la confusion mentale à un état normal, les victimes de la maladie d'Alzheimer se laissaient aisément déstabiliser et effrayer.

Comme Ben se redressait, le livre posé sur ses genoux tomba.

— Désolé, maman, murmura-t-il.

Il fit rouler ses épaules, puis se pencha pour récupérer le volume.

— Je suis ridicule de persister à vouloir te faire la lecture à la fin d'une journée de travail. C'est pareil chaque fois : le son de ma propre voix m'endort.

Avec une grimace, il ajouta :

— Si elle produit le même effet sur mes patients...

— Il était ici, dit soudain sa mère. Cet homme.

Complètement éveillé, pour le coup, Ben la scruta avec attention.

— Qui ? Quel homme ?

Elle secoua la tête.

— Ce monstre. Il est venu. Pendant que tu dormais.

Un homme était venu pendant qu'il dormait ?

Ben savait qu'il avait le sommeil lourd, certes, mais la déclaration de sa mère le laissa sceptique. Et pourtant, il discerna dans ses yeux une frayeur authentique.

— Je ne vois pas de qui tu parles, maman. Est-ce quelqu'un que tu connais ? Quelqu'un d'ici ?

Elle se mit à trembler.

— Non. C'est un homme dangereux ; il est très méchant.

— Un homme dangereux ? répéta Ben d'un ton soucieux. Pourquoi est-il méchant ?

— Il veut te faire du mal. Et à moi aussi. Il a dit qu'il allait le faire.

Fronçant les sourcils, Ben se leva. Tous les visiteurs avaient pour obligation de se présenter dès leur arrivée au bureau d'accueil.

— Ne bouge pas, maman. Je vais aller voir l'infirmière de garde.

— Je lui ai dit que tu ne le laisserais jamais me faire du mal. Mais il a ri. Il a dit que tu ne pourrais pas l'empêcher.

Tout en parlant, elle s'agitait. Elle tirait nerveusement sur le devant de son peignoir, triturait une boutonnière.

— Il a dit qu'il était plus fort que toi. Plus puissant.

Sans rien laisser voir de son inquiétude, Ben se pencha vers sa mère pour lui déposer un baiser sur la tête.

— Nous allons éclaircir cette histoire, dit-il avec un sourire rassurant. Reste assise, je reviens tout de suite.

Il sortit de la chambre et se dirigea vers le bureau des infirmières, au fond du couloir. La responsable du service était en train de bavarder avec deux aides-soignantes ; l'une d'elles avait ôté ses chaussures et se massait les pieds.

— Bonsoir, mesdames, leur dit Ben. J'ai une petite question à vous poser : quelqu'un est-il venu voir ma mère ce soir, en dehors de moi ?

Comme elles semblaient perplexes, il leur expliqua la situation :

— Je me suis assoupi en lui faisant la lecture. Elle prétend qu'un homme est entré dans sa chambre pendant que je dormais et l'a menacée.

— Un pensionnaire ?

— Non. D'après elle, ce n'était pas quelqu'un d'ici.

Les trois femmes se consultèrent du regard. Wanda, l'infirmière de garde, secoua la tête.

— Personne n'est entré dans le service ou n'en est sorti depuis 20 heures.

Pensif, Ben pinça les lèvres.

— Et durant ces dernières semaines ? Elle paraît convaincue que cet homme est déjà venu.

— Je vais vérifier sur le registre.

Wanda se leva, gagna le comptoir et prit le livre où toutes les entrées étaient notées, avec le nom du visiteur et celui du résident concerné. Durant quelques minutes, elle passa les colonnes en revue, remontant de page en page.

— La semaine dernière, le Père Ray est venu la voir. La veille, c'était le Dr Levine. Juste avant, deux jeunes filles étaient passées — des bénévoles du Sacré Cœur.

Elle feuilleta encore deux ou trois pages, puis s'arrêta.

— En deux semaines, ce sont les seuls visiteurs que votre mère a reçus en dehors de vous. Ah ! oui, elle s'est fait coiffer, aussi. Lundi dernier, par Shelley.

Ben se rembrunit.

— Elle semble bouleversée. En fait...

Il fut interrompu par un bruit de casse en provenance du bout du couloir. Puis une plainte aiguë se fit entendre. Il se tourna vivement dans cette direction, avant de jeter un regard alarmé à Wanda.

— C'est ma mère !

En un éclair, l'infirmière contourna le comptoir, et ils se précipitèrent ensemble dans le couloir.

Ils trouvèrent la mère de Ben assise par terre, près de son lit. Les genoux remontés contre sa poitrine, elle se balançait en pleurant.

— J'ai essayé de l'arrêter ! s'écria-t-elle en voyant son fils. J'ai essayé. Regarde !

Elle indiqua un coin de la pièce. Elle avait lancé contre la commode un vase qui avait fait choir tout ce qui se trouvait dessus : ses affaires de toilette, des photos encadrées, une figurine de porcelaine. C'était le bruit qu'ils avaient entendu.

Ben la rejoignit, s'accroupit près d'elle et la prit dans ses bras. Elle tremblait de tous ses membres, désespérée, aussi frêle qu'un oisillon.

— Je comprends, maman, murmura Ben d'une voix rauque. Tout va bien, maintenant. Ne t'inquiète pas, tu n'as plus rien à craindre.

Une demi-heure plus tard, Ben traversait le parking de la clinique pour rejoindre sa voiture. Il leva les yeux vers le ciel noir et soupira, le cœur lourd et douloureux. C'était dur de voir sa mère dans cet état ; dur de la voir décliner aussi vite.

Il était en train de la perdre. Un jour, qui n'était sans doute pas très éloigné, elle ne le reconnaîtrait plus quand il viendrait la voir. Son univers ne serait plus peuplé que d'étrangers — des gens qui la soigneraient et d'autres qui la menaceraient, comme ce soir.

Pourquoi elle ? se demanda-t-il. Elle avait travaillé dur toute sa vie pour lui donner un vrai foyer, une enfance normale, bien qu'il n'ait pas de père, et pour qu'il se sente aimé. Cette femme n'avait pas seulement été sa mère : elle avait été, aussi, une amie, qui l'avait toujours fidèlement soutenu. Elle ne méritait pas ce qui lui arrivait.

La gorge serrée, Ben soupira. Quelques années plus tôt, il avait perdu son oncle. Ils n'étaient pas très proches, mais c'était quelqu'un de la famille. Quand sa mère mourrait à son tour, il se retrouverait seul. Sans aucune parenté. Personne qu'il puisse considérer comme un *des siens.*

Soudain, il pensa à Anna. Son image envahit son esprit et ses sens, et lui rendit le sourire. Il l'avait appelée, l'autre matin, juste après le départ de l'inspecteur Malone. Il lui avait dit qu'on s'était introduit chez lui pour lui laisser ce paquet.

La nouvelle avait ébranlé la jeune femme. Elle s'était même fâchée. Pas contre lui. Contre la situation. Promettant de faire son possible pour découvrir lequel de ses patients était coupable, il l'avait informée de ce qu'il avait découvert jusque-là.

Depuis, il ne lui avait plus parlé. Elle lui manquait.

Il consulta sa montre et constata à regret qu'il était trop tard pour l'appeler. Dommage. Il aurait aimé bavarder avec elle et évoquer sa mère. Lui confier ce qu'il ressentait. Elle aurait compris, il le savait Elle comprenait toujours tout.

Il était en train de tomber amoureux d'elle. Cela paraissait impossible — ils ne se connaissaient que depuis deux ou trois semaines. Et pourtant, c'était vrai. Cela le rendait à la fois euphorique et inquiet ; il avait envie de courir se mettre à l'abri, tout en ayant l'impression de flotter sur un petit nuage.

Lorsqu'il atteignit sa voiture, il aperçut un prospectus glissé sous l'essuie-glace, du côté du conducteur. Il l'arracha et se figea.

Ce n'était pas un prospectus mais un message rédigé à la main :

« Tu es en train de tomber amoureux d'elle. Elle va mourir cette nuit. »

Il sembla à Ben que son sang se glaçait dans ses veines. La peur le prit brusquement à la gorge et il se mit à transpirer abondamment.

Pas Anna. Non, pas elle.

Il déverrouilla sa portière et se glissa sur son siège. Tout en tournant la clé de contact, il chercha son téléphone portable, et tandis que le moteur vrombissait, il composa nerveusement le numéro d'Anna.

La sonnerie retentit une fois. Deux fois. Trois fois. Le cœur tambourinant dans sa poitrine, Ben attendit en comptant les sonneries et en priant. Anna ne décrocha pas. Son répondeur ne se déclencha pas non plus.

Il se passait quelque chose. Quelque chose de terrible.

Elle va mourir cette nuit.

Pestant entre ses dents, Ben accéléra et quitta le parking en trombe. L'arrière de sa voiture dérapa, et une gerbe de gravier vola sous ses roues. Il devait à tout prix la prévenir. La protéger. Si elle n'était pas chez elle, il monterait la garde devant sa porte jusqu'à son retour. Il ne laisserait pas ce maniaque toucher à un cheveu de sa tête. Et si jamais cela arrivait, il mettrait ce cinglé en pièces. Il le démolirait. Cela, il en faisait le serment.

37.

Lundi 29 janvier — 23 h 50

Anna émergea d'un profond sommeil. Elle ouvrit les yeux et éprouva aussitôt une terreur sans nom. Sa lampe de chevet était éteinte, sa chambre plongée dans une obscurité totale. Elle observa les recoins de la pièce, les endroits où l'ombre était la plus dense et la plus impénétrable, et son imagination s'emballa, engendrant des monstres dont elle connaissait les noms.

Ou plutôt le nom.

Kurt.

Paralysée par la peur, elle resta allongée dans une inertie complète, l'oreille aux aguets, le cœur battant à se rompre. Le silence, assourdissant, grondait autour d'elle comme un océan déchaîné. Rassemblant le peu de sang-froid qui lui restait, elle tourna la tête vers la table de nuit où brillait doucement le cadran lumineux du réveil. Minuit. Ou presque.

Quelque part dans l'appartement, un bruit se fit entendre. Un bruit indéfinissable. Dont elle ignorait l'origine.

Elle n'était pas seule.

Sa terreur prit forme, soudain, s'abattit sur elle comme une chape de plomb. Sous ce poids qui la faisait suffoquer, elle dut batailler pour respirer. Elle se mit à transpirer, son pouls s'affola. Elle ferma les yeux afin de se concentrer sur son propre souffle — inspirer, expirer... —, s'efforçant à chaque expiration de reprendre le contrôle de son organisme, de l'arracher à l'emprise de la peur.

Enfin, son corps réagit. Le plus doucement possible, elle se tourna sur le côté et tendit la main vers son téléphone mobile.

Il n'était pas là.

Elle se souvint. Peu avant de se coucher, elle avait répondu à un appel de Dalton. Elle avait emporté l'appareil dans la salle de bains et l'y avait laissé.

Un cri monta dans sa gorge. Elle le retint, se débattant contre un sentiment qu'elle savait irrationnel. Ce qui lui arrivait cette nuit n'était pas différent de ce qui s'était passé ces centaines d'autres nuits où elle s'était réveillée de la sorte, persuadée que Kurt l'avait retrouvée.

Il n'en était rien. Comme toutes les autres fois, un rêve l'avait arrachée à son sommeil. Un souvenir atroce, une ancienne terreur. Surgi des profondeurs du passé, mais bien vivantsdans sa mémoire.

A présent, il lui suffisait de sortir du lit. D'aller jusqu'à la salle de bains récupérer le téléphone. Ensuite, elle se sentirait en sécurité. Elle se rendormirait et tout irait bien.

Anna rabattit les couvertures, s'assit et bascula les jambes sur le côté du lit. Sous ses pieds nus, le sol glacé la fit frissonner.

Il n'était pas si froid, d'habitude. Elle jeta un coup d'œil vers la porte-fenêtre qui donnait sur le balcon, au-dessus de la cour. Le rideau frémit. Elle contempla fixement l'étoffe fine et légère. Le frémissement se reproduisit, suivi d'un courant d'air froid et humide qui lui caressa les orteils, s'enroula autour de ses chevilles.

La porte-fenêtre était ouverte.

Avec un hurlement de terreur, elle s'élança vers la porte de sa chambre.

Elle allait l'atteindre quand le battant se referma violemment. Des bras musclés la saisirent par-derrière, l'un encerclant sa taille, l'autre, sa gorge.

L'intrus l'attira contre lui et la traîna ainsi, à reculons, vers le lit.

Le bras qui enserrait son cou accrut sa pression, l'empêchant de respirer. Elle s'y cramponna des deux mains, les doigts crispés comme des serres. Des points lumineux se mirent à danser devant ses yeux.

Affaiblie par le manque d'oxygène, elle se débattit néanmoins de son mieux, à coups de pied et de griffes.

L'étreinte se relâcha imperceptiblement.

Alors qu'elle emplissait autant qu'elle pouvait ses poumons, une brutale poussée dans le dos la projeta à plat ventre sur le lit. En un éclair, son agresseur fut sur elle, une main appuyée sur sa nuque, un genou enfoncé au creux de ses reins pour l'immobiliser. Il lui déchira ses vêtements de nuit avec frénésie, une énergie bestiale, ponctuant ses gestes de grognements gutturaux.

Une litanie de prières, de supplications et de dénégations tournait désespérément dans la tête d'Anna. Il voulait la violer. De la même façon que les autres femmes avaient été violées. Puis il la tuerait. Comme les deux autres femmes avaient été tuées.

Des rousses — comme elle.

Le dos de sa chemise céda. Ce bruit d'étoffe qui se déchirait lui fit l'effet d'une lame sectionnant ses nerfs à vif. Anna se mit à sangloter éperdument, à pleurer. Il s'attaqua ensuite à sa culotte, tirant sur l'élastique de la ceinture qu'il arracha d'un seul coup.

Simultanément, il la retourna sur le dos et lui écarta les jambes. Anna découvrit qu'il portait un masque, un de ces masques livides et sans expression qu'affectionnent les fêtards de Mardi Gras. Elle distingua son sourire, le plaisir évident que lui procuraient sa terreur et sa souffrance. Elle perçut en lui le Mal absolu.

— Que tu sois prête ou non, grommela-t-il, me voici.

Anna eut alors la sensation que le temps basculait. Elle était ramenée vingt-trois ans en arrière.

Timmy gisait, inerte, sur le lit de camp. C'était son tour, maintenant. Kurt pivotait et s'approchait d'elle, des cisailles à la main, grimaçant un sourire glacial.

— Que tu sois prête ou non, me voici.

Cette fois, le hurlement qui prit naissance au plus profond de son être parvint à franchir sa gorge. Il déferla à travers la chambre, se répercuta de mur en mur dans les ténèbres. Un autre le suivit, puis un autre encore. Son agresseur se figea. Son visage masqué bougea légèrement, et pour la première fois, il regarda Anna droit dans les yeux. Les siens étaient orangés. Semblables à ceux d'un tigre. Ou d'un démon.

Anna hurla de nouveau. L'inconnu s'écarta d'un bond et disparut par où il était venu — la porte-fenêtre, le balcon et la cour au-dessous.

Sans cesser de hurler, ses cris stridents, incontrôlables, évoquant le son d'une sirène d'alarme déréglée, elle glissa à bas du lit, quitta la chambre en courant et se précipita jusqu'à la porte d'entrée qu'elle ouvrit à la volée, oubliant qu'elle était nue.

Dalton était là, sur le palier. Anna se jeta éperdument dans ses bras.

38.

Mardi 30 janvier — 0 h 45

Quarante minutes plus tard, Anna était pelotonnée sur son canapé, une tasse de tisane brûlante au creux des mains ; elle claquait des dents. Dalton était assis près d'elle et Bill montait la garde derrière eux. Les deux hommes arboraient une mine sinistre.

Dans la chambre, Malone et deux autres inspecteurs s'affairaient, accompagnés de spécialistes dans la recherche d'indices. Ils allaient relever les empreintes, avait expliqué Malone, et chercher toute autre trace éventuelle de l'agresseur d'Anna.

Malone était arrivé le premier, quelques minutes après l'appel de Dalton. Toujours sous le choc, Anna lui avait expliqué tant bien que mal ce qui s'était passé ; comprenant la gravité de la situation, il avait aussitôt appelé du renfort.

Anna baissa les yeux sur sa tenue, composée d'un pull appartenant à Dalton et d'un caleçon qu'il était allé chercher pour elle dans sa commode. Puis elle jeta un coup d'œil vers l'entrée de sa chambre, où sa chemise de nuit déchirée traînait sur le sol, avec sa culotte, tombée plus près du lit.

Nue. Elle était complètement nue quand elle s'était ruée hors de chez elle pour s'effondrer dans les bras de Dalton. Un inconnu lui avait arraché ses vêtements, l'avait touchée, avait tenté de pénétrer par la force son intimité.

Elle avait échappé au viol. Ses prières désespérées avaient été exaucées. Mais retrouverait-elle un jour un sentiment de paix et de sécurité ?

Anna frissonna et un gémissement involontaire franchit ses lèvres. Comme s'il devinait ses pensées, Dalton lui passa le bras sur l'épaule et l'étreignit avec douceur et gentillesse. Il l'observa sans rien dire. Toute parole était superflue. L'affection et l'inquiétude que contenaient ses yeux étaient suffisamment éloquentes.

Malone sortit de la chambre en compagnie de ses collègues. En croisant son regard, Anna se sentit aussitôt apaisée, rassurée. Il lui sembla que tant qu'il serait là, rien de mal ne pourrait lui arriver. Elle aurait voulu se lever, se réfugier dans ses bras pour qu'il la garde contre lui.

Il l'envelopperait de sa chaleur, elle ne craindrait plus rien.

Sans détacher les yeux des siens, il s'approcha et s'assit devant elle sur ses talons, les mains posées sur ses genoux.

— Ça va ?

Elle opina de la tête, alors qu'en réalité, ça n'allait pas bien du tout. Loin de là.

— Bon.

Il désigna les autres inspecteurs.

— Agnew et Davis vont passer l'immeuble et les parages au peigne fin. Ils vont sonner chez les gens, voir si quelqu'un a vu ou entendu quelque chose.

Anna hocha encore la tête et observa machinalement les mains de Malone, de belles mains aux doigts longs et carrés, aux ongles impeccables. Des mains à la fois raffinées et solides, à l'image de l'homme, songea-t-elle.

— Votre agresseur s'est introduit par le balcon, reprit-il. Il a dû franchir le mur de la cour, puis grimper jusque chez vous. Il a brisé un carreau de la porte-fenêtre, passé la main à l'intérieur et tiré le verrou.

— C'était bien la peine de se donner tant de mal ! maugréa Dalton.

Quentin tourna les yeux vers lui.

— C'est vous qui avez installé ce verrou ?

— Je l'ai fait installer, précisa-t-il. Après l'incident du petit doigt, j'ai fait équiper toutes les ouvertures donnant sur la cour.

— Et j'avais fait changer ma serrure, murmura Anna. On ne peut pas dire que ça m'ait servi à grand-chose.

— J'ai quelques questions à vous poser, dit Quentin en revenant à elle. Vous pensez pouvoir tenir le coup ?

— Oui, je crois.

— Bien.

Il tira son carnet à spirale de la poche de sa veste.

— Allons-y. Vous allez me dire tout ce dont vous vous souvenez, même si cela vous semble complètement hors de propos. D'accord ?

Anna acquiesça, puis commença son récit d'un ton mal assuré. Elle raconta comment elle s'était réveillée dans l'angoisse, avait cherché à se calmer, s'était aperçue que la porte-fenêtre était ouverte.

— Alors j'ai couru vers la porte...

Sa voix se mit à trembler.

— C'est là qu'il m'a attrapée... Il m'a tirée en arrière, pour me ramener...

— Où, Anna ? Jusqu'au lit ?

— Oui.

Dalton la serra contre lui et Bill posa les mains sur ses épaules. Elle exhala un souffle mal assuré, voulut continuer, mais en fut incapable. Les mots obstruaient sa gorge et l'étouffaient tandis qu'elle revivait mentalement la scène, comme si les images d'un film d'horreur, auquel elle ne pouvait se soustraire, défilaient sous ses yeux.

— Anna, murmura Malone d'une voix douce mais ferme. Regardez-moi. Ne regardez que moi.

Elle obéit et de nouveau, cette incroyable sensation de calme l'envahit tout entière.

— Vous êtes en sécurité, maintenant. Je vais vous protéger, reprit-il. Mais j'ai besoin de votre aide. Respirez à fond et dites-moi tout.

Elle réussit à parler cette fois, même si son débit, tour à tour précipité ou horriblement lent, conférait un certain désordre à ses propos. Sans quitter un instant le regard de Malone, elle raconta comment l'homme avait déchiré ses vêtements et comment elle avait hurlé en comprenant qu'il allait la violer.

— Vous étiez toujours à plat ventre sur le lit ?

— Non. Il... il m'a retournée.

— Vous avez vu son visage ?

Elle fit signe que non.

— Il portait un masque, un masque de carnaval. Mais j'ai vu ses yeux. Ils étaient orangés.

Quentin fronça les sourcils.

— Orangés ?

— Je sais que ça a l'air bizarre. Pourtant, c'est vrai, je vous assure.

Elle rouvrit la bouche pour continuer, puis la referma et serra ses lèvres tremblantes.

Que tu sois prête ou non, me voici.

Elle n'avait plus prononcé ces mots à voix haute depuis vingt-trois ans. Depuis ce jour où elle s'était retrouvée face à des agents du FBI, enfant traumatisée qui se cramponnait à ses parents.

— Continuez, Anna. Dites-moi tout.

Elle inspira pour se donner du courage.

— C'était Kurt, Quentin. C'était lui.

Dalton étreignit ses doigts.

— Anna ! Voyons, chérie...

— C'était lui !

Par-dessus son épaule, elle jeta un coup d'œil à Bill, cherchant un allié.

— C'était lui, j'en suis sûre. Sa voix, ce qu'il...

— Pardon, inspecteur.

Visiblement contrarié, Malone tourna la tête vers la chambre. Les hommes de la criminelle venaient d'en sortir.

— Quoi ?

— On a terminé, annonça Agnew. Si vous n'avez rien d'autre à nous demander, nous rentrons au labo.

— Allez-y. Appelez-moi dans la matinée.

— Entendu.

Les enquêteurs traversèrent la pièce sans un regard pour Anna. Lorsqu'ils furent sortis, Malone reporta son attention sur elle.

— Parlons un instant de ce qui s'est passé ensuite.

Il consulta brièvement ses notes.

— Vous avez donc hurlé, votre agresseur a pris peur et s'est échappé par le balcon qu'il a enjambé. C'est ça ?

Elle confirma d'un signe de tête.

— Ensuite, vous avez couru de votre chambre à la porte d'entrée. Vous l'avez ouverte brutalement et Dalton se trouvait derrière, en train d'attendre. Exact ?

Avant qu'elle ait pu répondre, l'intéressé protesta avec virulence :

— Je n'attendais rien du tout ! Je revenais de promener nos chiens, Judy et Boo. J'avais ouvert ma porte et je me penchais pour ôter leur laisse aux bébés, quand...

— ... il a entendu Anna qui hurlait, compléta Bill.

— Exactement.

Malone regarda Bill.

— Et vous, où étiez-vous ?

— Je regardais la télé. Dans l'appartement.

— Vous laissez toujours votre copain sortir seul avec vos... bébés ?

Bill se raidit. Embarrassée, Anna implora son pardon du regard.

— Ce n'est pas mon habitude. Mais on donnait *Mystères et Scandales* et...

— C'est son programme préféré, intervint Dalton. Et ça m'était complètement égal de sortir seul — Bill m'a rendu la pareille des centaines de fois.

Malone scrutait Bill sans discontinuer.

— *Mystères et Scandales*... ça passe sur E ! TV, non ?

— Si, admit Bill, le maintien figé.

Mal à l'aise, Anna s'agita sur son siège.

— C'est une excellente émission, ajouta Bill.

— Un vrai régal pour l'esprit.

Souriant, Malone reporta les yeux sur Anna.

— C'est bien la chaîne qui a retransmis l'interview de votre mère ?

Le cœur d'Anna battait à grands coups sourds. Elle voyait parfaitement où il voulait en venir et cela ne lui plaisait pas du tout. Sans doute Dalton eut-il la même impression, car il déclara, les joues écarlates :

— Seriez-vous en train de suggérer que Bill...

— Je ne suggère absolument rien, coupa Quentin, impassible. J'essaie simplement de me faire une idée précise de ce qui s'est passé ici cette nuit. Cela pose un problème ?

— Bien sûr que non, répondit Bill d'un ton sec. J'aime beaucoup Anna ; je ferai tout mon possible pour l'aider.

— Moi aussi ! renchérit Dalton, l'air pincé.

— Je vous en suis reconnaissant, commenta Malone.

Et de nouveau, il dévisagea Anna.

— J'aimerais vous parler en privé. C'est possible ?

Elle hésita.

— Dalton et Bill sont mes meilleurs amis. Je n'ai rien à leur cacher.

— Je n'en doute pas, mais je me vois quand même dans l'obligation d'insister.

Il considéra les deux hommes.

— Vous comprenez, les gars, n'est-ce pas ?

Ils n'en avaient pas l'air.

— Malone..., commença Anna en fronçant les sourcils.

Dalton lui serra doucement les mains avant de se lever.

— C'est bon, Anna. Notre ami doit faire son boulot. Appelle-nous, d'accord ?

Se penchant, Bill lui effleura les cheveux d'un baiser.

— Nous ne sommes pas loin. Je peux dormir sur ton canapé, si tu veux.

— A moins que tu viennes dormir sur le nôtre, précisa Dalton. En tout cas, tu peux compter sur nous, ma chérie.

Elle les remercia et les regarda partir avec un terrible sentiment d'abandon. Malone parut s'en rendre compte.

— Vous les rappellerez dès que j'en aurai terminé, lui dit-il. Je voulais seulement que vous vous sentiez complètement libre de répondre aux questions qui vont suivre. Sans témoin.

— Pourquoi ? demanda-t-elle avec circonspection. Vous ne pensez tout de même pas que Dalton ou Bill pourraient me faire du mal ? Je vous donne ma parole qu'ils en sont incapables.

— Vraiment ? Vous en jureriez sur votre propre vie ?

Anna hésita une fraction de seconde et sentit son visage qui s'embrasait.

— Parfaitement ! J'en jurerais sur ma vie. J'aimerais bien que vous leur fichiez la paix.

— Désolé, Anna, mais je n'en ai pas le droit. Il faut d'abord que les faits me prouvent qu'ils sont bien ce qu'ils ont l'air d'être.

Elle soutint son regard sans ciller.

— Ils le sont.

— Vous affirmez donc que ce n'est pas Bill qui est entré dans votre chambre tout à l'heure ?

— Bill ?

Une envie de rire irrésistible s'empara d'Anna.

— Je vous en prie !

— Vous n'avez pas répondu à ma question. En êtes-vous certaine ?

— Sûre et certaine.

— Aussi certaine que vos parents, quand ils affirmaient que la nurse ne pouvait pas être impliquée dans votre enlèvement ?

Elle en eut le souffle coupé.

— Arrêtez. N'essayez pas de m'effrayer.

— Bill est physiquement en pleine forme. Il fait de la musculation ?

— Oui. Et il court.

Frissonnante, Anna se frictionna les bras.

— C'était un athlète, à la fac, précisa-t-elle. Sprint et saut d'obstacles.

— Ah oui ? Quel âge a-t-il ?

— Trente-huit ans.
— Il n'a plus la vingtaine, c'est sûr, mais il est bien conservé.
— Vous vous trompez, Malone ! lança Anna en se passant les bras autour de la taille. Je le sais.
— Réfléchissez, Anna. Dalton se tenait sur votre palier. Pourquoi ?
— Il venait de sortir Judy et Boo, il vous l'a dit.
— Avez-vous vu les chiens ? Tenait-il leur laisse à la main ?
Elle ne s'en souvenait pas. Elle ferma les yeux, cherchant à se remémorer la scène. Judy et Boo étaient d'affreux petits roquets qui aboyaient et ne mordaient pas. Qui aboyaient beaucoup. Elle ne se rappelait pas les avoir entendus, mais cela ne voulait pas dire qu'ils n'étaient pas là.
— Je ne sais pas, dit-elle enfin. J'étais en état de choc. Je hurlais. Je ne me souviens pas.
— Quand Bill est-il arrivé ?
— Quelques minutes plus tard.
— Combien ?
— Je n'en sais rien. Deux ou trois.
— Dalton l'a-t-il appelé ?
Elle fit signe que non.
— L'immeuble est petit. Les bruits portent
— D'autres personnes se sont-elles montrées ? Des voisins ?
— Quelques-uns. Bill leur a demandé de partir.
— A quel moment vos amis ont-ils appris la vérité sur votre passé ?
— Le même jour que tout mon entourage. Ils ont reçu un de mes romans et un message concernant l'émission sur E ! TV.
— En êtes-vous certaine ?
— Mais oui !
Anna se mit à trembler violemment.
— Pourquoi cette question ? Qu'avez-vous derrière la tête ?
— Rien. Pour l'instant.
Quentin consulta encore ses notes, puis releva les yeux.

— Quelle a été la réaction de Bill et de Dalton en apprenant que vous étiez Harlow Grail ?

— Ils ont été surpris. Compatissants. Ils étaient inquiets pour moi et préoccupés par la situation.

Regardant Quentin bien en face, Anna ajouta :

— Je leur ai été reconnaissante de leur soutien. Je le suis encore.

— Je comprends.

Il griffonna quelques notes dans son carnet, le ferma et le remit dans sa poche. Après quoi il se leva.

— Vous devez être très prudente, Anna. Assurez-vous que toutes vos portes et vos fenêtres ferment bien. Ne sortez pas seule le soir. Evitez d'être distraite, surveillez toujours les lieux où vous vous trouvez et ce qui se passe autour de vous.

— J'ai peur, avoua-t-elle.

— Je sais.

L'expression de Malone s'adoucit.

— Mais ne vous inquiétez pas. Tout ira bien.

— Avez-vous une intuition ? Une idée de l'individu qui...

— Non, pas encore.

Malone observa un bref silence.

— Il peut s'agir d'un acte gratuit, commis au hasard. Ou bien l'inverse.

— Les deux femmes qui ont été tuées... celles qui...

Anna, qui se tordait machinalement les mains, inspira à fond.

— Elles étaient rousses ?

— Oui.

— Vous croyez qu'il pourrait s'agir du même homme...

— Celui qui s'est introduit chez vous ce soir ? La méthode est différente, mais je n'élimine pas cette hypothèse.

— A cause de mes cheveux.

— Oui.

Le silence retomba. Malone toussota discrètement.

— Bon, j'ai fini. Si vous voulez appeler quelqu'un pour vous tenir compagnie, j'attendrai...

— Non, ça va.

Un instant, Anna examina ses mains crispées.

— Je ne peux pas demander à mes amis de jouer les baby-sitters, murmura-t-elle.

Malone s'accroupit de nouveau devant elle et l'observa avec sympathie.

— Vous avez le droit de flancher, Anna. De ne pas être forte tout de suite. Accordez-vous un peu de temps.

— Combien ? répliqua-t-elle, la vision troublée. Vingt-trois ans ?

Il lui posa une main à plat sur la joue.

— Je suis navré, Anna. Sincèrement.

Ce contact électrisa Anna. Elle inclina la tête pour mieux absorber sa caresse, irrésistiblement attirée par la chaleur de sa paume, le réconfort qu'il lui offrait. Durant plusieurs battements de cœur, elle ne dit rien, ne bougea absolument pas. Elle en était incapable.

Malone demeura aussi immobile qu'elle.

Imperceptiblement, Anna commença à discerner son odeur, celle de son savon, celle de sa peau. Des effluves masculins, épicés. Elle s'avisa aussi que sa propre respiration s'était accélérée, que ses sens s'éveillaient. Soudain, son cerveau opéra un étrange revirement. Elle ne songea plus à l'horreur de ces dernières heures, mais à ce que les prochaines pourraient lui apporter. Elle oublia sa terreur d'être possédée de force pour envisager le plaisir d'une union librement consentie. D'un acte de vie, de renaissance — celui qu'un homme et une femme célébraient en s'accouplant de la façon la plus naturelle au monde.

C'était ce qu'elle désirait. Renaître. Se sentir aimée, chérie.

Elle voulait oublier.

Ces pensées la sidérèrent. Elle ne pouvait quand même pas penser au sexe maintenant, alors qu'elle venait d'être agressée ?

Si, elle le pouvait. En réalité, elle brûlait de faire l'amour. De se donner à cet homme, de se perdre dans le déferlement d'une passion partagée.

Avec Quentin Malone, elle se sentait en sécurité. Protégée. Ne fût-ce qu'une heure, il lui ferait oublier que le démon en personne était venu chez elle.

— Anna ?

Il avait murmuré son prénom ; un murmure qui évoquait une prière, une incantation. Une invite.

Sans rien dire, elle prit le visage de Malone entre ses mains et l'embrassa. Légèrement d'abord, puis avec plus de fougue.

Ce baiser, elle en avait eu envie dès qu'elle avait posé les yeux sur lui, se rappela-t-elle. Alors même qu'elle était furieuse contre lui, parce qu'il refusait de l'aider, elle s'était sentie attirée par lui. A ce moment-là, déjà, il avait éveillé ses instincts les plus élémentaires.

— Anna...

Il détacha ses lèvres des siennes.

— Vous avez subi un choc. Vous ne savez pas ce que vous faites.

— Si, je le sais.

Du bout des doigts, elle effleura sa bouche chaude et encore humide de leur baiser.

— Restez avec moi ce soir, Malone. Dans mon lit.

— Demain, vous regretterez...

— Peut-être, coupa-t-elle. Mais regrets ou pas, c'est ce que je veux maintenant.

Elle vit dans ses yeux la bataille qu'il livrait contre lui-même, ce qui força son respect. Elle était heureuse qu'il ne se soit pas jeté sur elle dès ses premiers mots ; cela en disait long sur son compte. Malone était un vrai gentleman. Un peu démodé, peut-être ; avec des principes.

Ces qualités ne lui déplaisaient pas — dans la mesure où elles ne l'empêchaient pas de lui céder.

Elle approcha de nouveau sa bouche de ses lèvres, en effleura les contours de la pointe de la langue, provocante. Puis elle s'écarta et soutint son regard.

— J'ai envie de vous, Malone. Ce que j'éprouve n'a rien à voir avec ce qui s'est passé ce soir. Ce n'est pas la peur de rester seule — pas seulement, en tout cas.

Elle glissa les doigts dans ses cheveux bruns.

— J'ai envie de vous. Vraiment.

Avec un grognement, il capitula. Il la souleva du canapé, s'assit à sa place et l'installa à califourchon sur ses genoux. Elle sentit un violent frémissement la parcourir en constatant qu'il la désirait autant qu'elle le désirait. Elle fit onduler ses hanches, comme s'ils faisaient déjà l'amour, son souffle s'accélérant au rythme de la montée du plaisir.

Malone s'empara de sa bouche, et elle mordit la sienne à pleines dents. Il lui arracha son pull, et elle défit prestement les boutons de sa chemise en chambray. Chacun trouva bien vite la peau de l'autre, y promena les mains, les lèvres et la langue au milieu de soupirs et de gémissements extasiés.

Une vague de passion déferla sur eux. Ils tombèrent ensemble à la renverse sur le tapis persan et se contorsionnèrent pour achever de se dévêtir sans s'écarter l'un de l'autre.

Faire l'amour avec lui était tout ce qu'Anna avait pressenti : une expérience palpitante, enivrante, bouleversante — et pleine d'une joie formidable. Les mains et la bouche de Malone lui ravirent sa mémoire. Elle oublia qui elle était, ignorant à la fois le passé et l'avenir. Seul comptait cet homme, son corps contre le sien, en elle, son souffle haletant, et son prénom sur ses lèvres quand il atteignit l'apogée du plaisir.

Au même instant, ce fut son prénom à lui qui fleurit sur les lèvres d'Anna.

Son cœur continua longuement de battre la chamade. Elle enfouit son visage dans l'épaule de Malone, émerveillée par la puissance de ce qu'ils venaient de partager.

Anna avait connu d'autres hommes avant lui, mais aucun ne l'avait bouleversée à ce point. Avait-il éprouvé la même chose ? Elle le souhaitait, sans se faire pour autant trop d'illusions. Le séduisant inspecteur Malone avait une grande expérience des femmes et du sexe. Il était le genre d'homme qui attirait les femmes par milliers — comme le nectar, les abeilles.

Elle n'avait été qu'une de ses innombrables conquêtes.

— Tout va bien ? demanda-t-il à mi-voix.

— Oui, murmura-t-elle sans bouger. Merveilleusement bien.

D'un geste incroyablement doux, il promena une main sur sa nuque.

— Des regrets, déjà ?

Elle leva la tête pour qu'il puisse voir son visage — et elle, le sien.

— Non.

— Je te dois des excuses, dit-il en lui caressant la bouche du bout des doigts.

— Non. C'est moi qui ai commencé. Je...

— Tu m'as mal compris.

Un sourire effleura ses lèvres, puis s'évanouit.

— C'était si... j'ai été... tu m'as fait tout oublier.

Les joues d'Anna s'enflammèrent — mais de plaisir, pas de gêne. Elle lui avait fait tout oublier, au point qu'il avait perdu le contrôle de lui-même ! Aucun compliment, même le plus flatteur, n'aurait pu l'enchanter à un tel degré.

— Merci, chuchota-t-elle. J'en avais besoin.

Il parut perplexe.

— Comment ça ?

Elle se lova contre lui.

— Aucune importance.

L'attirant plus près encore, il lui enlaça la taille.

— Anna ?

— Mmm ?

— A propos de mon « oubli », j'aimerais me faire pardonner.

Elle leva de nouveau les yeux vers lui.

— Te faire pardonner ?

Un autre sourire, absolument irrésistible, creusa une fossette dans la joue de Malone.

— Mmm, fit-il.

— Quand ? Maintenant ? Tout de suite ?

Il se leva et la cueillit dans ses bras.

— Oui, ma douce, tout de suite. Et toute la nuit.

39.

Mardi 30 janvier — 7 h 20

La sonnerie de son portable réveilla Quentin. Un rayon de soleil matinal — radieux, mais dépourvu de chaleur — traversait le lit. Il attrapa l'appareil posé sur la table de chevet, persuadé que l'appel provenait du commissariat : personne d'autre ne se serait avisé de téléphoner d'aussi bonne heure.

Vérifiant le numéro de son correspondant sur l'écran de contrôle, il vit qu'il ne s'était pas trompé. Il quitta le lit en prenant soin de ne pas éveiller Anna. Le matelas s'incurva, le plancher grinça sous ses pieds. Il se figea et jeta un coup d'œil à sa compagne, qui grogna dans son sommeil et changea légèrement de position sans ouvrir un œil.

Il la contempla un moment, la bouche sèche. Il lui avait dit la veille qu'il la trouvait belle, très belle. En fait, il la jugeait même beaucoup trop bien pour lui — trop raffinée, trop distinguée. Mais ça, il ne le lui avait pas dit.

Après tout, il n'était qu'un flic, un pauvre bougre d'Irlandais issu d'un quartier où l'on trouvait plus de truands que de héros. Et s'il était connu, c'était davantage pour ses prouesses sexuelles que pour autre chose.

Dans ce domaine au moins, il pouvait la rendre heureuse.

Il pouvait aussi la protéger. Et il le ferait, même s'il devait veiller sur elle jour et nuit. Il ne laisserait pas ce taré toucher encore un seul de ses cheveux.

Il détacha enfin les yeux d'Anna et se rendit dans la cuisine pour rappeler le commissariat.

— Salut, Malone ! lança la standardiste d'un ton beaucoup trop enjoué à son gré d'aussi bon matin. En pleine forme, j'espère !

Quentin n'était pas d'humeur à badiner.

— Lâche-moi les baskets, Violet. Dis-moi plutôt ce qui m'attend.

Tout en prononçant ces mots, il eut soudain la certitude de connaître la réponse et son estomac se révulsa.

Une autre femme avait été violée et tuée. Une autre rousse.

Violet confirma son pressentiment. Le cadavre d'une femme venait d'être découvert près du fleuve, non loin d'Esplanade Avenue et de Decatur Street. Comme Kent et Parker, la victime était sortie en boîte avec des amis la veille au soir.

— On l'a apparemment étouffée comme les deux autres, acheva la standardiste. Walden et Johnson sont partis sur les lieux.

Quentin consulta sa montre.

— C'est tout ?

— Ouais... Ah ! non, j'allais oublier : le meurtrier lui a tranché l'auriculaire droit.

Ces mots et ce qu'ils signifiaient causèrent un tel choc à Quentin qu'il dut s'appuyer au comptoir.

— Qu'est-ce que tu viens de dire ?

— Ce salaud lui a coupé le petit doigt. C'est pas croyable, hein ?

Quentin raccrocha un instant plus tard, les mains tremblantes. Bon sang, comment allait-il annoncer ça à Anna ?

— Au secours, il y a un homme nu dans ma cuisine ! Appelez la police, vite !

Il se tourna et la découvrit dans l'entrée, appuyée au chambranle, drapée dans un peignoir de soie blanche. Encore à demi ensommeillée, elle avait l'air toute douce et beaucoup trop vulnérable.

Et elle lui souriait. D'une façon qui donnait à Quentin l'impression d'être un géant — et lui collait une frousse épouvantable. Il se força à lui rendre son sourire.

— L'homme nu appartient justement au corps de police.

— Formidable !

Elle avança vers lui d'un pas chaloupé, tout en dénouant son peignoir.

— Qui ose prétendre qu'on ne peut jamais trouver un flic quand on en a besoin ?

Quand elle le rejoignit, son peignoir s'écarta légèrement et elle promena lentement ses mains fines sur le torse de Quentin, jusqu'aux épaules. Il recouvra enfin l'usage de la parole.

— Arrête, Anna.

Lui saisissant les poignets, il emprisonna ses doigts dans les siens.

— Arrête !

Visiblement blessée, elle voulut s'écarter. Quentin la retint.

— Ce n'est pas toi. C'est...

Incapable d'en dire plus, il jura.

— Que s'est-il passé ? lui demanda-t-elle.

— Tu ferais mieux de t'asseoir.

Anna se mit à trembler.

— Non. Dis-moi.

Il lui répéta alors calmement, sobrement, ce que Violet lui avait annoncé. Quand il eut fini, il tira une chaise, et Anna se laissa choir dessus, décomposée.

— Cette femme est morte à ma place, murmura-t-elle. C'est moi qu'il comptait assassiner, hier soir...

— Nous ne le savons pas. Nous ne savons d'ailleurs encore rien, pour l'instant.

— Pourquoi ces choses-là m'arrivent-elles ? s'écria Anna. Cela faisait si longtemps. Pourquoi ne me laisse-t-il pas tranquille ?

D'un geste tendre, Quentin écarta les mèches qui lui balayaient le front.

— Ce n'est pas Kurt, Anna. Ce n'est pas lui.

Elle leva sur lui des yeux pleins de larmes, agrandis par l'effroi.

— Qu'est-ce que tu en sais ?

— J'en suis sûr. L'homme qui a escaladé ce balcon pour entrer chez toi était agile et en excellente condition physique. Ton agresseur de l'époque doit avoir cinquante ou soixante ans, aujourd'hui. Je ne vois pas trop comment il aurait pu faire une chose pareille.

Anna se mordit la lèvre.

— Je ne t'ai pas tout dit. Ce type savait quelque chose que seul Kurt pouvait savoir. Le FBI et la police n'avaient pas révélé au public un détail... concernant la nuit où Timmy est mort.

Elle inspira pour affermir son souffle.

— Cette nuit-là... la nuit où il a tué Timmy, il... m'a forcée à regarder.

Quentin l'avait entendu dire, en effet. C'était épouvantable, mais il y avait à l'évidence d'autres horreurs qu'il ignorait encore.

— Continue.

— Quand il en a eu... fini avec Timmy, il s'est tourné vers moi et il a... souri.

Anna marqua une pause et reprit son souffle.

— Il a souri et il a dit : « Que tu sois prête ou non, me voici. » Et il est venu.

Quentin s'efforça de dominer la nausée qui lui soulevait le cœur.

— Mais il n'avait pas d'oreiller, n'est-ce pas ?

— Non. Des cisailles.

Il ne supportait pas qu'elle ait eu à subir une telle souffrance. Il avait envie de la prendre dans ses bras, de la protéger de son passé et des souvenirs qui la hantaient. Mais c'était impossible, il le savait. Certains démons ne peuvent se combattre que de l'intérieur.

— Je me demande comment tu as pu survivre à ces horreurs. Que tu aies réussi à t'échapper tient du miracle. Tu n'avais que treize ans !

— J'ai pensé à Timmy, expliqua-t-elle simplement. Comment aurais-je pu capituler, alors qu'il avait connu un sort bien pire que le mien ?

— Tu es courageuse, Anna. Et très forte.

Il lui prit le visage entre ses mains.

— Plus forte que tu n'en as conscience.

Cela la fit rire.

— Moi ? Je suis une vraie poule mouillée ! Une mauviette de la pire espèce. Sinon, pourquoi est-ce que je me serais cachée toutes ces années ?

Sa voix se fêla.

— Mais il m'a retrouvée quand même.

— S'il avait voulu te retrouver, il l'aurait fait bien avant.

— J'ai changé de nom, rappela Anna.

— Pour prendre le nom de jeune fille de ta mère, souligna Quentin. N'importe quel flic débutant t'aurait retrouvée en moins d'une heure. Ce n'est pas lui, Anna.

— Mais alors, comment ce type a-t-il pu savoir...

— Ce que Kurt avait dit cette nuit-là ? Tu n'imagines pas le nombre de gens qui ont accès à ce genre d'information — et qui parlent. Les inspecteurs, les agents, les membres de leur famille... Ce crime remonte à plus de vingt ans, Anna. Personne ne garde le secret aussi longtemps.

Elle scruta son regard.

— Tu le penses vraiment ?

— Oui.

Il serra un peu plus le visage de la jeune femme entre ses mains.

— Je vais te dire ce que je crois, Anna : quelqu'un fait une fixation sur toi à cause de tes livres ou de ton passé, ou des deux. Ce malade a mené son enquête — rien de plus simple à notre époque, grâce aux moyens informatiques. Jusqu'à hier soir, il s'est contenté de t'effrayer.

— Et maintenant, ça ne lui suffit plus.

— Il semble que non, en effet.

Se levant, Anna posa une main sur le bras de Quentin.

— Je me demande pourquoi j'espère si fort que ce n'est pas Kurt qui me poursuit. En fait, ça ne change rien. Cet inconnu est peut-être plus abominable encore que le monstre qui me terrifie.

— Je vais arrêter ce fou, Anna. Je ne le laisserai pas te faire du mal.

Il reprit son portable sur le comptoir et pesta en voyant l'heure.

— Il faut que j'y aille. Je n'en ai aucune envie, mais...

Elle s'écarta légèrement.
— Va, le travail t'attend.
— Il est hors de question que je te laisse seule. Avant de partir, j'appellerai le poste pour demander qu'on t'envoie quelqu'un.
Anna secoua la tête.
— Pas question. Je ne veux pas d'un inconnu chez moi. J'appellerai Dalton et Bill, ils viendront.
Comme il fronçait les sourcils, elle insista :
— Ce sont mes amis, Malone. J'ai confiance en eux.
Si Quentin avait eu l'ombre d'une preuve que ses voisins n'étaient pas aussi inoffensifs qu'ils le paraissaient, il aurait tenu bon. Mais ce n'était pas le cas.
— Je vais m'habiller, annonça-t-il. Appelle-les tout de suite. Je ne partirai pas tant que...
— ... mes baby-sitters ne seront pas là ? Merci, inspecteur.
Il récupéra ses vêtements dans la chambre, passa dans la salle de bains pour faire un brin de toilette et se brosser les dents — avec son index et le dentifrice d'Anna. Lorsqu'il en sortit, la jeune femme avait enfilé un pantalon kaki, un pull blanc à col roulé et elle s'était coiffée. Ses cheveux relevés sur sa nuque étaient maintenus par une grosse barrette en écaille.
Elle évita son regard.
— Anna, dit-il doucement en tendant la main vers elle. Ne m'en veux pas, je t'en prie. J'aimerais rester.
— Je ne t'en veux pas. Tu as ton boulot.
Il sentit une distance désespérante s'installer entre eux.
— Alors, regarde-moi. Je dois être sûr que tu tiendras le coup.
— Je ne peux pas. Si je te regarde, si je te laisse approcher, je vais sûrement craquer.
Elle pinça ses lèvres, qui tremblaient.
— Et je n'ai aucune envie de craquer. Non, je ne craquerai pas.
On frappa à la porte, et Dalton s'annonça.
— Je t'appellerai dès que j'en saurai davantage, promit Quentin en se dirigeant vers l'entrée.

En apercevant l'inspecteur, Bill et Dalton ouvrirent de grands yeux. Ils le dévisagèrent un moment, médusés. Les joues de Dalton rosirent, Bill promena un regard soupçonneux qui passa d'Anna à Quentin, puis revint sur Anna et de nouveau sur Quentin.

Celui-ci se rendit bien compte que l'ami et voisin d'Anna ne semblait pas très heureux de le voir.

— Salut, les gars ! murmura-t-il.

Il se tourna vers Anna, conscient qu'il ne lui avait jamais autant coûté de se rendre sur les lieux d'un crime.

— Je t'appellerai plus tard.

Il se pencha et l'embrassa. Comme leurs lèvres se frôlaient, son portable sonna de nouveau. Le poste, encore, qui voulait savoir où il était...

— Sois prudente, aujourd'hui, dit-il sans lâcher Anna. Si tu as besoin de quoi que ce soit...

— File ! ordonna-t-elle en s'effaçant pour lui céder le passage. Retrouve ce dingue et arrête-le. Fais-le pour moi.

40.

Mardi 30 janvier — Le Vieux Carré

Quentin arriva bon dernier sur le lieu du crime. Il salua ses collègues d'un signe de tête. Quand il s'arrêta près du corps, il avait la gorge sèche, obstruée par une boule d'angoisse qui le laissait à peine respirer.

Il fournit un effort colossal pour recouvrer un souffle normal et afficher une indifférence professionnelle. Mais il s'avisa rapidement qu'il n'y avait rien à faire, cette fois ; car en regardant cette femme, c'était Anna qu'il voyait.

C'était également ainsi que le meurtrier avait vu les choses : il voulait tuer Anna.

Il ferma brièvement les yeux et compta jusqu'à cinq pour se calmer. En réalité, il n'avait rien pour formuler une hypothèse pareille ; pas encore. Il n'avait pas le droit de tirer des conclusions prématurées. Il devait examiner consciencieusement le lieu du crime, relever les indices sans laisser ses émotions troubler son jugement.

Johnson vint le rejoindre.

— T'as pris ton temps pour arriver, Malone.

— J'ai pas de comptes à te rendre, Johnson. Qui c'était, cette fille ?

— Jessica Jackson. Vingt et un ans. Jolie et douée. Elle était en dernière année à la fac de Tulane.

Vingt et un ans... Merde ! pensa Quentin.

— Trop jeune, maugréa-t-il. Sacrément trop jeune pour mourir.

Johnson se passa la main sur la figure.

— Sans rire, ce dingue commence vraiment à me casser les couilles. Walden passe le quartier au peigne fin. Il fait du porte-à-porte, pour le cas où quelqu'un aurait vu ou entendu quelque chose. Comme d'hab', quoi.

Quentin jeta un coup d'œil à son collègue, moins bavard d'ordinaire. Il avait l'air éreinté et furibond.

— T'es au courant de l'autre agression de cette nuit ?

— Anna North ? Ouais, j'en ai entendu parler.

Il regarda Quentin.

— Mais ça ne colle pas. Elle a été attaquée chez elle, elle n'était pas sortie en boîte...

— Elle est rousse, coupa Quentin. Il y a huit jours, elle était au Tipitina's, et quelqu'un l'a suivie jusque chez elle. Il a été effrayé.

Johnson plissa les paupières.

— D'accord, on regardera ça.

— C'est pas tout, vieux. A mon avis, c'est à cause d'elle que notre fêlé a changé de tactique.

— Comment ça ?

— Anna North a perdu l'auriculaire droit.

L'argument fit mouche. Johnson siffla entre ses dents.

— Mazette... Celle-ci aussi a perdu le sien. Et pas d'une jolie façon.

Quentin s'accroupit près du cadavre. Il parcourut du regard le corps et ce qui l'entourait, notant les différences entre ce crime et les deux précédents.

La plus évidente était la main droite ensanglantée. Le front barré d'un pli, Quentin nota que l'assassin avait fait du vilain boulot. La chair, autour de la blessure, était déchiquetée, comme s'il s'était acharné sur le doigt avec un couteau suisse ou un autre instrument peu adéquat. Il n'avait pas préparé son coup.

— D'après la coupure, la quantité de sang et sa couleur, il semble qu'il ait prélevé le doigt après la mort, précisa Johnson en s'accroupissant près de lui.

Quentin hocha la tête, posa les yeux sur le visage de la morte. Une jolie fille. Très jolie, même. Une vraie rousse aux cheveux couleur carotte, avec des yeux bleus et des traits réguliers, vraiment charmants.

— Il s'y est moins bien pris avec elle qu'avec les autres, murmura-t-il. Regarde ça.

Il désigna les contusions qui marquaient la tempe et le cou de la malheureuse. Des cheveux étaient collés par du sang séché.

— On n'a rien vu de tel sur les victimes précédentes.

— C'est le même tueur que pour Kent et Parker ?

— Je crois que oui, répondit Quentin. Mais pour l'instant ce n'est qu'une conviction personnelle, sans plus.

— Elle a été violée, apparemment.

— S'il s'agit bien du même type, je pense qu'il n'était pas dans son état normal — façon de parler, bien sûr. Quelque chose avait dû le contrarier, le mettre en rage. Il s'est montré moins prudent que d'habitude, comme s'il avait été forcé de modifier ses plans in extremis.

— Tu veux dire qu'il comptait tuer Anna North, que ça a raté et qu'il s'est rabattu sur une autre fille ?

— Possible. En lui coupant le doigt pour qu'elle symbolise Anna.

Et peut-être que toutes ces filles assassinées symbolisaient Anna.

— Ouais, je crois que c'est ça, acquiesça Quentin.

— Et il aurait trouvé une rousse de rechange comme ça, d'une heure à l'autre ?

Quentin réfléchit un moment.

— A mon avis, c'est le genre de maniaque qui ne se laisse pas prendre au dépourvu. Je le verrais bien hanter les clubs et les boîtes de nuit, se focaliser sur les filles qui sortent souvent, établir une liste, étudier leurs habitudes, repérer les jours où elles traînent tard le soir, les endroits qu'elles fréquentent, ceux où elles stationnent leur véhicule, le trajet qu'elles empruntent pour rentrer chez elles.

La mine sinistre, Johnson hocha la tête.

— S'il dispose d'une telle liste, il n'a plus qu'à piocher dedans, c'est sûr... Quand les choses ont mal tourné avec North, il est passé à la suivante.

Mais il reviendrait, pensa Quentin. Il essaierait encore de tuer Anna.

Manifestement sur la même longueur d'onde que lui, Johnson demanda :

— Tu crois qu'il va remettre ça ?

Quentin se redressa. Il se sentait mal.

— Il veut Anna North. Il est furieux qu'elle lui ait échappé.

— Faisons-la surveiller par un agent. S'il revient, nous le coincerons.

— Tu as raison, approuva Quentin en hochant la tête. Il ne faut rien laisser au hasard. Je ne veux courir aucun risque. Absolument aucun.

41.

Mardi 30 janvier — Centre-ville

Ben revint lentement à lui. Sa tête était douloureuse. Il avait mal partout. Comme il ne se sentait pas à son aise, il se tourna sur le côté ; une douleur fulgurante lui transperça la poitrine. Le souffle coupé, il ouvrit les yeux.

Où était-il ?

Parcourant la pièce du regard, il remarqua les murs blancs et nus, le téléviseur suspendu au plafond, le lit en métal, la commode assortie.

Il était à l'hôpital.

Désorienté, il porta une main à sa tête.

Qu'est-ce que... comment avait-il échoué là ?

— Bonjour, docteur Walker.

Une infirmière entra dans la chambre, poussant un chariot de soins.

— Bienvenue dans le monde des vivants ! lança-t-elle avec un grand sourire.

Elle alla jusqu'au lit, équipa le thermomètre d'un embout jetable, et quand Ben ouvrit la bouche, elle lui coinça le thermomètre sous la langue.

— Je suis l'infirmière Abrams. Comment nous sentons-nous, ce matin ?

Il ne pouvait répondre, à cause du thermomètre, mais elle semblait ne pas y prendre garde. Son badge indiquait qu'elle s'appelait bien

Beverly Abrams, et qu'elle travaillait à l'Hôpital Baptist-Mercy. Elle prit son pouls, mesura sa tension, porta les chiffres sur la fiche. Quand le thermomètre sonna, elle l'ôta, vérifia la température et l'inscrivit à son tour.

— Normal, conclut-elle d'un ton bref. Tout est normal. Le docteur va bientôt...

— Pourquoi suis-je ici ?

Elle s'interrompit et se tourna vers lui.

— Pardon ?

— Si tout est normal, qu'est-ce que je fais ici ?

— Vous ne vous souvenez pas de ce qui vous est arrivé ?

— Non, évidemment. Sinon...

Soudain, les dernières choses qu'il se rappelait revinrent à l'esprit de Ben. Du moins, *la* dernière chose...

Tu es en train de tomber amoureux d'elle.

Elle va mourir cette nuit.

Anna ! Le cœur battant à se rompre, il rejeta les couvertures et se redressa. Aussitôt, le monde se mit à tourner autour de lui.

— A quoi jouez-vous ?

En un éclair, l'infirmière fut auprès de lui. Elle l'empoigna doucement par les épaules.

— Vous ne pouvez pas...

— Il faut que je sorte d'ici ! Une amie... un accident.

L'infirmière l'adossa à ses oreillers.

— Oui, c'est cela, acquiesça-t-elle d'un ton ferme. Vous avez eu un accident. Vous avez plusieurs côtes cassées et une commotion cérébrale. Vous n'irez nulle part tant que le Dr Wells ne vous y autorisera pas.

Ben ferma les yeux, trop faible pour protester. Il se passa une main sur le torse, sentit les bandages. Un accident. Il avait eu un accident.

— Que s'est-il passé ? demanda-t-il. Je ne me souviens de rien.

— Vous avez quitté la route. Il a fallu vous extraire de votre voiture, au beau milieu d'une haie de houx. A ce qu'on m'a dit, vous avez eu de la chance. Les conséquences auraient pu être bien plus graves.

Bien plus graves ? Anna !

— Il me faudrait le journal d'aujourd'hui, murmura-t-il d'une voix rauque. Le *Times-Picayune.*

— Je vais voir ce que je peux faire.

— Non, attendez...

Il lui prit la main et serra convulsivement ses doigts.

— Vous pouvez peut-être me dire, vous... S'est-il passé quelque chose de grave, cette nuit ?

L'infirmière parut troublée.

— Je vous l'ai dit. Vous avez eu un accident. Et une commotion.

Ben secoua la tête, un geste qui lui fut douloureux.

— Je ne parlais pas de moi. Mon amie Anna North, va-t-elle bien ?

— A ce que je sais, répondit la jeune femme en fronçant les sourcils, vous étiez seul dans la voiture. Voulez-vous que je vérifie...

— Non. Il ne s'agit pas de ma voiture. Elle était seule chez elle, hier soir... j'allais la voir.

— Je crois que je devrais appeler le médecin.

— Non, je vous prie !

Ben se cramponna à ses doigts, regrettant de ne pouvoir s'exprimer plus clairement. Mais son cerveau était comme noyé dans la brume, sa langue comme lestée.

— Les nouvelles de ce matin... Il faut que je sache. Dites-moi ce qui est arrivé cette nuit en ville. Que s'est-il produit, pendant que j'étais inconscient ?

A voir l'expression de l'infirmière, il était clair qu'il commençait à lui faire peur.

— Je ne vois pas en quoi... On a encore trouvé une femme assassinée dans le Vieux Carré. C'est ce genre de chose qui vous...

Avec un gémissement, Ben relâcha sa main.

— Comment s'appelait-elle ? demanda-t-il en luttant contre des vagues de vertige. Anna ?

L'infirmière recula vers la porte.

— Je ne sais pas. On en a parlé toute la matinée, à la télé et à la radio, mais je ne me souviens pas de son nom.

La télé ! Bien sûr !

Ben attrapa la télécommande du téléviseur, sur la table de chevet, alluma le récepteur et passa les canaux en revue jusqu'à ce qu'il trouve ce qu'il cherchait : la chaîne locale d'information, qui diffusait vingt-quatre heures sur vingt-quatre.

— ... et revenons sur la principale information de la matinée : une autre femme a été trouvée morte ce matin dans le Vieux Carré. Jessica Jackson, de River Ridge, semble avoir été la troisième victime d'une série de meurtres qui ébranle La Nouvelle-Orléans depuis un mois.

Quand le portrait d'une jolie jeune fille en uniforme d'étudiante s'afficha sur l'écran, Ben faillit en pleurer de soulagement. Ce n'était pas Anna. Dieu soit loué, ce n'était pas son Anna.

— Bonjour.

Ben détacha son regard de l'écran. Un petit homme à l'allure soignée, vêtu d'une blouse blanche, entra dans la pièce. Il portait un stéthoscope autour du cou.

— Je suis le Dr Wells.

S'arrêtant près du lit, il tendit la main à Ben.

— C'est moi qui vous ai raccommodé, cette nuit.

Ben lui serra la main, et le mouvement lui arracha une grimace.

— Merci. J'aimerais pouvoir vous dire que je me sens bien...

— Je suis médecin, pas sorcier.

Le médecin ouvrit le dossier médical.

— Vous vous êtes bien arrangé, docteur Walker. En plus de quatre côtes cassées et d'une commotion cérébrale, vous avez le sternum contusionné et quelques méchantes balafres. Il a fallu vous recoudre.

— Je ne suis pas passé à travers le pare-brise ? demanda Ben en fronçant les sourcils.

— Si, et vous avez atterri dans une haie de houx. Les secouristes ont eu un mal de chien à vous extirper de ce bloc épineux.

— C'est bien ma veine.

Ben jeta un coup d'œil vers la télévision. On était déjà passé à un autre sujet. Il fallait qu'il voie Anna. Qu'il s'assure de ses propres yeux qu'elle allait bien. Il lui parlerait du message glissé sous son essuie-glace, puis il irait voir la police.

Il se retourna vers le médecin.

— Il faut que je sorte d'ici, cher confrère. Vous pouvez me donner mon certificat de libération ?

Wells esquissa un sourire.

— En temps voulu. Vous avez eu un accident sérieux.

— C'est ce que l'infirmière Abrams m'a dit.

Cette réponse valut à Ben un regard incisif.

— Vous ne vous en souvenez pas ?

— Non.

— Vous ne vous rappelez rien ?

— Rien du tout.

Ben consulta la pendule et reporta les yeux sur le médecin.

— J'allais voir une amie. Elle avait besoin de moi. Elle... Je ne suis jamais arrivé chez elle, apparemment.

— Vous étiez dans le coma quand les secouristes sont arrivés. Pendant que je vous soignais, il y a eu des hauts et des bas.

Le médecin plissa les paupières.

— Une commotion cérébrale ne doit pas être prise à la légère.

— Je comprends..., marmonna Ben.

Il ne bougea pas tandis que le Dr Wells l'auscultait, l'interrogeait sur sa tête, sa vision, son équilibre. Il répondit à chaque question, ne mentant que lorsque c'était nécessaire.

— Je me sens bien, docteur Wells, assura-t-il avec un sourire forcé. Parfaitement bien. Remis d'aplomb à cent pour cent. Je peux sortir, maintenant ?

— D'ici à une heure, je pense. Vous avez quelqu'un qui pourra vous tenir à l'œil, chez vous ? S'assurer que vous n'en faites pas trop, vous réveiller si vous vous endormez ?

— Je m'occuperai de lui, docteur.

Les deux hommes se tournèrent vers la porte. L'inspecteur Malone se tenait dans l'encadrement. Il avait une mine de déterré. Ben sentit brusquement ses cheveux se hérisser dans sa nuque.

— Salut, Ben.

— Inspecteur Malone ? Qu'est-ce qui vous amène ?

— Vous.

— Les bonnes nouvelles circulent vite, dans cette ville.

Le policier s'avança dans la pièce et s'arrêta près du lit.

— Inspecteur Quentin Malone, de la police municipale, dit-il au médecin. Vous voyez un inconvénient à ce que je parle à votre patient ?

— A priori, non.

Wells se leva et ferma le dossier de Ben.

— Il risque toutefois de se montrer un peu confus — il a reçu un bon coup sur la tête.

Il examina Ben.

— Allez-y doucement, aujourd'hui. Ne travaillez pas, ne conduisez pas. Et je ne plaisantais pas, pour la baby-sitter. Trouvez-vous quelqu'un. Appelez-moi si vous avez le moindre problème tel que migraine, vertiges ou fatigue excessive.

— Je n'y manquerai pas.

Ben lui tendit la main.

— Merci, docteur Wells.

Le médecin salua Malone d'un signe de tête.

— Inspecteur.

Dès qu'il fut sorti, le policier se tourna vers Ben.

— Vous m'avez appelé, hier soir, au commissariat. J'aimerais savoir pourquoi.

— Je vous ai appelé ?

— Vous avez laissé votre nom, mais pas de message. Vous avez oublié ?

Ben porta une main à son front.

— Je ne me rappelle pas grand-chose de la nuit der...

Il s'interrompit brusquement alors qu'une image lui traversait l'esprit. Il conduisait. De nuit. Il roulait trop vite. Angoissé, il composait un numéro sur son téléphone portable sans regarder la route.

— J'essayais de joindre Anna au téléphone, expliqua-t-il d'une voix hésitante. Je n'arrivais pas à l'avoir. J'étais inquiet pour elle, je...

— Inquiet ?

Ben cligna des yeux.

— Plus que ça. Paniqué. Alors, je vous ai appelé.

Tirant une chaise près du lit, Malone s'assit, le regard intense. De nouveau, un frisson passa sur la nuque de Ben.

— Pourquoi cette angoisse à son sujet ? demanda le policier.

— Est-ce qu'elle va bien ?

— Physiquement, elle est indemne.

Le cœur de Ben s'emballa.

— Qu'est-ce que ça veut dire, inspecteur ?

— Parlons d'abord de vous, Ben.

De la poche de sa veste, Malone tira un petit carnet à spirale et un stylo.

— Qu'avez-vous à me raconter ?

Ben porta les doigts à sa tempe et la massa doucement, pour tenter d'atténuer les élancements qui le faisaient souffrir.

— J'ai rendu visite à ma mère, hier soir. Elle réside à la clinique Crestwood, sur Metairie Road. Elle est atteinte de la maladie d'Alzheimer.

— Je suis désolé.

Ben inclina la tête et poursuivit :

— Je suis parti plus tard que d'habitude. Elle était perturbée. Elle pensait que quelqu'un était entré dans sa chambre et l'avait menacée. Il a fallu un moment pour la calmer.

— Elle *pensait,* dites-vous ? souligna Quentin en haussant les sourcils.

Ben regarda ses mains posées à plat sur le drap immaculé, remarquant pour la première fois les éraflures qui les marquaient.

— Elle a parfois l'esprit confus. Elle regarde la télévision et ne fait pas la différence entre la fiction et la réalité.

— Continuez.

— Quand j'ai rejoint ma voiture, un petit mot était glissé sous l'essuie-glace. Je pense qu'il provenait de la personne qui m'a laissé le livre d'Anna et la photo où nous sommes tous les deux.

— Que disait ce mot ?

Ben détourna les yeux. Il se sentait mal à l'aise, vulnérable. Ses joues s'empourprèrent.

— Il disait... que j'étais en train de tomber amoureux d'Anna. Et que... qu'elle allait mourir cette nuit. C'étaient les termes exacts.

Malone se redressa ; son regard se fit plus aigu.

— La note disait qu'Anna allait mourir la nuit dernière ?

— Oui. Je me suis affolé. Je l'ai appelée tout de suite, de ma voiture. Comme elle ne répondait pas, je suis parti en trombe. Sans prêter attention à la route, manifestement.

— Et vous n'avez pas pensé à appeler le poste de police du Quartier Français ?

— Je n'ai pas réfléchi, sur le moment. J'ai réagi, c'est tout.

Malone contempla son carnet.

— Et... tout était vrai, dans cette lettre ?

Il releva les yeux.

— Vous êtes vraiment en train de tomber amoureux d'elle ?

— C'est personnel, inspecteur, s'indigna faiblement Ben en se raidissant.

Malone le regarda bien en face.

— J'estime que vous devez répondre. Alors ? C'est oui, ou c'est non ?

Ben soutint fermement son regard.

— C'est oui.

A cet instant, une vive émotion passa sur le visage du policier. Sidéré, Ben comprit qu'il n'était pas le seul à être épris d'Anna. Il en conçut de l'indignation, de la jalousie et se sentit aussi menacé.

— Je suis du genre coriace, inspecteur. Je n'abandonne pas aisément.

— Aucun adversaire digne de ce nom n'abandonne aisément.

Un bref sourire effleura les lèvres de Malone, qui demanda :

— Avez-vous encore cette feuille ?

— Elle était dans ma voiture. Je suppose qu'elle y est toujours, où que ce soit, répondit Ben avec un petit rire sec.

— De qui provenait-elle, d'après vous ?

— Je vous l'ai dit : de la personne qui m'a laissé le livre et la photo, je suppose. Sans doute l'un de mes patients. Mais lequel, je l'ignore.

— Avez-vous déjà entendu parler d'un certain Adam Furst ?

— Non.

— Vous en êtes sûr ? Personne de ce nom-là, parmi vos clients ?

— Personne. Je suis catégorique.

— Ni un Adam, ni un Furst ? Ni autrefois ni maintenant ?

Ben réfléchit un instant, avant de secouer la tête.

— Pourquoi ? Qui est-ce ?

— La dernière fois que nous nous sommes vus, déclara Malone en ignorant sa question, vous m'avez dit que vous tentiez de resserrer la liste des suspects possibles parmi vos patients. Je n'ai pas l'impression que vous ayez beaucoup avancé.

— Cela prend du temps, inspecteur ! protesta Ben. Je ne peux tout de même pas porter une accusation aussi grave sans la moindre preuve. J'ai déjà éliminé une bonne partie de mes patients habituels. D'ici à la fin de la semaine, sauf annulations de dernière minute, je soumettrai les derniers qui restent à mon test.

— Votre test ? répéta Quentin. De quel test parlez-vous, docteur Walker ?

Ben expliqua au policier l'idée qu'il avait eue : celle de placer le livre et l'enveloppe bien en vue sur son bureau, de telle sorte que le coupable, à son avis, ne pourrait les ignorer.

— Je pense pouvoir vous donner un nom dans quelques jours.

— Et d'ici là, une autre femme sera peut-être morte. A mon avis, vous devriez accélérer les choses, docteur. Ou nous remettre la liste de vos patients et nous laisser faire notre boulot.

— Vous savez que ça m'est impossible. Ce serait contraire à l'éthique de ma profession.

— Et couvrir un assassin, c'est éthique ?

— Un assassin ? Vous y allez fort, inspecteur. Il me semble qu'entre une note laissée sur un pare-brise et un véritable meurtre, il y a une marge...

— Anna a été agressée hier soir. Chez elle.

La révélation atteignit Ben de plein fouet. Le souffle coupé, il s'efforça de reprendre sa respiration.

— Est-elle... Vous avez dit tout à l'heure qu'elle était indemne ?

— Le type a pris peur avant de parvenir à ses fins. Elle a été secouée, ça se comprend.

Ben se laissa aller contre ses oreillers. Il se sentait mal. D'une certaine façon, il avait l'impression que c'était sa faute. Parce qu'il n'avait pas réussi à joindre Anna à temps pour arrêter ce maniaque ; parce qu'il ne s'était pas donné assez de peine pour découvrir le coupable parmi ses patients.

— C'est pas tout, reprit Malone. Une femme a été violée et tuée, la nuit dernière...

— Dans le Vieux Carré. Je sais. J'ai vu à la télévision.

Ben s'éclaircit la gorge.

— Vous ne pensez pas que ce meurtre ait un lien avec... Je veux dire...

— C'était une rousse, docteur Walker. Une de plus. Et son assassin lui a coupé l'auriculaire droit.

L'inspecteur marqua une pause.

— Est-ce toujours contraire à votre éthique professionnelle de nous fournir une liste de vos patients ?

42.

Mardi 30 janvier
Poste de police du Septième District

Quentin manœuvra pour stationner sa Bronco le long du trottoir, en face du commissariat. Son entretien avec Ben Walker ne lui avait pas apporté grand-chose. Le psy avait manifesté un réel désarroi en apprenant l'agression d'Anna ; il était très perturbé aussi par la note laissée sur son pare-brise et le fait qu'un de ses patients pût être responsable.

Malgré cela, il avait refusé de communiquer la liste des personnes fréquentant son cabinet. Quentin coupa le moteur. Le Dr Walker affirmait qu'il lui révélerait le nom du coupable s'il le connaissait. Mais il ne l'avait pas encore découvert — et son « éthique » l'empêchait de divulguer tous les noms possibles.

Pour Quentin, ces histoires de déontologie étaient de la connerie. Alors qu'un tueur en série assassinait des femmes et que ce psychopathe risquait de s'en prendre à Anna, il fallait l'identifier de toute urgence et l'empêcher de nuire. Face à une telle situation, il n'y avait pas de scrupules ni de principes qui tiennent.

Et puis, Ben Walker était tombé amoureux d'Anna.

La mine sombre, Quentin ouvrit sa portière d'un geste brusque. Bon sang ! Cette idée le mettait hors de lui. Ainsi que l'interrogation qui allait avec : si c'était le psy, et non lui, qui s'était présenté chez Anna la veille, l'aurait-elle entraîné dans son lit ?

Se poser une question pareille l'exaspérait, mais il ne parvenait pas à la mettre de côté. Anna était terrifiée. En état de choc. Il s'était simplement trouvé là.

Elle s'était tournée vers lui pour qu'il la rassure. Une façon d'effacer l'horreur qu'elle venait de vivre. Il connaissait par cœur ce genre de réaction : il avait vu quantité de flics se rabattre pour les mêmes raisons sur l'alcool, les filles ou une bonne douzaine d'autres dérivatifs. Lui le premier.

Quentin claqua la portière, actionna la commande automatique de fermeture. Nom de Dieu ! Il s'était bien dit que faire l'amour avec elle serait une belle connerie, avant même de passer à l'acte. Mais il l'avait trouvée incroyablement tentante. Et si vulnérable... Rester de marbre s'était révélé au-dessus de ses forces. D'autant plus qu'il avait eu envie d'elle au premier regard.

Comment s'étonner que Ben Walker éprouve la même chose ? Mais lui était médecin, le salaud. Qu'est-ce qu'un flic, un type dont les rêves avaient toujours été au-dessus de ses moyens, pouvait peser, à côté ?

— Inspecteur Malone ?

Quentin se tourna et reconnut aussitôt les deux inspecteurs qui se tenaient derrière lui. Police des polices. Ils auraient pu se dispenser de lui montrer leur insigne, pensa-t-il avec humeur. Ils devaient bien savoir qu'il les connaissait — c'étaient eux qui l'avaient interrogé sur la soirée chez Shannon, après la mort de Nancy Kent.

Voilà une journée qui commençait bien ! songea-t-il avec aigreur. Il afficha un sourire contraint.

— Salut, les gars. Qu'est-ce qui se passe ?

Ce fut Simmons, le plus petit des deux, qui parla le premier.

— On a quelques questions à vous poser concernant votre collègue, Terry Landry.

— Ah oui ?

Quentin haussa les sourcils.

— Je pensais qu'on avait fait le tour du sujet.

— Quel sujet, inspecteur ? demanda l'autre, un nommé Carter.

D'accord, comprit Quentin. Ils n'avaient apparemment pas l'intention de le ménager.

— Les incidents qui se sont produits chez Shannon la nuit du meurtre de Kent, expliqua-t-il.

— C'est autre chose qui nous intéresse ce matin, inspecteur.

Quentin s'adossa à la Bronco, croisant les bras sur son torse.

— Allez-y. Feu.

— A ce qu'il paraît, Landry traverse une mauvaise passe, en ce moment.

— On peut le dire comme ça, je suppose. Sa femme et lui se sont séparés.

Il promena son regard de l'un à l'autre.

— Nous en avons déjà parlé la dernière fois, il me semble.

— Cela expliquerait donc qu'il boive comme un trou.

— Ah bon ? fit Quentin en se crispant légèrement. Je ne m'en étais pas rendu compte.

Simmons et Carter échangèrent un coup d'œil.

— Vous n'avez pas remarqué qu'il buvait... plus que de raison ?

Agacé, Quentin s'écarta de sa voiture.

— Et si on arrêtait de jouer au chat et à la souris ? Vous voulez savoir si Terry a pété les plombs et pris une bonne cuite récemment ? La réponse est oui. Mais il n'était pas en service. La chose n'a pas nui à son efficacité, ni terni l'image flamboyante de la police municipale.

— Vous n'avez noté aucun changement dans son travail ? insista Simmons.

— Aucun, répondit Quentin en le regardant droit dans les yeux.

— Il doit avoir du mal à boucler ses fins de mois, glissa Carter. Avec deux loyers à payer...

Quentin plissa les paupières.

— Ce serait dur pour n'importe quel flic.

— Il vous en a parlé ?

— Il s'est plaint de problèmes de fric, ouais.

— Pourtant, il ne semble pas à court de liquide, observa Simmons. Vrai ou faux, inspecteur ?

— Je ne vois pas ce que vous voulez dire.

— Donc, vous n'avez pas remarqué non plus que Landry dépense de grosses sommes ? Qu'il paie des tournées ? Laisse de gros pourboires ?

Le billet de cinquante dollars que Terry avait filé à Shannon... Merde ! pensa Quentin. Ça commençait à sentir le roussi.

Néanmoins, il ne baissa pas les yeux.

— Non, je n'ai rien remarqué, répondit-il à Carter. Et vous ?

L'autre ignora la question.

— Vous ne voyez rien, dans le comportement ou le travail de Landry, dont vous aimeriez nous parler ?

Bon sang ! Dans quel pétrin son copain s'était-il fourré ?

— Je vous l'ai dit, déclara Quentin en s'efforçant de cacher son malaise, Terry va bien. Il traverse un cap difficile, mais il tient le coup.

De nouveau, il dévisagea tour à tour les deux hommes.

— Vous voulez me dire ce qui se passe, oui ou non ?

Simmons esquissa un sourire.

— Merci de votre coopération, inspecteur Malone.

— Nous reprendrons contact avec vous, ajouta Carter, moins subtil.

— J'y compte bien, marmonna Quentin.

Il les regarda s'éloigner, puis tourna les talons et traversa la rue en direction du commissariat.

Deux agents en uniforme qui grillaient une cigarette sur le perron lui adressèrent un signe de tête. Il jura entre ses dents. Combien de ses collègues l'avaient-ils vu en train de bavarder avec Carter et Simmons ? Un bon paquet, constata-t-il un instant plus tard, à en juger par les coups d'œil intrigués qui l'accueillirent. Dans moins d'une heure, tout le service serait informé.

Les types de la PID n'avaient pas choisi au hasard leur lieu de rencontre. Ils voulaient que tout le monde sache que quelque chose couvait. Quelque chose qui impliquait Malone ou l'un de ses proches. Ils voulaient mettre le poste du septième sur les dents, et Terry sur ses gardes — lui faire savoir qu'ils le tenaient à l'œil.

Mais qu'est-ce qu'ils avaient contre son collègue ? se demanda Quentin. Qu'est-ce que ce duo sinistre et le reste des gradés pouvaient savoir qu'il ignorait ? Et dans quel pétrin venait-il de s'enliser en couvrant son copain ?

Il jura de plus belle, furieux contre les méthodes de Simmons et Carter ; contre Terry, qui lui compliquait salement la vie ; et contre lui-même, qui ne pouvait s'empêcher de prendre la défense d'un tel énergumène.

« Excuser la mauvaise conduite de Terry n'est pas un service à lui rendre, avait dit Penny. Ça ne m'aide pas, et les enfants non plus. »

Quentin passa devant le bureau de sa tante, vit que la porte était fermée. Il envisagea un instant d'ignorer le protocole, d'entrer en trombe et d'exiger des explications... pour écarter aussi vite cette idée. Elle avait beau être la sœur de sa mère, la commissaire O'Shay saurait lui faire regretter une telle initiative.

Il se dirigea donc vers la machine à café, se servit une tasse du breuvage amer, noir comme le goudron, qu'elle distillait, y ajoutant un sachet de sucre en poudre.

— T'as une minute ? demanda Terry, dans son dos.

Quentin lui jeta un coup d'œil par-dessus son épaule et afficha un sourire cordial. Son copain l'avait vu parler aux inspecteurs de la PID. Et il était mort de frousse, ça se voyait dans ses yeux.

— Ouais. Laisse-moi juste améliorer un peu ce jus de batterie.

Il goûta le café, doubla la dose de sucre, remua le tout et se tourna enfin vers son ami.

— Qu'est-ce qu'il y a ?

— Je les ai vus, siffla Terry entre ses dents. Ces salopards de la PID. Qu'est-ce qu'ils voulaient ?

Il était cramoisi.

— C'est comme ça qu'on salue un collègue ?

— Arrête ton cirque ! C'est ma peau qui est en jeu, dans cette histoire. Je veux savoir ce qui se passe.

Avant de lui répondre, Quentin jeta un coup d'œil autour d'eux.

— D'abord, évite de devenir parano — c'est justement ce qu'ils cherchent. Ensuite, si tu me disais *à moi* ce qui se passe ? Compte tenu de nos relations, je joue moi aussi ma peau, figure-toi, et je n'aime pas beaucoup ça.

— Je fais mon boulot, voilà ce qui se passe. Je traîne ma chienne de vie comme je peux et je garde le nez sur le guidon.

Quentin dévisagea son ami avec gravité.

— Ils m'ont demandé si je savais que tu buvais, Terry. Et d'où tu sortais ton fric.

— Mon fric ? s'exclama son ami, l'air sidéré. C'est la meilleure, ça ! J'ai pas un radis !

— Attends.

Quentin baissa la voix.

— L'autre soir, je t'ai vu refiler un billet de cinquante dollars à Shannon, Terry. D'où il venait, si tu es à sec ?

— Tu crois que je palpe, c'est ça ? C'est ce qu'ils pensent ? C'est ce que tu leur as dit ?

— Je ne leur ai rien dit du tout, affirma Quentin en jetant un coup d'œil derrière lui. Je t'ai couvert, même si je me demande bien pourquoi.

Terry eut l'air soulagé. Un peu trop.

— Parce qu'on est copains, pardi ! s'exclama-t-il. On s'est toujours épaulés mutuellement, toi et moi. On a toujours...

Quentin lâcha un grognement irrité.

— Arrête ça, Terry. Penny a raison : ma manie de te chercher des excuses n'apporte rien de bon à personne. A commencer par toi.

— Penny ?

Le visage de Terry avait viré à l'écarlate.

— Tu parles avec ma femme, maintenant ?

— C'est toi qui m'as demandé d'aller la voir. Rappelle-toi.

Un officier de police s'approchait d'eux, un café à la main. Dès qu'il vit leur mine, il tourna les talons et changea de direction.

— Ecoute, Terry. Remettons cette discussion à plus tard, d'accord ? Ce n'est ni le moment ni le lieu...

— Tu as parlé à ma femme, et je veux savoir ce qu'elle t'a dit, O.K. ? Elle découche, c'est ça ? Avec qui elle sort ?

Quentin soupira. Il redoutait cette conversation depuis sa visite à Penny, plus d'une semaine auparavant. La scène était inévitable. Autant en finir maintenant.

— Elle ne sort avec personne, Terry. En fait, ce serait plutôt toi qu'elle accuse de ce genre de chose.

— Et tu l'as crue ?

— Oui, je l'ai crue.

Cette fois, Terry prit un air mauvais.

— J'aimerais bien que tu m'expliques... Comment se fait-il que tu ne m'aies pas parlé plus tôt de cette gentille petite conversation avec ma femme, hein ? Est-ce que tu voudrais me cacher quelque chose ? Tu te la fais, ou quoi ?

De justesse, Quentin parvint à garder son calme.

— Je te l'ai déjà dit une fois, Penny ne mérite pas ce genre de dégueulasseries. Et moi non plus.

— Hé, qu'est-ce qui se passe ? J'ai touché un point sensible ?

Quentin jeta un regard dégoûté à son ami.

— Je vais te dire la vérité, Terry : Penny ne te reprendra pas tant que tu ne te seras pas ressaisi. Elle est persuadée que tu te détruis et elle n'a pas envie d'assister à ça, ni d'infliger ce spectacle à vos gosses. De mon côté, j'ai pensé que tu n'aurais sûrement pas envie d'entendre ce genre de chose, alors je l'ai bouclée. Tu es content ? J'ai pris ta défense, mais je crois bien que j'ai eu tort.

— J'aurais dû me méfier ! gronda Terry en serrant les poings. Quand on envoie un renard dans un poulailler, il faut s'attendre à du grabuge. Tout le monde connaît ton penchant pour les femelles. Alors, collègue, tu la sautes, hein ? Et qui d'autre encore ? La rousse qui écrit des romans ? Tu te les fais peut-être toutes les deux à la fois, pourquoi pas ?

Une colère blanche envahit Quentin, lui coupa le souffle. Il lutta pour la dominer et ne pas se jeter sur l'ordure qui lui faisait face.

— Laisse Anna en dehors de ça.

Terry parut stupéfait, puis une lueur s'alluma dans ses yeux.

— Anna ? Tiens donc, vous en êtes aux prénoms, maintenant ? Comme c'est charmant...

Il s'esclaffa, d'un rire déplaisant.

— J'avais raison, à ce que je vois. Malone a encore frappé !

Quentin éprouva un choc devant la malveillance qui perçait dans la voix et les paroles de son ami. Il arrivait à Terry de se montrer grossier, sarcastique ou amer. Mais jamais à ce point. L'homme qui lui faisait face était un inconnu. Un type cynique. Insupportable.

C'était ce type, sans doute, que Penny Landry avait vu trop souvent.

Se penchant vers lui, il flaira un relent d'alcool.

— Tu as une sacrée veine que je sois ton ami et que je sache ce que tu traverses en ce moment, Terry, sans quoi tu aurais déjà reçu mon poing dans la gueule. Et ce serait amplement mérité !

Terry chancela légèrement, mais il soutint le regard de Quentin. Il avait les yeux injectés de sang et paraissait à cran.

— Tu ferais bien de garder ta nouvelle copine au chaud, mon pote. A ce que j'ai entendu dire, tu n'es pas le seul à baver sur elle — et l'autre mec est un assassin.

Ebranlé, Quentin retint son souffle. Il compta jusqu'à dix avant de répondre.

— Cette fois, Terry, tu as passé les bornes. C'est clair ?

Il s'avança d'un pas, jusqu'à le toucher, et le toisa sans complaisance.

— Ne compte plus sur moi pour supporter tes conneries et continuer à les couvrir. Si tu veux un conseil, reprends-toi. Et vite, avant de t'attirer des ennuis. De gros ennuis.

43.

Mardi 30 janvier — 17 h 10

Quentin resta planté cinq bonnes minutes devant l'immeuble d'Anna avant que le froid le pousse à gravir les marches du perron. Non, corrigea-t-il. Pas le froid. Le besoin de chaleur. Sa chaleur à elle.

Il avait passé une sale journée. Pleine de crasses et de motifs d'insatisfaction. En plus du meurtre de Jessica Jackson, de la visite des hommes de la PID et de la scène avec Terry, il avait fallu que le chef Pennington convoque tous les effectifs du poste pour leur passer un savon général.

Ils n'avançaient pas assez vite dans les enquêtes Kent, Parker et Jackson, leur avait-il reproché. Ils ne se remuaient pas suffisamment. Trois meurtres en trois semaines. Et alors que ce maniaque s'en donnait à cœur joie, le capitaine O'Shay et ses troupes n'étaient pas plus près de le coincer qu'au matin du premier assassinat.

Quentin avait bondi pour défendre les siens. Il avait rétorqué au grand chef qu'il n'avait qu'à s'y mettre lui-même, s'il pensait pouvoir mieux faire. Ils n'avaient pas négligé le moindre détail, avaient suivi toutes les pistes, réelles ou supposées, vérifié et revérifié les liens possibles existant entre les victimes. Jusqu'ici, tout ce boulot n'avait rien donné : c'était impasse sur impasse.

Pennington était entré dans une belle fureur, avant de capituler — non sans donner un avertissement aux inspecteurs : le temps leur était compté, et ils avaient intérêt à pincer au plus vite ce tueur.

Durant toute la réunion, Quentin n'avait cessé de penser à Anna. A ce qu'elle était en train d'endurer. A ce qui s'était passé entre eux la nuit précédente. A aucun moment il n'avait oublié qu'elle aurait pu être à la morgue à la place d'une autre jeune femme.

Il y avait aussi Ben Walker, dont l'attitude le faisait enrager. En refusant de dévoiler le nom de ses patients, cet imbécile de psy pouvait protéger un assassin. Un malade déterminé à tuer la femme dont il se prétendait amoureux. Qu'attendait-il, au juste, pour oublier un peu ses sacro-saints principes ? Qu'Anna meure ? Qu'il reçoive lui-même des menaces ?

Quentin leva les yeux vers les fenêtres d'Anna. Les stores étaient baissés, mais de la lumière filtrait au travers et sur les bords. Il l'avait appelée une fois dans la journée, pour l'avertir qu'un agent nommé LaSalle avait été affecté à sa surveillance. Cela lui avait fait peur, et elle s'était fâchée quand il avait refusé de lui expliquer la raison de cette décision et de lui dire où en était l'enquête — sinon qu'elle suivait son cours.

Ils ne s'étaient parlé que deux ou trois minutes, pas plus. A aucun moment il n'avait été fait mention de leur nuit d'amour. Quand ils avaient raccroché, ils étaient en froid.

Et il devrait s'en tenir là, pensa Quentin. Couper court tout de suite. Qu'avaient-ils en commun, à part les événements terrifiants dont Anna était la victime ? Rien.

Rien ? Pas vraiment. Car il y avait le sexe.

Une relation enflammée, époustouflante, abasourdissante.

Quentin ferma les paupières, laissant affluer les souvenirs. Bon sang ! Avec elle, il avait carrément plané. Il s'était retrouvé dans la peau d'un adolescent tourmenté par la puberté.

Comme il rouvrait les yeux, elle passa devant la fenêtre, ombre mince se dessinant sur le store. D'où leur était venue cette fantastique énergie sexuelle, la nuit dernière ? Comment Anna pouvait-elle lui convenir aussi précisément, aussi justement qu'un gant coupé sur mesure pour lui ? Pourquoi elle et pas une autre femme ?

Quentin se rendit compte qu'il avait envie d'elle tout de suite. Et après, aussi. Et toute la nuit.

Quel minable ! pensa-t-il aussitôt. Minable comme un type profitant d'elle alors qu'elle était particulièrement vulnérable.

Il détourna son regard de la fenêtre. Elle n'avait pas besoin de complications supplémentaires dans sa vie en ce moment. Et de son côté, il devait à tout prix garder l'esprit clair et conserver toute énergie pour tenter de résoudre l'enquête en cours.

Un type aveuglé par le désir, éreinté par des nuits passées à faire l'amour, n'aurait plus aucune des qualités requises.

« Fiche-moi le camp ! lui souffla une voix. Tout de suite. Arrête ça tout de suite. »

Mais au lieu de partir, il sonna chez elle. Il attendit un moment et sonna encore. Elle entendit enfin sa voix dans l'Interphone.

— Oui ? Qui est là ?

— C'est Quentin.

Un silence suivit. Il sentit son estomac se nouer.

— Je peux monter ?

— Ça dépend. Es-tu venu remplacer mon chien de garde ou viens-tu me voir ?

— Je viens te voir. Il faut qu'on parle, ajouta Quentin après une pause.

Anna hésita un moment, puis murmura :

— Je t'ouvre.

Au déclic, il poussa la porte, puis monta l'escalier intérieur. LaSalle était assis devant chez elle, une bouteille Thermos de café entre les pieds, un bouquin ouvert sur les genoux. Il leva les yeux quand Malone atteignit le palier.

— Salut, inspecteur.

— Bonsoir, LaSalle. La journée a été calme ?

— D'un calme mortel.

Quentin désigna le livre.

— J'espère que ce bouquin n'est pas trop passionnant.

Toussotant légèrement, l'autre ferma le volume.

— Non, pas du tout.
— J'aime mieux ça. Je vais rester une heure ou deux avec Mlle North, indiqua Quentin en consultant sa montre. Si vous voulez aller manger un morceau...
— C'est pas de refus.
Le jeune policier se leva avec gratitude.
— J'en profiterai pour jeter un coup d'œil dans le quartier, histoire de m'assurer que rien ne cloche.
— Bonne idée. Et bon appétit.
Anna vint lui ouvrir, les joues enflammées. Elle regarda LaSalle disparaître dans l'escalier, puis se tourna vers Quentin.
— Bien joué, murmura-t-elle. Je me souviendrai du truc, quand je voudrai me débarrasser de mon encombrant baby-sitter.
Elle portait un jean bleu clair et un ample pull blanc cassé. Elle était pâle et semblait fragile, sans maquillage, avec ses cheveux flamboyants lissés en arrière et rassemblés en une queue-de-cheval d'adolescente.
Elle était merveilleuse. Belle à couper le souffle.
— Ne t'y risque pas, répondit Quentin d'un ton rogue. Il est là pour te protéger.
Elle croisa les bras sur sa poitrine.
— Toi aussi, Malone ?
— Tu m'en veux encore.
— A juste titre ! En partant ce matin, tu m'as promis de me tenir informée. Tout ce que j'ai récolté, c'est un gorille sur mon paillasson.
— Je me soucie de ta sécurité, mon chef aussi. Nous ne voulons prendre aucun risque.
Elle leva le menton, s'efforçant de paraître brave.
— Vous pensez que le type d'hier soir va revenir, c'est ça ?
Contrarié, Quentin fronça les sourcils.
— Nous n'en savons rien. Mais s'il revient, il nous trouvera.
— Et à part ça ?
— A part ça, il n'est pas certain que le meurtre de la nuit dernière soit lié aux deux précédents. Il n'a pas été perpétré de la même manière, sans parler du petit doigt sectionné. Il pourrait s'agir d'un plagiat...

mais cette hypothèse ne me satisfait pas non plus. En premier lieu à cause du fait que personne, à part nous, ne sait que les deux premières victimes étaient rousses.

Anna perdit son attitude de défi. Elle scruta le visage de Quentin d'un regard anxieux, douloureux.

— Vous n'avez toujours aucune idée de...

— Non. Je suis désolé, Anna.

Elle paraissait si abattue, tout à coup, qu'il laissa échapper un grognement de regret.

— J'espérais pouvoir t'apporter de bonnes nouvelles, mais ce n'est pas le cas.

— Les enquêtes de ce genre ne se résolvent pas du jour au lendemain, je suppose, remarqua-t-elle en se frictionnant les bras, comme si elle avait froid.

« Certaines ne se résolvent jamais », pensa Quentin, qui détourna les yeux, avant de regarder de nouveau la jeune femme. Il brûlait de la toucher, mais n'osait pas.

— Comment vas-tu ? demanda-t-il doucement. J'ai pensé à toi toute la journée.

Les traits d'Anna s'adoucirent et un faible sourire effleura ses lèvres.

— Je vais bien.

Elle ouvrit la porte plus largement.

— Entre.

— Tu es sûre ?

— Oui.

Il franchit le seuil. Anna ferma la porte derrière eux et tourna le verrou.

— Qu'y a-t-il dans ce sac ? demanda-t-elle.

Il baissa les yeux sur le sachet de papier brun qu'il tenait à la main et qu'il avait oublié.

— Une barquette de potage au poulet, révéla-t-il en lui tendant le sac. Pour toi.

L'air ébahi, elle se mit à rire.

— Tu m'as préparé du potage au poulet ?

L'idée le fit sourire.

— Rassure-toi, je ne cherche pas à t'empoisonner. J'avais cette soupe dans mon congélateur. Préparée par ma mère, qui veille à tenir tous nos frigos bien garnis — pour le cas où l'on viendrait à manquer. Elle est encore congelée, d'ailleurs.

Anna prit le sac.

— *Tous nos frigos ?* releva-t-elle, intriguée.

— Nous sommes une famille nombreuse. Je suis le deuxième de sept enfants, dont cinq flics. Comme mon grand-père, mon père, trois oncles et une tante — et je te fais grâce des cousins.

— Miséricorde !

Il sourit de nouveau.

— Tout le monde dit la même chose.

Tandis qu'Anna posait le sac et son contenu sur la console de l'entrée, un silence gêné s'installa.

— Comment s'est passée ta journée ? demanda Quentin.

— Pas terrible.

Elle serra les bras sur sa taille.

— Je n'ai pas arrêté de regarder derrière moi, de sursauter au moindre bruit.

— Tu es sortie ?

— J'étais prête à grimper aux murs, ici. Alors, cet après-midi je suis allée... au magasin. Dalton avait besoin de moi.

Quentin se rembrunit. Il comprenait qu'elle ne puisse se terrer indéfiniment dans son appartement, mais quand même ; il n'aimait pas l'imaginer seule dans la rue. Surtout aussi tôt après son agression.

— Tu as été prudente ?

— Oui.

Comme il s'apprêtait à lui poser d'autres questions, elle lui intima d'un geste le silence.

— Inutile de t'inquiéter. Ben m'a accompagnée à l'aller, Dalton au retour et LaSalle ne m'a pas lâchée d'une semelle. J'étais la femme la mieux gardée de la ville.

En entendant le nom du psychologue, Malone s'était crispé.

— Ben Walker est venu ici ?

— Oui, il est passé me voir.

De nouveau, Anna se frictionna les bras.

— Il avait une mine affreuse. Cet accident... Il m'a dit que vous vous étiez vus, ce matin. Il m'a aussi parlé... de cette note laissée sur son pare-brise. De ce qu'elle disait...

Sa voix s'étrangla. S'avançant vers elle, Quentin prit son visage entre ses mains et l'obligea à le regarder dans les yeux.

— Nous allons retrouver ce type, Anna. *Je* vais le retrouver. Il ne te touchera pas, je l'en empêcherai.

La gorge d'Anna laissa échapper un son étrange, entre le rire et le sanglot.

— Tu me le promets ?

Quentin pencha la tête, effleura de ses lèvres la bouche tremblante d'Anna.

— Oui, murmura-t-il. Je te le promets.

Avec un petit gémissement, elle posa les mains sur ses épaules et appuya sa joue contre son torse. Le silence les enveloppa. Quentin enlaça délicatement la taille de la jeune femme, mais sans la serrer, de crainte qu'elle puisse deviner à quel point il avait peur pour elle. Ou combien elle comptait pour lui.

Au bout d'un moment, elle leva le visage vers le sien.

— Cette femme, celle qui est... morte la nuit dernière...

— Jessica Jackson.

— Parle-moi d'elle.

— Anna...

— Je t'en prie.

Ses yeux s'emplirent de larmes.

— Je veux la connaître. Elle est morte à ma place.

— Ne dis pas ça ! Nous n'en savons rien.

— Je le sais, moi.

La voix rauque, Anna s'éclaircit la gorge.

— Elle était rousse. Il lui a coupé l'auriculaire droit. Il l'a tuée la nuit où j'ai été agressée, celle où ce mot disait que je devais mourir.

— Il n'était pas fait mention de ton nom, Anna.

— Tu sais bien qu'il s'agissait de moi. C'est l'évidence même.

De nouveau, il prit son visage entre ses mains.

— Je me méfie des évidences — elles sont souvent trompeuses.

— Parle-moi d'elle...

— Elle était étudiante à Tulane, commença Quentin après un bref instant d'hésitation. Elle bossait le soir comme serveuse au bar du Omni Royal Orleans Hotel. Hier soir, elle a travaillé jusqu'à 23 heures, puis a rejoint des amis. Ils sont allés danser. Elle était célibataire, sans enfants. Ses parents et ses deux sœurs sont inconsolables.

— Quel âge avait-elle ? demanda Anna d'une voix tremblante.

Il hésita.

— Vingt et un ans.

— C'est terrible ! gémit Anna. Pour elle, pour sa famille. Je me sens tellement coupable de ce qui lui est arrivé... et tellement soulagée d'avoir échappé à son sort.

Elle se mit soudain à pleurer.

— C'est ma faute, si elle est morte. Comment vivre avec cette idée ? Comment, Quentin ?

Du bout des doigts, il essuya ses larmes.

— Arrête, Anna ! Ce n'est pas toi qui l'as tuée.

— Mais elle est morte à ma place !

Elle leva sur lui un regard éperdu.

— Ne prétends pas le contraire, je sais que c'est vrai.

Il ne pouvait évidemment pas la contredire, malgré tout le désir qu'il en avait. Lui aussi le pensait. Et il en était bouleversé.

Alors qu'il s'attachait à elle, quelqu'un voulait la faire mourir. Quelqu'un qui avait déjà tué, qui tuerait encore.

Se penchant vers elle, Quentin s'empara de sa bouche. Il l'embrassa doucement, d'abord, puis avec une fièvre grandissante. Une passion que rien ne semblait devoir freiner.

Avec un petit cri, Anna passa les bras autour de son cou et se pressa contre lui. Ils firent l'amour ici, dans l'entrée. Il la plaqua contre le mur, la souleva pour l'unir à lui. Elle passa les jambes autour de ses hanches, se cramponnant à ses cheveux alors qu'il plongeait en elle.

Ce ne fut que lorsque leur frénésie érotique s'apaisa que Quentin découvrit les larmes sur le visage d'Anna. Qu'il s'avisa que sa bouche tremblait sous la sienne. Consumé de remords, il la prit dans ses bras et la porta dans sa chambre. Il la déposa sur le lit et s'allongea auprès d'elle.

— Je n'avais pas l'intention de faire une chose pareille, murmura-t-il. Pas comme ça.

— Je ne te reproche rien.

D'un geste tendre, il promena les doigts sur son visage, découvrit les rougeurs que sa barbe naissante avait laissées sur la mâchoire et le cou de la jeune femme.

— Je t'ai fait mal, maugréa-t-il.

— Non.

— Je suis désolé.

— Il n'y a pas de quoi, je t'assure.

Un léger sourire aux lèvres, elle lui posa un index sur la bouche.

— Tu es un type bien, Quentin Malone.

Il se mit à rire, mais d'un rire crispé, sans humour.

— Un type bien, alors que je me conduis comme un salopard de profiteur ? N'importe qui dirait que je tire avantage des femmes quand elles sont le plus vulnérables.

Anna haussa les sourcils.

— Tu crois ça ? Eh bien, ça n'est pas mon avis, à moi.

— Parce que tu es sous le choc. Réfléchis : je sonne à ta porte...

— ... avec du potage au poulet...

— ... et je finis à poil avec toi dans ton lit. Pas mal, non ?

— Si je me souviens bien, c'est moi qui ai commencé. Et si c'était moi, la profiteuse ?

Il se pencha vers elle, appuyant le front contre le sien.

— Dans ce cas, tu peux profiter de moi autant qu'il te plaira, ma douce.

— Promis ?

Alors qu'il allait répondre, l'estomac d'Anna se mit à gargouiller. Elle le pressa d'une main, rougissante. Quentin sourit.

— As-tu mangé ?

— Non. Pas depuis ce matin.

Le gargouillis reprit de plus belle, et Anna ne put s'empêcher de rire, cette fois.

— Il paraît que ta mère confectionne un redoutable potage au poulet ?

— Le meilleur de tous !

Quentin roula sur le côté et quitta le lit.

— Tu as quelque chose à grignoter avec ? demanda-t-il en tendant la main pour aider Anna à se lever. Du pain de mie ? Des toasts ?

— J'ai ce qu'il faut, oui. Et si tu promets d'être gentil, je t'offrirai même un grand verre de lait.

Il s'esclaffa.

— Tout dépend de ce que vous entendez par gentil, ma chère !

Quelques instants plus tard, ils étaient assis en tailleur à même le sol, dans le salon, devant deux bols de potage fumant et un paquet de crackers entamé. Anna goûta une cuillerée de consommé et leva les yeux vers Quentin.

— Mais c'est un pur délice !

— Merci.

Il sourit.

— Ma mère est une cuisinière fantastique. Quand on a sept gosses à nourrir, c'est appréciable.

— Comment est-elle ?

— Une vraie locomotive. Elle mesure tout juste son mètre cinquante, mais...

— Tu plaisantes ?

— Non. C'est mon père qui est grand. Son père et son grand-père l'étaient encore plus que lui.

Quentin mangea et s'essuya la bouche.

— Nous la dépassons tous largement, y compris les filles. Mais elle n'en reste pas moins le chef de famille. Quand nous étions gamins, elle portait une large ceinture de cuir autour de la taille. Et gare à celui qui la poussait à la défaire ! Parfois, quand elle n'arrivait pas à la dégrafer assez vite, c'était le balai qu'elle prenait pour nous poursuivre.

Anna sourit, amusée.

— Tu étais désobéissant ?

— Une vraie terreur.

Prenant un cracker dans le paquet, elle mordit dedans.

— Parle-moi de tes frères et sœurs.

— J'ai quatre frères et deux sœurs. Je suis le deuxième de la lignée, après mon frère John qui ne me laisse jamais oublier son rang d'aîné.

Anna écouta Quentin, captivée, mais aussi réchauffée par l'affection qui perçait dans sa voix et dans son regard quand il évoquait les siens. Il y avait Percy l'enjoué, Spencer le chien fou, Shauna la frondeuse, Patrick le conservateur, John le gros ours mal léché. Et aussi Mary la douce, qui avait des problèmes dans son ménage, et John, dont l'épouse attendait leur troisième enfant.

— Tous des flics ! conclut Quentin, sauf Patrick qui est comptable, et Shauna, qui étudie les beaux-arts à la fac. Les moutons noirs du clan Malone.

Dans la foulée, il évoqua encore ses cinq neveux et nièces, sa tante Patti — son chef au poste de police —, ses beaux-frères et belles-sœurs.

— Quelle famille ! murmura Anna, avec une nuance d'envie dans la voix.

— Maintenant, oui. Autrefois, nous nous chamaillions comme des chiffonniers. Nos parents devenaient fous.

Anna jeta un coup d'œil à son bol, qui était vide. Elle reprit un cracker.

— Tu as toujours voulu être flic ?

— C'est plutôt le métier qui m'a choisi.
— A cause de ta famille, c'est ça ?
Inclinant la tête sur le côté, pour l'observer, elle demanda :
— Qu'aurais-tu préféré faire ?
— Je n'ai pas dit que j'aurais voulu faire autre chose.
— Donc, tu voulais être inspecteur de police ?
— A ton tour, maintenant ! lança Quentin en repoussant son bol, qui était vide. C'était comment, de grandir à Hollywood ?
— Avant le rapt, merveilleux. Après... beaucoup plus solitaire.
— Pardonne-moi. Ma question était stupide.
Elle haussa les épaules.
— Ce n'est pas grave.
Il y eut un silence embarrassé. Anna le rompit en se levant.
— Encore un peu de potage ?
— Non, merci.
Quentin se leva aussi et consulta sa montre.
— LaSalle devrait revenir d'une minute à l'autre.
— Il vaudrait mieux que tu partes, alors. On pourrait jaser.
— Les gens peuvent raconter ce qu'ils veulent. Si ça t'est égal, je m'en moque aussi.
Anna hocha la tête et ils ramassèrent bols, verres et couverts pour les emporter dans la cuisine. Elle mit la vaisselle dans l'évier, fit couler l'eau.
— Ben m'a dit que tu allais mettre au point un plan pour savoir lequel de ses patients a pu rédiger ces notes.
— Il t'a dit ça ?
Elle le regarda par-dessus son épaule.
— Tu ne l'aimes pas beaucoup, n'est-ce pas ?
— Je ne le connais pas.
Anna ferma le robinet et se retourna, l'air intrigué.
— Dans ce cas, pourquoi cette hostilité ? Ne nie pas, je l'entends à ta voix.
— Ce sont peut-être ses principes qui me gênent. Parce que je veux arrêter un assassin et qu'il ne pense qu'à le protéger.

— Il refuse de te donner une liste de ses patients ?

— Exact.

— Et tu crois que cet Adam en fait partie ?

— Je l'espère. J'ai posé la question à Ben. Il m'a dit que non, mais je reste convaincu que toutes ces affaires ont un lien entre elles. Les cassettes, les petits mots, les lettres de Minnie. La disparition de Jaye. Le doigt en plastique. Le fait qu'on t'ait suivie — et agressée hier soir.

— Sans oublier ces trois meurtres.

De nouveau, sans qu'elle puisse y faire quoi que ce soit, des larmes montèrent aux yeux d'Anna.

— Tous ces gens qui ont souffert à cause de moi...

— C'est ridicule, Anna !

Il s'approcha d'elle, et la prenant par les épaules, il la força à le regarder.

— Tu es une victime, bon sang ! Pas une criminelle. Une victime, tu entends ? ajouta-t-il en la secouant légèrement.

— L'une des victimes, corrigea-t-elle. Une parmi d'autres.

Elle marqua une pause.

— Il faut que j'agisse, Malone. Je ne peux pas rester dans cet appartement, gardée par la police, pendant que des femmes se font tuer. Et que Jaye subit Dieu sait quoi. J'y suis pour quelque chose. J'ignore ce que j'ai fait pour provoquer des horreurs pareilles, mais il faut que j'intervienne pour les arrêter.

— Tu veux nous aider ? Dans ce cas, obtiens de Ben qu'il te donne cette liste. Si aucun Adam n'y figure, je suis sûr que tu reconnaîtras un autre nom.

— Kurt, par exemple ?

— Ou une autre personne de votre entourage.

Anna soutint avec fermeté le regard de Quentin.

— Si tu penses à Bill ou à Dalton, tu te trompes. Ben a fait leur connaissance quand il est venu me voir à La Rose Unique. Il ne les avait jamais vus avant.

— Tu en es certaine ?

— Puisque je te le dis !

Un moment, ils restèrent à se défier du regard, dans une atmosphère qui s'était soudain brusquement chargée d'électricité.

— Mon boulot consiste à examiner les faits, Anna, dit enfin Quentin. Je dois prendre en compte les opportunités et les mobiles. Bill et Dalton ont eu l'opportunité...

— Mais pas de mobile. Ce sont mes amis, je leur fais une entière confiance.

— Tu as probablement raison. Le problème, Anna, c'est que dans la grande majorité des crimes avec violence, la victime connaissait son agresseur. Je ne peux pas prendre ce détail à la légère. Et tu ne devrais pas le négliger non plus.

Anna ne supportait pas qu'il parvienne à la faire douter de ses amis, ne fût-ce qu'une fraction de seconde.

— Fais ton boulot, Malone. C'est normal. Moi, je vais m'occuper de soutirer cette liste à Ben. Tu verras bien que tu te trompes. Que tu as absolument tout faux.

Il traversa la cuisine en deux enjambées, l'attira à lui et l'embrassa fébrilement, avec une sorte de désespoir. Elle lui répondit avec la même urgence, les doigts crispés sur son pull, le retenant contre elle.

Ce fut lui qui interrompit leur baiser.

— D'accord pour la liste, déclara-t-il d'une voix rauque, mais ensuite, reste en dehors de tout ça, Anna. Laisse-nous travailler, mes collègues et moi. Ce salaud ne pourrait rêver mieux que de te voir prendre part à l'enquête, sortir de chez toi et t'exposer à ses coups. Ne lui donne pas ce qu'il attend.

Brusquement, une intuition traversa Anna. En un éclair, elle venait de comprendre le mobile de son ennemi, ce qu'il désirait, ce qui le poussait à agir.

— Je crois encore que tu te trompes, Malone. Ce qu'il veut, c'est me voir isolée et terrifiée. Exactement comme il y a vingt-trois ans.

44.

Mercredi 31 janvier — 1 h 52

— Minnie ? chuchota Jaye.

Elle se redressa dans son lit et se tourna vers la porte. Un léger frôlement de l'autre côté avait attiré son attention. Elle n'avait plus eu de contact avec son amie depuis que leur ravisseur les avait surprises en train de parler. Et qu'il l'avait obligée à sceller d'un baiser la lettre destinée à Anna.

Jaye s'était fait un sang d'encre pour la fillette. Elle redoutait que l'autre monstre l'ait punie à cause d'elle. Qu'il lui ait fait du mal. Elle s'inquiétait beaucoup pour Anna, aussi. Avait-elle reçu la lettre ? Qu'avait-elle pensé ? Avait-elle reconnu l'empreinte de ses lèvres ?

Elle avait vécu un vrai supplice, à attendre sans savoir, à implorer le ciel que ses amies aillent bien, tout en craignant le pire pour elles. Elle avait peu dormi au cours de ces cinq dernières nuits ; elle n'avait cessé de marcher en long et en large, de se tourmenter, de prier, de calculer.

Il fallait qu'elle sorte d'ici, qu'elle sauve Minnie et prévienne Anna.

Il devait bien y avoir un moyen !

Le frôlement recommença, et Jaye quitta prudemment sa couchette.

— Minnie, c'est toi ?

— Oui, c'est moi.

Jaye expira, soulagée, et gagna la porte sur la pointe des pieds, s'agenouillant pour se pencher vers la chatière.

— J'étais drôlement inquiète pour toi ! Qu'est-ce qu'il t'a fait ? Il t'a fait du mal ?

— Il était très en colère.

Un miaulement se fit entendre, et Minnie fit taire Tabitha.

— Je... j'ai failli pas venir, cette nuit, avoua-t-elle. S'il me trouve ici... Oh ! j'ai tellement peur, Jaye !

Une rage folle s'empara de Jaye.

— Je le hais ! lâcha-t-elle d'une voix sourde, les poings serrés. Je le hais à un point... Pour ce qu'il nous a fait. Pour Anna. Quand je sortirai d'ici, je te jure qu'il paiera. Je te le jure.

— Ne parle pas comme ça, Jaye, il pourrait t'entendre, chuchota Minnie d'une voix effrayée. Tu vas le rendre encore plus furieux. Il va te faire du mal.

D'un côté, Jaye avait envie de hurler qu'elle s'en moquait. Crier de toutes ses forces qu'il n'avait qu'à venir, qu'elle n'avait pas peur de lui. Mais elle devait penser à Minnie. A Anna. Elle n'avait pas le droit de les mettre en danger.

Elle se rapprocha encore plus de la porte.

— Minnie ? Est-ce que tu sais si Anna... s'il a essayé...

La suite resta bloquée dans sa gorge. Elle se trouvait incapable de prononcer ces mots. Comme si le fait de les dire à voix haute risquait de donner une réalité à leur sens.

Ils demeurèrent en suspens, à la tourmenter.

Est-ce qu'il avait fait du mal à Anna ? Est-ce qu'elle était... encore en vie ?

— Je crois qu'elle va bien, dit Minnie.

Alors qu'elle se taisait un instant, Jaye devina qu'elle prêtait l'oreille, regardait derrière elle pour s'assurer qu'elles étaient seules. Quand elle parla de nouveau, sa voix était étouffée, comme si elle pressait sa bouche contre la porte.

— L'autre nuit, quand il est rentré... il était contrarié. Quelque chose s'était mal passé... à propos d'Anna. Il marmonnait entre ses dents. Il a dit des trucs... des trucs terribles.

Elle s'interrompit.

— Quoi, Minnie ? interrogea Jaye en posant les mains sur la porte. Quel genre de trucs ?

La fillette resta muette un moment. Quand elle reprit la parole, sa voix tremblait.

— Il va nous emmener ailleurs, Jaye. Je sais pas où ni quand, mais c'est à cause d'Anna. Il va lui faire du mal.

45.

Mercredi 31 janvier
Poste de police du Septième District

— Hé, vieux... tu as une minute ?

Quentin leva les yeux. Terry se tenait devant l'entrée des vestiaires, la mine repentante. Vingt-quatre heures s'étaient écoulées depuis leur dispute ; sa colère retombée, Terry était manifestement revenu à la raison.

Impassible, Quentin ferma la porte de son casier et s'assit sur le banc en lui tournant ostensiblement le dos.

— Ce n'est pas le moment. Je suis occupé.

Terry entra et vint se poster en face de lui.

— Je comprends que tu m'en veuilles...

Ignorant sa remarque, Quentin se pencha en avant pour attacher les lacets de ses chaussures de sport.

— Je vais faire un jogging, annonça-t-il ensuite en se levant. Excuse-moi, Terry.

— Je me suis conduit comme un imbécile.

— C'est un euphémisme. Mais je te le répète : maintenant, je vais courir.

Quentin enjamba le banc et gagna la sortie.

— Je suis désolé pour ce que j'ai dit..., insista Terry. J'étais à côté de la plaque.

Quentin se retourna pour le dévisager.

— C'était surtout très moche, répliqua-t-il avec froideur. Je ne mérite pas ça. Et Penny non plus.

— Oui, tu as raison. Je... je ne sais pas ce qui m'arrive, Malone. J'ai l'impression que tout est en train de sombrer. Moi. Ma vie. Le boulot. Et je n'arrive pas à enrayer le processus.

La colère de Quentin se dissipa.

— Tu n'y arriveras pas seul, Terry. Il faut te faire aider.

— Par un psy, c'est ça ?

— Oui. Dans le service, il y a...

— Pas question ! coupa Terry, qui se laissa tomber sur le banc. Cela se saurait. Je n'ai pas envie que tout le monde soit au courant de mes affaires.

— Parce que tu t'imagines que personne n'est au courant ? Que personne ne s'est aperçu de rien ? Allons, Terry, ne sois pas idiot, maugréa Quentin en revenant vers son ami.

Celui-ci enfouit son visage dans ses mains.

— Il faut que j'arrête de déconner, Malone. Je ne veux plus faire de mal autour de moi.

— Alors, consulte un psy. Fais-le vraiment. C'est indispensable.

— Est-ce que tu m'épauleras, vieux ? demanda Terry en relevant la tête. Si je suis ton conseil, est-ce que tu m'aideras à récupérer Penny et mes gosses ?

Quentin doutait fort que Penny soit disposée à revenir sur sa décision, quoi que Terry fasse, mais il garda son opinion pour lui.

— Oui, je t'épaulerai.

— Merci.

Otant ses lunettes, Terry se massa les yeux.

Quentin fronça les sourcils. Il n'avait encore jamais vu son équipier porter des lunettes.

— Tiens, c'est nouveau, ça ?

— J'ai attrapé une conjonctivite à force de garder trop longtemps mes lentilles. Mon ophtalmo m'a interdit d'en mettre pendant au moins un mois. Tu vois, j'ai même failli me bousiller les yeux.

J'ai vu ses yeux, Malone. Ils étaient orange.

Se souvenant de ce que lui avait dit Anna, Quentin venait d'avoir une idée. Oubliant ses dispositions sportives, il regagna son casier et rouvrit la porte d'un geste décidé.

— Tu n'as rien à faire dans l'immédiat ? demanda-t-il.

Terry secoua la tête.

— Pourquoi ? Qu'est-ce qui se passe ?

— J'ai besoin de quelques renseignements, mais je ne peux pas t'en dire plus pour l'instant. Tu m'accompagnes quand même ?

— On fait toujours équipe, toi et moi.

Vingt minutes plus tard, les deux hommes pénétraient dans le magasin d'optique du New Orleans Center, une galerie marchande du centre-ville. Ils traversèrent le hall d'exposition au sol moquetté et se dirigèrent vers le comptoir d'accueil. Quentin présenta sa plaque à un employé et demanda à parler au directeur.

— Tu joues à quoi, là ? demanda Terry tandis que l'homme disparaissait derrière une porte vitrée, dans le fond.

— Une intuition, dit Quentin. Tu vas voir.

Quelques instants plus tard, une petite femme entre deux âges, élégamment vêtue, se présentait à eux, souriante.

— Que puis-je faire pour vous, messieurs ?

— Inspecteurs Malone et Landry, indiqua Quentin.

De nouveau, il sortit sa plaque et Terry l'imita.

— Peut-être seriez-vous en mesure de nous fournir quelques renseignements dont nous aurions besoin pour une enquête en cours.

— Je vous aiderai de mon mieux.

— J'aimerais obtenir des précisions sur les lentilles de couleur. Existent-elles uniquement dans des couleurs naturelles telles que le bleu, le marron, le vert, ou bien peut-on en trouver des rouges et des orange ?

— Toutes les couleurs de l'arc-en-ciel, ou presque, sont disponibles.

Se baissant, elle fouilla un moment sous le comptoir et en sortit un large présentoir cartonné. Toute une gamme de modèles y était représentée, du violet profond au rouge flamboyant, du vert émeraude au noir de jais.

— Hallucinant, murmura Quentin. Ça fait froid dans le dos.

— Nous vendons généralement les couleurs insolites — jaune, rouge et orange — durant les périodes d'Halloween et de Mardi Gras. Nous avons aussi comme clients les personnes qui aiment se différencier... si vous voyez ce que je veux dire.

Quentin fronça les sourcils.

— Non, pas du tout.

— Mais si... ces personnes qui adoptent le style dit « gothique », vous savez ? Les noctambules sont aussi friands de ces articles. Les artistes qui font dans la musique alternative, les amateurs de boîtes de nuit.

Quentin opina d'un hochement de tête. Terry garda le silence.

— N'importe qui peut en porter ?

— Certainement, mais l'effet est plus saisissant sur des yeux clairs.

— Et il est facile de se procurer ces articles dans la région ?

— Rien de plus facile, en effet. C'est une nouveauté qui a beaucoup de succès, d'autant que le prix est devenu très abordable.

Quentin remercia la directrice du magasin d'optique et quitta le magasin, puis la galerie marchande, en compagnie de Terry.

— Tu es bien silencieux, fit-il remarquer à son équipier tandis qu'ils regagnaient la voiture.

— Difficile d'émettre un avis sur un sujet auquel on ne connaît rien. Et comme tu ne dis pas grand-chose non plus, ajouta Terry après une pause, j'en déduis que notre petite excursion doit avoir un rapport avec les meurtres de Kent, Parker et Jackson.

— Possible.

— Vous tenez un suspect ?

— Je n'ai rien à dire.

— J'ai appris que ton amie écrivain aurait aperçu notre bonhomme. Elle a vu ses yeux, non ? Il paraît qu'ils étaient d'une drôle de couleur.

Quentin déverrouilla sa portière et observa son ami du coin de l'œil.

— Incroyable tout ce qu'on peut apprendre en traînant ses guêtres dans une salle de police. Et toi, que penses-tu de tout ça ?

Ils grimpèrent dans la Bronco et attachèrent leurs ceintures.

— Ma foi, répondit Terry tandis que Quentin s'éloignait du trottoir, vous êtes peut-être sur la bonne voie — du moins si la victime était dans son état normal...

— Aucun doute là-dessus. Et à ton avis, pour quelle raison ce type a-t-il changé la couleur de ses yeux ?

— Pour être plus effrayant. Pour impressionner.

Terry haussa les épaules.

— Comment savoir ?

— Ou bien cela lui donne plus d'assurance ; un sentiment de puissance.

— Difficile de se mettre à sa place, vieux.

Ils roulèrent en silence jusqu'au poste de police du septième district et se séparèrent à la porte, Terry travaillant sur une autre affaire, et Quentin ayant quelques coups de fil à passer.

Il parlait encore au téléphone quand un souvenir lui revint soudain avec une netteté presque brutale. Lors du réveillon de l'an 2000, à la fin de l'année précédente, le déguisement de Terry représentait le Temps ; mais au lieu de porter une longue barbe et une ample chasuble blanche, il avait rassemblé ses cheveux en crête au sommet du crâne et arborait une panoplie de loubard. Dans cet accoutrement, il ressemblait à un personnage issu de *Mad Max*, ou autre film futuriste du même genre.

Et ses prunelles rouges avaient surpris tout le monde.

Des verres de contact, bien sûr.

« Bon sang, Terry, pensa Quentin, pourquoi n'as-tu rien dit ? »

Il abrégea sa conversation et raccrocha rapidement. Cela ne voulait rien dire, songea-t-il. La directrice du magasin d'optique avait affirmé que les lentilles colorées étaient un article très répandu.

Alors, pourquoi Terry était-il resté muet ? Il ne pouvait pas avoir oublié.

— Hé, vieux !

Surpris, Quentin pivota sur sa chaise, faisant face à la porte.

— Terry ? Déjà ?

— Un cambriolage parfaitement réussi. L'opération n'a pas duré plus d'un quart d'heure. Aucun indice, aucun suspect — pas la moindre chance de mettre la main sur ces fripouilles.

Quentin se cala dans son siège avec une désinvolture factice.

— Les victimes n'apprécieraient pas trop d'entendre ça...

— Qu'est-ce qu'ils s'imaginent, ces jeunes parvenus ? s'exclama Terry en haussant les épaules. Il faut être débile pour s'installer au cœur de la ville, dans des immeubles luxueusement rénovés — mais à proximité de quartiers mal famés.

Il bâilla et s'étira comme s'il tombait de sommeil.

— Et toi, où en es-tu ? Quand je suis arrivé, on aurait dit que tu venais de voir un fantôme. Tu es sur une nouvelle piste ou quoi ?

— Non. Un simple coup de fatigue. La journée a été rude.

— Raconte-moi ça.

Quentin consulta sa montre, s'évertuant à trouver un moyen discret d'amener Terry à avouer où il avait passé sa soirée, l'avant-veille. Embarrassé, il toussa pour s'éclaircir la voix.

— Qu'est-ce que tu fais ce soir ? Tu vas chez Shannon ?

Terry se rembrunit.

— J'aimerais bien, mais je suis crevé. Je vais finir par craquer.

— Sûrement pas ! lança Quentin avec un sourire. Terreur ne craque jamais.

— J'ai décidé de tourner la page, annonça Terry.

Et levant deux doigts de la main droite, il ajouta :

— Parole de scout.

— J'y croirai quand je l'aurai vu. Alors, pourquoi es-tu aussi crevé ? Tu as fait des folies, ces derniers soirs ?

Terry le dévisagea un instant, les sourcils froncés.

— Qu'est-ce que ça veut dire ?

— Je me demandais seulement si j'avais manqué une soirée d'enfer. Hé, ne sois pas aussi susceptible !

— Hier soir, j'étais avec les gosses. On est allés au Chucky Cheese, précisa Terry avec une grimace. Avant-hier, je suis sorti avec Di Marco et Tarantino, du poste du Cinquième. On a descendu quelques bières.

L'air penaud, il se passa une main dans les cheveux.

— Dis donc, qu'est-ce qu'ils peuvent picoler, ces deux-là ! J'étais incapable de suivre.

— Terreur se laisse distancer par des collègues ?

Quentin rit de bon cœur, soulagé.

— Ton cas n'est pas désespéré, alors.

Avant de s'éloigner, Terry lui fit signe d'aller se faire voir.

— Tâche de te reposer, lui lança Quentin. Tu as une mine de déterré.

Terry l'envoya de nouveau paître et disparut au coin du couloir. Quentin s'obligea à compter jusqu'à cent avant d'enfiler son blouson et d'aller pointer. En partant tout de suite et en grillant quelques feux rouges, il réussirait peut-être à attraper au vol Di Marco et Tarantino.

Il trouva en effet les deux inspecteurs alors qu'ils s'apprêtaient à quitter le poste de police du Cinquième District.

— Tiens, Malone, qu'est-ce qui nous vaut le plaisir de ta visite ?

— J'ai eu envie de venir voir ce que fabrique mon p'tit frère. M'assurer qu'il ne fait pas de bêtises. Lui prodiguer quelques conseils.

Ce programme lui valut quelques exclamations amusées.

— Eh bien, bonne chance ! lança Tarantino.

— Ce gamin a la tête encore plus dure que toi ! renchérit Di Marco.

— Je lui ferai part de vos points de vue.

Faisant mine de s'éloigner, Quentin s'arrêta et jeta un coup d'œil de leur côté.

— Terry m'a dit que vous aviez descendu quelques bières ensemble, avant-hier soir.

— On l'a fait rouler sous la table, répliqua Tarantino en riant. Un vieux dur à cuire de Cajun comme lui, c'est quand même incroyable. Quelle petite nature !

— Il a fallu le porter dehors, ajouta Di Marco.

— Vous étiez dans quel bar ? interrogea Quentin d'un ton faussement désinvolte.

— Le Fast Freddy, Bourbon Avenue.

Dans le Vieux Carré, pensa aussitôt Quentin.

— Ah ! oui, cette nouvelle boîte. J'y suis encore jamais allé.

— La salle était bondée, expliqua Di Marco. La musique est sympa et c'est plein de nanas.

— Viens avec nous la prochaine fois, proposa Tarantino. On te fera rouler sous la table.

Quentin eut un rire contraint.

— Ne comptez pas trop là-dessus, les gars.

— Content de t'avoir vu, Malone, lança Di Marco en tournant les talons.

Il s'arrêta net, comme si quelque chose lui revenait subitement.

— Au fait, tu demanderas à ton copain comment un pilier de bar dans son genre peut tomber pratiquement ivre mort alors qu'on ne l'a pas vu boire un seul verre...

46.

Jeudi 1er février — 17 h 45

Au cours des vingt-quatre heures qui suivirent, Anna adopta l'attitude que Malone estimait la plus sage : elle demeura prudemment confinée chez elle et confia aux autres le soin de résoudre ses difficultés. Elle arpenta l'appartement en guettant la sonnerie du téléphone, tressaillit au moindre bruit insolite et ne cessa de se tourmenter sur le sort de Jaye et de Minnie.

Au terme de ce laps de temps, elle prit une décision. Elle n'en pouvait plus d'être dans le camp des victimes — la proie favorite du Grand Méchant Kurt. Voilà vingt-trois ans que ce rôle lui collait à la peau. Elle était lasse d'attendre sans bouger que Malone et son équipe volent au secours de Jaye ; et à son secours, à elle.

Le moment était venu pour elle de ne plus se cacher ; d'assumer ses responsabilités et de passer enfin à l'action. Elle allait suivre les conseils de Malone et se procurer une liste des patients de Ben.

Mais pas question de la lui demander. Elle n'essaierait pas de l'obtenir par le charme ou par les sentiments. Parce qu'il ne la lui donnerait pas de son plein gré, elle en avait la certitude.

Gagnant la porte de son appartement, elle passa la tête dans le couloir.

— Hé, Jœ ! lança-t-elle à l'agent LaSalle. Avez-vous besoin de quelque chose ?

Il leva les yeux et sourit.

— Non, mais c'est gentil d'y avoir pensé.

— Qui doit vous remplacer, ce soir ?

— Morgan. A 18 heures.

— Je vais me laver les cheveux. Si nous ne nous revoyons pas avant demain, je vous souhaite une bonne nuit.

Elle se replia à l'intérieur, tira le verrou de sécurité derrière elle, prit son portable et alla s'enfermer dans la salle de bains. Faisant taire sa mauvaise conscience, elle composa rapidement le numéro de Ben. Il répondit presque instantanément.

— Ben, dit-elle à mi-voix, c'est Anna.

— Anna ! Si tu savais comme je suis heureux de t'entendre.

Son plaisir avait l'air si sincère qu'Anna, honteuse, esquissa une grimace.

— Comment te sens-tu ? lui demanda-t-elle.

— Courbaturé, avec l'impression d'avoir mal un peu partout. Mais je m'en veux surtout de ma stupidité.

Il marqua une pause.

— Et toi, comment ça va ?

— Je fais aller, comme on dit.

— Je peux t'aider en quoi que ce soit ?

— Je suis contente que tu me poses la question parce que c'est justement pour ça que je t'appelle. J'ai besoin de ton aide.

— Il te suffit de demander.

— Ce groupe de thérapie contre les phobies dont tu m'as parlé... est-ce qu'il me serait encore possible d'en faire partie ?

Il y eut un silence au bout de la ligne. Puis Ben toussa pour s'éclaircir la voix.

— Là, tu me prends au dépourvu.

— Il faut que je fasse quelque chose, Ben. Je ne peux pas continuer à me terrer comme ça dans mon appartement, à sursauter au moindre bruit. Cette thérapie me ferait du bien.

— Sauf que maintenant, tu as un motif bien réel d'avoir peur, Anna. Dans ce groupe, nous luttons contre les peurs irraisonnées. Des phobies comme...

— Comme ma terreur que Kurt revienne me punir d'avoir fait capoter son projet ? Comme mon incapacité à m'exposer aux appréciations du public — ce qui me condamne à ne plus travailler ?

— Oui, des réactions de ce genre. Mais à la lumière des événements récents...

— S'il te plaît, Ben ! Je n'en peux plus de vivre ainsi. J'ai besoin d'un coup de main.

Elle l'entendit soupirer.

— D'accord, Anna. Nous nous réunissons ce soir à 19 heures. Mais je dois parler au groupe avant de t'y admettre. Il faut qu'ils me donnent le feu vert.

— J'attendrai dans ton bureau, proposa Anna, écœurée par sa propre duplicité. Aussi longtemps qu'il faudra.

— Ce sont tous des gens bien, souligna Ben. Je serais surpris qu'ils ne t'acceptent pas.

— Merci, Ben.

Sa gratitude n'était pas feinte. L'amitié de Ben lui était précieuse, et elle était heureuse de l'avoir rencontré. Elle le lui dit.

— Ta reconnaissance ira-t-elle jusqu'à accepter d'aller prendre un verre quelque part après la séance ? demanda-t-il.

— Avec grand plaisir, répondit-elle en souriant. Le rendez-vous est pris, Ben.

Anna arriva au cabinet avec un quart d'heure d'avance, très agitée. Ses paumes étaient moites et elle ne pouvait se résoudre à croiser les regards curieux des patients qui se trouvaient dans la salle d'attente. Elle avait le sentiment de commettre une imposture et redoutait que ces gens puissent la percer à jour si elle les regardait dans les yeux.

Ben sortit de son bureau vers 18 h 55. Il salua ses patients en souriant, puis s'approcha d'elle et lui prit les mains.

— Comment te sens-tu ?

— Nerveuse, dit-elle en s'obligeant à le regarder en face.

Et cela n'était pas un mensonge.

— Tout va bien se passer. Il n'y a pas de personnalité agressive dans ce groupe. Tout le monde accueille volontiers les nouveaux venus.

D'un geste, Ben désigna la salle contiguë à son bureau.

— C'est ici que nous nous réunissons. Tu peux attendre ici ou dans mon bureau. Choisis l'endroit où tu te sentiras le plus à l'aise.

— Dans ton bureau. Si cela... ne te dérange pas ?

— Pas le moins du monde.

Il lui sourit avec chaleur et se tourna vers la douzaine d'hommes et de femmes installés dans la salle, seuls ou par petits groupes.

— La porte est ouverte. Mettez-vous à l'aise, je vous rejoins tout de suite.

Il conduisit ensuite Anna jusqu'à son bureau. Sur le mur du fond, elle aperçut une rangée de classeurs à tiroirs.

— J'en ai pour un quart d'heure, environ, déclara Ben. Ne te fais aucun souci. Tout se passera bien.

Lui promettant de ne pas s'inquiéter, elle le regarda sortir du bureau, fermer la porte derrière lui, et sitôt que la poignée fut remontée, elle se précipita vers les classeurs.

— Anna ?

Elle fit brusquement volte-face, les joues en feu.

— Ben ! Déjà ?

— Qu'est-ce qui ne va pas ? demanda-t-il en fronçant les sourcils.

Elle porta une main à son cœur.

— Tu m'as fait peur, c'est tout. J'ai les nerfs à fleur de peau depuis quelques jours.

Il tourna les yeux vers son bureau puis les reporta sur elle, le front barré d'un léger pli. A l'évidence, songea Anna, elle ne ferait jamais une carrière d'espionne. Elle eut un petit rire léger, pas très naturel.

— Ont-ils déjà pris une décision ?

Le front de Ben se dérida.

— Non. Je voulais seulement te dire combien j'étais content de te voir ici. Je pense que tu as pris là une bonne initiative.

« Tu ne serais pas de cet avis si tu connaissais mes véritables intentions », pensa encore Anna.

— Merci, Ben. C'est gentil de me dire ça.

Cette fois, elle laissa passer deux bonnes minutes avant de se diriger vers les dossiers. Elle n'était vraiment pas fière d'elle. Mais elle devait agir. Pour Jaye.

S'asseyant sur ses talons devant la rangée de tiroirs, elle tira sur la poignée de celui du milieu. Il était fermé à clé.

Elle essaya ensuite les trois autres, sans plus de succès. Que faire, à présent ?

Le bureau, naturellement. Elle se redressa et revint sur ses pas. Le cœur battant à se rompre, elle ouvrit d'abord le tiroir central, fouilla un instant à l'intérieur, puis passa aux tiroirs latéraux.

Elle découvrit un journal intime, un carnet d'adresses, des stylos, des agrafes et une liasse de reçus. Mais aucune clé.

Déçue, elle repoussa le dernier tiroir, consciente que le temps filait. Elle pouvait essayer de forcer les serrures, mais elle manquait d'expérience en la matière, et cela risquait de laisser des traces.

Anna parcourut du regard le plateau du bureau : au beau milieu des papiers, bien en évidence, un trousseau de clés semblait la narguer.

Elle s'en empara vivement et se précipita de nouveau vers les classeurs à dossiers. D'une main tremblante, elle essaya tour à tour quatre clés avant de réussir enfin à ouvrir un tiroir. Retenant son souffle, elle se mit à feuilleter les pages des A, puis les B et les C. Elle vérifia chaque nom avec l'espoir que l'un d'eux lui sauterait aux yeux. Toujours bredouille, elle continua et fit défiler d'un doigt agile les pages étiquetées avec soin. Q... R... S... Toujours rien. Pas de Kurt, d'Adam ou de Peter. Aucun nom qui éveillât en elle le moindre écho.

Une fois ce tiroir fermé, elle jeta un bref coup d'œil par-dessus son épaule, puis reporta son attention sur les sept dernières lettres de l'alphabet. Elle regarda défiler les noms. T... U... Un bruit de pas se fit entendre derrière la porte. Puis ce fut celui de la poignée qui tournait. C'était trop tôt ! Il lui fallait encore vérifier les derniers dossiers. La porte grinça.

— Bonne nouvelle, Anna, le groupe accepte de...

Elle ferma le tiroir et se leva d'un bond.

— Qu'est-ce que tu faisais ? lança Ben.

Affichant un sourire candide, elle s'efforça de recouvrer son souffle.

— De quoi parles-tu ?

La mâchoire de Ben se crispa et ses joues se colorèrent sous l'effet de la colère.

— Tu examinais mes dossiers ?

— Ne dis pas de sottises, Ben. Je regardais simplement... euh, tes diplômes...

Elle laissa sa phrase en suspens tandis qu'il contournait le bureau. Les clés étaient restées sur le sol, au pied des classeurs, là où elle les avait déposées. Sa gorge se serra.

— Je... vais t'expliquer.

Ben se baissa pour ramasser le trousseau. Il fut agité d'un violent tressaillement, avant de pivoter brusquement vers elle. La colère transformait le charmant empoté en un personnage beaucoup moins rassurant. Anna recula d'un pas.

— Ecoute, Ben, laisse-moi t'expli...

— Inutile. Je sais ce que tu étais en train de faire : un petit boulot de détective. Tu voulais jeter un coup d'œil sur les noms de mes patients.

Il avança sur elle, tremblant de fureur.

— Est-ce que je me trompe ?

— Excuse-moi, Ben. J'étais désespérée.

— Alors, tu t'es servi de moi. De notre amitié.

— Essaie de comprendre : j'avais...

— Pourquoi est-ce que j'écouterais tes sornettes ? Tu es une menteuse, Anna !

Une menteuse. Elle recula de nouveau face à cette accusation et la façon dont elle lui était jetée au visage.

— J'ai seulement pensé que si je pouvais voir les noms de tes patients, je saurais. Que je reconnaîtrais quelqu'un. Ou que je trouverais le nom de Kurt et...

— Il ne t'est pas venu à l'idée que si l'un de mes patients s'appelait Kurt, je l'aurais signalé à la police ou t'en aurais fait part ?

Elle lui tendit la main d'un geste suppliant.

— Ben, je suis désolée. J'ai mal agi, je m'en rends compte, mais je n'avais pas de mauvaises intentions. Jaye est en danger. Des femmes se font tuer. Je voulais me rendre utile.

— Va-t'en, s'il te plaît.

Lui tournant brusquement le dos, il se dirigea vers la porte.

Elle s'empressa de le rattraper.

— Ben, attends ! Essaie de me comprendre. J'avais le sentiment qu'il fallait faire quelque chose. Je suis restée si longtemps une victime...

Il fit de nouveau volte-face. Ses traits crispés le rendaient méconnaissable.

— J'ai cru que nous étions amis. J'ai cru que des liens commençaient à se tisser entre nous.

— Mais nous sommes amis. J'ai une grande affection pour toi, Ben.

D'un geste las, il se passa la main sur son visage. Quand son bras retomba le long de son corps, il n'était plus le même. Sa colère s'était dissipée et il avait seulement l'air blessé. Démoralisé.

— Tu n'as jamais songé à me demander la permission ? N'est-ce pas ainsi qu'on procède avec un ami ?

Il avait raison et Anna, honteuse, se mordit la lèvre. Quand elle recouvra enfin la parole, elle ne put qu'avouer la stricte vérité.

— J'étais certaine que tu refuserais.

— Parce que tu faisais fausse route, peut-être, rétorqua Ben.

Il jeta un coup d'œil vers la porte et soupira.

— Maintenant, il faut que tu partes. Mon groupe m'attend.

47.

Jeudi 1er février — 19 h 20

Malgré lui, Quentin pensait continuellement à Ben. Quelque chose, chez cet homme, l'horripilait.

Mais quoi ?

Perplexe, il avait tenté d'analyser ses impressions. Se remémorant les deux conversations qu'ils avaient eues, il avait cherché où le bât blessait — le petit détail trahissant un décalage entre le personnage et l'image qu'il voulait donner de lui. Sans avoir pu mettre le doigt dessus, il continuait à s'interroger. Car le psychologue, décidément, ne lui inspirait pas confiance. Quelque chose dans ses propos ou son comportement lui avait mis la puce à l'oreille.

Ben Walker était certainement l'une des pièces maîtresses de cette affaire. Mais Quentin ne savait pas où situer cette pièce dans l'ensemble. Pour le moment. Il y parviendrait.

Le feu tricolore dont il approchait passa au rouge. Quentin s'arrêta, ouvrit son téléphone mobile et composa le numéro d'Anna. A la cinquième sonnerie, le répondeur délivra son message — de nouveau : c'était la troisième fois qu'il l'appelait en moins d'une heure.

Inquiet, il téléphona à Morgan.

— Morgan, c'est Quentin Malone. Vous êtes avec Anna North ?

— Oui, bien sûr. Je l'attends devant le cabinet d'un psy, en ville.

— Celui du Dr Benjamin Walker ? Dans la rue Constance ?

— Exactement. Elle est là depuis une demi-heure. Elle a dit qu'elle y resterait environ deux heures et qu'elle irait ensuite prendre un verre avec le psy. Je dois rester avec elle tout le temps ?

Quentin répondit par l'affirmative puis raccrocha, frustré, et agacé par la pointe de jalousie qui l'avait transpercé.

Le feu passa au vert. En même temps qu'il franchissait le carrefour, une idée lui traversa l'esprit. L'autre jour, à l'hôpital, Walker avait dit qu'il était parti tard de la clinique de sa mère, le soir précédent. Selon lui, elle était dans tous ses états. Elle prétendait qu'un homme s'était introduit dans sa chambre et l'avait menacée.

Quentin jeta un coup d'œil dans le rétroviseur puis déboîta sur la file de gauche et fit demi-tour au croisement suivant. Si sa mémoire était bonne, l'établissement était la clinique Crestwood, sur Metairie Road. Il n'en était pas très loin — à quelques minutes à peine. Il allait en profiter pour rendre une petite visite à la maman de Ben Walker.

Le calme régnait dans l'établissement de soins. Le repas du soir terminé, les visiteurs étaient toutefois encore admis. Un groupe de résidents, dont certains en fauteuil roulant, regardait une émission-jeu à la télévision, volume sonore au maximum. Une petite dame aux cheveux argentés, en robe de chambre rouge cerise, tourna la tête au passage de Quentin et lui adressa un clin d'œil. Il lui rendit la pareille.

Il se rendit au bureau d'accueil, sourit et présenta son badge à l'infirmière de service.

— Inspecteur Quentin Malone, dit-il. Je viens voir l'une de vos résidentes — une certaine Louise Walker.

L'infirmière parut surprise.

— Louise Walker ?

— La mère du Dr Benjamin Walker.

— C'est bien Louise. Puis-je vous demander le motif de cette visite ?

Il aurait pu refuser au titre du secret professionnel, mais il n'en vit pas l'intérêt.

— Son fils m'a dit qu'elle avait subi des menaces. J'aimerais en savoir davantage.

— Ah, bon. Louise est parfois un peu déboussolée, expliqua l'infirmière en secouant la tête. A force de regarder ces séries et ces feuilletons télévisés à la noix, elle finit par confondre réalité et fiction. Ma foi, allez tout de même la voir ; elle se sentira peut-être rassurée de savoir que la police veille sur elle.

— Vous pensez donc que ses craintes sont sans fondement ?

— Absolument, dit la femme.

Elle poussa le registre sur le comptoir.

— Il faudrait signer ici, s'il vous plaît. Tous les visiteurs sont tenus d'apposer leur nom.

— Personne n'entre jamais sans que vous le sachiez ?

— Cela doit arriver. Mais nous sommes très vigilants.

— Je n'en doute pas.

Quentin inscrivit son nom, celui de la personne qu'il venait voir et l'objet de sa visite. Pendant qu'il tenait le registre, il en profita pour jeter un coup d'œil sur la liste des visiteurs, à la recherche d'un nom qui lui fût familier. Le seul qu'il connaissait était celui de Ben Walker.

— Ben vient souvent voir sa mère, remarqua-t-il en rendant le registre à l'infirmière.

— C'est un fils dévoué, murmura-t-elle en le rejoignant de l'autre côté du guichet. J'aimerais qu'il y ait plus d'enfants de résidents aussi attentionnés que lui. Je vais vous conduire à la chambre de Louise. Elle n'est sans doute pas encore couchée. Cette femme est un véritable oiseau de nuit.

— Elle souffre de la maladie d'Alzheimer, c'est ça ?

— En effet. Par ici, je vous prie.

— Lui reste-t-il un peu de lucidité ? demanda Quentin tandis qu'ils enfilaient un long couloir, passant devant des portes généralement ouvertes.

La plupart des résidents ne dormaient pas encore, et ils regardaient la télévision ou lisaient. Un vieux monsieur, assis dans son fauteuil roulant, tapait du pied et faisait claquer ses doigts en cadence, le casque de son baladeur sur la tête.

L'infirmière s'arrêta devant l'une des portes ouvertes, au numéro vingt-six. Elle frappa légèrement avant d'entrer. Comme de juste, Louise Walker, une vieille dame ratatinée, aux cheveux aussi blancs que neige, regardait la télévision, apparemment captivée par un téléfilm sentimental sur fond d'intrigue policière.

— Louise, quelqu'un demande à vous voir, annonça l'infirmière.

L'autre femme s'arracha à la contemplation de l'écran et se tourna vers eux.

— Je ne le connais pas, dit-elle en fronçant les sourcils. Qui est ce monsieur ?

— C'est un ami de Ben, il est inspecteur de police. Je vais vous laisser bavarder ensemble. Si vous avez besoin de moi, je suis à mon bureau.

— Vous êtes un ami de Ben ? demanda Louise à Quentin.

— Oui, je m'appelle Quentin Malone. J'appartiens à la police municipale de La Nouvelle-Orléans.

Il sortit sa plaque d'identification et Louise Walker lui fit signe d'approcher. Tandis qu'il s'avançait dans la pièce, il remarqua un net relent de tabac. Une âcre odeur de cendrier vide qui imprégnait tout — édredon, vêtements, et jusqu'aux cheveux de la vieille dame —, comme chez les personnes qui fument depuis toujours. Quentin fut surpris qu'un homme aussi intransigeant sur l'hygiène de vie que Ben eût pour mère une fumeuse invétérée.

— Je sais que c'est lui, le coupable, souffla-t-elle quand il arriva auprès d'elle. C'est évident.

— Plaît-il ?

— Cet horrible Jack Crowley. Vous êtes venu m'interroger sur lui ?

Quentin jeta un coup d'œil sur la télévision. A l'écran, une femme suppliait « Jack » de ne « pas le faire ». Il reporta aussitôt son regard vers la vieille dame.

— Non, ce n'est pas lui qui m'intéresse, répondit-il avec gentillesse, mais l'homme qui est venu vous terroriser dans votre chambre.

Louise Walker se recroquevilla. Elle semblait réellement épouvantée, soudain.

— Ben vous a parlé de lui ?

— Oui. Il m'a dit que vous étiez dans tous vos états.

— Personne ne veut me croire. Pas même Ben. Ils me croient tous folle, ajouta-t-elle à mi-voix.

— Pouvez-vous me décrire cet homme ?

— Je ne suis pas folle, dit la vieille dame en ignorant la question de Ben.

Un sourire éclaira de nouveau son visage.

— Je suis bien, ici. Ils sont gentils avec moi.

— Combien de fois cet homme est-il venu vous voir ?

— Je ne sais pas, dit-elle en reportant péniblement son attention sur lui. Bien des fois.

Son menton se mit à trembler.

— Je ne l'aime pas. C'est un être malfaisant. Pire que Jack Crowley.

— Pire que lui ?

Tirant une chaise près du lit, Ben s'assit, décidé à jouer le jeu jusqu'au bout, bien qu'il fût évident que Louise Walker ne jouissait manifestement plus de toutes ses facultés. C'était toutefois une charmante vieille dame et il l'aiderait peut-être à se détendre en lui parlant un moment.

— Comment pourrait-il être pire que Jack ?

— Il est foncièrement mauvais.

Elle prit la télécommande et éteignit soudain le téléviseur, plongeant la pièce dans un silence déconcertant.

— Il... il me fait peur, avoua-t-elle alors.

— J'aimerais vous aider, murmura Quentin. Mais il faut me dire tout ce que vous savez sur lui.

— Il veut faire du mal à mon Ben.

Le regard délavé de la vieille dame croisa celui de Quentin.

— Il le déteste.

Quentin fronça les sourcils.

— C'est à Ben qu'il en veut ? Pas à vous ?

— Il voudrait le supprimer.

— Pourquoi ?

Visiblement désorientée, Louise se troubla et cligna des yeux à plusieurs reprises.

— Pourquoi veut-il supprimer Ben ? insista Quentin.

— Parce que Ben est bien meilleur que lui. Ben est un bon garçon. Un bon fils. Tandis qu'Adam...

Quentin se figea.

— Vous avez bien dit qu'il s'appelle...

— Adam. C'est le diable en personne.

48.

Jeudi 1er février — 20 h 50

Quentin n'obtint pas grand-chose de plus de Louise Walker. Plus il l'interrogeait, plus elle s'agitait et se troublait. L'infirmière lui conseilla de revenir le lendemain matin. Louise aurait l'esprit plus clair, affirma-t-elle.

Avant de partir, Quentin consulta encore le registre des visiteurs. Il remonta jusqu'à l'automne précédent sans trouver le nom d'Adam.

Pouvait-il s'agir d'une coïncidence ? La vieille dame aurait-elle inventé toute cette histoire ? L'infirmière avait admis que des visiteurs pouvaient parfois s'introduire subrepticement dans l'établissement. En effet, jugea Quentin, cela ne devait pas être trop difficile.

Il pouvait s'agir d'une coïncidence, encore une fois. Mais Quentin ne croyait pas aux coïncidences.

Sitôt installé au volant de sa voiture, il appela sa chef à son domicile, depuis son portable.

— Tante Patti, c'est Quentin.

— Mon neveu ! lança-t-elle avec chaleur. Dis-moi qu'il s'agit d'un appel personnel, pour une fois.

— Désolé de te décevoir, tante Patti. Mais quand tu auras entendu ce que j'ai à te dire, tu ne seras pas trop mécontente. Nous tenons peut-être notre première piste dans l'affaire des homicides du Quartier Français.

— Continue, dit-elle, aussitôt attentive.

Quentin l'informa des derniers rebondissements, lui rappelant ce que Minnie avait écrit à Anna sur la disparition de Jaye, la situation de Ben dans l'affaire et l'agression dont Anna venait d'être victime.

— A tout hasard, je suis allé rendre visite à Mme Walker, la mère de Ben Walker. Ben disait qu'elle avait reçu des menaces et j'ai décidé de venir juger moi-même sur place. Devine le prénom de l'homme qui l'aurait menacée ? Adam.

Sa tante garda un moment le silence, comme pour se donner le temps de mettre en place les divers éléments du puzzle.

— Hum ! n'est-ce pas le nom du détenteur de la boîte postale d'où provenaient les lettres reçues par Anna North ?

— Tout juste.

— Mme Walker pourrait-elle décrire cet homme afin qu'on établisse un portrait-robot ?

Une excitation comparable à celle de Quentin faisait à présent vibrer la voix de sa tante.

— Je l'espère. C'est une très vieille dame atteinte de la maladie d'Alzheimer, mais elle parle de lui sans hésitation. J'aimerais y aller de bonne heure demain matin, avec le dessinateur.

— Appelle-le. Et envoie quelqu'un faire le guet à la clinique. Je ne voudrais pas que ce type se pointe là-bas sans qu'il y ait personne pour le cueillir.

Quentin souhaita une bonne nuit à sa tante, puis composa le numéro du poste.

— Salut, Brad, dit-il à l'agent de service. C'est Malone. Je viens de parler avec O'Shay. Il faudrait envoyer quelqu'un monter la garde auprès d'une patiente de la clinique Crestwood. Mme Louise Walker.

— Entendu. Qu'est-ce qui se passe ?

— Elle pourrait être en mesure d'identifier le tueur du Quartier Français.

L'autre policier siffla entre ses dents.

— J'envoie quelqu'un fissa.

— Parfait. Et trouve-moi un dessinateur pour demain matin, première heure. On va essayer d'esquisser un portrait-robot.

— Je l'envoie au même endroit ?

— C'est ça.

Quentin consulta sa montre en songeant à Anna, qui devait se trouver en compagnie de Ben.

— Pas d'appel particulier, ce soir ?

— Une femme t'a demandé au téléphone.

Brad marqua une pause.

— Elle ne s'est pas présentée, mais je crois que c'était Penny Landry.

— Penny ? Pour moi ?

— Ouais, pour toi. Il y a de ça environ une demi-heure.

Au terme d'un nouveau silence, Brad ajouta, un ton plus bas :

— Elle avait l'air mal en point, Malone. Vraiment mal en point.

49.

Jeudi 1er février — 21 h 15

Inquiet, Quentin consulta sa montre. Le quartier de Lakeview n'était heureusement pas très loin de la clinique, et en utilisant la sirène et le gyrophare, il pouvait arriver chez Penny en moins de cinq minutes.

Elle avait des ennuis avec Terry, songea-t-il, sinon elle n'aurait pas fait appel à lui. Il tenta de l'appeler à trois reprises, mais sa ligne était occupée en permanence, et il renonça au téléphone pour rouler plus rapidement.

Quelques instants plus tard, il bifurquait dans la rue où Penny habitait, puis s'arrêtait à l'entrée de l'allée dans un crissement de pneus. Il était seulement 21 heures, et la maison était déjà plongée dans l'obscurité. Quentin descendit en hâte de sa voiture, courut jusqu'à la porte et sonna. Le bruit du carillon lui parvint, de l'intérieur, mais personne ne vint ouvrir.

Penny se terrait chez elle pour échapper à Terry. Il était prêt à en mettre sa main au feu.

— Penny ! c'est Malone, appela-t-il en martelant le battant de ses poings. Ouvre-moi !

Il distingua enfin un bruit de pas, puis presque aussitôt, celui du verrou qui glissait. La porte s'ouvrit et Penny s'abattit contre lui en sanglotant.

Il la serra dans ses bras, la laissant pleurer tout son soûl. Ses larmes se tarirent peu à peu, mais les tremblements convulsifs qui agitaient son corps se poursuivirent. Quentin lui caressa les cheveux d'un geste apaisant, avant de demander, doucement :

— C'est Terry, n'est-ce pas ?

Elle fit signe que oui.

— Les enfants sont indemnes ?

De nouveau, Penny opina de la tête.

— Ils sont... je les ai envoyés chez la voisine. Je ne voulais pas qu'ils soient là au cas où... il reviendrait.

— Que s'est-il passé, Penny ? Tu dois tout me raconter. Cela te fera du bien.

Elle frissonna, tâchant de se ressaisir au prix d'un effort visible.

— Il est arrivé à l'improviste. Complètement soûl. Il racontait n'importe quoi. Je me suis aperçue qu'il faisait peur aux enfants et je... je lui ai demandé de partir. Il s'est littéralement déchaîné.

La voix incertaine, elle se tut et ferma les yeux un bref instant.

— Il s'est mis à hurler à tue-tête, reprit-elle ensuite. Il me traitait de tous les noms. Quand je me suis réfugiée dans la chambre, il m'a suivie. Il a claqué la porte derrière nous et l'a fermée à clé.

Penny porta une main à sa gorge.

— C'était mieux ainsi, du reste. Je n'aurais pas supporté que Matti ou Alex voient ça...

Ses yeux s'emplirent de larmes qu'elle refoula vaillamment.

— Nous nous sommes battus. Il m'a poussée sur le lit et...

Les mots s'étranglèrent dans sa gorge. Quentin retint son souffle, devinant la suite, tout en espérant se tromper.

— Que s'est-il passé, Penny ? Est-ce qu'il t'a forcée...

— Il a essayé, avoua-t-elle dans un souffle. Il a remonté ma robe et arraché mes sous-vêtements. Les enfants ont dû m'entendre crier. Ils se sont mis à frapper à la porte, à m'appeler, à supplier leur père... d'arrêter.

Quentin la serra contre lui, écœuré par le comportement de Terry.

— Il ne t'a pas violée, au moins ? insista-t-il.

— Non. A cause des enfants, je pense... Il a brusquement fondu en larmes. Puis il est parti.

Peu à peu, ses tremblements s'apaisèrent et elle s'écarta de lui. Elle avait les yeux barbouillés de noir ; son mascara avait même taché la chemise blanche de Quentin. Elle s'en aperçut et secoua la tête, consternée.

— Regarde ce que j'ai fait ! gémit-elle. Je suis désolée, je...

— Ce n'est rien.

Les épaules de la jeune femme s'affaissèrent.

— J'aurais voulu... tellement voulu... C'est vraiment trop moche.

Elle leva les yeux sur Quentin.

— Je l'aimais, je l'aimais sincèrement. Mais ce n'est plus le même homme. Je ne le reconnais plus... J'ai peur, Malone. Peur de lui et peur pour lui, aussi. Je ne sais pas de quoi il est capable, désormais. Il ne se contrôlait absolument plus.

— Qu'est-ce que je dois faire, à ton avis ? demanda Quentin, accablé.

— Va le voir. Parle-lui. Toi, il t'écoutera peut-être.

De grosses larmes roulèrent sur ses joues, qu'elle ne chercha même pas à essuyer.

— Il ne s'en sortira pas seul. S'il te plaît, Malone, aide-le.

Quentin n'eut pas à chercher bien loin. Il trouva Terry chez Shannon, avachi au bar devant un verre plein. Quentin traversa la salle et s'assit à côté de lui, faisant signe au patron qu'il ne voulait rien.

Terry le regarda du coin de l'œil et garda un moment le silence.

— Penny t'a appelé, dit-il enfin d'une voix abattue.

Ce n'était pas une question.

— Oui, répondit néanmoins Quentin. Elle était effondrée.

Terry rentra la tête dans les épaules.

Du moins, n'essayait-il pas de justifier sa conduite, songea Quentin. Il n'avait pas perdu les pédales au point d'imaginer qu'il pouvait se trouver une excuse.

— Qu'est-ce qui t'arrive, Terry ? demanda-t-il à son ami. Qu'est-ce qui t'a pris ?

— Je ne sais pas.

Les yeux injectés de sang, Terry avait l'air au bout du rouleau.

— Ma vie s'est transformée en cauchemar. J'ai perdu le sommeil. J'ai perdu l'appétit. J'en veux à la terre entière : à Penny et aux autres — à tous ceux que je connais. Je m'en veux surtout terriblement.

Détournant un instant le regard, il le reporta sur Quentin.

— Parfois, murmura-t-il d'une voix à peine audible, je sens cette rage monter en moi comme... comme si elle me dévorait de l'intérieur. J'ai l'impression que très bientôt, je ne serai plus qu'un bloc de haine et de désespoir.

Il enfouit son visage dans ses mains.

— C'est ce qu'il y a de plus vivant en moi.

Atterré, Quentin resta un instant sans voix. Puis il se ressaisit et regarda son ami.

— Il faut te libérer du passé, vieux. Quand tu auras compris que c'était des foutaises, que la façon dont ta mère te traitait était inqualifiable, ton angoisse commencera à s'estomper. Fais-toi soigner, Terry. Réagis avant qu'il soit trop tard.

50.

Vendredi 2 février — 12 heures

Le médecin palpa avec précaution les côtes de Ben en promenant des mains expertes le long de sa cage thoracique.

— Cela vous fait mal ? interrogea-t-il.

Ben esquissa une grimace.

— C'est douloureux, mais supportable.

— Bien. Avez-vous eu des symptômes inquiétants depuis l'accident ? Des étourdissements ? Des vertiges ?

— Non, rien de tel. Quelques maux de tête, et des élancements au niveau des blessures. Et des insomnies, aussi.

— Il fallait s'y attendre. Vous avez été victime d'un grave accident ; vous auriez pu être grièvement blessé.

— J'ai eu de la chance que quelqu'un passe par là et appelle les secours. Je suis allé faire un tour sur les lieux : j'aurais pu rester bloqué pas mal de temps derrière cette haie.

Le médecin opina de la tête.

— D'autant qu'il ne passe vraiment plus grand monde à une heure pareille.

— Il n'était pas si tard que cela, remarqua Ben en se levant et en enfilant sa chemise. Guère plus de 23 heures, non ?

Le praticien le dévisagea.

— Vous plaisantez ?

Les doigts de Ben s'immobilisèrent sur le bouton du col, et un frisson glacé lui courut dans le dos.

— Non. J'ai quitté la clinique de ma mère vers 23 heures.

— L'ambulance vous a déposé ici à 3 heures du matin.

Ben regarda le médecin avec incrédulité.

— Vous devez faire erreur.

— Pas du tout. Tenez, l'heure a été consignée sur votre feuille d'admission : 3 h 13, très exactement.

Mais alors, se demanda Ben, que s'était-il passé entre le moment où il était parti de Crestwood, vers 23 heures, et celui où l'accident s'était produit, à 3 heures du matin ?

— Est-ce que ça va ?

Clignant des paupières, Ben reporta son attention sur le médecin.

— Euh, oui, oui... ça va bien. En fait, ajouta-t-il avec une légèreté factice, je songeais simplement que c'est moi qui ai dû me tromper. Je me suis endormi vers 23 heures en faisant la lecture à ma mère. L'emploi du temps de ma soirée est encore un peu flou dans mon esprit.

— Rien d'étonnant à cela.

Le médecin le rassura d'un sourire.

— Téléphonez-moi en cas de problème. Il faudra examiner encore ces côtes dans deux semaines. Votre médecin habituel peut s'en charger.

Ben le remercia et quitta l'hôpital. Il monta à bord du taxi qui l'attendait et tandis que celui-ci l'emmenait dans une agence de location de voitures, il se repassa mentalement le déroulement de la fameuse soirée, depuis son arrivée à la clinique, vers 19 heures. Il y avait dîné avec sa mère, puis l'avait poussée dans son fauteuil roulant jusque dans le jardin, où il n'était pas interdit de fumer. Après ses trois cigarettes habituelles, elle avait voulu regagner sa chambre. Ils avaient regardé un moment la télévision, jusqu'à ce que l'infirmière passe pour aider la mère de Ben à se mettre au lit. La vue de sa mère commençant à baisser, il avait alors pris son roman policier du moment pour lui faire la lecture.

Il s'était endormi en lisant. A son réveil, elle tremblait de peur. Son mystérieux visiteur était encore entré dans la pièce pendant qu'il dormait, avait-elle expliqué. Il l'avait effrayée.

Ben regarda au-dehors, les yeux dans le vague, se remémorant la suite. Il avait alerté le personnel, consulté le registre des visiteurs et tenté de calmer sa mère, aidé par les infirmières. Sérieusement préoccupé par la fréquence croissante de ces crises, il avait regagné sa voiture, pris d'une violente migraine. C'était à ce moment-là qu'il avait trouvé le message — juste après avoir consulté sa montre. Mais ne s'était-il pas trompé d'heure ? Ou bien avait-il regardé l'heure en se réveillant — et non en sortant de la clinique ?

Mais pourquoi se souvenait-il de son départ en trombe du parking, tandis qu'il essayait d'appeler Anna, et absolument pas de la suite ? Que s'était-il passé entre ce moment et celui où un automobiliste avait vu sa voiture quitter la route, traverser une haie et percuter un arbre ?

En proie à une angoisse subite, il fut pris de tremblements. Ces absences inexplicables, ces épisodes de sommeil sans rêves, ces maux de tête épouvantables devenaient alarmants. Que lui arrivait-il ? Etait-il en train de devenir fou ? Le diagnostic des médecins comportait-il des lacunes ? Des lacunes aux conséquences dramatiques ?

Non, c'était impossible. Il se laissait emporter par son imagination. En fait, l'intensité de ses migraines lui faisait perdre connaissance, ainsi que le suggérait son médecin ; des migraines aggravées par le stress qu'il accumulait depuis plusieurs semaines, depuis qu'un psychopathe les avait pris pour cible, Anna et lui, s'amusant à les terroriser.

Anna. Il revit en pensée la scène du jeudi précédent, lorsqu'il l'avait prise sur le fait tandis qu'elle consultait ses dossiers. Ulcéré, il s'était senti trahi, bafoué, scandalisé par un geste indigne d'une amitié naissante, et qu'il avait cru réciproque.

Rétrospectivement, il se reprochait son intransigeance. N'aurait-il pu se montrer plus magnanime ? Anna était aux abois. Victime d'une agression, elle était également confrontée à la disparition d'un être cher. La liste des patients de Ben pouvait peut-être lui être utile. Pourquoi ne pas la lui remettre ?

Impossible ! protesta une part de lui-même. Où avait-il la tête ? C'était un document confidentiel. Certains patients risquaient d'être traumatisés par des interrogatoires de police ; des patients qui lui livraient leurs secrets en toute confiance, s'en remettaient à lui pour les guérir de leurs phobies.

Il s'agissait toutefois d'une question de vie ou de mort. Anna était en danger, et tout portait à croire que l'une des personnes qu'il soignait était impliquée dans ces meurtres. Pour sa part, Ben n'avait pas réussi à confondre le coupable, son piège n'était sans doute pas aussi astucieux qu'il l'avait imaginé. Peut-être pourrait-il négocier avec Malone la promesse de n'approcher l'un de ses patients qu'avec de solides motifs ?

Ensuite, quand tout serait terminé, il repartirait de zéro avec Anna. Oui ! songea-t-il avec un regain d'enthousiasme. La gratitude d'Anna lui était assurée s'il contribuait à l'arrestation de l'individu qui la terrorisait. En outre, elle n'aurait plus de raison de revoir Malone. Quel soulagement pour lui, alors !

Ben décida qu'il allait agir tout de suite, sans s'octroyer le temps de changer d'avis. Sitôt qu'il aurait loué une nouvelle voiture, il passerait prendre la liste à son bureau et l'apporterait immédiatement au poste de police. Rien qu'en imaginant la surprise de Malone, il se prit à sourire.

Une heure plus tard, Ben s'avançait vers le comptoir d'accueil du poste de police du septième district. Après avoir décliné son identité, il demanda à voir l'inspecteur Malone.

— Il est sorti, répondit l'agent de service. Mais son équipier est ici. Voulez-vous lui parler ?

Ben hésita un bref instant, puis hocha la tête. Tant pis pour l'effet de surprise escompté : il ne voulait pas faire traîner les choses.

— C'est l'inspecteur Terry Landry. Il doit être dans le bureau d'un collègue, à côté du sien, précisa le policier en désignant un coin de la salle. Un grand type brun, avec une chemise hawaïenne.

Ben le remercia et suivit la direction indiquée. Personne ne prêta attention à lui dans la vaste salle grouillante d'activité. De loin, il reconnut Landry à sa chemise multicolore ; il lui tournait le dos, apparemment plongé dans une âpre discussion avec un autre policier.

Ben avança dans sa direction. L'inspecteur se tourna à demi.

Ben se figea. Ce n'était pas Terry Landry ! C'était Rick Richardson, un fonctionnaire des services culturels de la ville.

Rick était l'un de ses patients. Ou plutôt, corrigea Ben, un de ses anciens patients. Il avait renoncé à poursuivre sa thérapie une quinzaine de jours auparavant.

Ben opéra un rapide calcul et sa bouche s'assécha brusquement. La dernière séance de Rick coïncidait avec la disparition des clés de son appartement et la découverte du paquet contenant le livre d'Anna. Le tout, à quelques jours du meurtre de la première jeune femme rousse.

Le cœur battant à grands coups sourds, Ben récapitula les éléments dont il disposait : l'amertume de Richardson concernant son travail — médiocrité du salaire et promotion insuffisante, qu'il considérait comme un manque de considération pour la peine qu'il prenait —, sa rage envers sa femme qui le quittait et celle, refoulée, envers sa mère récemment décédée qui l'avait toujours maltraité.

Tout se recoupait parfaitement.

Faisant demi-tour, Ben fila sans demander son reste. Il ne pensait pas que Rick — ou plutôt, Terry — l'avait vu. C'était préférable, car si ce qu'il craignait se révélait exact, il avait affaire à un véritable tueur en série. Et la découverte par Ben de sa véritable identité risquait de déchaîner sa colère.

Bouleversé, Ben regagna sa voiture en un temps record. Une fois réfugié à l'intérieur, portières verrouillées, il se décida à risquer un coup d'œil derrière lui.

A l'entrée du poste de police, les mains sur les hanches, Terry Landry balayait le trottoir du regard comme s'il cherchait quelqu'un.

— Espèce d'enfoiré ! marmonna Ben entre ses dents serrées.

Il tourna la clé de contact et le moteur démarra en vrombissant. Enfonçant la pédale de l'accélérateur, il s'éloigna du trottoir dans un crissement de pneus, pressé de mettre un maximum de distance entre lui et son ancien patient.

Il roula sur une demi-douzaine de pâtés de maisons, et comme aucun inspecteur ne semblait s'être lancé à sa poursuite, il s'autorisa un soupir de soulagement. Jetant un dernier coup d'œil dans ses rétroviseurs, intérieur et extérieur, il ouvrit son téléphone mobile et appela le poste de police. Un policier — celui qui l'avait accueilli cinq minutes plus tôt — lui répondit.

— Ici le docteur Benjamin Walker, dit-il. Pouvez-vous demander à l'inspecteur Malone de me rappeler, je vous prie ? C'est urgent. Dites-lui que c'est au sujet de l'agression d'Anna North. Dites-lui que je connais le coupable.

51.

Vendredi 2 février — 14 heures

Quentin s'arrêta devant le poste de police. Il coupa le moteur de la voiture, mais resta assis au volant, prostré, songeant sans parvenir encore à y croire à ce que Ben Walker venait de lui apprendre au téléphone : Terry avait suivi une thérapie à son cabinet sous un nom d'emprunt, puis arrêté peu de temps avant le meurtre de Nancy Kent et le début des ennuis d'Anna.

Les doigts crispés sur le volant, Quentin mesura l'abondance des indices qui accablaient son ami — son altercation publique avec Nancy Kent, la grosse coupure glissée dans la poche de Shannon, les lentilles de couleur, sa tentative de viol sur sa femme... La liste était interminable.

Quentin étouffa un juron. Il s'agissait uniquement de présomptions. Il pouvait aller voir Terry. Il devait bien cela à son meilleur ami, à son équipier. Terry se justifierait. Il y aurait une explication logique à tout.

Terry n'était pas un assassin.

Avec un nouveau juron, Quentin songea qu'il n'avait pas le droit. L'insigne exigeait qu'il révèle au commissaire tout ce qu'il venait d'apprendre. C'était également son devoir envers les victimes. Envers Anna.

Si Terry était innocent, il serait en mesure de le prouver. On ne trouverait pas de pièce à conviction pour étayer les présomptions qui pesaient sur lui.

Quentin sortit brusquement de sa voiture. Il entra en coup de vent dans le poste de police, ignorant les saluts de quelques collègues, pour se diriger droit vers le bureau de sa chef. Elle leva les yeux quand il frappa au battant de la porte.

— Il faut que nous parlions, dit-il.

Les sourcils froncés, elle lui fit signe d'entrer.

— Tu peux fermer derrière toi, si tu veux.

Il repoussa la porte, s'approcha du bureau et s'assit pesamment sur l'une des chaises réservées aux visiteurs.

— C'est à propos des meurtres du Quartier Français.

Patti posa les mains sur la table.

— Je t'écoute.

Il croisa son regard, puis détourna les yeux, marmonnant entre ses lèvres.

— A mon avis, lui suggéra sa tante, tu as intérêt à tout déballer d'un coup. Quand une chose est pénible à dire, mieux vaut s'en débarrasser au plus vite.

Quentin suivit son conseil. Comme Patti ne semblait pas surprise, lorsqu'il en eut terminé, il plissa les yeux.

— Qu'est-ce que vous avez contre lui, au juste ? Le PID s'est penché de trop près sur son cas pour n'avoir rien découvert de plus sérieux qu'une querelle d'ivrogne. J'ai le droit de savoir.

— Parlons d'abord de ce que tu m'apportes. Ce Dr Walker est-il certain que Landry est bien l'homme qu'il soignait sous le nom de Richardson ?

— Absolument.

— Et selon toi, Anna North serait le lien entre les victimes et l'assassin ? Parce que ces femmes étaient rousses ?

— Et parce qu'on a coupé l'auriculaire de la dernière victime. Oui.

— Mais alors, pourquoi ces trois meurtres ? Si c'est Anna North qui est visée, il suffisait de commencer par elle.

Quentin grimaça. L'idée que son ami pouvait être l'auteur de trois meurtres lui donnait la nausée. Et le comble de l'histoire, c'était qu'il l'avait peut-être aidé à les commettre en lui fournissant un faux alibi.

— Il s'exerce d'abord : quelques coups d'essais avant le coup de maître. En attendant, il se défoule sur des doublures. Il ne serait pas le premier tueur à agir ainsi.

Sa tante hocha la tête.

— Le soir où il a agressé Anna, poursuivit Quentin, il n'avait pas forcément l'intention de la tuer. Elle dit qu'il a été surpris, mais elle ignore par quoi. En fait, ce n'était peut-être pour lui qu'une sorte de répétition. Il est possible que sa campagne de terreur lui suffise pour l'instant.

Il poussa un profond soupir.

— En reconstituant le déroulement de notre soirée chez Shannon, je me suis rendu compte que j'ai seulement cru savoir où était Terry, du début à la fin. En fait, je l'ai perdu de vue pendant une bonne heure après son altercation avec Nancy Kent. Il y avait un monde fou, et il avait beaucoup trop bu — j'ai donc simplement supposé qu'il était là.

— Continue.

— Le soir du deuxième meurtre, il se trouvait dans un autre bar avec Tarantino et Di Marco, sur la Cinquième Avenue, dans le Quartier Français.

— Encore un alibi, murmura Patti O'Shay.

— Qui comporte quelques lacunes.

Quentin marqua une pause, hésitant.

— Di Marco prétend qu'il ne l'a pas vu boire un seul verre, alors qu'il était presque ivre mort.

— Autre chose, encore ?

— Les lentilles de couleur. Terry en portait lors du réveillon de la Saint Sylvestre, l'an dernier. Et pourtant, il a fait celui qui n'y connaissait rien quand je suis allé m'informer sur le sujet, dans un magasin d'optique du centre-ville.

— Tu as accumulé pas mal d'indices permettant d'incriminer ton équipier, souligna Patti. Pourquoi ne pas m'en avoir fait part plus tôt ?

— Il ne s'agit que de présomptions, chef. Et certaines sont plutôt minces. Si tu avais jugé bon de me tenir au courant des résultats de l'enquête du PID, nous aurions pu opérer plus tôt quelques recoupements.

Sa tante ne contesta pas la remarque de Quentin.

— Ils ont estimé que tu ne devais pas le savoir.

— Ils doutent de ma loyauté.

— C'est logique, compte tenu du fait que vous êtes amis, Landry et toi.

Quentin prit la mouche.

— Et toi ? Tu doutes aussi de ma loyauté ?

Un sourire effleura les lèvres de sa tante.

— Moi, j'ai changé tes couches, Malone. J'ai assisté à tes premiers pas et à ta première communion. Je sais à qui j'ai affaire. Non, je n'ai jamais eu le moindre doute à ton sujet.

La tension qui nouait les épaules de Quentin se relâcha insensiblement.

— Alors, qu'est-ce que le PID a découvert de compromettant sur Terry ? demanda-t-il.

— Dans le premier meurtre — celui de Kent —, le sang prélevé sous les ongles de la victime est du même groupe que le sien. On attend le résultat de l'analyse du sperme.

— Merde.

— Ce n'était pas suffisant pour l'incriminer. Près de trente-huit pour cent de la population de cette ville appartient au même groupe sanguin. Mais ajouté à l'altercation qu'il avait eue avec Kent avant sa mort, l'indice devient plus consistant.

— Qu'est-ce qu'on fait, maintenant ? demanda encore Quentin, tout en connaissant la réponse par avance.

— Appelle le PID. Fais établir un mandat de perquisition pour l'appartement, la voiture et le casier de Landry. Fais-le venir pour être interrogé.

C'était là ce que Quentin redoutait le plus.

— Je veux m'en charger moi-même, chef. Je veux diriger l'interrogatoire.

— Ecoute, à mon avis...

— Je dois prendre cette affaire en main, maintenant.

— Mais c'est beaucoup trop personnel. Tu risques de freiner l'en...

— Je ne freinerai rien du tout, bon sang ! s'exclama Quentin.

Amer, désenchanté, il secoua la tête. Terry avait été son ami. Il avait confiance en lui.

— C'est sacrément personnel, en effet, reconnut-il. Je me suis mouillé pour lui. Et s'il est vraiment le coupable, je tiens à l'épingler moi-même.

Sa tante réfléchit un instant, avant de hocher la tête en signe d'assentiment.

— Johnson assistera à l'entretien. Il ne doit pas y avoir la moindre irrégularité là-dedans.

— Entendu.

Quentin se leva et gagna la porte.

— J'appellerai moi-même le PID, lui annonça Patti. Et... Malone ?

S'arrêtant avant de franchir le seuil, il se retourna.

— Tu as fait du bon travail, lui dit sa tante. Je me doute que ça n'a pas dû être facile pour toi.

Il la regarda un moment, la mort dans l'âme, puis opina de la tête avec raideur.

— Je suis flic. Est-ce que j'avais vraiment le choix ?

52.

Vendredi 2 février — 16 heures

Deux heures plus tard, Quentin était assis sur une chaise pliante métallique, face à Terry. Son ami occupait un siège identique. Leurs genoux se touchaient presque. C'était à dessein que Quentin avait ainsi rapproché les deux sièges, de façon à empêcher Terry de se sentir à l'aise et de regarder ailleurs pendant qu'il l'interrogeait.

A en juger par sa mine, la tâche ne serait pas bien difficile. Il était déjà dans un état lamentable.

— Qu'est-ce que c'est que ce cirque, Malone ?

Terry jeta un coup d'œil sur Johnson qui se tenait debout, appuyé au mur, les bras croisés sur ses puissants pectoraux.

— C'est une convocation officielle, ou quoi ?

— L'affaire est sérieuse, Terry, lui dit Quentin.

— Si je comprends bien, le PID vient encore m'emmerder ?

— Pourquoi dis-tu ça ?

— Pourquoi est-ce que je serais là, sinon ?

L'air méprisant, il regarda la caméra vidéo bien en face.

— Nous avons des spectateurs, aujourd'hui ?

— A ton avis ?

Terry adressa un salut à la caméra, puis reporta son attention sur Quentin.

— Je devrais peut-être faire appel à un avocat ?

— C'est ton droit.

Se calant dans sa chaise, Terry plaqua sur son visage une expression arrogante, pleine d'assurance. Seul un petit spasme de sa paupière gauche trahissait son malaise.

— Interroge-moi donc, camarade. Je n'ai rien à cacher.

— Le nom de Benjamin Walker évoque-t-il quelque chose pour toi ? demanda Quentin, préférant attaquer les choses de front. Le Dr Benjamin Walker ?

— Bien sûr. C'est le copain psy de cette romancière, Anna Machin-Chose. Quel rapport avec moi ?

Quentin ignora la question.

— Tu es conscient que nous soupçonnons l'existence d'un lien entre cet homme et la série des meurtres perpétrés dans le Quartier Français ?

— Pas vraiment. Comme tu le sais, précisa Terry en regardant encore la caméra d'un air de défi, j'ai été mis à l'écart de cette affaire.

— Tu affirmes donc qu'en dehors de cette affaire, tu n'as jamais entendu parler du Dr Walker ? reprit Quentin.

Il retint son souffle. « Ne fais pas l'imbécile, Terry, songea-t-il. N'essaie pas de jouer au plus fin. »

— Exact, ouais.

Quand le mensonge franchit les lèvres de son ami, Quentin, profondément ébranlé, comprit que Terry était réellement impliqué dans l'affaire. Ce mensonge en cachait sans doute d'autres ; sans doute Terry était-il prêt à tout pour protéger certains secrets inavouables. Masquant son amertume et sa désillusion, Quentin essaya une autre tactique.

— Parlons un peu de verres de contact, Terry. De lentilles de couleur.

— De couleurs inhabituelles, renchérit Johnson. Orange et rouge, par exemple. Le genre de truc qu'on porte dans une soirée costumée.

Terry haussa les épaules.

— Et après ? C'est vrai, j'ai porté des lentilles rouges lors d'un réveillon. Mais je suis loin d'être le seul, comme l'a dit la responsable du magasin d'optique.

— Ce n'est pas cela qui m'ennuie, dit Quentin, qui se pencha en avant et baissa la voix. Ce jour-là, lorsque nous sommes sortis du magasin, tu aurais pu me parler de cet épisode. Comment se fait-il qu'il ne te soit pas venu à l'esprit ?

Une lueur d'amusement brilla dans l'œil de Terry.

— Hé, est-ce que je dois te mâcher le travail ? Du reste, je me doutais bien que tu t'en souviendrais tout seul.

— Bon Dieu ! dit Quentin en s'adossant de nouveau à sa chaise et en le toisant sans aménité. Pourquoi est-ce que je me serais déplacé jusqu'à cette galerie marchande si tu étais en mesure de me renseigner ?

Terry se rebiffa.

— Je ne suis plus sur cette affaire. J'ai pensé que tu ne voulais pas que je m'en mêle.

— Ça, c'est des conneries, partenaire.

— Tu me crois si tu veux, *partenaire.*

Piqué au vif, Quentin plissa légèrement les yeux.

— Le nom de Rick Richardson te dit quelque chose ?

Terry pâlit imperceptiblement.

— Possible.

— Possible ? répéta Johnson. Qu'est-ce que ça veut dire, Terreur ?

— Ça veut dire « possible ». C'est un nom assez courant. J'ai dû arrêter un gars qui s'appelait comme ça, un jour.

Et voilà qu'il mentait encore. De manière convaincante, certes. Mais pas assez.

— Et le nom d'Adam Furst ? demanda encore Quentin.

Terry fronça les sourcils, comme pour sonder sa mémoire.

— Rien du tout, affirma-t-il.

— Où étais-tu dans la nuit du jeudi 11 janvier et à l'aube du vendredi 12, la nuit où Nancy Kent a été assassinée ?

— Tu sais très bien où j'étais : chez Shannon, avec toi.

— Où étais-tu à l'aube du vendredi 19 janvier, le jour où Evelyn Parker est morte étouffée ?

— Chez moi, avec la gueule de bois, comme vous le savez déjà tous, répondit Terry avec une grimace à l'adresse de la caméra.

— Et plus récemment, il y a quatre jours, le soir où Jessica Jackson a trouvé la mort ? Ce même soir où Anna North a été agressée à son domicile ?

— Je suis sorti avec Tarantino et Di Marco, du cinquième district.

— Vous êtes allés dans un bar de l'avenue Bourbon — chez Freddy ?

— Ça me dit quelque chose.

— Est-ce oui ou non ?

— C'est un oui ! lança Terry, affalé sur sa chaise. Où veux-tu en venir ?

— Jessica Jackson a passé un moment dans ce bar le même soir. Son dernier soir.

— Il y a de l'ambiance chez Freddy. Une fêtarde comme elle ne pouvait pas manquer ça, je suppose.

Quentin haussa un sourcil.

— Jessica Jackson était une fêtarde ?

— Tu sais bien ce que je veux dire. Elle aimait sortir, s'amuser.

— On te l'aura probablement dit...

Consultant Johnson du coin de l'œil, Quentin fixa de nouveau Terry, sachant que cela l'énerverait sans doute.

— Tu aimes bien les rousses, Terry ?

— Ma foi, je ne te dirai pas non.

Quentin inclina légèrement la tête.

— N'as-tu pas avoué, l'autre jour, qu'il y a quelque chose, chez les rousses, qui t'« émoustille » ? Je ne fais que te citer, vieux.

Terry se dandina sur sa chaise.

— J'ai peut-être dit ça.

— Tu l'as dit, c'est sûr. A propos d'Anna North.

— Je ne m'en souviens pas.

— Tu n'es jamais sorti avec une rousse ?

— Je suis sorti avec quantité de femmes, et il doit y avoir quelques rousses dans le lot, je suppose.

— Donc, tu as eu des maîtresses rousses ?

— Probablement, oui.

Quentin tenta le coup.

— Ta mère s'est-elle jamais teint les cheveux, Terry ? A-t-elle jamais été rousse ?

Terry se leva d'un bond.

— Espèce d'enfoiré ! Dire que je t'ai pris pour mon ami.

Une heure plus tôt, Quentin serait rentré sous terre en entendant ces mots. Plus maintenant. Depuis que Terry lui avait menti effrontément, en présence de Johnson et d'autres policiers, qui suivaient l'interrogatoire sur un écran, dans la pièce voisine, il était écœuré.

— Tu n'as jamais suivi une thérapie, Terry ? Ou bien faut-il t'appeler... Rick ?

— Je veux un avocat. A partir de maintenant, je ne dirai plus un mot.

Terry se tourna vers la caméra vidéo et ajouta :

— Vous entendez, bande d'enfoirés ? Plus un seul mot.

53.

Samedi 3 février — Quartier Français

Vingt-quatre heures plus tard, Terry était arrêté pour le meurtre de Nancy Kent. Il était aussi le principal suspect pour les meurtres d'Evelyn Parker et de Jessica Jackson. Outre les présomptions accablantes qui pesaient sur lui et la concordance entre son sang et celui relevé sur les lieux, les enquêteurs avaient trouvé dans sa voiture et sur son blouson de cuir des cheveux pouvant être ceux de Nancy Kent. On avait également découvert sur son blouson des fibres textiles correspondant à la robe qu'elle portait la nuit de sa mort. Le tout avait été expédié au laboratoire d'analyses. Les policiers ne doutaient guère que les résultats viendraient confirmer leurs soupçons.

Tout portait donc à croire que Terry Landry était un assassin.

Si Quentin accepta d'annoncer la nouvelle à Penny, il refusa de participer à l'arrestation en elle-même. Il n'avait pas envie de voir les flics passer les menottes à son ancien équipier et ami. D'un point de vue rationnel, les faits semblaient irréfutables. Mais sur le plan émotionnel, il ne parvenait pas encore à admettre la vérité. Comment croire Terry coupable de telles horreurs ? Le débat intérieur qui l'agitait, terriblement douloureux, semblait ne pas avoir d'issue.

Il quitta le poste de police, regagna sa voiture et se mit à rouler au hasard, sans destination précise. Il suivit machinalement le flux de la circulation sans cesser de songer à Terry, se remémorant l'homme qu'il avait connu et apprécié, et se demandant ce qu'il avait pu devenir. Comment il avait pu se transformer en un monstre sanguinaire...

Qui était responsable de ce carnage, bon sang ? Des femmes étaient mortes. Il avait perdu son ami à jamais.

Quentin arrêta sa voiture le long du trottoir. Il coupa le moteur et appuya son front sur le volant, déchiré par le remords et l'angoisse. Il aurait pu sauver ces trois femmes. Il aurait pu sauver Terry. Pour cela, sans doute aurait-il suffi d'être attentif, à l'écoute de ses problèmes. Pourquoi n'avait-il rien remarqué ? Il aurait dû en être capable : le sens de l'observation n'était-il pas justement une des qualités requises dans son métier ?

Comme il relevait la tête, il prit conscience de l'endroit où il se trouvait, vers lequel il avait roulé d'instinct.

Anna.

Pestant entre ses dents, il détourna les yeux de l'immeuble. Qu'est-ce qu'une femme comme elle pourrait bien attendre d'un homme comme lui ? Il secoua la tête avec un rire sans joie. Question stupide ! Elle attendait de lui ce qu'il savait le mieux faire. Elle pouvait même appeler ça de l'amour. Provisoirement.

S'il voulait limiter les dégâts, mieux valait prendre le large sans attendre. Il descendit pourtant de voiture et se dirigea vers l'entrée. Le portail était grand ouvert et quelqu'un avait maintenu la porte d'entrée dans la même position à l'aide d'une brique. Il franchit rapidement le seuil et gravit l'escalier menant à l'appartement de la jeune femme.

La porte s'ouvrit avant qu'il ait frappé. A son expression, il comprit qu'elle était au courant, pour Terry. Sans doute avait-elle appris la nouvelle à la télévision, ou par une indiscrétion de LaSalle.

Compte tenu de leurs rapports, il aurait dû lui en faire part lui-même.

— Anna, articula-t-il d'une voix pâteuse.

Le regard compatissant, plein de douceur, elle lui tendit la main. Il la prit, et elle l'attira à l'intérieur puis ferma la porte à clé derrière eux. Sans prononcer un mot, elle l'entraîna ensuite jusqu'à la chambre. Ils tombèrent enlacés sur le lit, et Anna prit le visage de Quentin entre ses mains.

— Je suis désolée, chuchota-t-elle. J'imagine ce que tu dois ressentir.

Puis elle lui fit l'amour. Elle lui ôta ses vêtements l'un après l'autre, promenant tantôt les mains, tantôt la bouche sur le corps qu'elle dénudait. C'était comme si elle se lovait, s'enroulait autour de lui, faisait sienne sa souffrance, le cuirassait contre elle dans une étreinte plus éloquente que toute parole. Quentin eut le sentiment qu'elle comprenait son remords et son désarroi, sa peine et son désenchantement.

Jamais il n'avait rien éprouvé de tel ni expérimenté un abandon pareil, un tel climat de confiance, laissant l'initiative à Anna d'une manière qui lui était étrangère. C'était à la fois libérateur et un peu effrayant — comme s'il ne s'appartenait plus tout à fait. Jusqu'à se perdre en elle, pour mieux se retrouver dans une fusion totale qui avait l'évidence d'une révélation.

Ensuite, ils restèrent un long moment allongés sur le côté, face à face, sans parler. C'était comme un état de grâce, des minutes volées au temps, que Quentin mit à profit pour détailler la femme couchée près de lui. Il remarqua pour la première fois les éclats de violet dans ses prunelles vertes, l'arrondi pulpeux de sa lèvre inférieure, les petites mèches de cheveux très fins, couleur de feu, qui poussaient sur ses tempes et à la lisière du front.

Il se sentait bien avec elle. Ils se connaissaient depuis quelques semaines, à peine, et pourtant, hormis les femmes de sa famille, aucune ne lui avait jamais inspiré une confiance aussi totale.

Terry, lui, il le connaissait depuis quinze ans. Il lui avait accordé toute sa confiance. Mais cet homme-là n'existait plus... s'il avait existé un jour.

Démoralisé, Quentin roula dur le dos et regarda fixement le plafond, respirant péniblement. Anna posa la main sur son torse, au niveau du cœur, et il tourna la tête vers elle.

— Parle-moi, murmura-t-elle. N'essaie pas de te barricader.

La gorge nouée, il ferma les yeux un instant. Comment pouvait-elle lire ainsi en lui ? Etait-il donc si transparent ?

— Je suis allé voir Penny, expliqua-t-il enfin d'une voix sourde. Elle... enfin, c'était vraiment moche.

Il soupira en se remémorant les larmes de la jeune femme. Son incrédulité, son désespoir.

— Elle ne savait pas quoi dire aux gosses, reprit-il. Comment éviter qu'ils ne souffrent trop. J'aurais aimé pouvoir la réconforter, et eux aussi ; mais il n'y avait rien à faire. Même s'il est acquitté, ils seront confrontés à la publicité et à l'horreur du procès, aux remarques cruelles et aux commérages. Des enfants ne devraient pas avoir à endurer ce genre d'épreuve.

— Ce n'est pas ta faute. Tu n'y es pour rien.

— Sauf que je n'ai rien fait pour aider Terry. Je savais qu'il devenait alcoolique, qu'il en voulait à la terre entière. Mais jamais je n'aurais imaginé... Un assassin ? En fait, je n'arrive toujours pas à le croire.

— Il s'agit peut-être d'une erreur. Il n'a...

— On n'arrête pas les gens sans enquête préalable, Anna. L'inculpation ne fait pratiquement aucun doute.

— Y a-t-il... beaucoup d'indices ?

Dans la voix d'Anna, il y avait une nuance de doute ; et une pointe d'espoir, peut-être.

— Oui, lui répondit Quentin. De lourdes présomptions pèsent sur lui.

Manifestement soulagée à l'idée que tout serait bientôt terminé, elle laissa échapper un petit soupir.

— Que va-t-il se passer, maintenant ?

— Nous attendons les résultats des analyses. Nous recherchons également des éléments permettant d'établir un lien entre le premier crime et les deux autres — entre ces crimes et la campagne de terreur qu'il mène contre toi.

Quentin se tut et tourna de nouveau son visage vers le plafond. Un silence pesant s'installa.

— Pourquoi moi, Quentin ? demanda soudain Anna d'une voix incertaine. Pourquoi me hait-il à ce point ?

— Je ne sais pas. Il n'a rien avoué, là-dessus. Il va donc falloir poursuivre l'enquête.

— Oui, seulement...

Anna s'interrompit comme si elle n'était pas certaine de vouloir formuler sa pensée.

— Et si ce n'était pas lui l'auteur de ces messages à mon entourage ? finit-elle par demander. S'il n'avait rien à voir avec l'enlèvement de Minnie et la disparition de Jaye ?

Quentin se retourna vers elle.

— Nous pensons que c'est lui, Anna. Réfléchis un instant : le seul lien entre Ben Walker et toi, c'est Terry. Depuis le début, Ben est en quelque sorte l'élément incongru de ce scénario : pourquoi avait-il reçu ton livre avec le message lui conseillant de regarder la fameuse émission, alors qu'il ne te connaissait pas ? Par qui avait-il été choisi et dans quel but ? Ben supposait qu'un de ses patients était derrière cette histoire. Il avait raison.

— Mais pourquoi ?

— Terry est le seul à le savoir. Bientôt, nous le découvrirons aussi. Mais cela prendra du temps, Anna.

Elle secoua doucement la tête sur l'oreiller.

— C'est justement le temps qui nous manque ! souligna-t-elle avec angoisse. Où est Jaye, Quentin ? Il faut la retrouver au plus vite.

— Nous continuons les recherches. Rassure-toi, nous la retrouverons.

— Comment allez-vous vous y prendre ? Si Terry continue à se taire, sur quoi vous baserez-vous ? Sans lui, elle risque de mourir de faim et de soif. Si les jours passent...

— Nous allons fouiller son appartement, sa voiture, son passé. Nous retrouverons Jaye, affirma Quentin.

S'appuyant sur un coude, il se redressa à demi et effleura d'une caresse la joue d'Anna.

— Je suis heureux que tu sois indemne, Anna. Heureux que ton cauchemar soit terminé.

— Vraiment ? dit-elle dans un souffle, les yeux brillant de larmes. Comment peux-tu dire que mon cauchemar est terminé quand Jaye est toujours enfermée Dieu sait tout, à demi morte d'angoisse ?

Il n'avait aucune réponse à cela. D'autant qu'en vérité, il craignait qu'Anna ne se sentît plus jamais en sécurité. Sa petite vie tranquille était sans doute définitivement bouleversée.

— Que vas-tu faire, maintenant ? lui demanda-t-il.

— Essayer de trouver un nouvel éditeur. Un nouvel agent.

Un rire amer ponctua sa phrase.

— Essayer de me remettre à écrire.

Quentin la regarda dans les yeux.

— Je suis désolé qu'il s'en soit pris à toi.

— Encore une fois, tu n'y es pour rien.

— Il était mon ami.

— Tu n'es pas responsable de tes amis, insista Anna.

Lui prenant la main, elle entrelaça leurs doigts.

— Et toi ? Est-ce que ça va aller ?

— Moi ? Ça va toujours.

— Menteur.

D'un geste désinvolte, Quentin porta leurs mains jointes à sa bouche.

— Vous ne me connaissez pas, très chère ? Quentin Malone, sportif à ses heures, joyeux drille et amateur de jolies femmes. Pour moi, la vie n'est qu'une vaste partie de plaisir.

— Allons, ne te dénigre pas ainsi ! lui reprocha Anna. Tu vaux bien mieux que cela.

Peu disposé à se remettre en question, il déposa un autre baiser sur la main de la jeune femme, avant de la libérer et de quitter le lit.

— Trop d'intimité à ton goût ? demanda-t-elle tandis qu'il commençait à se rhabiller.

— Ce n'est pas ça.

— Ah, non ?

— Il faut que je retourne au travail. Le devoir m'appelle.

— J'ai foi en toi, Quentin.

Sans lui adresser un regard, il fit passer son polo par-dessus sa tête, puis reprit son arme et son holster.

— J'espère que tu ne paries pas aux courses. Tu te ruinerais.

Il entendit un froissement de draps, puis le bruit mat des pieds nus d'Anna sur le parquet. S'approchant de lui, dans son dos, elle passa les bras autour de sa taille. Elle avait enfilé un peignoir.

— J'ai foi en toi, répéta-t-elle. Parle-moi. Confie-moi tes pensées.

Une colère subite monta en lui. Pas contre Anna. Contre lui. Il s'en voulait terriblement. Soudain pressé de déguerpir, il fit volte-face entre ses bras.

— Le seul mérite qu'on m'ait jamais reconnu, Anna, c'est un certain talent au lit. Ravi de constater que je n'ai pas perdu la main.

Loin de se démonter, elle ébaucha un sourire.

— Navrée de te décevoir, mais ce que j'apprécie le plus en toi n'a rien à voir avec tes prouesses sexuelles.

— Il faut que j'y aille.

Comme il cherchait à se dégager, elle reprit son visage entre ses mains.

— Tu as mille autres qualités. Tu es intelligent et honnête. Sensible, altruiste. Attentionné. Plein d'humour. Loyal.

— On dirait que tu parles d'un animal de compagnie. Je ne veux être le brave toutou de personne, Anna. Pas même le tien.

Cette fois, l'expression d'Anna s'assombrit et elle fit un pas en arrière.

— Pourquoi te fâches-tu ? Qu'est-ce que j'ai dit de mal ?

Il se pencha pour ramasser son pantalon.

— Je n'aurais pas dû venir aujourd'hui.

— Mais tu es venu quand même.

Elle l'examina d'un air perplexe, la tête inclinée sur le côté. Soudain, la lumière parut se faire dans son esprit.

— Pourquoi es-tu si mécontent de toi ? Qu'aurais-tu aimé faire que tu n'as pas fait ?

Quentin remonta la fermeture à glissière de son pantalon et entreprit de boucler sa ceinture.

— Je dois partir.

— Que cherches-tu à fuir, Malone ? Moi, ou la vérité ?

— De la part d'une femme qui a passé son existence à fuir, je trouve ces considérations plutôt comiques.

Sa remarque fit mouche. Anna recula un peu plus, visiblement ulcérée.

— Qu'est-ce que tu as derrière la tête ? Est-ce une façon de dire « Salut, ma belle, merci pour tout, on se reverra peut-être un de ces jours ? »

— On a passé un bon moment. Je t'ai rassurée et tu m'as permis de jouer les héros. On s'est fait du bien et on est quitte l'un envers l'autre. Mais tu ne risques plus grand-chose, à présent. Alors, pourquoi ne pas en rester là ?

Elle tressaillit, comme s'il l'avait giflée.

— Tu as raison, il est temps que tu files. Je vais chercher ton blouson, dit-elle en passant dans le séjour.

Prenant le vêtement sur le dossier du canapé, elle le lui lança à la volée.

— Et merci pour le « bon moment ».

— Je n'ai jamais dit que ça durerait toute la vie, Anna.

— Non, en effet. Tu n'as donc rien à te reprocher, n'est-ce pas ?

Elle gagna l'entrée et lui ouvrit la porte en grand.

— Va-t'en. Tu n'as plus rien à faire ici.

Pris de remords, Quentin esquissa une grimace.

— Anna, je ne voulais pas te blesser. Je ne voulais pas que cela...

— Tu voulais te débarrasser de moi parce qu'il y avait trop d'intimité entre nous. Eh bien, c'est réussi, inspecteur Malone. Vous pouvez vous féliciter.

Comme il franchissait le seuil, elle le suivit dans le couloir.

— A titre d'information, sache que je ne tenais pas à ce que ça dure toute la vie. J'attendais seulement un peu de sincérité de ta part. Mais une qualité pareille n'est sans doute pas à la portée d'un gros dur dans ton genre.

54.

Samedi 3 février — 14 heures

Ben tourna la clé dans la serrure et ouvrit la porte de son bureau. Il alla tout droit vers la corbeille à papier, y jeta le bouquet qu'il tenait à la main et s'assit pesamment dans son fauteuil.

Ces fleurs étaient une surprise destinée à Anna. Il comptait fêter avec elle l'arrestation de Terry et la fin de leurs tracas. Il comptait lui proposer de tout recommencer — de tirer un trait sur le passé et de donner à leur histoire un nouveau départ.

Ayant trouvé le portail et l'entrée de l'immeuble grands ouverts, il était monté à l'étage sans sonner. Là, il les avait vus ensemble — Quentin Malone et elle —, devant la porte de l'appartement d'Anna. La manière dont ils avaient occupé leur après-midi était évidente.

Ben ferma les yeux et revit la silhouette d'Anna dans ce peignoir de soie qu'elle serrait sur sa poitrine, ses cheveux ébouriffés, son regard lumineux. Elle avait l'air d'une femme qui venait de faire l'amour.

L'air d'une femme amoureuse.

L'intensité de sa souffrance stupéfia Ben. Terrassé, il émit une plainte rauque, pareille à celle d'un animal blessé. Il se sentait si ridicule. Il s'était douté qu'elle n'était pas insensible au charme de Malone, sans vouloir réellement l'admettre — préférant croire qu'il avait encore une chance de l'emporter sur lui. Il s'était bercé d'illusions, imaginant qu'Anna était la femme de sa vie.

Quel imbécile !

Respirant profondément par le nez, il lutta contre la colère qui le gagnait, s'efforça de combattre la migraine qui menaçait de le reprendre. Une sensation de froid le fit frissonner. Il était glacé jusqu'aux profondeurs de son âme.

Ben frissonna de nouveau. Sa vue se brouilla, puis redevint claire. Soudain désorienté, il cligna des yeux. Un fourmillement désagréable remontait le long de ses bras, de ses épaules, jusqu'à la nuque.

Il jeta un coup d'œil autour de lui. Rien n'avait changé en ce bref laps de temps — il était toujours assis au bureau de son cabinet. Il était environ 14 heures. Et il avait toujours mal à la tête. Repoussant son fauteuil, il se leva pour aller chercher un comprimé d'aspirine. Alors qu'il se redressait, un morceau de papier tomba en tournoyant sur le sol.

Il se baissa pour le ramasser. C'était un petit mot rédigé à la main, d'une grosse écriture enfantine.

« Cher Ben,

« Au secours ! Vous êtes le seul à pouvoir nous aider. Il nous veut du mal. Lisez notre journal et vous saurez quoi faire.

« S'il vous plaît, je ne veux pas mourir. »

Ben relut trois fois le message. Il porta une main à sa tempe, sentant la migraine l'envahir insidieusement. En guise de points sur les « i » et les « j », l'auteur de ces lignes avait dessiné des petits cœurs. Ben en déduisit qu'il s'agissait d'une fille. Mais comment lui avait-elle fait parvenir ce mot ? Fronçant les sourcils, il balaya la pièce du regard. Il fermait toujours son bureau à clé. Comment avait-elle pu s'y introduire ?

Comme il devinait soudain la réponse, son sang se glaça brusquement. Les clés qu'on lui avait dérobées ! Il avait fait changer les serrures de son domicile, mais pas celles du cabinet...

Quel idiot !

Ignorant la petite voix négative qui s'exprimait en lui, il concentra son attention sur l'énigme à résoudre. Ce petit mot provenait-il de la fille d'un patient — celui-là même qui lui avait « emprunté » ses clés ?

Mais le patient en question n'était autre que Terry Landry, lequel, désormais derrière des barreaux, ne représentait plus aucun danger pour quiconque.

A moins que ce ne soit pas lui le coupable.

Un nouveau frisson courut dans son dos. Ben secoua la tête, réfutant cette idée saugrenue. La police détenait des preuves — tout un faisceau d'indices concordants, avait affirmé l'inspecteur Johnson.

Des preuves qui concernaient le meurtre de Nancy Kent. Pas l'agression d'Anna ni l'enlèvement de Jaye.

En proie à une sourde angoisse, Ben comprit que tout n'était donc pas terminé. Anna était encore en danger ; le meurtrier frapperait encore. Il devait appeler la jeune femme pour l'avertir. Il fallait aussi alerter la police, et l'inspecteur Johnson prendrait toutes les dispositions nécessaires.

Alors, tout recommencerait. Les policiers investiraient de nouveau son cabinet, se remettraient à fouiller dans ses dossiers, à interroger tout le monde, à fouiner partout.

Pas de précipitation, donc, songea Ben. Il devait avant tout réfléchir. Et si ce n'était qu'un canular ? Une plaisanterie malsaine ? Mais seule une personne extrêmement bien informée des derniers développements de l'affaire pouvait en être l'auteur. Il ne pouvait s'agir qu'un des policiers chargés de l'enquête, ou d'Anna elle-même, ou de ses amis Bill et Dalton.

Comme il parcourait encore une fois le message, une phrase l'arrêta : « Lisez notre journal et vous saurez quoi faire. »

Un journal ? Elle avait dû le déposer quelque part, se dit-il. Mais où ? Logiquement, il aurait dû accompagner le petit mot. Il avait vu celui-ci voltiger quand il s'était levé, comme s'il tombait de ses genoux.

Sous le bureau !

Mais il n'y avait rien par terre ou sous le fauteuil. Ben vérifia ensuite le contenu des tiroirs — sans aucun résultat.

Perplexe, il plissa le front. Les enfants aiment les mystères ; peut-être sa correspondante avait-elle cherché à dissimuler ce document trop personnel afin qu'il ne tombe pas entre n'importe quelles mains ?

Ben essaya de se mettre à sa place. Quelle était la meilleure cachette, à proximité du message ?

Sous le bureau, songea-t-il encore. Mais fixé au-dessous du plateau.

Il se pencha aussitôt pour jeter un coup d'œil, et il aperçut en effet un sachet en plastique maintenu en place par de l'adhésif.

« Bien vu, se dit-il. Futée, la gamine. »

Ben décolla le sachet et s'assit de nouveau. Il était prêt à parier que le petit mot était posé sur son fauteuil, mais qu'absorbé par ses préoccupations, il ne l'avait pas remarqué en arrivant. Il l'avait ensuite fait tomber en se levant.

D'une main fébrile, il ouvrit le sachet et sortit le journal — un simple carnet de notes. La couverture était écornée, les extrémités de la spirale passablement écrasées. Les trois quarts des pages, environ, étaient couverts de la même écriture ronde que celle du message.

Enfin, il tenait la clé du mystère. Il allait connaître l'identité de l'individu qui persécutait Anna ; comprendre le rôle qu'il jouait lui-même dans l'affaire. Toutes les explications étaient là, noir sur blanc.

Bien calé dans son fauteuil, Ben commença à lire.

55.

Dimanche 4 février — 14 heures

— Minnie ! cria Jaye en quittant précipitamment son lit de camp pour courir à la porte. C'est toi ? Tu es là ?

— Oui, c'est moi, répondit la fillette. Comment ça va ?

Jaye se blottit contre la porte.

— J'ai une faim atroce. Il ne m'a rien laissé à manger depuis longtemps.

— Je sais. Je t'ai apporté quelque chose.

Jaye entendit un bruit de papier qu'on déchirait.

— Une barre de chocolat fourré, expliqua Minnie. Je l'ai piquée dans un tiroir quand il avait le dos tourné.

Elle la fit passer par la chatière, et Jaye bondit pratiquement dessus. Elle en dévora la première moitié en une poignée de secondes, puis dégusta la suite plus tranquillement. Quand elle eut terminé, elle se lécha les doigts. Son estomac criait encore famine, mais c'était un peu plus supportable.

— Qu'est-ce qu'il fabrique ? demanda-t-elle. Il a l'intention de me laisser mourir de faim, ou quoi ?

— Je sais pas ce qu'il manigance. Je l'entends presque plus. Et il me laisse plus du tout sortir.

— Tu es bien venue jusqu'ici, pourtant.

— J'ai réussi à m'échapper, dit Minnie.

Elle baissa la voix jusqu'au murmure.

— Je commence à prendre des forces, Jaye. Je suis plus aussi faible. Ni aussi peureuse. Petit à petit, je découvre ses faiblesses. Je le laisserai pas te faire du mal.

Les yeux de Jaye s'emplirent de larmes. La peur la tenaillait sans relâche. Un changement s'était opéré depuis peu. Un changement plus inquiétant que le manque de nourriture. Elle avait l'impression que son ravisseur était sur le point d'agir — comme si tous les éléments de son plan étaient désormais en place. Elle n'avait sans doute plus beaucoup de temps devant elle.

— Promets-moi, Minnie. Promets-moi que tu ne le laisseras pas me tuer.

— Je te le jure. Je le laisserai pas vous faire de mal, à toi et à Anna.

La fillette marqua une pause. Puis elle reprit la parole d'une voix chargée d'émotion.

— Je t'aime, Jaye. Tu es ma meilleure amie.

56.

Lundi 5 février — Quartier Français

Quarante-huit heures après que Quentin l'avait rayée de sa vie, Anna le découvrit un soir à la grille de son immeuble. Il bavardait avec Alphonse Badeaux, tout en lançant des pistaches grillées à Mister Bingle.

Le cœur d'Anna se mit à battre de façon désordonnée. D'impatience. D'espoir. Elle avait craint de ne jamais le revoir. Et dans un sens, elle en aurait été soulagée : Quentin Malone lui faisait peur. Il l'effrayait parce qu'avec lui, elle se sentait vivante, épanouie, en sécurité — ce qui la rendait terriblement dépendante de lui. Jamais elle n'avait éprouvé un tel besoin pour quelqu'un.

Et pour les mêmes raisons, son départ l'avait anéantie.

Alphonse se leva à son approche.

— Bonsoir, mademoiselle Anna. Je tenais compagnie à votre ami.

— Une excellente compagnie, du reste, souligna Quentin.

— Merci, inspecteur.

Le vieil homme le gratifia d'un large sourire et se tourna vers Anna.

— Je me félicite de voir un policier dans les parages. Leur présence est toujours la bienvenue.

Elle comprit sans peine le message : c'était une manière détournée de lui dire : « Ne le laissez pas filer. »

Hélas ! c'était sans doute trop tard. A moins que...

Elle sourit à son tour.
— J'ai pris note, Alphonse.
— Allez, bonne soirée, les enfants.
Comme s'il avait suivi la conversation, Mister Bingle se redressa et repartit vers la rue, s'arrêtant ensuite sur le trottoir pour regarder son maître.
Alphonse toussota.
— Avant de vous laisser, je voulais vous demander : avez-vous finalement reçu ce bouquet de fleurs, mademoiselle Anna ?
Elle fronça les sourcils.
— Quel bouquet ?
— Celui que ce charmant médecin vous apportait l'autre soir — vous savez... le soir où l'inspecteur était justement chez vous, précisa Alphonse en rougissant imperceptiblement.
Perplexe, Anna le dévisagea. Ben était donc venu ce soir-là ? Pourquoi n'avait-il pas frappé ? Pourquoi...
Une idée horrible lui traversa soudain l'esprit : elle se revit sur le palier, dans son peignoir, avec Quentin. La scène se passait sans doute de commentaire.
— Il est reparti avec ses fleurs, en coup de vent. Sans même me saluer au passage, comme il le fait d'habitude. Il avait l'air dans tous ses états.
Le vieil homme marqua une pause et toussota encore.
— Je... Bien sûr, ce ne sont pas mes affaires, mais je me demandais seulement ce qu'il avait fait des fleurs. Elles étaient si jolies...
Embarrassée, Anna détourna la tête.
— Merci, Alphonse. Je lui passerai un coup de fil.
Le vieil homme opina du chef et s'éloigna en compagnie de son bouledogue. Anna et Quentin les regardèrent en silence traverser lentement la rue. Quentin se tourna ensuite vers Anna.
— Tu veux t'asseoir un moment avec moi ?
Elle sentit sa gorge se nouer.
— Pourquoi pas ? C'est une belle soirée, non ? Le temps commence enfin à se radoucir.

En s'apercevant qu'elle cherchait à meubler la conversation, Anna se tut aussitôt. Ils s'assirent tous les deux sur le muret de ciment qui conservait un peu de la chaleur du jour.

— Pistaches ? proposa Quentin en lui tendant le sachet de fruits secs.

— Merci.

Elle en prit quelques-unes dans le creux de sa main.

— J'adore ça.

— Je m'en doutais.

— Ah bon ?

— J'ai jeté un coup d'œil dans ton congélateur, l'autre jour. Il n'y avait que deux variétés de glaces : pistache et chocolat-pistache.

Une lueur espiègle dansa dans les prunelles de Quentin tandis qu'il ajoutait :

— Que veux-tu, je suis inspecteur de police.

— Et moi écrivain. Il me semblait que nous avions déjà écrit la fin de cette histoire.

— Cette fin-là ne me plaisait pas tellement.

Quentin se tut un moment. Le soleil commençait à descendre sur l'horizon, embrasant le ciel de couleurs féeriques.

— Je me suis demandé ce que tu penserais d'un petit remaniement, reprit-il.

— Ça dépend. Il faut qu'il soit justifié.

Il sonda un moment le regard d'Anna, puis détourna le sien.

— Je voulais être juriste. Avocat général. Je rêvais même de devenir un jour procureur.

— Qui t'en empêchait ?

— Je connais mes limites. C'est tout.

— Vraiment ?

De nouveau, Quentin regarda Anna dans les yeux.

— Arrête ! lança-t-il.

— Quoi ?

— De ne parler que par questions. On dirait un psy ! Et je n'ai pas envie de me faire psychanalyser. Pas aujourd'hui, en tout cas.

— Excuse-moi. Seulement, je ne vois pas très bien quelles sont ces limites dont tu parles...

Les traits de Quentin se durcirent.

— Mes amis disaient de moi : « Malone, c'est pas le plus futé du lot, mais son physique parle aux femmes. » Ou d'autres amabilités du même genre.

Anna secoua la tête.

— Avec des amis pareils, tu pouvais te passer d'ennemis.

— J'ai plus de muscles que de cervelle, Anna. J'ai tout juste réussi à terminer mes études secondaires. J'y suis arrivé d'extrême justesse. Certains prétendent que j'ai couché avec ma prof d'anglais pour obtenir mon diplôme de fin d'études.

— Et c'était vrai ?

— Non, bien sûr. Elle a eu pitié de moi et m'a donné des cours de soutien pendant deux semaines pour me préparer à l'examen.

— Tu es donc entré dans la police. Tu t'es dit que ce serait facile, là, et que tu réussirais sans te donner trop de peine.

— C'est à peu près ça, reconnut Quentin.

Il croisa les mains autour de son genou droit.

— En plus, j'ai été élevé dans ce milieu. J'entendais ce que racontaient mon père et mes oncles. En somme, ma voie était toute tracée.

— Et tu n'as jamais avoué à personne ce que tu avais réellement envie de faire ?

— Jusqu'à aujourd'hui, non.

Anna leva les yeux vers le ciel qui commençait à s'assombrir.

— Je ne sais pas trop quoi dire.

— Connaître ses limites, ce n'est pas se dégonfler, remarqua Quentin, les sourcils froncés.

— Je n'ai pas dit que tu t'étais dégonflé. C'est ce que tu ressens ? demanda Anna en se tournant vers lui.

— J'aime bien mon boulot. Je suis plutôt doué pour ça.

— Mais tu le trouves assommant.

Dans les yeux clairs de Quentin, elle distingua une pointe d'amertume. Et même, de la colère.

— Tu es fâché, dit-elle encore. Contre moi ?

— Non. C'est que...

Il laissa échapper un bref soupir.

— Je me suis installé dans la routine. C'est là que le bât blesse. Et je m'en veux terriblement pour ça. Ce travail n'est pas assommant, mais il ne me passionne pas. Voilà où j'en suis.

— Il n'est pas trop tard.

— Si, dit Quentin en se passant d'un geste las une main dans ses cheveux. J'ai trente-sept ans.

— C'est le bel âge, non ?

— Tu es plus têtue que le bouledogue de M. Badeaux !

— Mais un peu plus jolie, aussi.

— Sans aucun doute, reconnut Quentin en riant.

Il prit la main d'Anna et la porta à ses lèvres.

— Dis-moi, Anna, quelle opinion as-tu des flics ? Que penserais-tu de vivre avec l'un d'eux ?

— Ça dépend du flic en question.

— Ah oui ?

— Oui.

Elle serra sa main dans la sienne.

— Moi j'en connais un, d'origine irlandaise, charmant, un peu trop sûr de lui à certains égards — et pas assez dans d'autres domaines. Celui-là, j'aimerais vivre avec lui même s'il était cantonnier.

— Anna...

— S'installer dans la routine est un mal insidieux, Malone. De ceux qui te rongent peu à peu jusqu'à l'âme... Je ne voudrais pas me réveiller un beau matin à côté d'un type de cinquante ans qui ne peut plus se supporter.

Ils cessèrent de parler. Les secondes, les minutes passèrent. Le soleil achevait son déclin sur l'horizon. Anna se pencha vers Quentin et prit tendrement son visage entre ses mains.

— A mon avis, il y a une sacrée différence entre un gamin de seize ans en pleine activité hormonale et un adulte qui s'est fixé un objectif.

Elle l'embrassa et conclut :

— Réfléchis à ça, Malone. C'est tout ce que je demande.

57.

Mardi 6 février — 8 h 50

Le lendemain matin, Anna arriva de bonne heure au cabinet de Ben. Elle voulait le trouver avant qu'il ne soit trop absorbé par son travail. En outre, elle avait déjà bien assez attendu.

Elle l'avait blessé, c'était évident. Un homme ne passait pas à l'improviste avec des fleurs chez une femme sans être sérieusement épris. Quelle humiliation il avait dû éprouver en découvrant Anna et Quentin sur le palier !

Avec un soupir, elle descendit de sa voiture. Même s'il ne s'était rien passé entre eux, ils étaient sortis ensemble à deux reprises. Ils avaient passé de bons moments ; et quand il l'avait embrassée, elle lui avait rendu son baiser.

Puis Malone était arrivé. Chassant tout le reste de son esprit.

Anna devait une explication à Ben. Peut-être pourraient-ils rester amis ? Pour cela, encore fallait-il qu'il soit en de bonnes dispositions à son égard. Et il n'y avait qu'une façon de s'en assurer.

Elle gravit les marches du perron, trouva la porte du cabinet ouverte et entra dans le vestibule. Le carillon de l'entrée tinta, avertissant Ben de son arrivée.

La salle d'attente était déserte, la porte du bureau de Ben, entrouverte. Prenant une profonde inspiration pour se donner du courage, Anna s'en approcha et frappa doucement avant de pousser le battant.

Ben était assis à son bureau encombré de piles de livres. Les doubles rideaux étaient tirés, et la lumière du jour s'infiltrait furtivement par les bords. Une lampe halogène projetait sur la table un éclairage cru qui tranchait avec l'ombre épaisse dans laquelle était plongé le reste de la pièce.

— Ben ?

Il leva les yeux, et Anna eut un léger mouvement de recul. Il avait une mine effroyable, le teint cireux, les traits tirés.

— Est-ce que ça va ? demanda-t-elle en avançant de quelques pas dans la pièce.

Comme il ne répondait pas, elle franchit la distance qui les séparait. Plus près de lui, elle s'aperçut que ses yeux étaient vitreux, cerclés de rouge, comme s'il avait de la fièvre. Il avait la mine de quelqu'un qui n'aurait pas dormi depuis deux ou trois jours.

— Ben... mon Dieu, que t'arrive-t-il ?

Il cligna des yeux à plusieurs reprises, puis s'humecta les lèvres.

— Je suis passé chez toi avant-hier. Je voulais... Je t'ai vue avec Quentin Malone.

— Je sais.

Anna hésita un bref instant.

— L'un de mes voisins t'a aperçu et je suis venue t'en parler.

— Es-tu amoureuse de lui ?

Bonne question. Dont elle ne connaissait malheureusement pas la réponse.

— J'ai... j'éprouve des sentiments pour lui. Des sentiments très forts.

Ben renversa la tête vers l'arrière et examina le plafond un instant, avant de fixer de nouveau Anna.

— J'ose l'espérer, dit-il posément, puisque tu baises avec lui.

Anna tressaillit, choquée.

— Je ne crois pas qu'il soit nécessaire d'utiliser ce genre de langa...

— Tu n'as pas à me dire ce que je dois faire ou non ! s'emporta Ben.

Son poing s'abattit sur le bureau avec une violence qui fit vaciller la lampe.

— Vous n'étiez pas en train de baiser, peut-être ? Si j'avais insisté un peu plus, tu aurais peut-être baisé avec moi aus...

— Arrête !

La réaction de Ben dépassait les bornes. Anna ne pouvait pas tolérer d'être traitée ainsi.

— Je suis désolée si je t'ai fait de la peine, lui dit-elle. Ce n'était pas mon intention. Je n'avais pas non plus l'intention de nouer ce genre de relation avec Quentin Malone. C'est arrivé, voilà tout. Je n'ai pas grand-chose d'autre à ajouter. Au revoir, Ben.

Elle fit demi-tour et gagna la porte, pressée de le quitter. Malgré tout, elle se retourna avant de sortir. Ben était immobile, affaissé dans son siège, la tête entre les mains.

Il se passait quelque chose d'anormal. Il était dans un état lamentable, sans doute malade et fiévreux. Sinon, jamais il ne lui aurait parlé comme il l'avait fait. Ça n'était vraiment pas son genre.

— Ben ?

Il redressa légèrement la tête. Il avait l'air anéanti.

— J'aurais pu... tomber amoureux, Anna. Je commençais à m'éprendre de toi. Et j'ai cru... j'ai cru que c'était réciproque.

— Je suis désolée, Ben. Je ne pensais pas qu'il pourrait se passer quelque chose entre Malone et moi, et puis... voilà, c'est arrivé.

— Est-ce censé me réconforter ?

Il porta une main à son front. Une main qui tremblait, s'aperçut Anna. Inquiète, elle revint sur ses pas et s'arrêta à quelques centimètres du bureau.

— Tu n'as pas l'air très bien, Ben. On dirait que tu as de la fièvre.

Déconcertée par son inertie, elle tendit la main vers lui.

— Tu es malade, Ben, insista-t-elle gentiment. Pourquoi n'irais-tu pas t'allonger ? Je peux aller te chercher un fébrifuge et préparer une tisane. J'appellerai ton médecin, si tu veux.

Un bref instant, il parut sur le point de capituler. Puis il secoua la tête.

— Je ne peux pas... un patient... Il a besoin de moi.

— Mais tu es malade, Ben. C'est toi qui as besoin...

Le téléphone sonna. Ben hésita puis décrocha. L'appel devait provenir d'un patient, car il fit pivoter son fauteuil pour s'entretenir avec son correspondant.

Anna jeta un coup d'œil sur le bureau encombré. Ce n'était pas uniquement l'apparence physique de Ben qui avait changé, songea-t-elle. Jamais elle n'avait vu un tel fouillis sur sa table : journaux, revues médicales et quantité de livres — ouverts, pour la plupart — s'y entassaient par dizaines. Elle parcourut quelques titres, relevant les termes de schizophrénie, dissociation, stress post-traumatique. Certains ouvrages étaient flambant neufs, d'autres très écornés.

Au demeurant, un désordre analogue régnait dans toute la pièce. On aurait dit que Ben y avait travaillé vingt-quatre heures d'affilée sans prendre le temps de dormir ou de s'alimenter. Il avait évoqué le cas d'un patient qui avait besoin de son aide. Quel patient ? Il fallait qu'il soit très mal en point pour que Ben lui consacrât autant d'énergie.

Un carnet de notes, ouvert devant lui, attira l'attention d'Anna. Les pages étaient couvertes d'une écriture inégale, tantôt précise et soigneusement calligraphiée, tantôt plus proche d'un griffonnage presque illisible. Se penchant pour mieux voir, elle aperçut aussi divers dessins étranges, parfois effrayants. Tout cela était indiscutablement l'œuvre d'une âme torturée.

— Décidément, c'est plus fort que toi, hein ?

Anna se redressa, embarrassée. Sa conversation terminée, Ben avait surpris son indiscrétion — une fois de plus. Elle sentit son visage s'embraser.

— Excuse-moi. Je... tu as raison. Je suis trop curieuse. C'est un défaut assez répandu chez les écrivains, paraît-il. Et puis, je me fais du souci pour toi.

Ben ferma le journal d'un geste sec.

— J'aimerais que tu t'en ailles, Anna.

— Je suis désolée, dit-elle encore en s'écartant légèrement du bureau. Laisse-moi au moins appeler un méde...

— Sors d'ici !

— Ben, je t'en prie. Je n'ai pas envie que nous nous quittions de cette façon. Tu n'es pas très en forme. Si tu prenais un peu de repos, tu pourrais peut-être...

Il tressaillit et ses traits se durcirent.

— Peut-être quoi ? Etre moins fâché contre toi ? Tu t'es envoyée en l'air avec ce joli cœur de flic, Anna. Sais-tu à quel point je suis dégoûté ? Peux-tu imaginer ce que j'ai éprouvé en te découvrant, à peine vêtue, en train de baver devant lui comme la dernière des salopes ?

Le souffle coupé, Anna fit un pas en arrière.

— Si c'est là ce que tu veux, tant pis. J'avais espéré que nous resterions amis. Mais de toute évidence, ce n'est pas possible.

L'air égaré, toujours tremblant, Ben se frictionna les bras comme pour se réchauffer.

— Ne pars pas, Anna. Pardonne-moi. Je suis tellement surmené... Ce patient... c'est très grave. Si je pouvais t'en parler, je suis sûr que tu comprendrais tout. S'il te plaît, ne...

— Tu n'es pas bien du tout et je te conseille d'aller voir un médecin.

Avant de franchir la porte, elle se tourna brièvement vers lui.

— Je ne peux rien faire pour toi. Adieu, Ben.

58.

Mardi 6 février — 9 h 15

De l'autre côté de la ville, à la prison centrale, Quentin attendait Terry. Son ancien équipier avait demandé à le voir. Et il était venu. Non qu'il se sentît redevable envers lui au nom de l'amitié qui les avait unis, mais à cause d'Anna ; il espérait parvenir à arracher à Terry des renseignements que Johnson et les autres n'avaient pu obtenir.

Il devenait en effet urgent de retrouver Jaye Arcenaux.

Quentin consulta sa montre et se remit à marcher de long en large. La petite pièce était vide, à l'exception d'une table fixée au sol et de deux chaises pliantes. Les murs étaient en béton armé et la porte en acier trempé. L'unique éclairage provenait d'un tube fluorescent protégé par un fin grillage. Une ouverture, garnie de barreaux, avait été découpée dans l'épaisse porte, et se révélait bien trop exiguë pour laisser passer même le plus habile des contorsionnistes.

Quentin fit craquer ses doigts, à la fois impatient et anxieux. Il s'était délibérément retiré de l'affaire, craignant que sa colère à l'égard de Terry ne vînt troubler son objectivité. Car cette colère, loin de s'atténuer, augmentait de jour en jour.

En entendant une clé tourner dans la serrure, il pivota en direction de la porte. Le gardien apparut d'abord, aussitôt suivi de Terry. Le beau ténébreux de jadis entra en traînant des pieds, hirsute, le menton hérissé d'une barbe naissante, menottes aux poignets. Sans regarder Quentin, il alla directement s'asseoir sur l'une des deux chaises.

— Appelez-moi si nécessaire, dit le gardien avant de fermer la porte.

Quentin opina de la tête et s'assit à son tour. Les deux hommes se regardèrent un long moment sans échanger un mot.

— L'orange n'est pas ta couleur, murmura enfin Malone, rompant le premier le silence. Tu as une mine de déterré, dans cette tenue.

Terry grimaça un sourire, à des années-lumière de celui, plein d'assurance, qu'il avait à l'extérieur.

— Ah ouais ? fit-il. Ils n'avaient malheureusement plus le costume Armani à rayures dont j'avais envie.

Au moins n'avait-il pas perdu son humour acerbe, songea Quentin.

— Qu'est-ce que tu me veux, Terry ? demanda-t-il d'un ton sec.

Son ancien collègue se rembrunit et détourna le regard.

— Comment va Penny ?

— Ça t'intéresse vraiment ?

Le visage de Terry s'empourpra.

— Oui, nom de Dieu ! Comment va-t-elle ?

— A ton avis ? lança Quentin en se penchant en avant. Elle est anéantie. Humiliée. Elle se fait un sang d'encre pour les gosses qui risquent de prendre un rude coup.

— Je... ils me manquent.

La voix de son ami s'altéra, et Quentin se cuirassa contre l'émotion.

— Mais as-tu seulement des remords, Terry ? Est-ce que tu t'en veux de leur avoir fait ça ?

— Oui. Mais pas pour les raisons que tu crois.

Terry posa les mains sur la table, et les chaînes de ses menottes heurtèrent le bois avec un bruit métallique.

— Pourquoi a-t-il fallu que tu ailles voir O'Shay ? demanda-t-il âprement. Pourquoi n'es-tu pas d'abord venu me parler ?

— J'avais un boulot à faire. Je l'ai fait.

Terry eut un ricanement amer.

— Le devoir avant l'amitié, hein ?

— Tes mensonges ont sonné le glas de notre amitié.

— J'aurais pu m'expliquer.

Quentin secoua la tête.

— Désolé, vieux. Cette fois, ton baratin n'aurait pas suffi à te tirer d'affaire. Les faits parlent d'eux-mêmes.

— Eh bien, tu te trompes, justement. Je... j'ai besoin de ton aide, Malone.

Révolté, Quentin le dévisagea. C'était bien là Terry : comment osait-il réclamer encore de l'aide, dans sa situation, et demander à Quentin de voler à son secours en dépit des charges qui l'accablaient. En dépit de tous ses mensonges.

— Pas question, lui répondit-il fermement. Jaye Arcenaux a besoin d'aide, elle. Minnie a besoin d'aide, elle aussi. Tu veux me dire où sont ces gamines ? Si tu m'aides, je pourrai peut-être faire quelque chose pour toi.

— Tu crois donc vraiment que je suis derrière tout ça ?

Terry jura sans retenue.

— Comme je ne t'avais pas vu, reprit-il, je croyais que peut-être...

— Tu t'imaginais que j'avais avalé tes boniments ? Oh, ça va ! maugréa Quentin d'un ton écœuré. Donne-moi plutôt un coup de main. Je verrai ensuite ce que je peux faire.

— Impossible.

Terry serra les poings.

— Je n'ai aucune idée de l'endroit où elles sont. Ce n'est pas moi qui les ai enlevées.

Quentin s'écarta de la table, si violemment que sa chaise alla rouler par terre.

— Appelle-moi quand tu seras prêt à tout avouer ! lança-t-il.

— Mais je n'ai pas fait ça ! s'écria Terry en se levant tant bien que mal, gêné par ses pieds entravés. C'est la vérité, je te le jure !

Une fois qu'il eut regagné la porte, Malone se tourna vers lui.

— Dans ce cas, les analyses ne tarderont pas à confirmer tes déclarations. Le résultat du test ADN va te disculper et tu seras libre de rentrer chez toi.

Il vit la gorge de Terry se contracter, comme sous l'effet d'une puissante émotion.

— Non, dit-il d'une voix étranglée, les yeux brillant de larmes contenues. C'est ça le problème.

Se laissant retomber sur sa chaise, il enfouit sa tête dans ses mains.

— Le test ADN... il ne va pas me disculper.

Quentin se figea, la gorge soudain sèche.

— Tu aurais peut-être intérêt à t'expliquer.

Terry releva la tête et croisa son regard, le visage torturé.

— J'avais une liaison avec Nancy Kent. Cela durait depuis... plusieurs mois. Cet argent que je dépensais en boîte... c'était Nancy qui me le filait — elle était pleine aux as depuis son divorce. Ça n'était pas une histoire d'amour, loin de là. Rien qu'une histoire de baise. Et c'était du tonnerre — du moins au début. Ce soir-là, chez Shannon, elle se fichait de moi. Elle se vengeait du lapin que je lui avais posé la veille. Elle me traitait comme une merde.

Son visage prit une expression lointaine.

— J'étais furieux qu'elle se moque de moi, qu'elle me vexe devant tout le monde en dansant avec n'importe qui sauf moi. J'avais beaucoup trop bu. Elle en a profité. Et ça a tourné au vinaigre.

— Vous vous êtes disputés, dit Quentin, imperturbable.

— Oui. Ça, tu l'as vu.

Terry s'humecta les lèvres.

— Mais tu n'as pas vu la suite. Après ça, je ne l'ai plus lâchée. C'était plus fort que moi. Elle me tenait, tu comprends, Malone ? Elle savait que j'enrageais, que je crevais d'envie d'elle. Et ça lui plaisait. C'est comme ça qu'elle était.

Il changea de position sur sa chaise.

— Elle s'est éclipsée par l'entrée du fond. Je l'ai suivie. Et on a baisé là, debout contre le mur. Elle adorait ça. Le risque l'excitait.

Quentin songea aux accusations répétées de Terry contre Penny, à toutes les horreurs qu'il avait débitées sur son compte.

— Et puis c'est tout ? demanda-t-il avec un soupir dégoûté. Le sordide récit de tes malheurs s'arrête là ?

— Quand on l'a trouvée morte, je me suis affolé. On s'était disputé en public, tous les deux. Je n'avais pas utilisé de préservatif, et je savais donc que le test ADN serait positif et qu'il y aurait mille autres indices pour me confondre. Je connais la chanson, bien sûr. J'étais complètement coincé.

Quentin le toisa.

— Qui était au courant de ta liaison avec Nancy Kent ?

— Personne. Nous étions très prudents.

— Tu parles ! La discrétion n'a jamais été ton fort, vieux. Tu ne vas pas me faire croire que tu aurais réussi à garder un secret pareil ?

— Eh bien, si ! On a commencé à coucher ensemble avant son divorce, expliqua Terry, une note de désespoir dans la voix. Mais il fallait faire attention : il suffisait que quelqu'un l'apprenne pour que son pactole soit compromis.

— Ainsi, personne ne savait rien ? Pas même Penny ?

— Non, surtout pas Penny ! Seigneur, je lui avais déjà fait assez de mal comme ça. Je n'étais pas très fier de la tromper ainsi. En fait, je me détestais littéralement.

Si Quentin jugea cette remarque intéressante, il s'abstint de la relever dans l'immédiat.

— Où avais-tu connu Nancy Kent ?

— Dans un night-club du Vieux Carré.

— Lequel ?

— Fritz the Cat, je crois.

— Tu crois ? A mon sens, c'est un détail dont tu devrais te souvenir.

— J'avais traîné dans pas mal d'établissements, ce soir-là. J'étais complètement soûl.

— Cette excuse commence à prendre des allures de rengaine, Terreur. Tu souhaites revenir là-dessus ?

— C'est la vérité ! Parole d'honneur !

Quentin fit la sourde oreille. S'il avait gagné un dollar chaque fois qu'un prévenu commettait un parjure, il aurait déjà fait fortune.

— Y avait-il quelqu'un avec vous ?

— Non.

S'efforçant de conserver une apparente sérénité, Quentin croisa les mains devant lui. Terry le rendait malade. Il avait toutes les peines du monde à se retenir de lui flanquer son poing dans la figure.

— Et tes visites chez le Dr Walker ? Pourquoi tout ce mystère à ce sujet ?

— Je ne voulais pas que quelqu'un l'apprenne — pas même toi ou Penny.

Terry se pencha en avant, la mine aussi innocente que celle d'un enfant de chœur.

— La nouvelle aurait vite fait le tour du commissariat et tout le monde se serait payé ma tête.

— Mais pourquoi avoir pris un faux nom ?

— J'ai pensé que ce serait plus sûr.

— Ensuite, tu as décidé d'arrêter, du jour au lendemain ?

— Penny m'avait quitté. Je ne voyais pas l'intérêt de continuer.

— Décidément, tu as réponse à tout, hein ?

— Parce que je te dis la vérité, bon sang !

— Et moi, je te dis que c'est du pipeau, tout ça, rétorqua Quentin en s'écartant de la porte. Combien de temps t'a-t-il fallu pour inventer cette histoire, Terry ?

— Mais tout est vrai, je le jure ! Tu verras, on ne trouvera aucun indice permettant de me relier aux deux autres victimes, ou à Anna. Pas d'ADN, pas le moind...

— Evelyn Parker n'a pas été violée.

— Mais Jessica Jackson, si. Et puis, pourquoi voudrais-tu que je terrorise Anna North ? Je ne la connais même pas !

— Tu vas justement me le dire.

— Je trompe ma femme, Quentin, mais je ne suis pas un assassin ! Tu dois me croire !

Quentin considéra celui qui avait été son ami et collègue sans bienveillance.

— Ton histoire est très bien ficelée, Terreur. Et comme tous les scénarios inventés de toutes pièces par des meurtriers pour se tirer d'affaire, le tien manque cruellement de preuves concrètes.

— Tu peux les rassembler pour moi, dit Terry en se levant tant bien que mal. Tu es le meilleur flic de la ville, Malone. En interrogeant les gens, tu finirais bien par trouver quelqu'un qui m'aurait vu quelque part avec Nancy avant la nuit du meurtre.

— Je ne vois pas pourquoi je perdrais mon temps à mener une enquête inutile. Je suis persuadé que tu mens, Terry.

— Tu vas m'aider, Quentin. Et tu sais pourquoi ? Parce que tu tiens à Anna North, et parce que tu es assez futé pour comprendre que si par hasard, ce n'était pas moi le coupable, le type qui la persécute se promène toujours dans la nature, libre comme l'air.

59.

Mardi 6 février — 23 h 30

Cette nuit-là, le ravisseur de Jaye lui apporta à manger. Un festin. Un Big Mac avec double portion de frites et un grand verre de lait chocolaté glacé. L'odeur de nourriture la réveilla, et son estomac affamé la tira instantanément du lit.

Elle se jeta sur les aliments, qu'elle engloutit goulûment, mangeant à une telle allure qu'elle faillit s'étrangler. Tout en avalant une énorme bouchée de frites, elle s'avisa soudain que c'était peut-être son dernier dîner. N'accordait-on pas aux condamnés à mort un ultime repas conforme à leurs souhaits ?

En dépit de cette perspective sinistre, révoltée par le sadisme de la manœuvre, elle dévora tout jusqu'à la dernière miette. Elle buvait à grands traits le reste de son verre de lait quand une sorte de vertige la prit. La tête lui tournait et ses membres semblaient s'alourdir — comme le jour où elle avait chapardé trois bières dans la glacière du bateau de pêche de son père adoptif.

Le gobelet en carton lui glissa des mains et alla rouler jusqu'au mur. Le sol se mit à tanguer, et Jaye gémit.

Un ricanement lui parvint depuis le couloir.

— As-tu apprécié ton repas, Jaye ?

Lui. Sa voix.

Un cri de terreur jaillit de la gorge de Jaye. Elle essaya de se lever et s'aperçut qu'elle en était incapable.

L'homme s'esclaffa de nouveau.

— Tu étais affamée, hein ? Rien d'étonnant : je comptais là-dessus pour que tu ne t'interroges pas trop sur le contenu de ton assiette. Pour que tu n'y regardes pas de trop près.

Oh, non ! se dit Jaye. Il l'avait empoisonnée. Elle se mit à genoux, puis réussit à se redresser en se tenant au montant de la porte. La pièce se mit à tournoyer. La sueur perla à son front.

— Je vais t'emmener faire dodo ailleurs.

Elle entendit la clé tourner dans la serrure. La porte s'ouvrit et il apparut dans l'encadrement, le visage dissimulé sous un masque de carnaval — de ceux, couleur chair et grimaçants, que portent parfois les auteurs de hold-up. Il était entièrement vêtu de noir.

Jaye se blottit contre le mur avec un sanglot étouffé.

— Tu as peur de moi ? Est-ce ainsi que tu m'imaginais ?

Elle devina son sourire.

— A quoi ressemble l'incarnation du Mal, petite Jaye ?

Et Minnie ? se demanda Jaye. Où était-elle passée ? Les jambes en coton, les paumes moites, Jaye s'agrippa au montant de la porte pour ne pas tomber.

« Tu avais promis de ne pas m'abandonner... »

Son ravisseur retourna un bref instant dans le couloir, puis revint en traînant derrière lui un grand carton de déménagement, de dimensions suffisantes pour contenir un corps. Jaye tressaillit et fit un pas en arrière, horrifiée.

— Ton amie Anna t'a manqué, n'est-ce pas ? dit l'homme au masque en dépliant les rabats du carton. Ne t'inquiète pas, tu vas bientôt la retrouver.

— Non, dit Jaye dans un souffle. Non !

Rassemblant le peu de force qui lui restait, elle s'élança sur lui. Il la cueillit au vol en riant. Elle se débattit à coups de poing et de pied, mais de plus en plus faiblement. Il la maintint serrée contre lui jusqu'à ce que la drogue qu'il lui avait administrée eût achevé de produire son effet, neutralisant toute connexion entre les gestes de Jaye et son cerveau. Ensuite, il la lâcha brusquement. Le sol parut se précipiter vers elle, et sa tête heurta violemment le parquet.

Jaye leva les yeux sur lui et sa vue se brouilla, comme une image dont les contours s'obscurcissaient peu à peu. Elle remua faiblement les lèvres en une prière muette, implorant Dieu de protéger Minnie et Anna.

60.

Mercredi 7 février — 10 heures

Incapable d'oublier les derniers propos de celui qui avait été son équipier pendant tant d'années, Quentin n'avait pratiquement pas dormi de la nuit. Terry avait raison ; sa logique était irréfutable. S'il n'était pas l'auteur de la macabre entreprise dont Anna était la cible, le coupable rôdait toujours. Et la jeune femme était plus que jamais en danger.

Certes, il y avait un « si » de taille. Deux petites lettres qui pouvaient peser très lourd dans la balance. D'un côté, la vie ; de l'autre, la mort.

Quentin pivota sur sa chaise, tournant le dos à la salle de police, et ferma les yeux quelques secondes. Terry le manipulait peut-être. C'était même probable : les assassins étaient généralement de redoutables manipulateurs.

Mais s'il disait la vérité ?

Impossible de prendre un tel risque, décida-t-il.

Quentin repoussa brusquement sa chaise et se dirigea d'un pas décidé vers le bureau de sa chef. La porte était ouverte. Patti O'Shay leva les yeux quand il frappa au battant.

— Puis-je te parler un instant ? demanda-t-il.

Elle lui fit signe d'entrer et il s'approcha du bureau.

— Je commence à douter que Terry soit notre homme, annonça-t-il sans préambule.

Sa tante haussa les sourcils, mais ne fit aucun commentaire.

— Je suis allé le voir hier à sa demande, poursuivit Quentin. Il prétend avoir eu une liaison avec Nancy Kent. Ils auraient eu des rapports sexuels le soir du crime, mais il nie toujours l'avoir tuée.

— Je vois. A-t-il une preuve quelconque ?

— Il me demande d'en trouver.

— Pourquoi n'en ai-je pas entendu parler plus tôt ?

— Il me fallait du temps pour y réfléchir.

— Conclusion ?

— Sur le moment, je ne l'ai pas cru. Mais maintenant...

S'interrompant, Quentin pesta entre ses dents et gagna la baie vitrée qui donnait sur la salle de police.

— Maintenant, reprit-il en se retournant vers sa tante, je ne sais toujours pas ce que je dois croire. Ce que je sais, en revanche, c'est que si Terry ne ment pas, l'assassin court encore les rues. Et Anna North est toujours en danger — elle et d'autres femmes, d'ailleurs.

Patti O'Shay se massa le menton d'un air préoccupé.

— Ça ne va pas plaire au grand patron, maugréa-t-elle.

— Une victime supplémentaire ne lui plaira probablement pas non plus.

Revenant vers sa tante, Quentin posa les mains à plat sur le bureau et la fixa droit dans les yeux.

— Laisse-moi passer quelques coups de fil. Discrètement, sans en parler à personne. On verra si je peux étayer la version de Terry par des preuves concrètes. Dans l'affirmative, on met le paquet et on lève le secret. Sinon, on laisse tomber.

Patti accepta la proposition sans discuter.

Quentin commença par appeler Penny Landry. Ils se retrouvèrent sur le perron de sa maison de Lakeview, en une fin de matinée brumeuse où le soleil s'efforçait vaillamment de percer. La jeune femme semblait fatiguée, à bout de nerfs. Pris de compassion, Quentin s'interdit toutefois de lui laisser entendre que ce cauchemar pourrait bientôt prendre fin ; il était encore trop tôt.

Il s'enquit de sa santé et de celle des enfants ; elle l'interrogea sur Terry et le déroulement de l'enquête. Puis il en vint à l'objet de sa visite.

— Lors de notre dernière conversation, tu m'as dit que Terry avait toujours été du genre à traîner à droite et à gauche. Qu'entendais-tu par là, au juste ?

Elle parut prise au dépourvu.

— Tu ne vois vraiment pas ? Terry est un oiseau de nuit, un véritable pilier de bar. Il a toujours été un fêtard invétéré. Je le savais quand je l'ai épousé... j'étais jeune et folle de lui. Inconsciente.

Quentin comprit sa colère et son amertume. D'une certaine façon, n'était-il pas victime, lui aussi, du charme de Terry ? Comme elle, il se sentait bafoué... Du moins, si Terry avait effectivement commis ces crimes atroces.

Si. Encore une fois, ce fichu conditionnel. Il allait devenir fou, à la fin !

— Je suis désolée, reprit Penny en écartant de sa joue une mèche rebelle échappée de sa queue-de-cheval. Je dois te paraître un peu aigrie.

Il lui posa une main sur l'épaule.

— Inutile de t'excuser. Moi aussi, je me sens trahi. Je suis en colère.

— Merci, Malone, murmura-t-elle, le regard brillant de larmes, en effleurant sa main. J'ai toujours eu de l'affection pour toi, tu sais.

Quentin hocha la tête avec un sourire.

— Moi aussi, Penny, je t'aime beaucoup.

Elle leva les yeux vers le ciel qui se dégageait peu à peu, et ses traits prirent une expression mélancolique.

— Je vais peut-être retourner vivre à Lafayette. Mes parents et mes sœurs y habitent. Ce serait préférable pour les enfants.

— Tu as sans doute raison. Ils seront plus entourés. Si tu as besoin d'un coup de main, n'hésite surtout pas.

— Merci : je ferai sûrement appel aux bonnes volontés pour le déménagement.

— Tu peux compter sur moi.

Quentin marqua une pause, jeta un coup d'œil vers la rue et se tourna de nouveau vers la jeune femme.

— Penny, j'ai une autre question à te poser. Il faut me répondre franchement. C'est important, précisa-t-il en plongeant les yeux dans les siens. Terry avait-il une liaison ?

Visiblement embarrassée, elle hésita un instant.

— Je n'ai aucune preuve, dit-elle enfin, mais je... je pense que oui. J'en ai l'intime conviction.

La voix de Penny s'enroua légèrement.

— Après tout ce que j'ai enduré de sa part... je ne pouvais pas tolérer qu'en plus, il me trompe.

— En as-tu parlé avec lui ?

Elle secoua la tête.

— Je me trouve un peu ridicule, mais en fin de compte, je pense que je n'avais pas vraiment envie d'en être sûre. Et je n'aurais pas non plus supporté qu'il me mente. Alors, je lui ai demandé de partir, conclut-elle avec un soupir.

Quentin garda un moment le silence.

— Ecoute, dit-il enfin, c'est d'une importance capitale : est-ce qu'il te serait possible de découvrir une preuve ? Une note d'hôtel, un relevé de téléphone par exemple ?

Le visage de Penny s'assombrit.

— Je ne sais pas trop. Je peux essayer, bien sûr, mais... pourquoi as-tu besoin de ça, Malone ?

— Pour l'instant, c'est confidentiel. Je te demande juste de me faire confiance, d'accord ?

Penny acquiesça et quelques minutes plus tard, Quentin reprenait le volant pour se rendre au cabinet de Ben Walker. Outre Penny, qui serait mieux placé que son thérapeute pour savoir si Terry avait eu une maîtresse ? Encore faudrait-il le convaincre de lever pour l'occasion le secret professionnel.

Il était presque midi quand il arriva dans Constance Street. Le cabinet était apparemment déjà fermé. Quentin alla sonner à la porte voisine, celle du domicile de Ben. N'obtenant pas de réponse malgré son insistance, il tourna la poignée à tout hasard.

La porte n'était pas verrouillée. Après avoir jeté un bref coup d'œil derrière, il entra. L'appartement avait été saccagé : les meubles étaient renversés, les tableaux arrachés des murs, les tiroirs entièrement retournés et leur contenu répandu sur le sol.

Avec un juron, Quentin sortit son arme de son holster. A pas de loup, il passa de pièce en pièce, essayant de ne pas marcher sur les éclats de verre. Tout au fond de la maison, une radio allumée diffusait une chanson à la mode.

Quentin s'attendait à trouver le Dr Walker chez lui.

Mais certainement pas en vie.

Il atteignit la chambre à coucher, située à l'arrière du bâtiment. Là aussi, c'était le chaos. Mais il n'y avait toujours aucune trace du maître des lieux. Rien ne laissait supposer qu'il eût subi une agression physique quelconque.

Le radio-réveil, renversé sur le sol, était resté branché et fonctionnait toujours. Quentin le contempla fixement, essayant de mettre de l'ordre dans ses idées. Il semblait désormais évident que Terry n'était pas leur homme, et qu'un autre patient du psychologue devait être plus probablement l'auteur de cette campagne de terreur visant Anna. Tout portait à croire que l'individu en question était passé à l'ultime étape de son projet, éliminant les éléments devenus inutiles — tels que Ben Walker.

Quentin pensa à Anna et son cœur fit une embardée. C'était un véritable compte à rebours qui s'était déclenché. Pour elle, mais aussi pour Jaye. Les dossiers du Dr Walker pouvaient lui fournir de précieuses informations, songea-t-il. Au diable la procédure légale ! C'était une question de vie ou de mort.

Regagnant le cabinet, il s'y introduisit de la manière la plus élémentaire en brisant une vitre proche de la porte puis en passant la main pour tirer le verrou. A première vue, la salle d'attente était intacte. A l'exception du tic-tac d'une pendule, un silence total régnait dans le cabinet. Il y faisait aussi une chaleur étouffante et une odeur écœurante flottait dans l'air.

Un frisson courut entre ses omoplates. Son pistolet en main, Quentin avança jusqu'au milieu de la salle. Juste en face, il aperçut une porte fermée et alla l'ouvrir. Elle donnait sur une vaste pièce agréable, meublée comme une salle de séjour, avec des sièges confortables disposés en cercle. Là non plus, rien ne semblait avoir été dérangé.

Plus loin, il découvrit un cabinet de toilette puis un coin-cuisine. La dernière porte était fermée à clé.

Le bureau personnel de Walker. D'un coup de pied, Quentin enfonça la porte.

L'odeur nauséabonde l'atteignit de plein fouet. Cela sentait l'excrément humain et l'œuf pourri. Quentin se pinça le nez avec une grimace. Un grand miroir ancien était brisé sur le sol. Quelqu'un avait déféqué au beau milieu des éclats de verre.

Bonté divine ! C'était vraiment de mieux en mieux.

Après un rapide examen de la pièce, Quentin rengaina son arme et se dirigea vers les classeurs à dossiers, contournant avec précaution le miroir en miettes. Heureusement, les tiroirs n'étaient pas fermés à clé. Il les ouvrit un à un et se mit à feuilleter les fiches des patients à la recherche de celle d'Adam Furst. Il s'arrêta à Rick Richardson. Le dossier de Terry. Sortant le document du tiroir, il le glissa à l'intérieur de son blouson, calé dans la ceinture de son pantalon.

Il était temps de mettre un terme à ce cauchemar, décida-t-il, et d'appeler Anna afin de la mettre en garde.

La sonnerie de son portable l'en empêcha.

— Nous avons peut-être un meurtre, lui annonça le policier de garde au standard. La victime est une de vos témoins : Louise Walker, résidant à la Clinique Crestwood.

Quentin sentit son sang se figer.

— Je file là-bas.

61.

Mercredi 7 février — 12 h 30

De l'autre côté de la ville, Anna arrivait chez elle, les bras chargés de fruits et de légumes achetés au marché et d'un gros bouquet provenant de La Rose Unique. Elle répondit au salut d'Alphonse, assis devant chez lui avec son chien, puis traversa le jardinet, devant. Encore une fois, la porte d'entrée était maintenue grande ouverte par une brique. Sans les avoir vus à l'œuvre, Anna soupçonnait les gamins du deuxième étage de s'amuser à ce petit jeu. Comme la plupart des enfants, ils n'étaient pas conscients du danger. Il fallait les mettre en garde, et elle irait peut-être en parler à leurs parents — à moins qu'elle laisse Dalton s'en charger.

Dalton n'était pas dans son état normal, ce matin, quand elle était venue chercher les fleurs un peu défraîchies qu'il mettait de côté pour elle. Visiblement énervé, il consultait sans arrêt sa montre ; il lui avait posé trois fois la même question, sans écouter la réponse ; et il avait même insisté pour qu'elle prît quel513ques roses Sterling — celles dont il ne se séparait d'ordinaire jamais. Peut-être s'était-il querellé avec Bill, songea Anna en pénétrant dans l'immeuble. Ce ne serait pas la première fois.

L'air extérieur avait refroidi le hall d'entrée et l'escalier. Anna frissonna et monta les deux étages au pas de course. Elle aurait tout juste le temps de mettre ses fleurs dans l'eau, de ranger ses provisions et d'avaler un sandwich avant d'aller remplacer Dalton au magasin.

Une fois chez elle, elle se mit aussitôt à l'œuvre. Après avoir disposé les fleurs dans un vase, elle entreprit de ranger le reste : poires, pommes et tomates dans des saladiers sur le plan de travail, concombres et poivrons dans le réfrigérateur. Les maintenant contre elle avec un bras, elle en ouvrit la porte. Son cœur s'arrêta brusquement. Un cri monta à sa gorge et les légumes roulèrent un à un sur le sol.

Un doigt coupé, un auriculaire, sanguinolent, était posé sur une petite assiette garnie d'un napperon en forme de cœur.

Tâchant de se dominer, Anna retint son cri et porta une main tremblante à sa gorge. Non, elle ne se laisserait pas prendre une seconde fois à ce piège grossier. Les lèvres pincées, elle se pencha pour mieux voir et flaira une odeur étrange, peu agréable, comme un mélange de décomposition naturelle et de produit chimique. Le lit de l'ongle avait une teinte violacée ; le côté coupé était décoloré et une croûte brune recouvrait les bords de la coupure.

Ce n'était pas un faux doigt.

Prise d'une brusque nausée, elle fit un bond en arrière.

Au même moment, le téléphone sonna. Anna pivota vers l'appareil, le cœur battant à se rompre. Elle vit que le voyant de son répondeur clignotait, signe que l'appareil prenait en charge l'appel. Le téléphone sonna encore. Retenue par pressentiment, elle le contempla fixement.

« Ne réponds pas, lui répétait une voix. Appelle Malone. »

Le téléphone sonna une troisième fois. Et une quatrième.

A bout de nerfs, Anna se précipita sur le combiné, l'arrachant presque de son support.

— Oui ?

— Salut, Harlow.

Ses jambes se dérobèrent. Elle s'agrippa au plan de travail pour ne pas tomber.

Kurt.

— Alors ? lança-t-il en s'esclaffant. On ne dit pas bonjour à un vieil ami ?

Anna ferma les yeux.

— Que voulez-vous ?

— Un peu de gratitude, peut-être. J'ai eu d'énormes difficultés à me procurer ce cadeau.

Horrifiée, Anna se couvrit la bouche d'une main tremblante. Seigneur ! Cette femme... cette malheureuse femme qu'il avait tuée.

— C'est pour toi que je l'ai fait. Chaque fois, c'était pour toi.

Au bord de la crise de nerfs, Anna parvint à se dominer au prix d'un effort surhumain. Il cherchait à la rendre folle, mais elle ne lui procurerait pas cette satisfaction.

— Pourquoi ? demanda-t-elle. C'est moi que vous voulez. Alors, pourquoi ne pas vous en prendre directement...

— ... à toi ? acheva-t-il à sa place. J'aurais pu, bien entendu. Mais tout mets de choix doit être précédé de quelques amuse-gueules. Le terme est assez explicite, non ? Il s'agit de se mettre en appétit, en condition, pour mieux savourer le plat principal.

— Vous êtes fou à lier.

Il émit un petit claquement de langue désapprobateur.

— Ça, ce n'est vraiment pas aimable, ma chère Harlow. Moi qui pensais que tu allais m'applaudir. Après tout, je vous ai tous manipulés comme des pantins : toi, la police, Ben... et même ma petite Minnie.

Ben. Minnie. Seigneur ! Et...

— Qu'avez-vous fait de Jaye ? interrogea Anna.

— Je me demandais quand tu allais te décider à poser la question. Elle est entre mes mains, bien entendu. Mais je pense que tu t'en doutais.

— Est-ce qu'elle est...

— En vie ? Oh ! oui, bien en vie. Et tu aimerais qu'elle le reste, je suppose ?

— Supposition exacte, répliqua Anna d'un ton sec.

Son interlocuteur garda un moment le silence. Quand il reprit la parole, la colère qui vibrait dans sa voix trahissait sa surprise. Il ne s'attendait pas à ce qu'Anna lui tînt tête. Et cela ne lui plaisait pas.

— Les erreurs de tes parents ne t'ont pas servi de leçon, Harlow ?

— Je ne comprends pas de quoi vous parlez.

— Ne fais pas l'innocente, tu sais parfaitement à quoi je fais allusion. Les bêtises de tes parents ne t'ont pas appris quelque chose ?

— Qu'est-ce que vous voulez ?

— Si tu alertes la police, si tu avertis qui que ce soit, Jaye mourra. Si tu ne suis pas mes instructions à la lettre, Jaye mourra. Est-ce bien compris ?

Prise de panique, Anna serra le combiné dans sa main.

— Oui, murmura-t-elle d'une voix blanche. Mais je n'ai... pas un sou. Ni bijoux ni fortune person...

— Tout ce que je veux, c'est toi. La vie de Jaye Arcenaux contre celle de Harlow Anastasia Grail.

62.

Mercredi 7 février — 12 h 45

A peine eut-elle raccroché, qu'Anna attrapa son sac et fila comme une flèche. Pas un instant elle n'envisageait de se dérober aux exigences de Kurt, alors que la nature de ses intentions ne faisait aucun doute. Elle échangeait sa vie contre celle de Jaye. Un marché auquel elle se pliait de son plein gré.

C'était son cauchemar à elle — pas celui de Jaye.

La boucle était bouclée, en quelque sorte, et elle se retrouvait à son point de départ.

Anna consulta sa montre. Il n'y avait pas un instant à perdre. Kurt ne lui accordait que vingt minutes pour atteindre sa première étape — la cabine téléphonique d'une station-service sur l'Interstate 10, en direction de Metairie. Si elle n'était pas ponctuelle, Jaye paierait très cher son retard. Il lui couperait un doigt. L'auriculaire de la main droite. Il avait prévu dix étapes, avec des horaires draconiens. Un doigt par étape.

Anna serait ponctuelle. Jaye n'avait-elle pas assez souffert par sa faute ?

Alors qu'elle était sur le point de fermer sa porte à clé, elle réprima un rire nerveux. Pourquoi se soucier d'un cambriolage ? Sans doute serait-elle morte avant la tombée du jour.

Laissant sa porte ouverte, elle se précipita vers l'escalier et le dévala en courant. Au bas des marches, elle heurta de plein fouet Bill qui s'apprêtait à monter. Son ami la retint pour l'empêcher de tomber.

— Hé, Anna, il y a le feu quelque part ?

— Lâche-moi, s'écria-t-elle en se dégageant. Il faut que j'y aille.

— Attends !

L'air inquiet, Bill la retint encore par le bras.

— Mais qu'est-ce qui t'arrive, Anna ? Qu'est-ce qui s'est pass...

— S'il te plaît... Jaye est en danger. Il ne faut pas que je sois en retard... Il lui fera du mal si je ne suis pas à l'heure. Il va la tuer !

Le visage de son ami devint blême.

— J'appelle la police.

Cette fois, ce fut elle qui le retint.

— Non ! Je t'en prie, ne fais pas ça ! Il a promis qu'il la tuerait aussitôt. Promets-moi de ne rien faire.

— Je ne peux pas. Je...

— Tout va s'arranger. Je t'en supplie... pour Jaye.

Visiblement dépassé par les événements, il hocha la tête, plusieurs fois.

— D'accord, Anna. Je te promets de ne...

— Merci.

Se haussant sur la pointe des pieds, Anna l'embrassa sur la joue.

— Tu diras adieu à Dalton de ma part.

63.

Mercredi 7 février — 12 h 50

Quentin contempla le visage de Louise Walker, figé dans son dernier sommeil. La mort avait été provoquée par étouffement. A en juger par la couleur livide de la peau et la rigidité du cadavre, la vieille dame était morte depuis plus de six heures. Le meurtre avait donc été commis au cours de la nuit. Les infirmières n'avaient constaté son décès qu'après le petit déjeuner, supposant d'abord qu'elle avait simplement décidé de faire la grasse matinée. En s'apercevant ensuite qu'elle ne respirait plus, elles avaient cru que la vieille dame était morte dans son sommeil, paisiblement, victime d'une crise cardiaque.

Le sang et autres particules découverts sous ses ongles témoignaient au contraire d'une mort violente.

— Il s'est vraisemblablement servi d'un de ces oreillers, murmura Quentin en se redressant. Elle s'est débattue et a essayé de se libérer en le griffant. A en juger par la quantité de peau qu'il y a sous ses ongles, l'assassin doit être joliment amoché.

Il fit signe au policier qui l'accompagnait.

— Veille à ce que les spécialistes qui viendront relever les empreintes prélèvent les particules sous les ongles des deux mains et les expédient immédiatement au labo.

Il se tourna ensuite vers les deux femmes qui se tenaient à l'écart, à l'entrée de la pièce. L'une était l'infirmière de service la nuit précédente ; l'autre, l'aide-soignante qui avait découvert Louise morte quelques heures auparavant.

— Avez-vous averti son fils ? demanda-t-il.

— Nous avons essayé, répondit l'aide-soignante. J'ai téléphoné et laissé des messages sur le répondeur de son domicile et de son cabinet.

Quentin opina de la tête. Il avait toutes les raisons de penser que Ben Walker ne rappellerait pas, mais il s'abstint de formuler sa pensée. En ce moment même, deux équipes se trouvaient chez le psychologue, à la recherche d'éventuels indices.

— Qui a pu faire ça ? demanda l'infirmière de nuit, en larmes. Comment sont-ils entrés et pourquoi... elle ? Ce n'était qu'une charmante vieille dame.

Pourquoi elle ? se dit Quentin. Parce que quelqu'un était en train de régler les derniers détails d'un plan monstrueux et se débarrassait des témoins gênants. Louise Walker était du nombre, hélas !

— Nous le découvrirons, soyez tranquille. Mme Walker a-t-elle reçu des visites inattendues, hier soir ?

La femme secoua la tête.

— Aucune.

— Auriez-vous remarqué une personne suspecte dans l'établissement ? Quelqu'un que vous n'auriez jamais vu jusque-là ?

— Pas du tout. La soirée était plutôt calme.

Quentin fronça les sourcils.

— Aucun visiteur de l'extérieur ?

— Le fils de Mme Walker est venu, comme d'habitude, répondit la jeune femme après une courte hésitation. Mais personne d'autre.

Perplexe, Quentin la dévisagea avec attention.

— Ben Walker était là ? A quelle heure ?

— Il est arrivé tard, bien au-delà de la limite autorisée pour les visites, mais je l'ai laissé entrer quand même. Il est resté longtemps — jusqu'à ce que sa mère se soit endormie, en fait.

Donc, Ben Walker était la dernière personne qui ait vu Louise en vie...

Merde ! se dit Quentin.

Le sang se mit à marteler ses tempes. Il songea soudain à la photo d'Anna et Ben au Café du Monde.

— Etes-vous certaine que c'était son fils ?

L'infirmière se troubla.

— Oui, bien s... enfin, je crois bien. Je l'ai trouvé bizarre... plus brusque que d'ordinaire. Mais je me suis dit qu'il avait dû passer une mauvaise journée. On ne peut pas toujours être de bonne humeur.

Cette réponse déconcerta Quentin. Il avait posé la question par acquit de conscience, persuadé que l'infirmière affirmerait avec certitude qu'il s'agissait bien de Ben.

Mais elle n'en était pas si sûre. Par conséquent, soit Adam ressemblait suffisamment à Ben pour qu'on les confondît, soit les deux hommes ne faisaient qu'un.

Il s'efforça de rassembler toutes les données dont il disposait et de comprendre comment elles s'articulaient. Que lui avait dit Louise Walker l'autre soir ? Qu'Adam était « le diable en personne ».

— Je voudrais consulter la liste des visiteurs, s'il vous plaît.

Tandis que l'aide-soignante s'empressait d'aller la chercher, Quentin continua d'interroger l'infirmière.

— Dites-moi, savez-vous si Louise Walker avait un autre fils ?

Elle fronça les sourcils.

— Pas à ma connaissance. Elle n'en a jamais parlé à personne, en tout cas, et les seules photos de famille qu'elle m'ait montrées étaient celles de Ben.

L'aide-soignante revint, munie du registre qu'elle lui remit, ouvert à la page de la veille. Quentin trouva le nom de Ben, puis feuilleta les pages précédentes jusqu'à ce que le nom du psychologue apparût de nouveau.

Comme il le craignait, les signatures ne concordaient pas.

Bon sang. C'était bien ça.

Quentin se dirigea vers la porte.

— Appelle immédiatement le capitaine O'Shay pour la mettre au courant, lança-t-il à l'inspecteur qui l'accompagnait. Il faut que les inspecteurs Johnson et Walden rappliquent ici dare-dare. On pourra me joindre sur mon portable.

— Et tu seras où ? interrogea l'autre, visiblement perplexe.

— Au domicile d'Anna North. Ce type est en train de régler les derniers détails avant de passer au dernier acte de son projet. A mon avis, il ne lui restait plus que Louise Walker à éliminer.

Six minutes plus tard, Quentin s'arrêtait dans un hurlement de pneus devant l'immeuble d'Anna. Tout au long du trajet, il avait essayé de la joindre à son domicile et au magasin. Chaque fois, il était tombé sur un répondeur.

Il se refusait à imaginer les raisons de son absence, craignant de s'affoler inutilement. Ce n'était vraiment pas le moment.

Sautant de la Bronco, il se précipita vers l'immeuble, son arme au poing.

— Inspecteur !

Quentin se tourna vers la provenance de l'appel. Alphonse Badeaux traversait la rue, courant presque pour le rattraper en agitant frénétiquement les bras. Mister Bingle le suivait en boitillant.

Quentin rengaina son arme et le salua de la main.

— Alphonse, je n'ai pas le temps...

— C'est à propos de Mlle Anna ! Je crains qu'il lui soit arrivé malheur.

Il atteignit le trottoir.

— Il y avait cet homme, ce matin... Je l'ai vu et je n'ai pas... enfin, j'aurais dû faire quelque chose. J'aurais dû la prévenir.

— Quel homme ? Qui était là ?

Le vieil homme s'efforça de reprendre son souffle.

— Celui qui ressemble au Dr Walker.

Soudain attentif, Quentin le dévisagea.

— Que voulez-vous dire par là ?

— Il est déjà venu rôder par ici. Au début, j'ai cru que c'était l'ami d'Anna, le psychologue. Mais aujourd'hui, j'ai pu l'observer de plus près. Quand il est entré dans l'immeuble, je me suis approché, histoire de bavarder un peu, vous voyez. Je comptais lui dire que Mlle Anna était allée au marché. On s'est rencontrés sur les marches, juste là.

Du doigt, il désigna l'endroit.

— Il m'a regardé sans un mot. J'en ai eu froid dans le dos, si vous voyez ce que je veux dire.

Quentin sentit sa gorge se serrer. Il voyait parfaitement, en effet. Et il n'osait pas même envisager qu'Anna puisse se trouver avec cet individu. Il jeta un coup d'œil sur les fenêtres de la jeune femme, avant de reporter son regard sur le vieil homme, bouillonnant d'impatience.

— Continuez.

— Il avait le dos des mains tout écorché... ça saignait, même. Vous savez, comme si un chat l'avait griffé.

Alphonse secoua la tête.

— Il y a vraiment quelque chose d'anormal chez ce type. Ses yeux... ils étaient vides.

— Mais ce n'était pas Ben Walker ? insista Quentin. Vous en êtes sûr ?

Le regard du brave homme se troubla.

— Ma foi, pas tout à fait mais... non, ça ne pouvait pas être lui. Bingle aime bien le psy, mais celui-là... il ne voudrait même pas l'approcher. Il grognait méchamment et restait à l'écart. Comme si ce type était un démon, ou quelque chose dans ce goût-là.

« Le diable en personne », avait dit Louise Walker. Et maintenant, le démon.

Après avoir conseillé à Alphonse de rentrer chez lui et de ne pas en sortir, Quentin pénétra dans l'immeuble d'Anna. En arrivant à l'appartement, essoufflé, pistolet au poing, il trouva la porte entrouverte.

— Anna ! appela-t-il en poussant le battant avec la pointe de son pied. Anna, c'est Quentin.

Il distingua un bruit de pas dans la cuisine et pivota dans cette direction.

— Qui est là ? hurla-t-il.

Bill et Dalton apparurent dans l'encadrement de la porte. En voyant l'arme braquée sur eux, ils se figèrent et levèrent machinalement les mains en l'air.

— Ne tirez pas ! s'écrièrent-ils d'une seule voix. Ce n'est que nous.

— Où est-elle ? demanda Quentin. Où est Anna ?

— Nous avons essayé de vous appeler...

— ... et on nous a dit que vous étiez parti. Nous ne savions pas quoi faire.

— Je l'ai vue dans la matinée, j'étais distrait, expliqua Dalton avec une voix pleine de détresse. Je m'étais disputé avec Bill, mais elle... elle avait l'air en forme. Et maintenant, elle est partie. Bill n'a pas réussi à la retenir.

— Partie ? répéta Quentin avec une inquiétude glacée.

Il glissa le pistolet dans son holster, sous l'aisselle.

— Où est-elle partie ?

— Je ne sais pas, répondit Bill. Elle racontait des trucs insensés... que Jaye était en danger. Qu'il ferait du mal à Jaye si elle n'y allait pas ; qu'il la tuerait. Elle devait suivre ses instructions à la lettre et elle m'a fait promettre de ne pas vous appeler.

— Je l'ai quand même obligé à le faire, intervint Dalton.

Trop tard ! se dit Quentin, avec désespoir. Bon sang, il arrivait trop tard.

— Elle n'avait pas fermé sa porte à clé, reprit Bill d'une voix mal assurée. Nous n'aurions pas dû entrer, mais...

Dalton prit le relais.

— Nous avons découvert autre chose... il y avait encore un doigt coupé dans sa cuisine, inspecteur. Mais celui-là, on dirait un vrai.

Il ne s'agissait pas d'une imitation, en effet.

Quentin examina avec attention l'auriculaire coupé. C'était celui d'une femme — Jessica Jackson, vraisemblablement. Le processus de décomposition avait été freiné par l'immersion dans une solution de formol.

A en juger par ce que disait Bill, l'auteur de ce macabre scénario utilisait Jaye en guise d'appât pour attirer Anna. Il savait parfaitement que celle-ci ferait absolument n'importe quoi pour sauver l'adolescente.

Ce salopard n'avait rien laissé au hasard.

Accablé, Quentin secoua la tête. Que faire, maintenant ? Comment pourrait-il la retrouver ? Il avait eu sa tante au téléphone : des spécialistes étaient allés relever les empreintes dans la chambre de Louise Walker, ainsi qu'au domicile et au cabinet de son fils. Une autre équipe arriverait incessamment chez Anna. Quentin avait aussi demandé à ce qu'on identifie l'auteur du dernier appel téléphonique qu'avait reçu Anna, et il attendait la réponse.

Hélas, ce n'était pas suffisant ! se dit-il en serrant les poings. Chaque minute qui passait rapprochait Anna d'un fou dangereux.

Son mobile sonna et il s'empressa de l'ouvrir. C'était Johnson.

— Vous avez trouvé quelque chose ?

— Le numéro est celui d'un certain Adam Furst.

— Quelle adresse ?

Johnson lui donna celle de l'appartement de Madisonville où Quentin s'était rendu avec Anna.

— Aucun intérêt ; déjà vu l'endroit. Il est vide depuis trois semaines.

— Il y a autre chose, Malone. J'ai eu une petite discussion avec des collègues d'Atlanta. Il semblerait que deux femmes aient été assassinées l'an dernier à six semaines d'intervalle, à la sortie d'une boîte de nuit. Toutes deux ont été violées, puis étouffées. Aucun suspect n'a pu être identifié.

— Et les deux victimes étaient rousses

— Exactement. Et devine qui habitait Atlanta durant cette période ?

— Le Dr Benjamin Walker.

— Bingo.

Quentin réfléchit un instant, perplexe. A qui avaient-ils affaire ? A une seule personne ou à des sosies ?

— Johnson, rends-moi un petit service. Cette photo de Walker et Anna North au Café du Monde... essaie de trouver quelqu'un qui soit en mesure de vérifier son authenticité.

— Entendu. Qu'est-ce que tu soupçonnes ?

— Que Walker pouvait difficilement se photographier lui-même avec Anna. On a peut-être affaire à un sosie.

— Une histoire de jumeaux — un bon et un méchant ?

— Ouais... possible.

— Je m'en occupe tout de suite. Tiens, je te passe la chef.

La tante de Quentin prit le relais. Elle avait des nouvelles toutes fraîches.

— Quelqu'un vient de te demander au téléphone, annonça-t-elle. Un appel au secours. Une gamine en larmes. Elle a dit que c'était urgent, qu'*il* allait faire du mal à Anna et à Jaye. Elle m'a fait promettre de te transmettre le message.

Les doigts crispés sur le boîtier de son portable, Quentin s'efforça de dominer la panique qui menaçait de le submerger.

— Elle t'a donné son nom ?

— Minnie. Ça te dit quelque chose ?

Elle savait bien que oui.

— Où était-elle ?

— A la station-service d'une marina. Elle ne savait pas où, au juste, mais elle nous a donné le numéro de la cabine téléphonique. C'est à Manchac, Malone.

— Manchac, en Louisiane ? Ce petit port de pêche, du côté de Hammond ?

— Oui, c'est ça.

Il regarda sa montre, calculant mentalement l'heure où Anna arriverait et celle où il pourrait y être. Il jura et se dirigea vers la porte.

— Tu sais quel est le record de temps pour faire le trajet Vieux Carré-Manchac ? lança-t-il à Johnson.

— Aucune idée. Mais tu as intérêt à le battre, Malone.

64.

Mercredi 7 février — 15 h 15

Après s'être arrêtée à six reprises pour recevoir les instructions successives de Kurt, Anna atteignit sa destination finale — un campement de pêcheurs à proximité de Manchac, une petite commune à une heure et demie de route de La Nouvelle-Orléans. Située au bord du Lac Maurepas et entourée d'étangs, cette zone était le paradis des pêcheurs et des chasseurs.

Suivant les indications reçues, elle rangea sa voiture au bout d'une petite route qui n'était pas signalée, à plus de mille cinq cents mètres de la station-service Smiley, unique trace de civilisation à des kilomètres à la ronde, qui fournissait en carburant aussi bien les véhicules terrestres que les bateaux. Toujours selon les indications fournies, Anna laissa les clés sous le siège avant pour continuer sa route à pied.

A quelque distance, au-delà des épaisses frondaisons des cyprès et des chênes, elle distingua vaguement le toit d'un petit bâtiment. Un sentiment d'incertitude s'empara d'elle.

Et voilà. Le voyage touchait à son terme. Au bout de vingt-trois ans, elle se retrouvait brusquement confrontée au passé.

Anna jeta un coup d'œil derrière elle et s'aperçut que sa voiture n'était plus visible. Elle laissa échapper un soupir, et s'abandonna pour la première fois depuis ses adieux à Bill à la peur qui la tenaillait. La première et la dernière fois, se promit-elle en essuyant ses paumes moites sur son pantalon. Kurt voulait la terroriser ; il voulait l'entendre gémir et demander grâce. Pour sa part, elle était venue secourir Jaye, et elle n'offrirait pas à ce monstre la satisfaction de la voir s'effondrer.

Examinant les alentours, elle constata que la route, qui n'était en réalité qu'une piste, avait été gagnée sur l'étang. Il n'y avait pas d'autre accès au campement, excepté par bateau. Plus loin, c'était vraisemblablement la même chose. En s'écartant de la route, elle risquait de se retrouver sur un terrain hostile, au milieu des alligators, serpents d'eau et autres bestioles qui rôdaient dans ces eaux troubles.

Un frisson courut entre ses omoplates et elle se frictionna vigoureusement les bras. Avait-elle eu raison de venir ? Il s'était arrangé pour qu'elle fût seule et à sa merci, sans la moindre issue de secours. Il s'était engagé à libérer Jaye, mais quelle garantie avait-elle qu'il tiendrait parole ?

Soudain, Anna comprenait un peu mieux l'épouvantable indécision à laquelle ses parents avaient été confrontés. S'ils avaient alerté la police au lieu d'obéir à Kurt, ce n'était pas pour éviter de payer la rançon, mais parce qu'il était bel et bien impossible de déterminer quelle option pouvait offrir le plus de chances de s'en sortir à la victime d'un enlèvement. Aujourd'hui, dans une situation analogue, Anna avait pris le parti inverse. Elle savait de quoi Kurt était capable : Timmy avait payé de sa vie le choix de ses parents. Kurt n'hésiterait pas un instant à couper un à un les doigts de Jaye, puis à la supprimer. Pour sauver la vie de l'adolescente, il fallait à tout prix éviter de contrarier son ravisseur.

Le cœur dans un étau, Anna poursuivit son chemin. Des coquillages vides crissaient sous ses pieds, de gros insectes bourdonnaient autour d'elle et un rapace passa au-dessus de sa tête en criaillant. Bientôt — beaucoup trop tôt —, la construction apparut devant elle, à moins de cent mètres. Comme la plupart des gîtes installés au bord des marais et des bayous de Louisiane, celui-ci avait été bâti sur pilotis pour s'adapter au flux et au reflux des eaux. C'était une construction rustique, une sorte de grand cabanon en planches avec un porche de fortune et des fenêtres sans vitres, garnies de moustiquaires.

Prenant une profonde inspiration, Anna gravit les marches branlantes du porche et s'approcha de la porte entrouverte. L'endroit semblait désert, et elle poussa le battant avec précaution. Plissant les yeux pour s'habituer à la pénombre, elle jeta un coup d'œil à l'intérieur. Un grand carton vide occupait le centre de la pièce dépourvue de tout mobilier.

Un carton en forme de cercueil.

« Oh ! non, non, pas ça ! » se dit-elle en portant une main à sa bouche pour étouffer un gémissement d'angoisse. Elle avança d'un pas hésitant et s'approcha du carton. Puis, tout en murmurant une prière, elle entreprit de soulever un rabat, et un autre. Enfin, elle se pencha pour regarder dedans.

Un cri s'échappa de ses lèvres. Jaye était recroquevillée au fond du carton, bâillonnée, pieds et poings liés.

— Jaye ! appela Anna à mi-voix.

Son amie ne fit aucun mouvement. Anna avança la main et lui toucha la joue. Sa peau était tiède et souple ; sa poitrine se soulevait et s'abaissait au rythme d'une légère respiration.

Dieu soit loué. Elle était vivante.

L'adolescente remua imperceptiblement et émit une plainte étouffée.

— Jaye ! appela encore Anna en la secouant. Réveille-toi, je t'en prie. Il faut partir d'ici.

Elle ouvrit les yeux. Un bref instant, elle fixa sur Anna un regard empli de terreur. Puis la peur disparut, cédant la place à un flot de larmes.

Anna esquissa un sourire, tout près de pleurer elle aussi.

— Filons immédiatement ! dit-elle d'une voix tremblant d'émotion. Viens vite. Ensemble, nous y arriverons.

Tant bien que mal, elle aida Jaye à se lever, puis dénoua les cordes qui lui liaient les mains et les pieds. Jaye arracha son bâillon et s'abattit en sanglotant contre elle.

— Je pensais ne plus jamais te revoir ! s'écria-t-elle. C'était horrible. J'étais morte de peur.

— Je sais, mon ange.

La serrant contre elle, Anna lui caressa les cheveux, le dos, comme pour s'assurer encore qu'elle était bien indemne.

— Je me rongeais les sangs, lui dit-elle. Je savais bien que tu ne t'étais pas sauvée. J'en étais sûre et certaine.

— Est-ce que la police est là ? Est-ce qu'ils l'ont...

— Il n'y a pas de policiers. Je suis venue seule.

Les yeux de Jaye s'écarquillèrent.

— Mais ils l'ont... arrêté, hein ? Il a...

— Non.

Anna lui prit les mains et les étreignit fermement.

— Il m'a promis qu'il te tuerait si je ne venais pas ou si j'avertissais la police.

— Oh ! non..., gémit Jaye. Jamais il ne nous laissera lui échapper. Il te déteste, Anna. Je ne sais pas pourquoi, mais...

— Moi, je sais. C'est l'homme qui m'a enlevée il y a vingt-trois ans. Il a l'intention d'achever ce qu'il avait commencé.

Anna marqua une pause, le souffle court, heurté.

— Je suis désolée de t'avoir entraînée dans ce drame. Mais sois tranquille, je te sortirai de là.

Elle tira son amie par la main.

— Ma voiture est à moins de deux kilomètres d'ici, au bout de la route. Il y a une station-service un peu plus loin. Courage, Jaye. Nous y arriverons.

— Pas sans Minnie. Je ne peux pas la laisser.

— Où est-elle ?

— Je ne sais pas. Je croyais... En fait, on ne s'est pas parlé depuis la nuit où nous sommes partis.

— Allons voir. Si elle est ici, nous la trouverons.

Elles ne la trouvèrent pas. La visite des deux autres pièces du gîte ne leur fournit même aucune indication laissant supposer que l'enfant avait pu y séjourner.

Jaye se mit à pleurer.

— Qu'est-ce qu'il a bien pu faire d'elle ? Je ne peux pas m'en aller sans elle, Anna. Je ne veux pas !

Le bruit d'un bateau à moteur, quelque part derrière le cabanon, rompit soudain le silence. Anna prit Jaye par les épaules et plongea les yeux dans les siens.

— Minnie n'a rien à voir dans tout cela, Jaye. C'est moi qui l'intéresse. Il avait besoin de toi pour m'atteindre. Cette petite est depuis longtemps avec lui. Il l'a cachée quelque part, mais elle est sans doute indemne. Si nous parvenons à alerter la police, ils la retrouveront. Je t'en prie, insista Anna en resserrant son étreinte sur Jaye, il faut partir. Nous ne pourrons rien faire pour elle en restant là.

Le vrombissement du moteur s'arrêta brusquement. Quelques secondes plus tard, Anna entendit un bruit de pas sur le ponton. Entraînant Jaye avec elle, elle courut jusqu'à la porte, puis elles dévalèrent ensemble le petit escalier de bois. Jaye avait du mal à la suivre. Elle trébucha à plusieurs reprises et la troisième fois, Anna la rattrapa de justesse par le bras.

Un cri perçant leur parvint depuis la cabane. Jaye s'immobilisa et fit volte-face.

— Minnie ? Minnie !

— Cours, Jaye ! s'écria une fillette. Ne t'arrête pas ! Cours jusqu'à la route, la police va arriver. J'ai téléphoné, je les...

Elle s'interrompit brusquement comme si quelqu'un la faisait taire de force. Avec un cri de révolte, Jaye s'élança en direction de la cabane.

— Non, Jaye ! intervint Anna en la retenant par le bras. Ne va pas...

— Je ne peux pas la laisser, répliqua Jaye en se dégageant d'une secousse. Pas question !

Elle repartit, mais Anna la rattrapa sans peine.

— Je retourne là-bas. Pas toi, Jaye. Cours jusqu'à la route...

— Mais je lui ai promis de ne pas l'abandonner !

De grosses larmes roulaient sur les joues de l'adolescente.

— Nous nous sommes juré de ne pas le laisser...

— J'y vais moi-même ! dit Anna. J'empêcherai cette brute de lui faire du mal.

Elle secoua son amie.

— C'est moi qu'il voulait, Jaye, pas toi. Fais venir la police : la voilà notre unique chance de salut.

Jaye hésita encore un instant, puis hocha la tête. Anna dut la pousser pour qu'elle consente enfin à s'éloigner. Puis, jetant un dernier coup d'œil derrière elle, elle regagna la cabane en courant, priant pour que Jaye parvienne à s'échapper.

Le cœur battant à grands coups désordonnés, elle monta de nouveau les marches de bois, refusant de céder à l'envie de s'enfuir et d'aller rejoindre son amie sur le chemin.

Elle ne pouvait pas se sauver, et abandonner ainsi Minnie à son sort. Mieux que quiconque, elle savait ce que c'était d'être seule, à la merci d'un fou.

Devant le seuil, elle marqua une brève pause, avant de pénétrer dans la pièce principale de la cabane. Elle était vide. Soudain, la porte claqua derrière elle.

— Salut, Harlow. Bienvenue dans ton cauchemar.

Elle fit volte-face. Un cri de stupéfaction s'étrangla dans sa gorge. Car persuadée d'avoir affaire à Kurt, elle se retrouvait nez à nez avec... Ben.

Anna secoua la tête. Non, ce n'était pas possible. Pas Ben ! Le paisible, le charmant Ben...

Il lui braqua un pistolet sur la poitrine.

— Apparemment, tu t'attendais à rencontrer quelqu'un d'autre. Un certain Kurt, peut-être ?

Elle ouvrit la bouche pour répondre, mais aucun son ne parvint à franchir ses lèvres.

— Des présentations en bonne et due forme semblent s'imposer, reprit-il avec un sourire pervers. Adam Furst, pour vous servir.

Anna s'efforça de se ressaisir, de maîtriser son angoisse, son désarroi. Recouvrant enfin la parole, elle demanda d'une voix encore mal assurée :

— Depuis le début... tout cela... c'était donc toi, Ben ?

— Ben ? Cette mauviette ? Ce... moins-que-rien ?

Il eut un ricanement de mépris.

— *Je t'aime, Anna*, susurra-t-il en imitant le psychologue. *Je t'en prie, ne me dis pas que c'est fini.* Ce type me rend malade.

Anna s'humecta les lèvres, baissa les yeux sur le pistolet et les reporta sur son propriétaire. En l'observant mieux, elle distinguait en effet la différence entre les deux hommes. Les traits d'Adam étaient plus durs que ceux de Ben, son regard plus froid. Il avait en outre une allure différente. L'allure pleine d'hostilité d'un individu agressif.

— Etes-vous... son frère jumeau ?

Visiblement furieux, il pinça les lèvres.

— Ne t'avise pas de répéter ça, sale idiote ! Je ne suis pas le double de Ben. Il n'y a aucun rapport entre lui et moi. Aucun, tu entends ?

Anna recula d'un pas.

— Où est Minnie ? Qu'avez-vous fait d'elle ?

La fureur d'Adam céda la place à une satisfaction évidente.

— Notre petite Minnie me casse sérieusement les pieds la plupart du temps mais cette fois, elle m'a vraiment rendu service. As-tu apprécié ses charmantes lettres ?

— C'est vous qui les lui avez dictées.

— En effet.

— Et c'est vous qui avez envoyé les cassettes à tous mes proches. Vous avez enlevé Jaye et... assassiné ces trois malheureuses.

— Exact. Tout cela est plein d'ingéniosité, je sais.

Il était épouvantablement fier de lui.

— Ce que vous avez fait n'a rien d'ingénieux, lança Anna avec dégoût. C'est ignoble ! Vous êtes un immonde porc, un malade. Vous me faites pitié.

Une vilaine teinte cramoisie envahit les joues de son agresseur. Manifestement, elle avait touché une corde sensible. Satisfaite de sa petite victoire, et en même temps terrifiée, elle fit un autre pas en arrière.

— Quelqu'un m'a déjà dit ça ! gronda-t-il. Et ce salaud est mort, maintenant.

— Eh bien, tuez-moi.

Anna s'efforça d'affermir sa voix, ajoutant :

— Finissons-en tout de suite.

Il la toisa d'un air féroce.

— Une mort rapide ? Certainement pas, Harlow. Ce ne serait pas assez bon pour toi.

— Vous voulez me faire souffrir. Vous voulez que j'aie peur.

— Exactement.

Les traits déformés par la haine, il avança vers elle.

— Et je veux que tu souffres longtemps. Avant de rendre ton dernier soupir, je veux que tu appelles de tes vœux l'ultime délivrance. Comme moi, autrefois.

Derrière lui, la porte s'entrouvrit sans bruit. La police ! songea Anna. Jaye avait réussi. Elle s'obligea à ne pas quitter Adam du regard, car en détournant les yeux, en laissant apparaître sur son visage une lueur d'espoir, elle risquait de tout compromettre.

— Mais pourquoi ? demanda-t-elle en reculant encore, imperceptiblement. Pourquoi tant de haine ? Je ne vous ai fait aucun mal...

— Sale garce ! Tu m'as trahi !

Cette nouvelle explosion de rage la fit tressaillir.

— Tu n'as pas la moindre idée du calvaire que j'ai enduré. La peur, la véritable peur, c'est d'attendre au lit, la nuit, qu'*il* arrive. Parce qu'on sait qu'*il* viendra. *Il* vient toujours. Dans quel but ? C'est là toute la question. En fonction de son humeur, ce sera pour infliger une peu de souffrance physique, ou alors pour assouvir ses fantasmes sexuels. Parfois, *il* a seulement envie d'entendre pleurer et crier grâce. Un petit jeu pervers, cruel, qui peut durer autant qu'il lui plaît.

Horrifiée, Anna imagina ce que cet homme avait pu subir durant son enfance. Elle secoua la tête.

— C'est terrible, murmura-t-elle. Je vous plains de tout cœur. Mais je ne vois pas le rapport...

— J'ai été sa victime favorite, poursuivit-il comme si elle n'avait rien dit. J'ai été leur victime à tous. A cause de toi. De toi et de cette vieille garce...

Dans son dos, la porte s'ouvrit à la volée.

Anna laissa échapper un cri, qui s'étrangla dans sa gorge. Car malheureusement, ce n'était pas la police. C'était Jaye. Au lieu de s'enfuir, d'aller chercher de l'aide, elle était revenue sur ses pas.

L'adolescente attaqua Adam par-derrière, lui sauta sur le dos, plantant ses ongles dans ses épaules. Il hurla de douleur et vacilla sous le choc. Le pistolet lui glissa des mains et tomba sur le sol. Anna plongea pour s'en emparer, mais d'un coup de pied, il l'envoya glisser hors de sa portée. Une brusque torsion des épaules lui permit ensuite de se dégager, et Jaye fut projetée contre le mur, qu'elle heurta violemment de la tête.

— Jaye ! s'écria Anna en se tournant vers elle. Non !

— Je n'ai rien, je... Le flingue !

Anna se précipita sur le pistolet. Trop tard. Adam l'atteignit avant elle. Fermant la main sur la crosse, il se leva d'un bond, le canon pointé vers Anna.

Jaye s'élança de nouveau sur lui.

— Qu'avez-vous fait à Minnie ? hurla-t-elle. Si vous lui avez fait du mal, je vous...

Cette fois, elle ne réussit pas à le déstabiliser. Il la cueillit en plein élan et l'immobilisa contre lui. Elle se débattit comme une tigresse, essayant de le mordre et le rouant de coups de pied.

— Si vous lui avez fait du mal, je vous tuerai ! cria-t-elle encore. Vous allez le payer cher !

Adam s'esclaffa.

— Je vois ça, murmura-t-il. Je suis mort de peur.

— Minnie ! hurla-t-elle. Minnie, où es-tu ?

Soudain, son ravisseur la lâcha. Le corps secoué d'un violent tressaillement, il regarda un instant dans le vague. Son expression s'était modifiée et son visage semblait tout à coup plus jeune, plus doux, presque bienveillant. Anna retint son souffle tandis qu'il croisait les bras sur son ventre et se recroquevillait sur lui-même. Comme s'il tentait de se faire tout petit.

— Je suis là, Jaye, chuchota-t-il alors d'une voix enfantine, une voix de fillette. Je suis là. Il ne m'a rien fait.

Pétrifiée, Anna le dévisagea. Jaye, elle, fit un bond en arrière, le regard empli d'horreur et d'incrédulité.

— Mi... Minnie ?

Adam tendit la main vers elle, et le pistolet se balança au bout de ses doigts. Ses yeux s'emplirent de larmes.

— Tu serais fière de moi, Jaye. J'avais une peur bleue mais je l'ai fait quand même. J'ai appelé l'inspecteur Malone — le policier dont Ben m'a parlé. Il arrive avec la police, il va...

Un autre spasme le secoua de la tête aux pieds, le transformant de nouveau. Son visage, son maintien reprirent leur apparence antérieure. La douceur, l'hésitation cédèrent la place à la fureur nourrie par une haine implacable.

Perplexe, Anna essaya d'interpréter le phénomène auquel elles venaient d'assister. Elle jeta un coup d'œil sur Jaye qui était restée assise sur le sol, le dos plaqué au mur, visiblement médusée.

Adam et Minnie ne faisaient qu'un. Mais comment cela était-il possible ? Comment...

— Tu aimes les promenades en bateau, Harlow ? lui demanda Adam. Ou bien as-tu peur de l'eau ? Tu en avais horreur, autrefois, tu te souviens ? Tu redoutais le contact de toutes ces bestioles visqueuses et gluantes qui rôdent sous la surface...

Anna avait effectivement souffert d'hydrophobie jusqu'à l'adolescence. Mais comment pouvait-il le savoir ?

— Je ne comprends pas à quoi vous faites allusion, dit-elle en secouant la tête.

Un vilain rictus étira les lèvres d'Adam.

— Menteuse !

Il tourna la tête vers Jaye.

— Relève-toi. On va faire un petit tour, tous les trois.

— Non !

Anna avança vers lui, main tendue.

— Laissez-la partir. Tout cela ne la concerne pas.

— Comme cela ne te concernait pas non plus ? Elle vient !

— Je vous en prie... vous l'avez promis. Vous vous êtes engagé à la libérer si je suivais vos instructions.

— C'est bien le drame, avec les promesses, princesse : leur valeur est uniquement proportionnelle à celle de leur auteur. Tu es fort bien placée pour le savoir, il me semble.

— Non, je ne crois pas. Mais pourquoi faites-vous ça ? Qu'est-ce qui vous...

— Tu préfères que je la descende tout de suite ? interrogea Adam en armant le pistolet. Ça ne me pose aucun problème.

— Non !

Anna s'élança entre Jaye et lui au moment où Adam pressait la détente. La détonation ébranla les murs de la cabane. La balle siffla à quelques centimètres de la joue d'Anna et alla s'encastrer dans le mur, faisant voler en éclats une latte de bois.

— Bon, assez tardé, maugréa Adam. En route, maintenant.

65.

Mercredi 7 février — 15 h 45

L'appel de Minnie provenait d'une marina appelée Smiley's, qui se trouvait juste de l'autre côté du vieux pont de Manchac, à quelques minutes seulement de là. Quentin détendit ses doigts crispés sur le volant. Il était allé vite. Très vite : moins d'une demi-heure.

Trente minutes qui lui avaient paru une éternité.

Sa tante l'avait appelé en chemin afin de lui indiquer la route à suivre pour rejoindre la marina. Elle avait contacté la police locale, qui l'attendrait à son arrivée. Johnson était revenu du central informatique alors qu'ils étaient encore en ligne. La photo représentant Ben et Anna était un montage numérique, réalisé sur ordinateur à l'aide de différents clichés.

Quentin lâcha un juron. Ben avait fabriqué cette preuve afin de détourner les soupçons de sa personne, bien sûr ! Pourquoi n'avait-il pas pensé plus tôt à vérifier l'authenticité de cette photo ?

Lorsqu'il atteignit Smiley's, les flics de l'endroit étaient bien là, ainsi que sa tante le lui avait promis. Il sortit en coup de vent de sa voiture et courut vers le plus haut gradé.

— Inspecteur Quentin Malone, police de La Nouvelle-Orléans, annonça-t-il.

— Davy Pierce, shérif adjoint.

Ils se serrèrent la main.

— Votre capitaine nous a informés de ce qui se passe. Nous sommes prêts à vous aider de toutes les manières possibles.

— Merci, shérif. J'apprécie, vraiment.

L'officier eut un sourire un peu crispé.

— Appelez-moi Davy. On ne fait pas de chichis, par ici.

— Entendu. Alors, qu'avez-vous, pour l'instant, Davy ?

— Pas grand-chose. Nous avons trouvé la voiture d'Anna North à deux kilomètres d'ici environ, au bout de la route. Aucune trace de la conductrice. Les clés étaient sous le siège.

— Merde ! maugréa Quentin. Est-ce que le gardien...

— Négatif. Il ne l'a même pas vue passer.

— Où est-il ?

— Venez, je vais vous le présenter.

Ils traversèrent le parc de stationnement. Les coquillages écrasés qui lui tenaient lieu de revêtement crissaient sous leurs semelles et couvraient d'une fine poussière blanche la pointe de leurs chaussures.

— Il s'appelle Sal Saint Augustine et a passé toute sa vie ici. Si quelqu'un peut vous aider, c'est lui.

Sal était un vieux bonhomme rabougri, au cuir aussi tanné et ridé que celui d'un alligator. Il posa sur Quentin des yeux bleus très enfoncés auxquels rien ne semblait devoir échapper.

— Qu'est-ce que j'peux faire pour vous ? demanda-t-il.

— Je cherche une femme. Jeune, rousse, très jolie. Elle conduisait une Toyota blanche.

— Celle que Davy et ses hommes ont trouvée garée plus haut.

Il secoua la tête.

— Non, j'l'ai pas vue. J'devais être occupé sur un bateau. Suis le seul mécano de la contrée, expliqua-t-il en indiquant le quai situé derrière l'immeuble. J'manque pas d'boulot.

Quentin laissa échapper un soupir de frustration.

— Et une fillette d'onze ou douze ans, ça vous dit quelque chose ? demanda-t-il. Elle a appelé de votre cabine, il y a une heure environ.

Sal ôta sa casquette de base-ball et gratta son crâne dégarni.

— M'rappelle pas avoir vu une gamine, non plus. Y'a un type qui a téléphoné, ça oui. Un drôle de coco. Très calme.

Quentin plissa les paupières.
— Comment était-il ?
— Les cheveux foncés, plutôt frisés.
Remettant sa casquette en place, Sal tira sur la visière pour se protéger du soleil ardent.
— Mince, ajouta-t-il. Pâle.
— Pâle, répéta Quentin. Il portait un chapeau ?
Sal plissa les yeux, réfléchit.
— Non.
Cette description sommaire correspondait à Ben Walker et à l'homme décrit par Louise Walker au graphiste chargé du portrait-robot. Quentin se tourna vers Davy Pierce.
— Demandez à l'un de vos hommes d'appeler ma chef. Qu'elle nous faxe le portrait-robot d'Adam Furst et la photo de Ben Walker.
— Tout de suite.
Pendant que Pierce s'éloignait, Quentin revint à Sal.
— Ce type, vous l'aviez déjà vu ?
— Quatre ou cinq fois ces dernières semaines, jamais avant. Il n'est pas du coin, c'est sûr.
— Il est reparti ?
— Comme il est venu, par bateau. Je lui ai fait le plein avant qu'il s'en aille.
Quentin se tourna vers le port, absorbé par ses pensées. Il n'y avait presque que des pêcheurs, par ici. Or, les pêcheurs étaient dans leur immense majorité des types à la peau tannée, comme Sal et Davy ; des costauds habitués à se méfier du soleil. Un gringalet à la peau blanche, qui sortait sans chapeau, voilà qui ne cadrait pas dans le tableau.
Il fit signe à l'autre inspecteur.
— C'est notre homme. J'en suis sûr.
— Il y a quelques bungalows, pas loin d'ici, reprit Sal. Les propriétaires les louent.
— Où ça ?
Le mécano désigna l'eau.

— Y'a que deux moyens d'y aller ou d'en partir : le bateau ou la piste, là. Elle s'arrête à trois kilomètres d'ici, environ.

Mais l'eau ne s'arrêtait pas, elle, pensa Quentin. Le lac Maurepas se répandait en douzaines de bayous et autres petits affluents, dont beaucoup étaient navigables. Ces cours d'eau serpentaient à travers des marécages qui pouvaient aussi être traversés à pied.

Ce salaud prévoyait de s'échapper par bateau !

Quentin regarda Davy.

— Il fiche le camp par l'eau.

— Des hors-bord vont arriver, expliqua le shérif adjoint. Pour plus de sûreté, je vais faire barrer la route. Et ordonner à une équipe d'aller fouiller ces bungalows.

— Dites à vos hommes de se montrer très prudents, murmura Quentin, les yeux fixés sur l'eau. Ce type est un assassin.

Cinq minutes plus tard, trois hors-bord envoyés par le shérif arrivèrent, et deux équipes d'agents furent constituées pour aller visiter les bungalows. Quentin choisit de partir par bateau, certain que cette option lui offrirait les meilleures chances de mettre la main sur Adam — et de sauver Anna.

Tandis qu'il embarquait avec les policiers de Manchac, un pêcheur accosta pour venir faire le plein. Il avait une barque à fond plat, équipée d'un moteur hors-bord Yamaha. Cette espèce de pirogue en aluminium était spécialement conçue pour naviguer dans les marais, aux eaux peu profondes et envahies par la végétation.

Quentin fronça les sourcils, songeur.

S'il était à la place de Ben Walker, il irait faire son sale boulot au fin fond des marécages, dans un endroit désert, à l'abri des regards. Après quoi, il n'aurait plus qu'à balancer les corps dans l'eau croupie des bayous. Et pendant que les alligators achèveraient la besogne pour lui, il s'en irait tranquillement.

— Sal ! cria-t-il.

Le mécano se tourna vers lui, et Quentin désigna la pirogue.

— C'était ce genre de bateau, que notre type avait ?

Comme Sal confirmait d'un hochement de tête, Quentin sauta du hors-bord et se retrouva sur le quai.

— Malone ! lui cria Davy pour dominer le vacarme des moteurs. Qu'est-ce que vous fichez ?

— Changement de plan. J'ai trouvé un autre moyen de transport.

66.

Mercredi 7 février — 16 h 10

Assise sur la banquette du bateau, Anna se tenait très droite. Un insecte vint bourdonner à son oreille et elle le chassa de ses mains liées. Près d'elle, Jaye tremblait et pleurait sans bruit. Elles ne parlaient pas.

Adam les avait ligotées ensemble, attachant la cheville droite de l'une à la gauche de l'autre. Il leur avait lié les poignets séparément, les paumes des mains pressées l'une contre l'autre. Si elles lui échappaient ou si l'embarcation chavirait, elles n'auraient pratiquement aucune chance de survie.

Il avait minutieusement préparé chaque détail de son plan, pensa Anna. Le bateau. L'endroit. La façon de les ligoter. Comment il prévoyait de les tuer. Sa fuite aussi, sans doute.

Elle se refusait malgré tout à envisager la suite des événements, notamment le rôle dévolu aux créatures voraces qui peuplaient le bayou. Elle refusait de céder à la peur.

En s'y abandonnant, elle perdrait tous ses moyens et tuerait dans l'œuf les quelques chances qui leur restaient peut-être de prendre par surprise ce monstre qui les retenait. Si elle craquait, elle signerait non seulement son arrêt de mort, mais aussi celui de Jaye.

Le moteur hors-bord ronronnait, propulsait l'embarcation le long d'un bras d'eau noir et tortueux. Le soleil transperçait à peine les frondaisons des énormes cyprès et chênes verts qui dominaient la rivière. Anna frissonna. L'air frais et humide transperçait ses vêtements, la pénétrant jusqu'à la mœlle, lui semblait-il.

Devant eux, un serpent tomba soudain d'une branche et zigzagua en direction de la rive. Anna tourna les yeux vers Adam.

— Pourquoi faites-vous cela ? demanda-t-elle posément. Qu'est-ce que vous avez contre nous ?

— Pourquoi ? répéta-t-il. Parce que je veux que Harlow Grail connaisse la terreur que nous avons connue. L'horreur absolue. Je veux qu'elle sache, la petite princesse, ce que c'est que d'être seul, abandonné et laissé pour mort.

— Laissé pour mort ? releva Anna. Je ne comprends pas.

— Réfléchis, Harlow. Tu sais qui nous sommes. Tu nous as abandonnés, alors que tu avais promis le contraire. Tu as menti.

Anna ouvrit la bouche pour nier, mais les mots ne franchirent pas sa gorge. Epouvantée, elle porta les mains à son cou.

— Timmy ? chuchota-t-elle. Non, ce n'est pas possible. Vous... vous ne pouvez pas être Timmy ?

De nouveau, il esquissa ce sourire grimaçant qui révélait ses dents.

— Eh si, princesse. Je suis le petit Timmy Price.

Anna laissa échapper une exclamation étouffée. Ses mains se mirent à trembler.

— Timmy est mort ! Il y a très longtemps. Kurt l'a tué. Il l'a tué sous mes yeux.

— Il aurait dû mourir, c'est vrai. Mais cette vieille garce voulait un petit garçon. Elle avait envie de jouer à la maman.

— Je ne vous crois pas. Vous êtes un monstre. Vous dites n'importe quoi pour...

— Pendant que Kurt s'occupait de ta main, la vieille salope a ranimé Timmy. Elle avait travaillé dans un hôpital, elle avait l'expérience.

Les traits déformés par la haine, Adam se pencha en avant.

— Il était vivant, quand tu l'as laissé derrière toi.

Le désespoir étouffait Anna. Elle s'efforçait de comprendre, de trouver un sens à ce que ce monstre lui disait.

— Vous mentez ! s'écria-t-elle. Il était mort ! Je le sais, je...

— Non. Tu l'as abandonné. Tu avais juré de prendre soin de lui, mais tu l'as laissé tomber. Tu l'as laissé avec Kurt.

Timmy vivait donc encore. Comme pour évacuer cette réalité, Anna secoua la tête, en larmes, submergée par une horreur sans nom.

— Je le croyais mort, reprit-elle. Sinon je n'aurais pas pu... jamais je n'aurais pu...

— Personne n'est venu le chercher, Harlow. Jamais. Il a attendu, prié. Il croyait que tu reviendrais. Mais tu n'es pas revenue.

Personne n'était venu parce qu'elle avait dit à tout le monde que Timmy était mort.

Non ! Cela ne pouvait pas être vrai. Elle ne voulait pas le croire.

Et pourtant... En dépit de tout, malgré les résistances qu'elle sentait encore en elle, elle savait que l'histoire d'Adam était la vérité, et cette certitude lui causait une douleur intolérable. Observant Adam à travers ses larmes, elle chercha sur son visage quelque reflet du petit garçon qu'elle avait connu et aimé, cet adorable gamin aux cheveux bouclés qui la suivait partout.

— Timmy ? parvint-elle à articuler. C'est vraiment toi ?

Une colère folle parut s'emparer d'Adam. Jaye gémit et se blottit contre Anna.

— Timmy, moi ? Non, je ne suis pas Timmy. Cette horrible petite mauviette qui voulait sa maman. Qui voulait Harlow. Il ne tenait pas le coup, le petit Timmy. Alors, j'ai pris sa place. Je suis fort, moi.

Il se frappa le torse avec la crosse de son pistolet.

— J'ai récupéré tout ce que Kurt m'a assené.

Anna luttait toujours pour comprendre, pour arracher une bribe de sens à ce discours. Soudain, elle se remémora la conversation qu'elle avait eue avec Ben, le soir où ils s'étaient vus au Café du Monde. Il lui avait parlé de son travail, de son livre. Il lui avait expliqué l'emprise que les traumatismes de l'enfance gardaient sur le psychisme, les différentes manières dont ils pouvaient se manifester dans la personnalité de l'adulte.

La plus grave était l'éclatement du psychisme en plusieurs personnalités distinctes et séparées.

Elle chercha à se souvenir exactement de ce qu'il avait dit. Ce fractionnement était le moyen trouvé par le psychisme pour se protéger. On le constatait chez des adultes qui avaient subi des sévices sadiques de façon répétée dans leur petite enfance. D'après Ben, les différentes personnalités ainsi mises en place jouaient chacune un rôle spécifique chez leur « hôte ».

Adam, lui, avait endossé le rôle du monstre. Celui de Kurt.

— Donc, vous tenez beaucoup de Kurt, dit-elle doucement, d'une voix qui tremblait. Et Ben ? Que devient-il, là-dedans ?

— Ben s'est donné le beau rôle : la gloire, la réussite. C'était le gentil petit garçon à sa maman. Il a eu droit à la bonne éducation, aux compliments.

Un rictus sarcastique déforma les lèvres d'Adam.

— Pauvre minable, si pathétique dans ses efforts pour réussir ! Ce nigaud ne se rendait même pas compte que c'était moi qui lui pavais la route, qui rendais tout possible. Je me prenais les coups et je redressais la barre à chacun des écueils pour que tout roule sans problème. Lui s'imaginait être seul maître à bord !

Ben n'avait donc pas conscience d'abriter une personnalité multiple. Il ignorait tout d'Adam et de ses plans. Anna n'aurait su dire pourquoi cette information lui faisait tant de bien, mais le fait était là : elle se sentait soulagée.

Adam agita l'arme dans sa direction.

— Tu sais quoi, princesse ? C'est moi qui me suis chargé de Kurt, finalement. Oui, *moi*. Toutes ces années où tu tremblais à cause de lui, il avait déjà été bouffé par les asticots. Cette nuit, ça a été le tour de la vieille. Et maintenant, c'est la petite Harlow qui va y passer.

— Histoire de régler les comptes ?

— Exactement ! répondit Adam en se rengorgeant. Tout a marché comme sur des roulettes. Un peu de pommade pour la grande Savannah Grail, un zeste de culpabilité, et elle m'a servi sa fille sur un plateau, sans l'ombre d'un soupçon. Ensuite, j'ai manipulé la mère de Ben. Cette vieille folle m'obéissait au doigt et à l'œil. Je l'ai installée à La Nouvelle-Orléans, sachant que Ben la suivrait et qu'il la croirait de plus en plus atteinte. Le brave garçon s'est montré parfait, dans les moindres détails. Même chose pour Minnie. Je les contrôlais tous.

Anna haussa un sourcil.

— Vraiment ? Il me semble pourtant que Minnie vous a donné du fil à retordre.

— Cette Minnie est un sacré numéro. Elle m'a sidéré, en s'adressant à Ben comme elle l'a fait. Et à cet inspecteur, après. Mais je ne lui en veux jamais très longtemps, car elle m'a souvent aidé pendant toutes ces années. Surtout quand Kurt amenait ses copains. Des types très affectueux, si tu vois ce que je veux dire. Elle m'aidait en prenant...

— Taisez-vous ! glapit soudain Jaye d'une voix stridente. Ne parlez pas d'elle ! Vous ne méritiez même pas de la connaître !

Il tourna vers elle un regard impassible.

— Toi, ma p'tite, tu ferais bien de la boucler.

Il avait prononcé ces mots d'un ton neutre, comme s'il parlait de la pluie ou du beau temps. Terrifiée pour son amie, Anna s'efforça d'attirer l'attention d'Adam.

— Ainsi, Ben ne savait rien de vous. Ni de Minnie. Ni... de moi.

Comme l'eau devenait moins profonde, Adam dut relever légèrement le moteur.

— Elle a tout compris, la princesse.

Anna se sentit mal. Elle imagina les atrocités que Timmy avait dû endurer — des sévices si horribles qu'il n'avait pas trouvé d'autre moyen pour se protéger.

— Et Timmy ? demanda-t-elle. Où est-il, maintenant ?

Adam sourit finement.

— Disparu.

— Disparu ? Je ne comprends pas.

Adam lâcha un grognement irrité.

— Nous arrivons, je n'ai plus envie de parler.

— Il n'a pas pu disparaître, insista Anna, puisque vous êtes une part de lui.

— Tais-toi !

— Timmy ? insista-t-elle. C'est moi, Harlow. Tu es là ?

— Tais-toi ! répéta Adam d'une voix perçante.

— Je regrette tellement, Timmy. Je ne savais pas. Ils m'ont dit que tu étais mort.

Elle se pencha en avant, la voix tremblant d'émotion, la gorge nouée par de gros sanglots.

— Je serais revenue te chercher, si j'avais su. Nous serions tous venus. Je t'aimais très fort.

Son regard se brouilla.

— Ta maman... ta vraie maman t'aimait très fort, elle aussi. Elle est morte il y a quelques années, mais elle t'a pleuré jusqu'à son dernier jour. Tu lui as tellement, tellement manqué.

Adam frémit, eut un mouvement convulsif. Sa fureur parut s'évanouir. Ses traits s'adoucirent et devinrent enfantins. Il adopta la posture d'un petit être abandonné. En cette fraction de seconde, Anna revit le petit garçon qu'elle avait connu.

Elle vit Timmy.

Mais il disparut aussi vite qu'il était apparu. Adam avait repris sa place.

Anna lutta contre son chagrin pour se concentrer sur ce qu'elle venait d'observer. La façon dont c'était arrivé.

Le passage d'une personnalité à une autre s'opérait en un clin d'œil. Il s'accompagnait d'un frisson ou d'un sursaut qui, si l'on n'y prêtait pas attention, pouvaient paraître naturels, anodins.

Durant l'un de ces glissements à peine perceptibles, Anna avait une chance de lui arracher son arme. Mais elle devrait agir très vite.

Adam semblait se fatiguer. Elle se demanda quelle somme d'énergie mentale il lui fallait déployer pour annihiler les deux autres parties de lui-même. Car s'ils existaient à l'état latent, dans une sorte de conscience partagée — une chose qu'il lui semblait vaguement avoir lue —, alors, Ben et Minnie se rendaient compte de ce qui se passait.

Et si tel était le cas, ils essaieraient d'arrêter Adam. Elle en était persuadée.

Il coupa le moteur. Le bruit d'un autre bateau monta dans le silence. Adam regarda derrière lui, puis se retourna vers elles.

— C'est rien, dit-il. Juste un pêcheur.

— Qu'en savez-vous ? demanda Anna.

Il l'ignora et agita le canon de son pistolet.

— Debout !

Alors que Jaye se mettait à pleurer, Anna se révolta.

— Non ! lança-t-elle.

— Debout, ou je vous descends tout de suite.

Il n'hésiterait pas à le faire, Anna le savait. Elle lui obéit, entraînant Jaye avec elle. La barque oscilla. Anna aida son amie à garder l'équilibre. Le bruit de l'autre bateau se rapprochait.

— J'ai choisi cet endroit parce que les alligators en raffolent. Il y a plein de nids, au printemps et en été.

Avec un gloussement, Adam indiqua un endroit du canon de son arme.

— Vous voyez ce grand garçon, là ? Un beau diable, pas vrai ? Il fait bien ses six mètres. Et il a l'air d'avoir faim.

Anna s'efforça de ne pas s'affoler.

— Laissez partir Jaye. Je me moque de ce que vous me ferez, mais elle est innocente. Elle...

— An... na ! Ja... ye !

Une voix leur parvenait, amortie par l'humidité de l'air.

La voix de Quentin.

Sous le choc, le soulagement, Anna faillit éclater en sanglots.

— On est ici ! hurla-t-elle. On est ici !

— Ferme-la ! Ferme ta...

— Quentin ! cria-t-elle de plus belle. Par ici, vite ! Vite !

Adam se mit à rire, d'un rire dément, haut perché. Puis il arma le pistolet.

— Tu veux crier ? Vas-y, hurle tant que tu veux. C'est trop tard, Harlow Grail. Tu es déjà morte.

67.

Mercredi 7 février — 16 h 30

D'un lieu situé au-dessus de lui, hors de lui-même, Ben vit avec horreur Adam braquer le pistolet sur la poitrine d'Anna. Il lutta pour se délivrer, mais Adam était trop fort. Il refusait de le laisser sortir.

« Arrête ! l'implora-t-il. Laisse-les tranquilles, tu m'entends ? Laisse-moi sortir ! »

Adam l'entendait, il le savait. Ces derniers jours, il avait pris des cours intensifs en matière de personnalité multiple. Il avait réussi à maîtriser cette histoire de conscience partagée, il savait comment se brancher sur les voix qui résonnaient dans sa tête, comment faciliter le passage d'un individu à l'autre.

C'était à Minnie qu'il devait tout cela. Elle avait pris contact avec lui à travers son journal. Elle lui avait expliqué qui il était — ce qu'il était.

Adam Furst. Minnie. Benjamin Walker. Il était tous ces gens à la fois.

Ou plutôt, ces trois-là faisaient tous partie du petit Timmy d'autrefois.

Cette découverte l'avait épouvanté. Plongé dans le désespoir. Mais une fois le premier choc passé, il avait bien dû admettre cette réalité. Il comprenait maintenant la raison de ses migraines. Ces éclipses dans son emploi du temps. Pourquoi il dormait comme une bûche. Les pièces qui manquaient dans son passé. Les visions de sa mère.

Et les nombreuses fois où il avait été reconnu par des gens qu'il ne connaissait pas.

Tout coïncidait parfaitement. Chaque élément correspondait à un symptôme classique d'une dissociation de personnalité. Bonté divine, comment avait-il pu rester aveugle aussi longtemps ? Il avait pourtant traité des patients atteints de ce même trouble dans son cabinet.

Si seulement Minnie était venue l'avertir plus tôt. Ces femmes ne seraient pas mortes. Il n'aurait pas permis que cela arrive.

« Ensemble, nous pouvons réussir. »

Minnie ! C'était la voix de Minnie.

« Nous pouvons les sauver. »

Minnie et lui s'étaient mis d'accord pour coopérer, conscients qu'il n'y avait pas d'autre moyen d'arrêter Adam. Ils devaient seulement attendre le moment propice. Et alors, celui des deux qui réussirait à s'échapper agirait. Sans hésitation.

« Maintenant ! »

Il entendit Minnie et fit un nouvel effort pour se libérer. Il s'en prit à Adam, hurlant, se débattant, donnant des coups de pied, exigeant d'être relâché. De son côté, Minnie fit la même chose.

Adam faiblit. Et Minnie réussit à se glisser au-dehors.

« Pas d'hésitation, Minnie, lui dit Ben. Fais-le. »

Il la regarda retourner le pistolet contre elle-même.

— Tu es ma meilleure amie, Jaye. Je ne laisserai pas Adam te tuer.

Et elle pressa la détente.

68.

Huit semaines plus tard — Le Vieux Carré

Le printemps était arrivé à La Nouvelle-Orléans. Bien que l'hiver 2001 ait battu tous les records de froid jamais enregistrés dans la ville, les azalées avaient fleuri comme si elles en avaient reçu le signal tandis que les arbres aux bourgeons éclatés s'étaient couverts de verdure comme par magie.

Anna huma profondément l'air chaud et parfumé. Elle prit la main de Quentin et la serra dans la sienne. Ils avaient déjeuné dans Jackson Square avec Jaye et la tribu Malone au grand complet, savourant cette belle journée et le fait de se trouver ensemble, mais aussi le spectacle des touristes qui arpentaient les trottoirs avec des yeux émerveillés.

Au fond, Anna se sentait un peu comme eux. Chaque jour, elle s'émerveillait de vivre enfin débarrassée de sa peur. Sans subir cette pression permanente, cette menace dans son dos, à la lisière de sa conscience. Un jour, sans doute, elle oublierait de s'extasier et de rendre grâce au ciel, mais ce n'était pas encore le cas. Pas avant très longtemps, même.

Les derniers membres du clan Malone leur dirent au revoir. Jaye s'apprêtait aussi à partir.

— Il faut que je file, expliqua-t-elle en embrassant Anna sur la joue. Fran m'emmène au centre commercial. Il y a une super braderie chez Abercrombie's.

Anna sourit, se réjouissant du bonheur évident de sa « petite sœur ».

— Tu as l'air de bien t'entendre avec ta mère adoptive, ces temps-ci.

La mine espiègle, Jaye haussa les épaules.

— Elle n'est pas si mal. Elle n'a plus sacrifié le moindre petit animal depuis des semaines.

Fran Clausen avait pleuré de joie quand on lui avait ramené Jaye. Elle avait supplié la jeune fille de lui pardonner d'avoir cru à une fugue de sa part. Ses larmes avaient été un cadeau sans prix pour l'adolescente, qui avait prouvé sa réelle maturité en lui pardonnant — et en acceptant de surcroît une part de responsabilité dans l'attitude de ses parents d'accueil. Après tout, elle leur avait donné quelques raisons de douter d'elle.

Son enlèvement avait fait d'elle une autre fille. Elle se montrait plus tolérante envers elle-même et les autres, plus gaie et enjouée qu'elle ne l'avait jamais été. Comme si le fait de frôler la mort de près lui avait fait mesurer la valeur de la vie, sa beauté.

— Je t'aime, gamine ! murmura Anna en l'étreignant brièvement. Amuse-toi bien.

Elle la suivit des yeux, puis glissa un bras sous celui de Quentin.

— Quel silence, tout à coup !

— Une vraie bénédiction ! reconnut-il en la gratifiant d'un sourire radieux. Prise en bloc, ma famille peut se montrer un peu envahissante.

Anna s'esclaffa.

— Je les adore, ensemble et séparément. Tu es un sacré veinard. T'en rends-tu seulement compte ?

Il s'arrêta, plongeant son regard dans le sien.

— Ma plus grande veine, c'est de t'avoir trouvée.

Des larmes brûlèrent les paupières d'Anna. Des larmes de joie et de tristesse. Car la joie n'allait jamais sans le souvenir de Timmy. Certaines nuits, elle s'éveillait en rêvant de lui ; et dans ses rêves, il était vivant et joyeux, tel qu'en lui-même, enfant.

Il était heureux, maintenant, elle en avait la certitude. Il était avec sa mère, sa vraie maman, enfin et pour toujours.

Se hissant sur la pointe des pieds, Anna embrassa Quentin.

— Merci, inspecteur Malone. Je me sens diablement veinarde, moi aussi.

Ils se remirent à marcher.

— Je suis allé voir Terry, ce matin, dit Quentin.

— Comment va-t-il ?

— Pas très fort. Il prend assez mal le départ de Penny pour Lafayette. Mais la thérapie semble lui faire du bien. Même si ça risque d'être dur. Quand on revient d'aussi loin...

Sa voix prit une intonation affectueuse.

— De toute façon, Terry n'a jamais été fichu de se faciliter la vie !

Anna lui serra doucement le bras.

— C'est bien, que tu sois là pour lui.

— Nous sommes tous là, y compris tante Patti. Elle prend de ses nouvelles tous les jours. Elle l'a déjà averti qu'elle l'attendait de pied ferme dès qu'il serait prêt.

Ils marchèrent un moment en silence, puis Quentin reprit :

— Alors, la star, comment se présente ton nouveau bouquin ?

Il s'amusait à l'appeler ainsi depuis que trois grands éditeurs se livraient à un véritable assaut de surenchères pour obtenir les droits de son prochain roman. Cette compétition avait propulsé le montant de l'offre à des chiffres vertigineux, mais le nouvel éditeur d'Anna était convaincu que l'avance serait rapidement couverte par les ventes : compte tenu du contexte dramatique qui entourait l'auteur, il s'attendait à un succès phénoménal. Ils étaient déjà en train de discuter de sa tournée alors qu'elle avait à peine commencé d'écrire l'histoire.

Anna esquissa un sourire.

— Plutôt bien. Et j'adore travailler avec mon nouveau directeur littéraire. Un vrai rêve.

Elle secoua la tête, encore tout étonnée de ce qui lui arrivait. Lorsqu'elle partirait en promo, elle devrait passer à la radio et à la télévision, répondre à des questions sur elle-même, sur son passé. Elle serait amenée à affronter le public, s'exposant à devenir la proie de n'importe quel énergumène intéressé par son cas.

Et elle n'avait pas peur.

Elle s'était fait le serment de ne plus jamais se laisser effrayer. De ne plus jamais fuir la vie. Vivre, c'était prendre des risques, affronter les bonnes choses... et les mauvaises. C'était naître, mourir, et assumer tout ce qui vous attendait entre les deux.

Alors qu'ils arrivaient en vue de son immeuble, elle donna un coup de coude malicieux à Quentin.

— Et puis, il y a une autre star par ici, il me semble. Ce n'est pas moi qui ai été admise à la très sélect fac de droit de Tulane.

Son compagnon esquissa une grimace.

— Je n'y crois pas encore moi-même. Quentin Malone, futur juriste distingué.

Son sourire s'estompa.

— Encore faut-il que j'y arrive...

— Tu en es capable.

Elle s'arrêta et se tourna vers lui.

— J'ai foi en toi.

— Ah ouais ?

Il prit son visage entre ses mains, et une fossette se creusa dans sa joue.

— Ouais ! répondit-elle.

Alors, il l'embrassa. Intensément. Passionnément.

Anna lui rendit son baiser avec une ferveur égale à la sienne.

— Ça fait plaisir de vous voir musarder, les enfants.

Alphonse Badeaux et Mister Bingle se tenaient derrière eux. Le chien paraissait aussi joyeux que son maître.

— Alphonse ! s'exclama Anna en sentant son visage s'embraser. Je ne savais pas que vous étiez là.

— Content de vous revoir, Alphonse, dit Quentin. Comment ça va, Bingle et vous ?

Ils échangèrent une poignée de main.

— Faut pas se plaindre. Il fait trop beau pour ça.

Se baissant, Anna gratta le bouledogue derrière les oreilles.

— Montez prendre un thé glacé, un de ces jours, proposa-t-elle. J'ai même des biscuits pour Mister Bingle. Ses préférés.

— C'est rudement gentil de votre part, miss Anna, murmura son voisin. J'y manquerai pas. Au fait, il y a un paquet qui est arrivé pour vous, aujourd'hui. Vers 11 heures, ce matin. J'ai pensé que vous voudriez peut-être le savoir.

Une impression de déjà-vu s'abattit sur Anna. Elle jeta un coup d'œil vers l'immeuble et regarda de nouveau Alphonse.

— Est-ce que le livreur l'a lancé par-dessus la grille ?

— Non. Il l'a monté. La porte d'entrée était restée ouverte, une fois de plus.

Le vieil homme toussota.

— Vous pourriez peut-être en toucher un mot à ces jeunes du quatrième. Enfin, c'est pas moi que ça regarde..

Anna le remercia et prit congé de lui. Elle entra avec Quentin dans l'immeuble et ils montèrent ensemble jusqu'à son appartement. Comme Alphonse l'avait annoncé, un paquet était déposé près de la porte.

Enveloppé dans du papier kraft, il avait à peu près la taille et la forme d'une cassette vidéo.

« Et si ce n'était pas fini ? se dit Anna en le ramassant. Si cela ne devait jamais finir ? »

Le colis semblait être passé sous les roues d'un camion ; le papier était sale et déchiré, la boîte à moitié écrasée.

Il venait de Ben, elle en avait la certitude.

— Ce n'est pas possible, murmura-t-elle d'une voix tremblante en levant les yeux vers Quentin.

Celui-ci se pencha pour déchiffrer l'étiquette, puis il regarda Anna.

— Il n'y a qu'une seule façon de le savoir.

Elle déchira l'emballage. Il contenait deux journaux intimes. Celui qu'elle avait vu un jour sur le bureau de Ben et un autre, partiellement rempli.

Ben y avait joint un petit mot, qu'elle lut à voix haute :

« Très chère Anna,

« Si vous lisez ceci, c'est que mes efforts pour empêcher Adam de nuire auront réussi. Et que je serai probablement mort.

« Lisez et comprenez.

« Bien à vous,

Ben. »

Anna commença sa lecture. Pelotonnée dans un coin de son canapé, elle ouvrit le premier cahier. C'était le terrible récit d'une série de sévices endurés dans la rage et le désespoir ; il témoignait non seulement des abîmes dans lesquels l'esprit humain pouvait sombrer, mais aussi de sa volonté de survivre. L'autre journal décrivait le combat d'un homme pour comprendre et parvenir à accepter certaines parties de lui-même, ainsi que son passé.

Les deux récits se composaient d'une juxtaposition de narrations individuelles, de dessins et de débats entre les trois personnalités distinctes. Le ton et l'écriture différaient totalement, illustrant tour à tour la rage d'Adam, la terreur de Minnie et le désespoir de Ben.

Anna découvrit que Timmy, incapable d'affronter l'horreur de la réalité, avait potentiellement cessé d'exister et s'était « endormi » au tréfonds de lui-même. Adam avait émergé le premier, suivi de Ben puis de Minnie. Tous trois s'étaient partagé la vie et la conscience de Timmy, chacun assumant un rôle particulier, avec ses propres forces, ses propres faiblesses, son propre passé et ses propres souvenirs.

Anna apprit encore que c'était son affection pour Jaye qui avait poussé Minnie à surmonter sa peur et à entrer en contact avec Ben à travers le journal. Confronté à cette réalité tangible, Ben n'avait plus été en mesure de nier ce qu'il était, bien qu'il eût été tenté de le faire. Il avait alors entrepris d'arracher à Adam le contrôle qu'il exerçait sur Minnie et lui-même pour tenter de les guérir ; et de les intégrer en une seule et même personne.

Mais il était trop tard. Le temps lui avait manqué.

Sa lecture terminée, Anna pleura dans les bras de Quentin.

— Je n'oublierai jamais, murmura-t-elle. Ni Timmy, ni Ben, ni Minnie. Je n'oublierai jamais ce qu'ils ont fait pour moi.

— Je sais, chérie, chuchota Quentin en la serrant contre lui. Je sais.

Elle le regarda, les yeux pleins de larmes.

— Les enfants sont un don du ciel. Ils devraient toujours être aimés, protégés. Ils... Ecoute, je ne peux pas rester sans rien faire. Il faut que j'agisse. A travers mes livres ou autrement. Je dois faire quelque chose...

Quentin resta un moment silencieux puis son expression s'adoucit.

— Je t'aime, Harlow Anastasia Grail.

Ses paroles enveloppèrent Anna comme un baume bienfaisant. En cet instant, elle sut sans l'ombre d'un doute qui elle était.

Quelqu'un qu'elle ne chercherait plus à fuir. Plus jamais.

DANS LA MÊME COLLECTION

NORA ROBERTS	*Le cercle brisé*
ALEX KAVA	*Sang Froid*
ERICA SPINDLER	*Rapt*
EMILIE RICHARDS	*Le refuge irlandais*
CHARLOTTE VALE ALLEN	*L'enfance volée*
MEG O'BRIEN	*Le piège*

3 NOUVEAUTÉS À PARAÎTRE EN MAI 2004

MIRA

Cet ouvrage a été composé et mis en pages
par les ÉDITIONS HARLEQUIN

Impression réalisée sur CAMERON par

BUSSIÈRE CAMEDAN IMPRIMERIES
GROUPE CPI

à Saint-Amand-Montrond (Cher)
en février 2004

Imprimé en France
Dépôt légal : mars 2004
N° d'édition : 10403. — N° d'impression : 035961/1